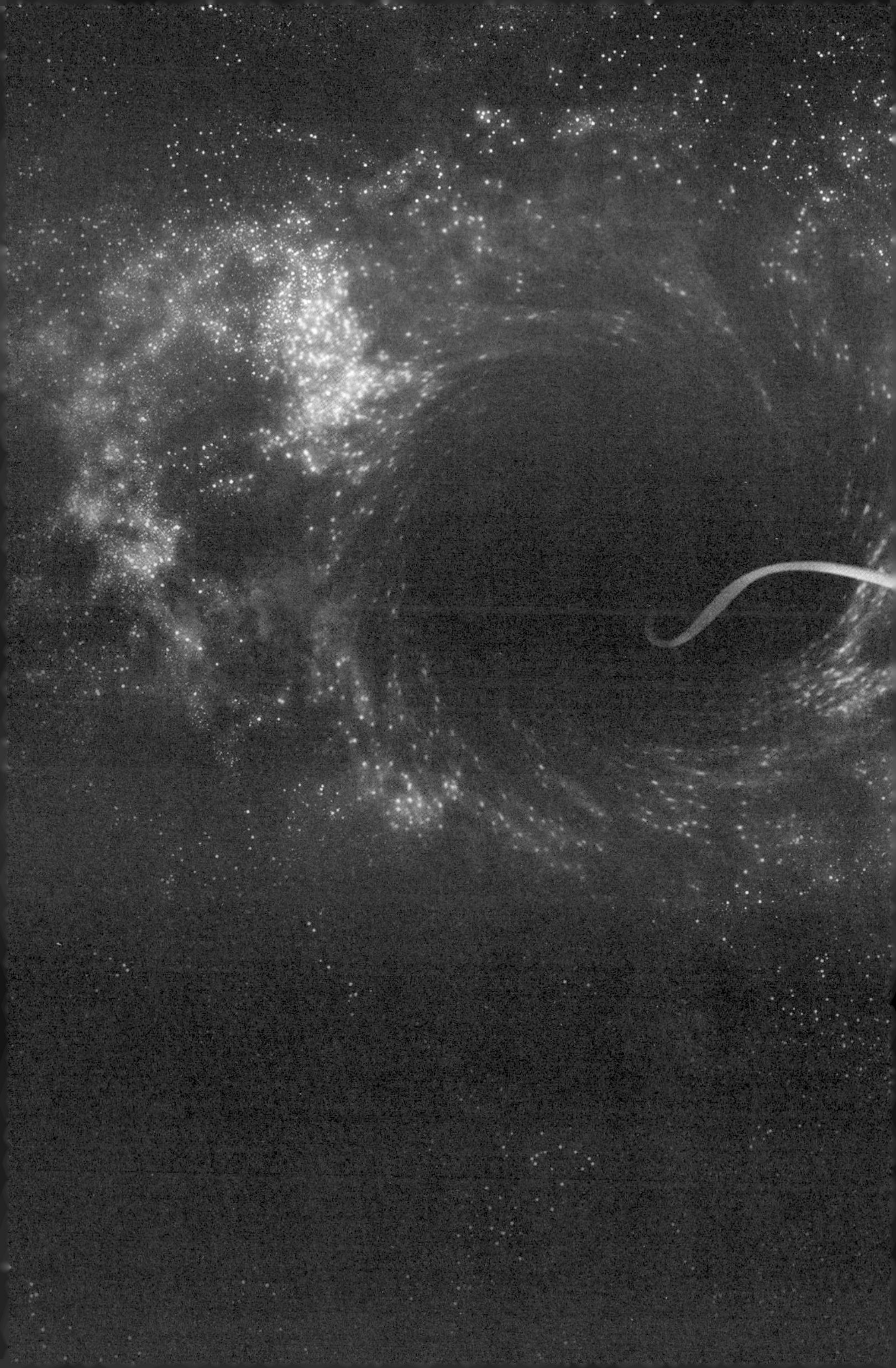

米来 著

人民文学出版社

图书在版编目(CIP)数据

鄱湖水鬼之1998/米来著.—北京:人民文学出版社,2012
ISBN 978-7-02-009149-2

Ⅰ.①鄱… Ⅱ.①米… Ⅲ.①长篇小说—中国—当代 Ⅳ.①I247.5

中国版本图书馆CIP数据核字(2012)第072004号

责任编辑 胡玉萍
责任校对 王玉川
责任印制 王景林

出版发行 人民文学出版社
社　　址 北京市朝内大街166号
邮政编码 100705
网　　址 http://www.rw-cn.com

印　　刷 北京龙之冉印务有限公司
经　　销 全国新华书店等

字　　数 354千字
开　　本 880×1230毫米 1/32
印　　张 14.125 插页6
版　　次 2012年8月北京第1版
印　　次 2012年8月第1次印刷

书　　号 978-7-02-009149-2
定　　价 33.00元

如有印装质量问题,请与本社图书销售中心调换。电话:01065233595

目　录

引　子

她，生于六百年前；她，长于六百年后。一个倾国倾城，一个面目狰狞，两人却有着同样的旷世才情。是她在时光隧道穿越？还是另一个她在苦苦追寻？

子夜时分，她像梦一样出现了。长长的黑发垂下来，遮住了她半张脸。她迅疾地走着，仿佛被人追赶，显得那么仓皇。

农历七月十五，是当地的鬼节。传说这天晚上，那些溺死的水鬼会从鄱阳湖的水底爬上岸，就好像人们赶集一样，顺着湖堤，穿过大街小巷，举行浩浩荡荡的狂欢。

一顶斗笠，一片蓑衣，从鬼群中飘上岸来，绕着废弃的渡口，不停地来回旋转。虽然看不见脸，也没有身子和手脚，大家却活灵活现地描绘着，说那是老艄公樟树爷爷的鬼魂上了岸。

俊秀的花和尚，如一棵柳树一样，从拥挤的鬼群中拔地而起。他嗖嗖像风一样，飞到桅杆顶上。身体舒展，做个飞燕展翅的姿势，然后扑通一声扎入水中，一次，两次，三次，扑通扑通，跳水的声音响了一个晚上。

高高溅起的浪花，像雨点一样，落到妮子的窗口，湿了妮子屋顶，还在妮子出门的路口，留下一汪徘徊的水印。

一个稚气的童音，在寂静的巷子里回响。“弟子规，圣人训，首孝悌，次谨信，泛爱众，而亲仁。有余力，则学文……”像玉珠滚落在石板上，像夜莺在夜风中轻啼，说不出的清脆，悠扬，婉转，流畅。

有人禁不住打开门，面前出现了一个清秀的小童子。小童子冲他招招手，这人便不自禁地跟着他走。一直走到湖里面，再也没有回来。这个童子就是小秀才。

为了抵御水鬼的迷惑，岸上的人们会在湖畔边、沙洲上，或者家门口，烧一堆纸钱，周围插满闪闪烁烁的蜡烛，然后把门一关，用毯子蒙住脑袋，躲进黑夜里假寐。

黄大脚吧嗒吧嗒的走路声，苦草尖细悲戚的哭诉声，金镯子打捞东西的叹息声，小白菜老师演奏的风琴声，若有若无地飘进人们的耳朵里。

这些水鬼，有的死了上百年，有的死了几十年。但是他们活着时的痴、嗔、癫、狂、情、爱、怨、仇，依然是那么强烈，那么执著，以致无论人们如何给他们招魂，他们也不肯转世投胎。

在鬼节的夜晚，无论听到什么动静，或者看到什么东西，都不能开门去看，因为水鬼根本不懂尘世和冥间的差距。冥间一日，人间一年。小秀才的同伴都已经做了爹娘，可是小秀才仍然是个小童子，会在鬼节的夜晚回家纠缠他的亲人。

人们因为恐惧，一个个紧闭着双眼，假装睡着了，有的甚至还发出很响的鼾声。他们担心樟树爷爷来讨要渡船，担心黄大脚来家里倒马桶。他们害怕听到苦草的哭诉，更怕花和尚趴在门外，从窗户缝、门缝偷窥他们家的妮子。

人们把妮子早早藏起来，尤其是模样齐整些的妮子干脆用草灰当面膜，把俏脸抹成丑脸。马桶被一遍一遍冲洗，直到没有一丝异味。天刚刚擦黑，急急插上门闩，全家人像死了一样躺在床上。

水鬼们进了屋，在里面巡视了一圈。看不到俊俏的妮子，也闻不到马桶里的臊味，床上的人都睡得像死猪一样，水鬼们觉得索然无味，只好离开去另外一家。

…………

就在这样一个夜晚，突然传来一阵清脆的脚步声，叩击着青石板的路面，发出嗒嗒嗒的回响。人们的耳朵竖了起来，仿佛耳朵上面又长了一双眼睛，追踪着这个身影，穿过大街小巷，经过长长的湖堤，来到了杳无人迹的湖边。

饱满的月亮如一盏灯，把湖面照耀得如同镜子。镜子里倒映出她的侧影，光滑的额头，挺直的鼻梁，清秀的下巴，还有那瀑布一样飘洒的长发，看上去不过二十出头的年龄。

湖水照出她纤秀的影子，女鬼是照不出影子的，因此她不是出来夜游的女鬼。她穿着一件深蓝色吊带长裙，外面套着一件同样深蓝的针织短开衫，脚下穿着一双奥尔多高跟凉鞋。她的胸前挂着一个布兜，布兜里鼓鼓囊囊的。由此透露出一些信息：此人不是本地妮子，像是一个城里来的旅行者。因为本地的妮子，没有她身上独特的书卷气。本地的妮子，绝不敢在鬼节的子夜，独自一人来到湖边。

她的眼神那么落寞，她的心境那么苍凉，她的神情那么紧张。月亮和星星，在神话中在传说中、在她童年岁月的眼眸中、在她渴望的青春如火的恋爱中，曾经是那么的美好，那么的令人神往。可是知识告诉她，其实月亮就是宇宙中一块黑暗的石头，那些被无数诗人歌颂的星星，也只是浩瀚黑洞里的一粒粒星尘。

夜风从湖面上吹来，带来白天腥热的气息，还有稻田的谷香、瓜果的清甜。湖水填满了河沟湖汊，湖面变得如大海一样广阔。信江、赣江、饶河像三条白色的巨蟒，气势汹汹地冲过来，在这里汇集，跳跃翻腾。

七月堑金，八月堑银。七月的夜晚，应该交织着浪声、涛声、桨声、人声，湖面上闪烁着不熄的渔火。此刻，停泊在湖堤旁的渔船如被水鬼吹灭了一般，在月光下安静无声。影影绰绰的烛火，夜风中飘飞的纸钱，让七月的夜晚流动着寒冷的气息。

她手里拿着一张图，还有一个仪器，她在测量着什么。她沿着湖岸走动着，似乎在追寻着什么。她站住了，目光掠过湖面，仿佛在等待什么，有些惶恐，有些急迫。

距离她不远，隔着一条长堤，伫立着她熟悉的河神庙。六百多年的历史仿佛翻书一样，一页一页在她眼前展开。河神是个女人，名叫娄玉贞，是一位多才多艺的佳人。这片波涛汹涌的鄱阳湖，曾经是水军操练和厮杀的战场。娄玉贞指挥着庞大的后勤部队，帮助汉王陈友谅打造艨艟巨舰，供应火药大炮，训练铁骑战马。

她的眼前，浮现出娄玉贞的飒爽英姿。她的耳边，隐隐听见擂响的战鼓。这鼓声，起初如群蚁拱土的噗噗声，蚊蚋扇翼的嗡嗡声，天牛甩打触角的啪啪声，纺织娘撕咬草茎的飒飒声，然后又慢慢加入野鸭的低吟、鹈鹕的长叹和水鸟凄厉的啼叫。

紧接着，鼓声如湖浪一样排山倒海、震天动地，猛烈地撞击着湖堤。湖堤簌簌地颤动着，蚯蚓和地鼠在鼓声的震荡下密密麻麻地从泥土中爬出来，像湖水一样顺着斜坡涌动着。藏在柳梢中的丝虫子，被鼓声震荡得像雨点一样，纷纷扬扬从柳梢上跌落下来。

湖面上似乎有千万只河豚，骑着波浪呼啸而来。沙洲上的湖草狂乱地起伏，湖堤内那一片千年檀树的根须，随着鼓点的节奏，一点一点地拔出地面。檀树猛烈地摇晃着，满天的枝叶在天空中飞旋……

她心中激动，泪水蒙住了双眼。她知道这不是幻听，也不是幻觉，而是实实在在的鼓声。她感觉到脚下的土地在剧烈地颤动。她有些站立不稳，趔趄了一下，差点摔倒。

一声啼哭，从她胸前的布兜里发出。她颤抖了一下，似乎被惊醒的不是孩子，而是她自己。她撩开布兜上的纱巾，月光照到孩子的脸上：漆黑的头发，粉嫩的皮肤，在月光下，孩子拧着眉毛，咧开小嘴，在她怀里愤怒地蹬动四肢，发出响亮的哭声。

她有些手足无措，摸出一个安慰奶嘴塞进孩子的嘴里。孩子并不领情，即使含着奶嘴仍然哇哇大哭。她只好坐下来，褪下一根吊带给孩子喂奶。孩子把奶头吐出来，白花花的奶水溅了他满脸。孩子紧捏着小拳头，焦躁不安地哭闹着。

孩子的哭闹，比地震还要强烈地震撼着她。她惶恐地抬起头，看到一团炭火燃烧着，像闪电一样从天空中滑落下来，嗖的一声坠入湖中。湖面上顿时沸腾起来，冒出缕缕青烟。霎时间波浪汹涌，巨大的涛声把一切都给淹没了。

紧接着，无数的火星像雨点一样砸下来，波涛汹涌着扑上岸来，湖水已经淹到她的脚下。她顾不得多想，爬起身来，踏着摇晃颤动的土地，朝着河神庙狂奔而去。波浪在后面追赶着，头发被火星点燃了，她就像是拖着尾巴的彗星，越过长堤，跳上台阶，把孩子扔到河神庙的台阶上。

一切都和预想的一样，一切又发生得那么突然。头发被烧焦了，衣裙被点着了，她顾不上再看孩子一眼，就像那燃烧的彗星，瞬间被卷入了湖中。

她身后的镇子，燃起了一片大火。那些在黑暗中假睡的人纷纷从火海中逃了出来，他们哭喊着，惊叫着，乱作一团。

提着水桶到湖边取水的人，看到她坠湖的一幕。她那瀑布一样的发丝，一根一根燃烧着蓝色的火苗。在皎洁的月光下，在簇簇的火焰中，人们看见她的另一半脸，好像是一条花蛇恐怖地盘旋在她的脸上。

一

第1章 梦生

五年之后回家乡，再一次遇见她，他的情感之墓轰然坍塌。

天刚蒙蒙亮，蟹青色的天空上还挂着淡淡的月印。乳白色的晨曦，像水一样漂浮在老街的巷子里。一片片黑色的屋脊悄无声息，仿佛淹没在水里。

叶家和段家的院门吱呀一声，几乎同时打开了。梦生伸出脑袋，娥子波光一样的眼神闪过来，梦生颤抖了一下，仿佛遭受到寒风的袭击。他张开嘴想和她说话，可是还没等发出声音，娥子像一条受惊的鱼，刚在水面上露出头，又倏地缩了回去。

梦生懊恼地拍了一下门，门环发出咣当的声响。昨天他从轮船上下来一眼看到娥子，就觉得眼前所有的东西突然间都变暗了。娥子就像一只天鹅，张开雪白的翅膀，把他的天空完全遮住了。

这是1998年初夏，梦生回到家乡，感觉时光倏然倒流了半个世纪。明知这是一种幻觉，梦生却克服不了。五年的部队生活，把他锻炼成一名出色的特种兵，却不能让他摆脱对娥子的思念。轮船还没有靠岸，那带有鱼腥的空气，那带有甜味的乡音，那徐徐涌动的波浪，像一把密钥，把他深锁在心底的情感悄悄地捅开了。

娥子站在湖边，半弯着腰身，吃力地冲洗着一筐蚌壳。她穿了一件肥大的工作服，一顶宽大的草帽遮住了整张脸。她仿佛是传说中的蚌精灵，把自己深藏于厚厚的蚌壳中。梦生站在船舷旁，瞅着她的背影，心里强烈地颤动起来。

娥子身边冒出几个后生，一个后生靠过去，伸手去夺她的竹筐。娥子猝不及防，竹筐脱了手，蚌壳哗啦滚落水中。又一个后生过来，撩水向娥子泼去。娥子往左躲，左边泼过来一捧水；往右逃，右边也泼过来一瓢水。后生们哄笑着围上来，娥子步步后退，退到深水之中。水已经没过娥子的腰身，如果再往后退就要被水淹没了。

梦生来不及思考，他推开码头上的人群，旋风般卷了过去。他一边跑一边摘下背包，朝着一个后生的后脑勺狠狠地砸了过去。梦生把那些后生打跑了，娥子也不见了，水面上只剩下他的背包，孤独地浮动着。梦生捞起了背包，他的心却像从娥子手里坠落的蚌壳一样沉没在水底。

段家和叶家隔着一道墙，梦生站在自家吊楼上就能看见娥子。娥子娴静地坐在院子里，一条白色的渔网从网架上垂下来。她左手握着网盾，右手的网针像蝴蝶一样在网上穿梭。她一边织网，一边轻轻地唱着：

> 春天马格叫？春天斑鸠叫。斑鸠里格叫咧，实在里格叫得好哇——呀——子哟。斑鸠里格叫咧，叽里咕噜咕噜叽里……

梦生闭上眼睛，觉得娥子不是在唱歌，那是一只白天鹅被困在段家的渔网里，向他诉说。梦生看得痴了，听得呆了，忘记了时间，忘记了自己，连爹娘叫他也听不见。梦生魂不守舍，一双眼睛只会盯着娥子看。

爹娘说娥子不是人,她这么小就会迷惑人,一定是水鬼转世。传说转世的水鬼如果投了女胎便美若天仙,后生只要看她一眼,就会被迷惑,变得疯疯癫癫。如果和她成家,要么半路夭折,要么家破人亡。

伙伴们也私下窃语,娥子长得那么妖娆,如果不是水鬼变的,那肯定是仙女下凡。泥鳅的观点与众不同,他说也许娥子是天鹅变的,我们如果跟踪她,会不会发现她的一大群姐妹?

虾米瞅着娥子婀娜的背影,怜惜地说,娥子如果真是天鹅变的,如果她真有一群姐妹,她就不会这么孤单可怜!

叶家开着一爿粥铺,爹娘半夜起来熬粥。梦生也早早醒了,他团起身子,把耳朵贴在墙上,听到段家的门响,赶紧摘下扁担,挑着水桶出了门。娘发自内心的高兴,说梦生是个孝顺崽。爹长年冷落他,他不但不记恨,还自觉地体谅爹。

梦生没有虾米那么瘦小,也不像泥鳅那么敦实。他长了和爹一样的模样,颀长的身子,清秀的脸庞。可是别人却说他的性子更像他二叔。无论他如何勤快都不讨爹喜欢。

娥子每天早起洗衣,梦生跟踪她的声音,照例出了门。娥子就像是一根细瘦的芦苇,在寂静的巷子里晃动着。梦生挑着水桶,悄悄在她后面跟着,扁担钩子吱呀吱呀地响。梦生紧走两步,把一个东西塞到娥子手里。他不敢和她说话,怕惊吓了她。梦生轻巧地越过娥子,若无其事地继续往前走。

娥子低头一看,是一枚竹子刻的网针。网针用水竹雕成,油分多,韧性强,不易开裂折断。网针雕得一头尖,一头宽,雕工细致,打磨得光滑。握在手里,轻薄如纸,柔软似鱼。娥子心里一热,她渴望这样一枚网针已经很久了。梦生仿佛是一只飞虫,钻进了她心里,偷看了她的心思。

梦生站在吊楼上,看到自己亲手雕刻的网针在娥子的手里握

七月十五的晚上，那些溺死的水鬼会从鄱湖的水底爬上岸，就好像人们赶集一样，顺着湖堤，穿过大街小巷，举行浩浩荡荡的狂欢。

着，他感觉自己也变成了网针，躺在娥子的手心里，那么柔软，那么温暖。娥子在梦生的注视下有些恍惚，那网针像一条滑滑的小鱼从她手里挣脱出去，在渔网里上下穿梭。此刻，她心里织的那张网，被这条小鱼穿梭得如一团乱丝。两个人虽不说话，甚至没有看对方一眼，可是心里都变成了鄱阳湖，波涛汹涌。

在同一条老街，不仅梦生喜欢娥子，泥鳅和虾米也喜欢她。何运满、何运来两兄弟也想把娥子娶回家。一些无所事事的后生大白天围着段家老宅子转，就为了偷看娥子一眼。为了杜绝这些后生的幻想，段箍匠干脆对外扬言，娥子不会嫁给外人，她将来要给段家做儿媳妇。

梦生压根儿不相信段家的说法，他认为娥子是段家的养女，她和段天水只是兄妹关系。只要娥子不同意，段家就不能强迫娥子嫁给天水。然而梦生万万没有想到，娥子竟然亲口告诉他，她心甘情愿接受爹娘的安排。

那时候的梦生还是个稚嫩的后生，失恋的哀伤像冰冷的湖水，把他淹没在湖底，怀着一颗悲壮的心，他参军去了部队。战友们回家探亲，他却留在部队。他拼命地参加各种训练，射击、擒拿、格斗，他甚至希望发生战争，让他战死沙场，一了百了，无牵无挂。可是他却回来了，而且是带着任务回来的。

梦生曾经有过许多幻想，但是做梦也想不到，他会以卧底的身份回家。在接受任务之前，上级把有关材料，向梦生做了简单的介绍。立冬之前，一个来自欧洲的湿地访华团到鄱阳湖考察，意外发现有一团奇怪的星体坠入湖中。当地渔人也纷纷传说，从天上掉下一大片火团，在鄱阳湖的湖面上燃烧了整整一个夜晚。

一个由天文、地理、水文等专家组成的考察团，乘坐一条科考船去鄱阳湖实地考察。奇怪的事情发生了：科考船出发不久，突然与外界失去了联系。几艘从外省来的货船，春节前在石镇收购了银鱼、大豆和棉花，在返回的途中也莫名其妙地失踪了。

这一年春汛来得特别早，河沟湖汊溢满了，曾经无边无际的沙洲成片成片地被淹没，没被淹没的沙洲，也只露出一个个小小的沙丘。水涨一尺，鱼涨一丈。涨水的季节，鱼的收成就好。只要把鱼钩放下去，鱼儿就迫不及待地上钩。扎一把稻草伸进水里，一会儿把稻草提起来，往岸上抖一抖，虾儿就像下雨一样往下落。鸬鹚甚至不需要下水，站在船舷上，探头把脖子往水里一探就叼出一条大鱼。

人们纷纷传说，这么多的鱼虾，肯定是被水鬼驱赶而来。今年是凶年，水鬼要上岸。更有人传言，鄱阳湖上出现了湖盗，那些失踪的船只，是被湖盗劫杀了。外省的货船不敢从鄱阳湖穿过，往年热闹拥挤的码头，如今变得空空落落，冷冷清清。

曾经昂贵紧俏的鳜鱼、棍子鱼、黄丫头，在渔场里堆积如山。渔民们只好雇人把鱼杀了，扔进卤水中，腌制成干鱼，加工成酒糟鱼，把大大小小的仓库塞得满满的。如果水鬼事件不解决，不仅石镇经济受到严重影响，而且会牵连到整个鄱阳湖水域的经济链条。

梦生的任务，就是追查那条失踪的科考船的线索，找回科考团成员。上级要求梦生回家后，要像一只猫头鹰一样，时刻保持着清醒的头脑。即使在黑夜里，也要睁大眼睛，竖起耳朵，关注周围的一切动静。

梦生在这条老街长大，听了很多版本的水鬼故事。老辈人传言，六十年一甲子，龙王爷要抬一次头，那些水鬼便趁机跑出来，兴风作浪。石镇码头有几百年历史，水鬼的传说比几百年还要长。只要鄱阳湖发生奇怪的事件，人们都会把原因往水鬼上扯。

梦生不相信水鬼的传说，但是在鄱阳湖历史上，确确实实发生了许多科学无法解释的现象。在回家乡之前，梦生做了一些功课。他去省图书档案馆，查找鄱阳湖相关事件历史记录。他翻阅到一张二十年前的《江西日报》，上面报道了一场地震引发的湖啸和火灾。让人感到蹊跷的是，有一个年轻的地震专家在那场湖啸中失踪了。

报纸上还刊登了这个专家的照片，照片是张侧面半身照。照片不是很清晰，从轮廓中依稀可以辨出，她有着挺直的鼻子，尖细的下巴，长长的黑发披下来，遮住了另外半张脸。尤其是她那蒙眬的眼神里，隐隐透露出一股锐气。

梦生看了看照片下面的介绍：桑雨，女，二十六岁，医学博士，省地震研究所副研究员。毕业于中国医学科学院，日本血管肿瘤研究基金会中国国际合作项目负责人。

梦生有些奇怪，一个研究血管肿瘤的医学博士，怎么会担任地震研究所的副研究员呢？难道血管肿瘤这门科学与地震也有关系吗？更让梦生感到奇怪的是，这个名叫桑雨的地震专家竟然会在鬼节的子夜，只身一人来到鄱阳湖勘测地震，最后被湖啸卷走。

梦生带着相关资料，走访了参与科考的相关单位，认识了地震学术研究专家许为华。许为华儿子许照远的名字，作为水利研究方面专家，出现在那条失踪的科考船名单上，而二十年前失踪的地震专家桑雨曾经在许为华手下工作。如今许为华已经退休，梦生找到他时，他正在中山公园练太极拳。

"许老师，我知道您一辈子研究鄱阳湖地质结构，针对鄱阳湖'魔鬼三角'现象提出了湖泊多重结构论。您能给我详细解释一下，什么叫做湖泊多重论吗？"为了不暴露自己的身份，梦生以一个地震爱好者的身份，向许为华做了自我介绍后，巧妙地提出问题。

许为华的眼睛有些发亮，他用欣赏的目光打量着梦生："那是我十多年前提出的观点，想不到你这么年轻，竟然也知道！什么叫做湖泊结构多重论呢？我认为，用通俗的话来说是在鄱阳湖的湖底下，还存在一层乃至多层湖泊。在天体引力作用下，每隔一个周期，这些多重湖泊会相互贯通，从而引发地震和湖啸。"

"有个叫桑雨的地震专家，也曾提出过和您相似的观点。让我奇怪的是，一个毕业于医学院的女博士，怎么会成为地震研究专家呢？”

许为华听到桑雨的名字，脸色变得阴沉下来。他有些怀疑梦生的目的，看来这个地震爱好者找他并不是简单地请教湖泊多重论。

“时间过去了那么久，我记不清了。”许为华用毛巾擦了擦额头的汗，含含糊糊地说。

“我看报道上说，二十年前农历七月十五的夜晚，桑雨独自一人前往鄱阳湖实地考察，最后被湖啸卷走。她是为了验证你们的研究成果，还是已经获得某些信息？为什么当时没有同事和她一起去？”梦生一边询问，一边把复印的资料拿了出来。

许为华瞟了一眼那些资料，目光迅速地移开了：“报道上那么写并不等于事实，她那次去鄱阳湖好像是受个人问题困扰。”

梦生追问道：“您的意思，她是自杀？”

“这个我不能确定，我也是听别人这么议论。”

“她那么年轻又那么出色，怎么会自杀呢？”

“唉！她来我们单位时间不是很长，是教委硬把她分配下来的，所以我们对她不是很了解。按理说，她确实不应该自杀，国家培养一个高学历的人才多么不容易。据说她死的时候并不是一个人，还带着刚出生的孩子呢！”

梦生听到“孩子”两个字，不知道为什么，心里倏然一惊。回家的第一个晚上，他就失眠了。他躺在那张熟悉的竹床上，想着自己身负的重任；想着那些失踪的船只，还有那个地震专家许为华的湖泊结构多重论；想着那个自杀的桑雨，还有她刚出生的孩子……梦生的脑海中忽然浮现出娥子的身影。二十年前那场湖啸过后的第二天，段箍匠在湖面上救起一个婴儿，这个婴儿就是娥子。桑雨的那个孩子，会不会就是娥子？如果能找到那个孩子的父亲，通过DNA 技术，就可以证明娥子的身世了……

梦生蒙蒙眬眬闭上眼睛,隔壁段家忽然传出声响。他猛地睁开眼睛,立刻跳了起来,咣当一声把大门打开。

第2章　娥子

仿佛昙花一现，又恍若一缕青烟。不能触摸，无法拥有。

她是人？还是水鬼？

娥子拉开门，一眼瞥见梦生，惶恐得连忙缩了回去。她的心跳得厉害，逃也似的回到厢房。她对着镜子，看着自己绯红的脸，还有那双燃烧得熠熠发亮的眼睛。

娥子很小的时候，经常被哑娘抱着去医院。她总是发烧，打针吃药也不退。医生把她放在一个冰盒里，用一个玻璃罩子罩住。她伸着一双小手，哭喊着向爹娘求救。她明明看见爹娘也向她伸手，可就是够不着。

娥子身体这么弱，莫不是被小白菜缠住了？水庆婶子过来串门，摸摸娥子的小手，眼睛瞥了一眼堂屋，又慌张地逃开了。

泥鳅娘从门口经过，小声小气地对哑娘说："你得去问问瞎子幽谷，娥子是不是遇到了污浊东西？"

所谓的污浊东西是一种隐语，指的是水鬼。那时娥子还不明白"水鬼"二字的含义。泥鳅娘说话时那种隐秘的口气，还有水庆婶子慌张的眼神，让娥子无比好奇。她随着水庆婶子的目光，向段宅堂屋看过去，看到了两把铜锁。铜锁上面，落了一层厚厚的灰尘。

娥子纠缠着娘问："堂屋里有什么？为什么上锁？"

哑娘仿佛受了惊，颤抖了一下。这种颤抖像波浪一样，传到娥子身上。哑娘不会说话，可是她的眼神里充满了恐惧，让娥子也不由自主惊悸起来。

哑娘从瞎子幽谷那里回来，摘下手腕上的玉镯，用一根红丝线把它缠在娥子的手腕上。

娥子背着书包去上学，天水不肯和她同行。同学们三三两两跟在她身后，看她走路的样子，在一边窃窃私语。他们说水鬼走路不会发出声响。娥子急于摆脱他们，她走得轻盈如飞。后面的人遮遮掩掩跟踪她，一不留神，娥子就走得没影儿了。于是他们说，娥子果真会飞，她八成是水鬼。

大家又说，水鬼是不吃饭的。如果娥子不吃饭，她就十成是水鬼了。因为害怕水鬼，大家不敢去看娥子吃饭。何家两兄弟胆子大，他们爬上了段家的院墙。娥子手里端着饭碗，饭碗里的米饭，浅浅的一层，只遮住碗底。如果爹娘不给她搛菜，她就只吃白米饭。

何家兄弟看见娥子低着头，小嘴细细地嚼着，一点声响也没有。她吃得那么少，吃得那么文雅。何家兄弟打探回来，大家纷纷议论：娥子不过是段箍匠的养女，又不是千金小姐，这个样子吃饭，纯粹是为了掩盖她水鬼的身份。

上学的路上，有人看见娥子，喊一声："水鬼来了！"

娥子身边的人，一哄而散。有人惊叫，有人奔逃，还有人躲藏。

"我不是水鬼。"娥子红了眼睛，泪水在眼眶里打转，却不敢流下来。

"你不是水鬼，那你怎么不是从你娘肚子里出来，而是从水里冒出来的？"何运满理直气壮地质问。

“如果不是水鬼，你娘为啥用红线把镯子缠在你手上？”何运来也跟着起哄。

泥鳅和虾米不敢惹何家兄弟，远远看见梦生，赶紧喊：“梦生，梦生，有人欺负娥子！”

火根师傅蹲在别人家院子里干活，旁边堆了一捆篾片。梦生抽出一根细篾，啪的一声甩过去，抽到何运来的脚踝上：“你敢说娥子是水鬼！”

何运来痛得吊起一条腿，躲在何运满身后：“又不是我一个人说，大家都这么说！”

“我没听见别人说，也不让你说。”梦生拉开了打架的架势。

“娥子是天水的老婆，又不是你老婆，天水都让人家说，你凭什么不让？我就说，你敢拿我怎么样？”何运满拽住了梦生手里的篾片，他没把梦生放在眼里。

“我不凭什么，就是不让你说。”梦生一头撞了过去，何运满没有躲闪。何运满长得像个铁塔，梦生没有撞倒他。何运满拦腰抱住梦生，何运来跟着扑过来，两兄弟把梦生压在身下，四只拳头落下去，咚咚咚像打鼓一样。

天水背着书包过来，虾米跳起来冲他喊：“天水，有人欺负娥子！”

泥鳅迟疑地看着天水，他心里在盘算，该不该上去帮忙。如果天水参战，加上虾米，他们四个人一起就可以打败何家兄弟。

天水低着头，两眼躲闪着，只是盯着地面，似乎什么也没有看见，什么也没有听见。他绕过打架的人，径自向学校走去。

天水放学回家，放下书包，躲在门背后哭泣，再也不肯上学。

老师以前家访时，曾向段箍匠告状，说天水把刀子带到学校，在课堂上刻一块木头。段箍匠狠狠扇了天水一个耳光，他认为天水又犯了错。

“你是不是被老师责罚了？”段箍匠厉声呵斥。

爹的耳光,让天水反而收住了眼泪。他低着头,咬住嘴唇,一声不吭,任凭爹打骂,就是不肯上学。

段箍匠拿出一根绳子,他要把天水捆去上学。

娥子挡在爹面前:"天水,你不要害怕,我以后不上学了!"娥子知道天水不肯上学,是因为害怕同学叫他水鬼的老公。娥子多么喜欢上学,纵然有人在上学的路上,尖声尖气叫她水鬼,也不能吓退她上学。

"你为啥也不上学?"爹有些莫名其妙。

"爹,我读书会头疼!我喜欢待在家里,跟娘学绣花织网。"娥子说谎的时候,心里像针刺一样疼。只要她不去上学,天水就不会被人叫做水鬼的老公了。为了天水,她什么都愿意放弃。

娥子听说,爹娘在鬼节的夜晚,去河神庙求子。回来的时候,在水面上发现了她,就把她抱回了家。娥子心里想,莫非她真是河神娘娘收下的水鬼,河神娘娘收了爹娘的香火,把她变成一个女婴,赐给爹娘。

娥子曾听大人说:"即使是一叶浮萍,也有一条根扎在水里。"她于是心里寻思,我是从水上来的,连一条根都没有,像我这样没有根的妮子,兴许就是水鬼。

娥子躲在段家宅院里,悄悄地长大了。娥子学会了绣花,绣的荷花会发出花香;绣的小鱼,会摆尾巴;绣的波浪,会潮起潮落。娥子看着手里的绣品,常常幽幽地叹气。

镇上的妮子,有的上学,有的外出打工,有谁会像她这样,老老实实地坐在家里绣花。即使她的绣工再好,又有谁会欣赏?只有那些上了年纪的老人,会拿着崭新的寿衣,请她在衣襟和袖子上绣花。娥子想象着那些老人死后,穿着她绣的寿衣,带着花香飘然离开人世,她心里又有些安慰。

渔人喜欢把丝线送到段家,请娥子织网。一两丝线,能织出一条大网。娥子织的渔网,结实又匀称,撒到水里,像刀子切入水中,一点声响都没有。这样的渔网,不会惊动鱼群,捕捞的鱼就多。

渔人上门来,看到娥子的模样,不由得眼前一亮。她黑头发,白皮肤,细腰身,看着像个瓷人。尤其是那双眼睛,像湖水一样透亮,可以照见人的影子。渔人们私下议论:"娥子那个眼神,那个模样,活脱脱就是一个水鬼。"

娥子当然明白,渔人说她是水鬼,对她其实是一种极大的褒奖,也是一种极度的怜惜。他不说你长得像花,而说你是水鬼,是因为他找不到适合的词来赞美你。水鬼的美,是一种无法形容的美,是一种人世间不存在的美,仿佛昙花一现转瞬即逝,仿佛是一缕青烟无法捉摸。你害怕面对她,你害怕得到她,又害怕失去她。无论你怎么样,只要面对她,就会心神不宁,惶恐不安。

娥子害怕那些议论,更害怕背后偷看她的眼睛。自小同伴说她是水鬼,现在连大人也说她是水鬼。我到底是不是水鬼呢?只有水鬼才会帮渔人赶鱼,如果我不是水鬼,为啥我织的网捕鱼格外多?如果我不是水鬼,为什么我的绣品,只能让老人穿进棺材里,展示给阴间的鬼看?

娥子从书上得知,有一种叫做玛尼提亚的药粉,涂在镜子上,可以照出鬼魂的原型。娥子经常独自把自己关在厢房里,对着镜子一遍一遍地照。传说水鬼的脸,在镜子里会变成骷髅;水鬼的眼睛,在镜子里会变成磷火。她想验证一下,镜子里那张瓜子脸会不会变成骷髅;那双黑亮黑亮的眼睛会不会闪出磷火。

娥子问遍了镇上的药店,都没有卖玛尼提亚药粉。娥子托虾米到省城去买,虾米回来后迷惑地说,谁也没有听说过这个药粉。他对娥子建议说:你上网看看,网上什么都有。

娥子跑到一个网吧,发了一个求购药粉的帖子。过了不久,果真有人回帖。回帖的人自称女巫,说她去意大利旅游,遇到一个会法术的吉卜赛老人。老人看了她的面相之后,说她是太阳神的女儿瑟西转世。老人送给她两瓶玛尼提亚药粉,她把药粉涂在镜子上,果真照出了一个火红头发的女巫。

瑟西女巫说,这个世界上,没有多少人相信她的话。看在娥子是她同类的分上,她愿意把剩下的一瓶玛尼提亚药粉,廉价转让给娥子。娥子从女巫的话里,听出了伤感。她对瑟西深信不疑,按照上面的地址,把一个月织网攒下的工钱,全部汇了过去。

玛尼提亚药粉通过邮局,送到了娥子手里。娥子紧张地把包裹拿进厢房,她关上房门,拆开包装。包装看起来很简单,一个透明的小塑料瓶,外面贴了一张标签,里面装了白色的药粉。

娥子按照标签上面的说明,把药粉轻轻涂在镜子上。娥子把身上的衣服脱了,光溜溜站在镜子前,希望从身上找出水鬼的痕迹。水鬼的身子,在镜子里是照不出来的。即使照出来,也是一缕青烟。娥子在镜子里,抚摸着自己的身体。她照了半天,在镜子里既看不到骷髅,更看不到青烟。她用力掐了自己一下,然后顺着疼痛看下去,只看见腿上留下一个深深的紫印。

娥子开始怀疑起来,她先是怀疑那个药粉是不是假货。娥子认为,瑟西不会骗她。一个正常的妮子,谁愿把自己称作女巫呢?如果瑟西要骗她,收到钱后就消失,用不着把药粉寄给她。

娥子又怀疑那面镜子,镜子是椭圆形的,镜面有些泛黄。镜子镶嵌在梳妆台上,周围雕刻着飞舞的龙凤。梳妆台是用桃木雕刻的,爹说桃木具有避邪的功能。娥子恍然大悟,是不是镜子旁边的桃木,阻碍了镜子照妖的功能。

娥子又动用一个月织网的钱,买了一面大大的穿衣镜。镜子钉在房门背后,站在镜子前面,不仅可以照出人的全身,而且可以把半个厢房照进来。娥子钉好镜子,小心翼翼把药粉涂上。她再一次闭住眼睛,屏住呼吸站在镜子前。

她心里有些紧张,想象着镜子里出现一张骷髅脸,一双闪着绿光的眼睛,还有一缕青烟的身子,她就吓得浑身冰凉,不敢把眼睛睁开。但是她又在心里想,如果自己真是水鬼,迟早总是要面对。

当她好不容易下决心睁开眼睛,发现镜子里依然没有水鬼时,她顿觉万分的失落。

娥子的内心矛盾万分,她害怕自己是水鬼,可是又隐隐地盼望自己就是水鬼。如果她真的是水鬼,就不怕别人看她。因为只有人怕鬼,没有鬼怕人。而且水鬼可以穿越时空,可以做很多人不能做的事情。

娥子有时候想,假如她是水鬼,就会告诉樟树爷爷,不要再纠缠渡口了。镇上建了新码头,现在有了轮船,有了快艇,人们出行更方便,更快捷了。她要告诉挑大粪的黄大脚,人们早就不用马桶了,现在用的是抽水马桶。即使有人用马桶,也没有人来收购大粪。那些种地的人,喜欢用化肥和尿素。她还要劝告苦草,不要再哭哭啼啼,赶紧投胎转世,下辈子过好日子。如果遇到小白菜老师,她想问个明白:"你长得那么美,拉的曲子那么好听,为啥要跳湖自杀呢?"

想到小白菜老师,娥子半夜起床,穿过长满青苔的院子,摸到堂屋门前。堂屋以前的女主人,因为难产死在里面。小白菜老师是上海知青,曾在这堂屋借住过一段日子,后来也不明不白死了。人们发现她时,她穿着雪白的演出服,像一簇雪白的菱花,漂在湖面上。

娥子听说有一种梦草,样子长得像蒲草,生在湖边上,白天缩进地里,夜晚才抽发出来。如果把梦草煎水,喝下去之后,可以梦见自己的前世。既然药粉没有效果,镜子照不出她的原型,她就决定去寻找梦草。娥子打着手电筒,果真在沙洲上找到了梦草。

娥子半夜偷偷把梦草采来,煎了一碗褐色的汤。她用舌头舔了舔,舌头麻涩得拖不动。她把碗端起来,一股酸涩之气直冲鼻子。娥子仰头,把这酸涩的汤水喝了下去。

娥子把灯灭了,躺在漆黑的夜里。喉咙的酸涩,让她呼吸艰难。她的眼睛也酸涩起来,她的身体渐渐变得麻木,变得轻飘飘的,从床上飘飞起来。她觉得自己的身体像竹笋,一节一节地拔高,高得把屋顶捅了一个大窟窿。一会儿,她又觉得身体在缩小,缩成了一只小飞蛾,从门缝里钻了出去。她飞过院墙,飞过屋顶,飞到鄱阳湖的湖面上。她看见樟树爷爷坐在渡口吸烟,花和尚在扑通扑通跳水,还有小白菜老师,正在学校的琴房里,弹着她最喜欢的斑鸠调……

娥子睡了几天,又醒了过来。爹的脸色苍白,娘的眼睛里满是恐惧。看到她睁开眼睛,爹娘放心地吐出一大口长气。哑娘用手抚着心脏,打着手语告诉娥子:不要再吓唬娘了!

娥子惊吓了爹娘,觉得很惭愧,她又回到现实的日子。娥子很早就起床,去河边洗衣服。她起得很早很早,就是为了躲开人们的视线。可是她避不开梦生,梦生像个鬼魂似的,远远地跟在她后面,一句话也不说。除了水桶发出的吱呀声,什么声音也没有。

下雪的冬天,露水打在青石板的路面上,结了一层薄薄的油冰。梦生在鞋底上钉上一颗颗铁锥子,在她前面把冰踏碎。春雾的早晨,水雾从湖面飘上岸,把街巷塞得满满的。娥子虽然看不见路,但只要听到水桶的吱呀声,她就放心地跟上。夏秋的夜晚,醉酒的水手横卧在街口,娥子经过的时候,他们会突然伸出一只手,拽住她的脚踝不放。这个时候,梦生会冲出去,把那些酒鬼打跑。

"你不要跟着我,我是水鬼!"有一次娥子突然转身对梦生说。

"你不是水鬼,你是一个真正的好妮子!"梦生的声音发出一股力量,这股力量穿透了娥子的耳膜,让娥子柔弱的身体有了支撑。娥子有些迷茫,她使劲地摇摇头,努力把梦生的话否定掉。

"我就是水鬼,你跟着我会倒霉的!"

"我不怕倒霉,我愿意一辈子和你在一起!"

"怪不得你的名字叫梦生,原来你一直喜欢做梦,连说出来的话也是梦话!"

"我不是说梦话,我是认真的。天水是你的弟弟,他胆子那么小，连蚂蚁都不敢踩，只能被别人欺负。我真心喜欢你，我要一辈子保护你！”

娥子的心有些发软，但说出来的话却依然很硬：“我是天水的姐姐，我愿意一辈子照顾他。”

无论梦生说什么，做什么，娥子都不为所动。可是有时候，两个人一前一后在巷子里走的时候，娥子会产生一种幻觉。她会把梦生当成天水，她希望巷子很长很长，永远没有尽头，天水和她永远这么走下去。

梦生帮娥子赶走那帮后生，返身寻找娥子时，娥子却躲在一条船的背后。五年前，自从梦生参军离开之后，她就习惯了没有梦生尾随的日子。一个人早早地起床，听自己的脚步，在石板路上发出单调的响声。娥子愿意把梦生当成幻觉，是她梦中的人物。

梦生的再次出现，打破了娥子内心的平静。她站在水中，远远地看着他，梦生那颀长的身子在水中挺拔地站着。那炯炯有神的眼睛，像电光一样扫过来，让娥子感到战栗。她看着梦生的眼神在一点一点地变暗，然后落寞地上了岸。

娥子看着他离去的背影，心里剧烈地跳动着。那种梦幻的感觉，再一次袭上心来。只是，这个梦太真实了，真实得让娥子无法回避。娥子有一种感觉，梦生变了，就是这种说不出来的变化，让娥子感到害怕。

第3章　梦生

水涨一尺，鱼涨一丈。船只失踪，小镇被困。是水鬼在逐浪？还是人在设迷阵？

巷子里传来窸窸窣窣的声音，一个矮矮的人影扛着一根竹子走来。长长的竹梢拖在地上，跟随那人走路的节奏，拍打着青石板路面，发出沙沙的声响。那人走到梦生面前，停住了，脑袋往下一低，两手扶住竹根，竹子从左肩移到了右肩，抬起满是汗水的脸，这人原来是泥鳅娘："梦生，起这么早？"

竹根上带着新鲜的红泥，青翠的竹叶上泛出晶莹的露水，一看就是白鸦山上的竹子。自从梦生记事，火根师傅做竹器，泥鳅娘扛竹子，过去这么多年，这对老夫妻的生活模式一点也没有改变。从石镇到白鸦山，路上往返，加上砍竹子的时间，泥鳅娘半夜就得出发。明明她起得早却偏偏对梦生说，起这么早！

这是一种问候，相当于说早上好。如果是在渡口遇到，明知对方要出门，还要没话找话问一声：出门呀？这是一种礼节，往往是晚辈先问长辈。

梦生有些心虚，他属于晚辈，泥鳅娘应该等他先打招呼。难道泥鳅娘知道他的卧底身份，难道她做了亏心事，所以故意讨好他？

光着膀子的挑夫，挑着满筐的鲜鱼，陆续进了街。鱼筐里的鱼蹦跳着，发出噼里啪啦的声响，湖水从筐底滴下来，跟着挑夫的脚印，一路淋湿了路面。一条鲫鱼从筐里蹦了出来，摔到路面上，尾巴不停地甩着。挑夫们没有理会，挑着沉甸甸的担子，一个紧跟着一个，继续大踏步往前走。

陈老大跟在挑夫后面，弯腰捡起了鲫鱼，顺手扔进后面一个挑夫的筐里，摇头叹道："这么一条活鱼，扔在路上糟蹋，真是暴殄天物！"

对面罗家年糕店的门，吱呀一声开了。水庆婶子耷拉着一张苦脸，提着满满一桶蒸布出来。她刚蒸熟一笼米果，从蒸笼里换下来的蒸布，还在木桶里冒着滚烫的水汽。水汽像一条直线一样往上冲，烫疼了水庆婶子的手腕。

水庆婶子吸了一口气，那张脸扭曲了，变得更加难看。她慌不迭地换了一只手，蹙着眉正想抱怨。忽然她一眼瞄到地上的鲫鱼，她看到了陈老大。她刚才还扭曲的脸，就像一片干枯的荷叶，立刻舒展鲜艳起来。

她嚷道："哈！陈老大真会做老板，一条小鱼也舍不得落！"

陈老大严肃地说："一条小鱼，也是一条命，不能让它被践踏！"

水庆婶子夸张道："一条鲜活的小鱼，在我眼里是一碗鲜汤。我刚想去捡，被你这个做老板的抢了先！"说着，她哈哈大笑起来。她的笑声，像湖浪一样一波一波放大。开心的浪花，溅得四处飞散。

陈老大跟着哈哈一笑："想喝鱼汤？跟我明说。给你一条大胖头，可以熬一大锅汤，晚上你要等着我来喝！"说罢，抓住一个挑夫的筐子，捞出一条两斤多重的胖头鱼，向水庆婶子扔了过去。

水庆婶子疯癫道："你若不怕，只管过来。晚上我点了红蜡烛,开着门等你!"

陈老大不是普通人,他是鄱阳湖这片水域的老捕盗——捕捉水鬼和湖盗。传说陈老大是陈友谅的直系传人,在鄱阳湖三千多平方公里的湖面上,流传着陈老大各种版本的故事。他三岁能衔着芦苇潜水,七岁能通鱼鸟虫语,十岁会观星相预测气象,十五岁孤身泅渡三江口。鄱阳湖一千二百公里湖岸线,几乎都留下了他的足迹。

陈老大常年的水上生活阅历,加上神秘的身世,让他在鄱阳湖这片水域如鱼得水。他当然明白水庆婶子的用意,水庆婶子这是故意气罗水庆。

泥鳅娘是个有名的耙子,见到财物,两眼就发绿。只要出了门,从不空着手回家。看见水庆婶子得了鱼,当然不肯吃亏。她高声地叫道:"撑死会叫的,饿死苦干的,这话果真不假。我天天到渔场里帮你杀鱼,你陈老大连一片鱼鳞都没有给过我!"

泥鳅娘的话音未落,陈老大抓一条鳜鱼扔过来:"知道你辛苦,不给你条好鱼,就堵不住你那张嘴!"

泥鳅娘伸出一只手,灵活地把鱼接住,乐道:"算你懂事!"

陈老大抬头看看天,太阳还没有出,他已经嗅出高温天气。陈老大叮嘱道:"今天上的鱼多,天气热,你能不能多带几个人手来渔场?"

泥鳅娘抖了抖肩头的竹子:"要我帮你招工呀!给我什么好处?"

陈老大道:"给你啥好处呢?大不了我去水庆家喝完鱼汤,下半夜再去陪你!"

"你个死鬼!玩笑开到老娘身上了!"泥鳅娘嘴里骂着,心里却很快活,脸上泛起了红晕。

梦生看着眼前的一幕,就仿佛在看一部怀旧电影。那种穿越时光的感觉,再一次袭上他的心头。小镇距离省城不过百里,省城里流行什么，小镇马上就跟着风行。省城该有的东西，镇上几乎都有。超市、书店、数字电影院、洗脚屋、澡堂，就连省城不是很普及的网吧，石镇也有了。年轻人裸露肚脐，染红头发，成群结队蜂拥而出打工赚钱。可是只有这条老街，仿佛睡着了一样。梦生去当兵的时候如此，他从部队回来依然如旧，老街仿佛和岁月断了流。

陈老大抬头看见梦生，噢了一声，接连问道："这不是梦生吗！啥时候回来的？探亲吗？"

梦生腼腆地笑笑："我从部队复员了。"

陈老大瞪着眼睛，上下打量着他："复员了？我怎么没有听木材说，分配在哪里工作？"

木材是梦生少年游泳队的队友，两个人住在同一个寝室的上下铺。木材的爹袁舢板也是驾驭波浪的好手，和陈老大是莫逆之交。他们合作的渔业公司，不仅有传统的捕捞养殖作业，也有渔业加工和贸易业务。

梦生虚虚地窥了陈老大一眼，低声道："我还没有分配工作。"

梦生隐瞒着自己的真实身份，对爹娘谎称回家待业。梦生不善说谎，但是他对陈老大只能说同样的话。组织纪律要求他，不能把自己的身份告诉任何人。他甚至不敢去探望好友木材，他想象不出来，木材如果得知他是警方卧底，会惊讶得做出何种表情。木材是个直性子，他肯定会瞪大眼睛质问梦生："你难道把自己的乡亲当成了嫌疑犯？"

陈老大犀利的目光扫过来，有些不相信："你没有分配工作？这话说给谁听，谁会信呢？泥鳅那小子从部队回来，还分配到镇政府上班呢！"

梦生叹了一口气："我跟他不一样，他是城镇户口！"

陈老大恍然大悟，拍了一下自己的额头："我忘记了，你家还是渔民户口！"

梦生演戏演到底，他后悔道："早知道这样，我就不该去当兵。

还不如像木材一样，当初要是拜师学个手艺，现在都可以出师赚钱了。”

泥鳅娘以为自己的耳朵听错了，梦生和泥鳅同年参军，泥鳅复员回家的时候，梦生入选了特种部队。在泥鳅娘的印象中，特种部队意味着升迁。因此，泥鳅娘一早见到梦生，才会客气主动地和他打招呼。

泥鳅娘一直为自己的矮短身材自卑。儿子泥鳅，偏偏随了她，也是又矮又胖，让她自觉又矮下半截。她不仅自卑，而且自责。此时听说特种兵梦生没有工作，她忽然有了一种扬眉吐气的感觉。

泥鳅娘拖长声音道：“进了特种部队的，也没有工作分配呀？没有关系，你们特种兵功夫好，镇政府最近要招保安，可以让泥鳅帮忙，说不定能照顾你进去工作！”

水庆婶子听出她的话里带有奚落和炫耀，她有些不忍，给梦生打气道：“梦生这么好的条件，哪里需要泥鳅帮忙。他二叔路子广，随便说句话，很多单位抢着要呢！”

陈老大看梦生的样子，直觉有些不对。如果同样的话，是从木材的嘴里说出来，陈老大一定会深信不疑。陈老大没有表露他的怀疑，他大大咧咧地道：“只要有本事，还怕没有工作？现在这个年代，真正有本事的人，谁还等分配工作？你先去问问你二叔，如果你二叔不管，你就来帮我。我刚买了一条趸船，端午节那天下水。我正需要人手，你和木材是好兄弟，有你们两个给我帮忙，我就有了左膀右臂了。”

梦生的二叔叶秉坤，和他爹叶秉德是双胞胎。两兄弟年轻时，为了争娶梦生的娘，也为了争夺叶家粥铺的继承权，打成了仇人。二叔竞争失败后，跟着一帮混混离家出走。当再回到石镇时，他变成了一个小包工头。他不仅承建了石镇码头，并且承包了码头三十年的经营权。他靠着垄断码头的经营，成为镇上最有影响力的企业家。

梦生当然知道，陈老大和他二叔是竞争对手。镇上的人认为，竞争对手就是仇人。从公司规模和财力上来说，陈老大比不过叶秉坤。可是叶秉坤在粥铺当伙计时，陈老大就是远近闻名的捕盗。因此陈老大说到二叔的时候，语气中自然而然带着一股霸气。

梦生心中一动，陈老大人脉极广，如果能在他手下做事，当然有助于自己的卧底工作。但是上级命令他，要以叶家子弟的身份，参加即将举办的龙舟选手赛。

娥子终于又出来了，后面跟着段天水。娥子穿一件宽松的扎染连衣裙，长裙一直拖到脚踝上，腰间系一条带子，愈发显出她的细腰。天水上身一件文化衫，洗得可以看见白纱线；一条半旧的牛仔裤，仿佛浆了黄泥一样，硬挺挺的，看不出颜色；脚上穿了厚厚的棉纱袜，套着一双半旧的旅游鞋。

梦生的眼睛直直地射过去，天水却避开了他的目光。天水的眼神虚虚的，像是没有睡醒的样子。他的眼睛如蜻蜓点水一样，轻轻从梦生脸上掠过，就落到远处的屋顶上了，算是和梦生打过招呼。

梦生心情复杂地注视着天水，这个比自己小几岁，长着清秀的脸庞，略显瘦弱的后生。几年不见，他虽然长高了，但是他的孤僻一点也没有变。他从小就用这种眼神看人，目光飘飘忽忽从不停留，即使遇到熟人，也很少主动和人打招呼，不熟悉的人说他是清高和骄傲。左邻右舍却为他辩解，段天水是连续的两届高考状元，他有资格清高和骄傲。梦生却不这么认为，天水两次放弃上大学的机会，这里面说不定有什么隐情。

水庆婶子亲热地和天水打招呼："天水，这么早出门呀？"

天水眼皮跳了跳，目光羞涩地躲闪了一下，低下头去。娥子看天水没有吱声，赶紧帮天水搭腔："天水要去县城高考，我们送他去轮船码头！"

泥鳅娘抢话道："你们提前买船票了没有？如果买不到船票，

让泥鳅帮你们想办法!”

水庆婶子也热心道:“天水啥时高考?一定急着今天走吗?虾米的快艇昨晚去省城了,没准下午就回来了。等虾米回来,让他开快艇送天水!”

泥鳅娘认为水庆婶子说这话,是和自己抢风头。泥鳅娘和水庆婶子做了几十年邻居,年少青春时,泥鳅娘比不过水庆婶子。如今年岁长了,她们比的是命。泥鳅娘认为,儿子泥鳅的命就是比虾米好。

泥鳅娘冷笑:“说什么让虾米用快艇送天水,好像快艇是他家私有财产似的!”

水庆婶子心里来了气,也反唇相讥:“你动不动让泥鳅帮这个帮哪个,好像你儿子是镇长似的。谁不知道他只是一个打杂工,每天挑着筐买买菜而已。”

泥鳅娘被水庆婶子戳破了,也不着恼,大声道:“泥鳅是个打杂工没错,但他是帮政府打杂,吃的是政府的饭,端的是铁饭碗。不像别人跟在叶秉坤身后,摇头摆尾像一条狗,专门吃别人的残羹剩饭呢!”

水庆婶子有些急:“你骂谁是狗?”

泥鳅娘占了上风,见好就收:“我可没说你,你千万不要对号入座。”说罢又转向娥子,“你今天还去蚌粉厂洗蚌壳吗?”

娥子的心突地跳了一下,想起昨天那帮不怀好意的后生,浑身就发颤。她不敢去看梦生,眼睛的余光却忍不住,偷偷地从他那里滑过去,才落到泥鳅娘脸上。她低声道:“除了蚌粉厂,哪里还有合适的活?”

泥鳅娘把竹子挪了一个肩,建议道:“蚌粉厂里都是些粗人,你一个文弱的妮子,哪里适合到那个地方做事,不如跟着我去渔场杀鱼。陈老大刚才还让我找人手,你当他的面说,他肯定同意你去。”

陈老大推辞道:“杀鱼的活又腥又累,我那里是记工算钱,怕是不适合妮子做。”

娥子那么柔弱,那么纤细,仿佛风一吹就会飘走。陈老大不是不肯让娥子去渔场干活,而是不忍心让娥子干杀鱼的活。

娥子赶紧表白:“我不怕腥,也不怕累!”

陈老大只好让步:“那你来渔场试试吧。”

梦生听到娥子要去杀鱼,也赶紧道:“我今天闲着没事,也去渔场帮忙。”

哑娘梳了个发髻,手上挽了一个鼓囊囊的提包也出来了。段箍匠跟在她后面,脚步停在门槛旁。

天水看看哑娘,蹙眉道:“娘带提包干啥?”

哑娘指指天,跺跺地,拍拍胸,推搡着天水,咿咿呀呀地叫嚷着。她虽然没有说出一个字,但是天水知道她的意思。她说这是闰五月,湖里有水鬼,她要亲自护送儿子去高考。

水庆婶子热心劲又上来了,她安慰哑娘:“天水是高考状元,状元是天上的文曲星下凡,那些水鬼见到文曲星,朝拜都来不及,哪里还敢招惹?哑娘你放一百个心吧!”

哑娘固执地摇着头,两手抓住儿子不放。天水懒得和娘争执,松口道:“我们走吧!”

娥子忽然想起什么,冲进屋里,又拎出一个塑料袋子来。袋子里有两盒蜂王浆,两盒饼干,两瓶矿泉水,两斤刚上市的樱桃,还有一套崭新的考试用具。

天水有些不耐烦,伸手去抢袋子:“不带了,不带了,太麻烦!”

娥子不等天水的手伸到,灵活地把左手的袋子挪到右手,两眼倔强地看着天水:“这次走水路,船上买东西不方便,带在路上备用!”

天水愤愤道:“说了不带就不带!”

天水的样子像在生气,娥子被天水的声音吓了一跳,她柔柔地看着天水,声音里带了哀求:“天水——!”

天水无动于衷,对哑娘挥挥手:“娘,我们走!”

娥子看似懦弱,可是在天水面前,却显得异常倔强。她闭着嘴,不再吭声,仿佛没有听见天水的话,继续把袋子提在手里,远远地尾随在他们身后。

梦生看着他们的背影,不知是生气,还是怜惜,只觉得酸醋醋,心里说不出的难受。

水庆婶子叹息道:“看上去像两只般配的天鹅,谁知其中一只是雏鹰。雏鹰的翅膀长硬了,早晚要远走高飞呢!”

泥鳅娘一语双关道:“有癞蛤蟆想吃天鹅肉,正盼着雏鹰飞走呢!”

水庆婶子知道她这是在讽刺梦生,不由冷笑:“想吃天鹅肉的癞蛤蟆,好像不止一只呢!”

泥鳅娘被噎住了,说不出话来。泥鳅娘有她的小算盘,她知道泥鳅喜欢娥子。如果天水考上大学远走高飞,如果他不想娶娥子,泥鳅娘就想帮儿子把娥子娶进家门。

泥鳅娘不再理会水庆婶子,抖了抖肩头的竹子,肥硕的屁股左一扭,右一摆,竹梢轻快地抖动着,走了。

水庆婶子见梦生愣愣地站着,眼睛直勾勾盯着娥子的背影,仿佛傻了一般。她轻轻捅了梦生一下,笑道:“丢魂了?不去挑水吗?”

梦生回过神来,不好意思地笑笑,甩动扁担跟着水庆婶子往湖边走去。

第4章 段家

一座破败的老宅,被茂盛的蒿草覆盖着,仿佛在掩藏一个六百年的秘密。

水庆婶子的大嗓门,泥鳅娘竹梢扫街的声音,挑夫们的脚步声,早把金子吵醒了。金子披散着染成褐色的长发,穿着宽松的拖地睡裙,打了一个哈欠,慵懒地倚靠在阁楼的栏杆上。她看到天水背着双肩包,跟在哑娘身后过来,不由嗤地一笑。

"天水!"金子微笑着向天水招手。一阵踢踢踏踏的楼梯响,金子光着脚,趿着一双水晶般的高跟拖鞋,出现在天水面前。

金子还没有梳洗,刚睡醒的皮肤泛出象牙一样的光泽。半透明的睡衣里,丰满的酮体若隐若现。一股幽幽的体香,带着热气扑面而来。

天水一阵心跳,不由垂下了眼帘。金子肆无忌惮地抓住他的手,把自己手腕上的一块手表,直接捋到他的手上。

金子梦呓一般的声音,把天水催眠了:"参加高考,怎能不戴表?"

天水口有些发干,他想拒绝,手却被金子按住了,整个身子软绵绵的，没有一丝力气。他的眼睛落到地上，水晶拖鞋上的脚指头一个个圆润饱满，仿佛调皮地冲他笑。

金子是钟表铺的老板娘，她可不像水庆婶子，在家里甩着一张欠债的脸，在外面却放纵般舒展。她也不像泥鳅娘，像一只趴窝的老母鸡，咯咯咯不停地往窝里扒食。她还不到三十岁，有着挥霍不尽的激情。对待天水，她就像对自己的弟弟。当着众人的面，她亲昵地捋了捋他的头发："就当姐姐拍你马屁，将来你出人头地，还认得有个叫金子的姐！"

这是一款时尚的欧米茄手表，戴在天水的手腕上，就好比宝马配好鞍。哑娘不知道欧米茄的价值，天水也没有表现出任何欣喜，哑娘仍然对金子心生感激。她拍拍自己的胸口，对着金子做了一个感谢的手势。

金子的头发波浪一样摇了摇："客气啥，谁让我是他姐！"

火根师傅扛了一摞竹篓，卸在巷口。好几家篾场发货，家家都把竹器搬过来，巷口的竹器堆成了山，几乎把通往湖边的路口堵住了。火根师傅嘴里叼一根纸烟，拍了拍手往回走，一边含糊不清哼哼地唱着：

紧打鼓来，慢敲锣，
停锣住鼓，听唱歌。
诸般闲言也莫说，
听我唱过十八摸。
……

泥鳅娘砰的一声，把肩头的竹子扔下地。竹根在篾场，竹梢还在街头翘着。她听到火根师傅的哼唱，剜了他一眼道："这么一大把年纪，还有心情唱十八摸？当心你的十八摸把水鬼招来，你就连一摸也摸不到了！"

泥鳅娘个子矮，身材胖，走动起来就像一个南瓜在地上滚。她一边说，一边弯腰抱起竹根，把竹子往篾场里面拖。

娥子跟在哑娘身后，从竹器缝隙里穿过。她的长裙闯了祸，裙摆挂住了一只竹篓。娥子浑然不觉，继续低头往前走。裙角把竹篓拖动了，像山一样的竹篓哗啦一声，坍塌下来。

火根师傅的哼唱戛然而止，他回过头去，八字眉往上一耸就吼了起来："走路怎么不长眼睛！"

哑娘走在最前面，听不到后面的动静。即使有一座火山在她身后爆发，她也一如平常继续往前走。娥子被火根师傅吼得站住了，天水敏捷地蹲下去，伸手去扯开篓子。谁料，他的屁股一拱，又碰倒了一堆竹器。那些竹器就像多米诺骨牌一样，骨碌碌全部倒塌了。

火根师傅怒不可遏，一掌推过去，天水没有防备，被推得躺在地上。火根师傅盯着天水，凶巴巴地呵斥："你们故意搞破坏哈？这是新竹器，摔坏了你们赔得起吗？"

梦生在后面跟着，觉得火根师傅有些过分。竹器这个东西，怎么会一下子摔坏，即使摔坏了，也不能动手推人。

梦生调侃道："竹器又不是瓷烧的，哪那么容易摔坏？"

水庆婶子笑着打圆场："人家天水可是状元，状元是文曲星转世。文曲星的手摸了你的篓子，你的篓子就沾了贵气，说不定篓子就能卖个好价钱呢！"

火根师傅传统观念极强，在九佬十八匠这些手艺当中，箍匠的地位排名最低。这一条老街只有段家做箍匠，偏偏段家出了个状元儿子。别人对段家儿子刮目相看，可是火根师傅却不肯买账。

火根师傅鼻子哼了一声，阴阳怪气道："什么状元？恐怕是小秀才转世！这条老街即使出了状元，那状元也不会姓段！"

小秀才是个水鬼，已经死了很多年。他死的时候，只有五岁。传说小秀才半岁开口说话，一岁就会认字。三岁会背王勃的名句"落霞与孤鹜齐飞，秋水共长天一色"。五岁那年，跟着娘坐渡船，还在背诵《弟子规》。有个后生挑逗他，一把夺过《弟子规》，做了一个投掷的手势，把别的东西丢入水中，将书藏到背后。小秀才以为书被扔到水里，扑通一声跳下了水。一艘机帆船过来，刚好压在小秀才头顶。小秀才从此变成了水鬼，每到农历七月十五的夜晚，人们都可以听见他朗读《弟子规》的声音。

梦生听得有些糊涂："是不是状元，跟姓段有关系吗?"

水庆婶子有些着急，担心火根师傅没深没浅，把段家的秘密说出来。她连忙打岔："扯姓干什么？该坐船的去坐船，该挑水的挑水去!"

孙弹匠端着一个茶缸，从铺子里出来。他踢踢趿趿走着，一边用毛巾前后左右抽打身上的灰尘。那些沾在他头发上、衣服上的棉絮，被拍打得像雪花一样，飞飞扬扬飘下来，落到了火根师傅的竹器上。

火根师傅正在火头上，看到头顶乱飞的雪花，又想出口骂人。回头瞥见孙弹匠，他就像一枚臭弹，装进炮筒里却哑了火。孙弹匠是一个没事找事的杠头，即使无理也要争三分，谁要是惹上他，半年都没得清静。

孙弹匠走到巷口，看也不看那些竹篓，抬起腿就是一脚。他这一脚，就像是踢足球一样，把一个竹篓踢得骨碌碌滚到老远。

孙弹匠往地上吐了一口痰，大声道："什么破烂玩意儿，放在这里挡路，差点把老子的装备踢坏了!"

孙弹匠把他的鞋称作装备，他穿的是一双老布鞋，那鞋是他老婆用千层布粘的底，用手工绩的麻线，千针万线纳成，穿在脚上干爽、透气。密密麻麻的针脚凸起来，踩在脚下，有一种麻酥酥的舒适，仿佛老婆那双手，在给他做足底按摩。

孙弹匠说只有穿上他的装备，弹起棉花才均匀有力。他弹棉花的声音，让人听着才觉得像是在弹琴。孙弹匠还有一套他自己的理论，他说外国养牛，兴让牛一边吃草一边听音乐，他孙弹匠也要发扬中国文化,要一边生产棉被一边创作音乐。别人问他弹的是什么,他说他弹的是摇滚音乐。其实孙弹匠刚才那一嗓子,心疼的不是踢坏他的装备,而是踢疼了一个大脚趾。

火根师傅不能再做缩头乌龟,因为在这条老街做手艺的,声誉就好比电视里的广告,好的声誉靠日积月累,坏的声誉一夜之间就会传出去。孙弹匠骂他的竹器是破烂,传出去以后,谁还会上门买他的竹器。

火根师傅像一只斗鸡一样,冲到孙弹匠的面前,梗起脖子质问他:“你骂谁破烂呢?”

孙弹匠像一只更大的斗鸡,也把脖子抻得老长,瞪着眼睛道:“谁挡道,我骂谁!”

火根师傅喷着唾沫道:“那不是你的道,你凭啥骂?”

孙弹匠眼睛里瞪出火星子来:“那道也没有写着你的名字,你凭啥挡道?”

火根师傅说:“那道姓国,国家的国。我是国家的人,我的竹器摆在国家的道上,你管不着!”

孙弹匠道:“那道是姓国,我也是国家的人,谁挡了国家的道,我就踢谁!”

两个人拿国家做皮球,你踢过来,我踢过去。仿佛他们不是为竹器吵架,而是在争论国家属于谁。

郭铁匠和他的徒弟在铁匠铺里打铁,炉火烧得通红,鼓风机呼呼地吹着,火炉上的火把铁匠铺子烤得像个蒸笼。郭铁匠拿一把小锤,他的徒弟耗子轮一把大锤,师徒两个你一下我一下,叮叮当当地敲着,火星在铺子里四溅。火星落到铺子外面,凝结成一颗一颗的铁屑子,噼噼啪啪掉到地上。

郭铁匠不耐烦地放下锤子,老街忽然失去了打铁声,大家有些不习惯,一齐回过头来看郭铁匠。

梦生趁机煽风点火:“这种架吵得一点水平都没有!”

郭铁匠用铁钳子夹起一块通红的铁块，随手扔进门口的水盆里。那铁块发出“嗤”的一声，从水盆里冒出一缕青烟。郭铁匠虽然没有说话，可是他一个眼神，一个动作，都透出一股狠劲，这股狠劲让孙弹匠和火根师傅心里抽缩了一下，把吵架的事忘了。

其实大家并不是被郭铁匠的那股狠劲吓着了，他们怕的是郭铁匠的手艺。郭铁匠不是普通的铁匠，别看他每天在铁匠铺里，叮叮当当只会打造铁锚，其实他最擅长的是仿制枪支。谁要是把他惹翻了，他突然掏一把枪出来，躲藏的地方都没有。

天水无声地站起身来，面无表情地对娥子说：“我们走吧！”

娥子无奈地低着头，偷偷看了梦生一眼。梦生发现娥子的眼里，满含着委屈和幽怨。

梦生突然生起气来，整个事件是因为段家而起，天水却超然事外，竟然说出要走的话来。天水和小时候一样，仍然是那么自私，那么懦弱，连起码的尊严也不要。

孙弹匠看天水要离开，失去了吵架的兴趣。他晃了晃手里的茶缸，白了火根师傅一眼：“我要去漱口洗脸，懒得和你计较！”

火根师傅也白了孙弹匠一眼：“别以为我喜欢你，我还等着发货呢！”

梦生忍不住喊道：“都不要走，事情还没有了结呢！”

火根师傅瞪了梦生一眼：“你想怎么着？”

梦生瞪着火根师傅，一字一句说：“你得向段家道歉！”

火根师傅轻蔑地看了梦生一眼，嘲讽道：“哟！看不出来，你当了几年兵回来，学会主持公道了。我看你是脑壳发热了，以为你真的是梦生！你跳到湖里，用冷水醒醒脑壳，回家问问你娘，弄清了自己的身世，再到这里来发言！”

梦生曾经最怕人提他的身世。梦生娘是叶家远房外甥女，自小没了娘，寄养在叶家粥铺帮工。哥哥秉德长得结实，做事勤快，担水、挑煤、烧火、洗碗，像个陀螺似的转个不停。弟弟秉坤生得秀气，虽然不爱干重活，但是心思灵巧，嘴巴活络，只要他往粥铺一站，粥客就络绎不绝。

秉德、秉坤两兄弟，同时喜欢上梦生娘。梦生娘十六岁那年，身子忽然有了。哥哥秉德问她，她说孩子是哥哥的。弟弟秉坤问她，她又说孩子是秉坤的。爹娘让她当着兄弟俩的面，把肚里的事说清楚。

梦生娘顾左右而言他。她说，有一天晚上，她梦见了花和尚，湿漉漉地爬上了她的床。

花和尚并不是和尚，他是轮船上的一个水手。轮船在哪里靠岸，他就在哪里播撒情种。花和尚的水性很好，他诱惑女人的绝招，就是在船上做跳水动作。他经常爬到桅杆顶上，或者用一条腿独立，做个飞翔的动作，然后扑通一声跳下水去；或者两条腿盘住桅杆，身体倒立着翻下湖。

湖边是女人聚集的地方，尤其是热闹的码头。那些洗衣服的妮子，还有洗菜的少妇，很容易被花和尚吸引。花和尚随身带了发卡、丝巾、手链，送给对他中意的少妇或妮子。有人说，花和尚在鄱阳湖沿岸洒下的种子如果拢到一起，可以开一个幼儿园了。

花和尚经常被人抓住，人们给他剃了光头，把他打个半死，像狗一样扔到湖边。可是他贼心不改，身上的伤没有好利落，又故伎重演。终于有一次他在表演跳水时，一头栽进乱石丛中，再也没有起来。有人潜到水下发现，他的脑袋被两块石头卡住了。

花和尚死了几十年，可是关于他的传说却越来越多。每年七月十五的鬼节，有人看见花和尚上了岸，仍然在湖边表演跳水。只要有妮子打开窗户，不小心朝湖边看一眼，花和尚就会跟踪过来，爬上她的床。

梦生娘情急之下，编出这么离谱的瞎话，让秉坤非常生气。再看爹娘把粥铺给了哥哥秉德就一气之下，离乡出走。梦生娘和秉德结了婚，孩子生出来，模样有几分像秉德，神态却有几分像秉坤。

左邻右舍互相挤眉弄眼:“孩子是花和尚投胎,他是梦生的嘛!”没想到秉德真给孩子取名叫梦生。

在石镇人的嘴里,“梦生”不仅是一个名字,而且还含有一层暧昧的意味。当年少年体校到镇上选苗子,一下子就选中了梦生。

虾米水性也好,他也报名参加考试,却落了选。旁人安慰虾米:“你水性再好,也跟他争不得,他是梦生嘛!”

梦生和泥鳅同年参军,几年之后,梦生进了特种部队,泥鳅却转业回家。大家嘻嘻哈哈,酸溜溜又是那句话:“他是梦生嘛,当然要进特种部队啦。”

梦生在部队历练几年之后,再也不怕别人说他像二叔。二叔和爹是双胞胎,像二叔就是像爹,这有什么区别。人嘴两块皮,人家愿意说,让他说去。

梦生想继续说什么,郭铁匠忽然截住他的话:“梦生不能主持公道,那我来主持一下公道!”郭铁匠的声音不大,可是火根师傅听起来就仿佛是在打雷。

郭铁匠拦住天水,大大咧咧地说道:“火根师傅不肯向你道歉,你现在走过去,照样把他推倒,双方就扯平了!”

天水用一种奇怪的眼神看了郭铁匠一眼。这一瞬间,他的眼神又飘忽起来。谁知道他飘忽的眼睛里掩藏了多少情感。他看上去那么怯弱,谁知道他的内心却像洪水一样在翻滚。他内心早已立起了一道堤坝,这堤坝把他囚禁在一个孤独的世界里,堤坝外面的世界,他决意不去看,也不去听。

天水缓步走到火根师傅面前,火根师傅对他怒目而视。娥子紧张地盯着天水,她并不希望天水打架闯祸,可是她又在内心渴望,渴望天水能做出什么惊人的动作。大家也都盯着天水,看他如何把火根师傅推倒。

天水直直地走到火根师傅跟前,突然弯腰向他鞠了一躬。他用一种淡淡的,近乎谦恭的语气向火根师傅道歉:“对不起!我们不是故意搞破坏。竹器损坏了多少,我们赔偿多少。我向您保证,段家绝不会赖账。"

天水说完,极有涵养地朝大家点点头,丢下瞠目结舌的梦生,风度翩翩地离去。

火根师傅站在那里发愣,泥鳅娘看着他的背影赞赏道:"读书人就是读书人,说话做事跟别人就是不一样!"

火根师傅气道:"你不说话,没人拿你当哑巴!"

郭铁匠半天才反应过来:"好小子,看不出还有这一套。滚吧滚吧!滚得越远越好,最好不要出现在我面前!"

这条老街即使出了状元也不会姓段。刚才火根师傅的话里有话,大家都心照不宣,仿佛联手掩盖什么秘密。这个秘密似乎和段家有关,难道是关于娥子的身世?可是火根师傅明明指的是天水,难道这个秘密和天水有关?根据梦生对天水的了解,天水并没有什么宏伟的志向。他之所以那么用功读书,就是为了早日离开石镇。如果照此推理下去,天水就不像大家所说,是为了圆清华大学的梦而放弃两次上大学的机会。莫非正是那个被大家掩盖的秘密,迫使他放弃上大学。段家的这个秘密到底是什么?梦生似乎嗅到了某些气味,他想循着这个气味,找出一个答案。可是他灵光的脑袋,像电线断了路。只要在娥子面前,梦生的思路就失去头绪。

梦生闭上眼睛，觉得那不是娥子在唱歌，那是一只白天鹅，被困在段家的渔网里，向他呢喃细语。

第5章　陈老大

六百年前，他的祖先曾在鄱阳湖叱咤风云。六百年后，他始终守护在鄱阳湖。他守护的是一个秘密？还是一个传说？

6月的信江有些湍急，而赣江的水流依然清洌，饶河气势汹汹插进来，三条河流像三条巨蟒一样的扭打在一起，仿佛在三江口争夺地盘。湖面上缠起一个又一个浪结，那高高耸起的浪尖下面，仿佛有一口暗无天日的深井。浪花不小心被推下井去，立刻消逝得无影无踪。

当陈老大在河神庙前举起硕大的木槌，敲响那面仿制的河豚鼓时，沉闷如夏雷似的鼓声再次把湖堤震得簌簌颤抖。陈老大似乎听见河豚的歌声顺着波浪飘荡而来。成群结队的河豚潜在水里，踏着浪潮的节奏，像温柔的风在耳边低鸣。它们偶尔像草原上的猎豹，高高地跃上半空，露出昂起的头，还有那黑亮光滑的背脊。

陈老大身体里面躁动起来，他的思绪有些飘忽。他忽然想起了幼年时，爷爷跟他讲述太爷爷撑着一条乌篷小船，在一个雨水绵绵的季节，带领全家从新安江溯流而上，途经昌江，穿越茫茫无边的鄱阳湖，通过赣江抵达石镇的情景。

陈老大遥想先祖陈友谅站在巨型的艨艟巨舰上，指挥千军万马的气概，就不由得气血澎湃。他不惜巨资买下趸船，并不完全是为了和叶秉坤争夺码头。恢复先祖昔日的辉煌才是他之所愿。

陈老大看着木槌在自己眼前飞舞，鼓声阵阵，仿佛木槌不是在他的手上，而是被先祖的手控制。他在心里警告自己说，我是陈老大，我不能被自己的鼓声操纵，我不能走神。陈老大咬破了自己的舌尖，从喉咙咽下一丝腥咸的液体。

袁舢板站在陈老大的另一边敲鼓，他是一个沉默少语的渔人。可是从他举起鼓槌的那一刻起，就仿佛行走在波涛翻滚的湖面上。他光着粗壮的膀子，腰上扎了一条鲜红的绸子。他紧绷着黑黝黝的长脸，两条胳膊的肌肉鼓得高高的。随着鼓点的节奏，他的眼神飘忽着像要飞起来一样，整个身子也都跳了起来。他看上去不是在敲鼓，而是在与风浪进行灵与肉的搏斗。

被鼓声控制的不仅有袁舢板，还有八个抬鼓的后生。八个后生四根杠，木材和梦生一组，泥鳅和铁匠铺子的学徒耗子一组，何运满与年糕铺子罗水庆的儿子虾米一组，江家村一个后生与李木匠的儿子小李子一个组。

五百多公斤的河豚鼓，压在八个后生的肩头。加上陈老大和袁舢板的四只木槌，他们的每一次敲击，让八个后生的肩头感到震荡。这八个后生，分别代表陈、谢、罗、李、袁、孙、叶、许、何这九个大姓村落，是经过抓阄选出来的八大金刚。

梦生在部队里经过严酷的负重、越野、攀爬、泅渡、格斗等体能训练。木材长得虎背熊腰，自小跟着爹在风浪里出没，练就了一身鲨鱼般的皮囊。他们和另外六个后生抬一面鼓，本来应该是轻而易举的事情，可是梦生却额头冒汗，木材也有些步履踉跄。

何运满是秉坤的大舅子，自小跟着他爹开肉铺，练就了一身的牛力气。一头几百斤重的肥猪，被他揪住耳朵和尾巴，连动也动不了。别的肉铺宰猪，是几个人齐上阵。何运满却是只身将刀衔在嘴边，两手将肥猪举到锅台上，挺起一只膝盖，抵住嚎叫挣扎的猪。他左手按住猪头，右手举刀，往猪脖子上一捅，猪血喷涌而出，然后四只蹄子一蹬，立刻就没有了声息。

虾米长得像他爹罗水庆，不但身材瘦小，而且身子骨单薄。罗水庆曾经让虾米拜在郭铁匠手下当学徒，虾米脖子上挂一条厚重的皮裙，戴上厚厚的棉手套，抓起那把大锤的时候，就觉得不是他在抡锤，而是锤子在带着他跑。他和耗子你一锤我一锤敲着，耳朵就竖了起来，一旦听到外面有声音叫他，便飞快地扔下大锤，兔子一样逃出去。

何运满一直想离开肉铺，进秉坤的公司上班。俗话说：打虎亲兄弟，上阵父子兵。他不理解，姐夫撇开他这个大舅子，却把快艇交给虾米开。他拿虾米做出气筒，故意要和虾米抬杠。虾米在前面走，何运满在后面压。虾米想放缓脚步，何运满却使劲往前面推。一阵比一阵紧张的鼓声，敲得虾米越来越紧张，脚步越来越混乱。何运满却十分的兴奋，他故意不按节奏走。

这天不仅是龙舟节开幕日，也是石镇生态开发区开幕式。秉坤承包了开发区建设项目，而且还是龙舟节赞助商，此时和镇领导一起坐在主席台上。他手里拿着一个望远镜，把陈老大这边的情形看得一清二楚。望远镜从陈老大身上移开了，落在了陈老大停靠在狼山洲的趸船上。远远看上去，趸船就像是一头横卧在沙洲的雄狮，向秉坤张开了血盆大口，仿佛要把秉坤吞下肚去。

秉坤心里突地跳了一下，赶紧把望远镜放下，仿佛趸船真的是一头野兽似的。当年秉坤冒着极大的风险，贷了上千万修建石镇码头，才获得了码头三十年的独家经营权。陈老大仅靠买一条趸船，利用湖管站的牌子，用打擦边球的方式，轻而易举就想侵占他的码头。如果陈老大的趸船运营起来，不仅会分去他半个码头的收益，而且会动摇他对码头的控制权。

鼓声停住了，秉坤定了定神。大家都安静下来，听镇领导讲话。大家把注意力集中在正要举办的龙舟选手赛上，对开发区项目并不感兴趣。这一届龙舟选手赛，要选出新一届的捕盗。获得捕盗荣誉的选手，不仅将获得一百万元的奖金，而且会成为生态开发区形象代表，享受国家公务员待遇。

消息传出来，几千个后生涌上来报名参赛。沉寂了多年的三江口，呼啦啦一下子被五乡八村的渔船占满了。河神庙前搭满了帐篷，湖堤上下挤满了人，石镇的手艺人和生意人把铺子搬到了沙洲上。还有安徽来的戏班子、河北吴桥的杂耍艺人都撑着船过来了。从芒种开始请龙舟，到选拔龙舟赛手，再到端午节赛龙舟，节目一个连着一个，河神庙前要热闹半个多月。

龙头披着金黄色的绸子，拖着柔软而又富有弹性的龙须，戴着晶莹剔透的珠花，被两个童子抬着，在激越的鼓点声中穿过石镇的大街小巷。赵伯耘领着几个民警，跟随着请龙舟的队伍一边走着，一边维持队伍的秩序。当热热闹闹的队伍从老街经过时，赵伯耘忍不住回头向龚表匠的铺子里看了一眼。

龚表匠的铺子正在翻修，瓦匠骑坐在房顶上，一块一块掀开上面的房瓦。金子站在房屋中间，阳光从敞开的屋顶射进去，斑斑驳驳照到她身上。金子的眼睛热辣辣地扫过来，痴嗔、爱怜、幽怨的眼神，一下子就把赵伯耘捕捉到了。赵伯耘立刻变得痴呆了似的，两条腿不会挪动。

赵伯耘第一次遇见金子，就是在这条老街上。那时候，他还在中学当老师。他到这里来做家访，学生梦生、天水、虾米、泥鳅都住在这条街上。他还没有进老街，远远就听到拉锯的声音、刨木板的声音、斧凿的声音、剖篾的声音、弹棉花的声音，打铁的声音，叫卖米果的声音，五音杂陈混合成一片。一股混杂着柏木的香气、鲜竹沥的气息、火炉的焦煳味，以及蒸煮米果的米香肉香，像热波一样滚滚向赵伯耘袭来。

两旁铺子的门都敞开着,匠人们在铺子里正在干活。赵伯耘的眼睛被那雕有红楼的花床吸引过去,红楼里有半裸的女人,朦胧的纱帐。几十头威武的狮子,列成长方形的阵形,仿佛在护佑着花床里的女人。再往前走,是玻璃柜子罩住的金银手镯,还有摆放着镶有钻石和蚌画的钟表。

赵伯耘站在玻璃柜前,看到一只手伸进玻璃柜子。那细长的手指上,戴了一枚绿松石戒指。一个透明的翡翠手镯,套在细小而又圆润的手腕上,在绿松石和翡翠的衬映下,那只手愈发显得温润如玉。赵伯耘觉得那玉笋般的小手,仿佛小偷似的,一下子伸进了他毫无戒备的心里。

赵伯耘的眼睛跟着那只手走,一眼看到金子坐在玻璃柜旁。金子的头发染成了褐色,褐色的大波浪在她瘦削的肩头散开了。肩胛骨半裸着,绿色的旗袍把她那似乎还没有完全发育的胸部勒得紧绷绷的。她的眼睛里似乎燃烧着两团火,这两团火把她的脸都映红了。

金子妩媚地冲他一笑,露出米粒般的牙齿。开铺子的老板娘看到客人光临,都要做出这种职业性的微笑。赵伯耘被她的这一笑催眠了,他觉得整条街上的声音和味道,就像发酵了似的浓得化不开,把他完全淹没了。

金子笑得更加灿烂:"修表吗?"

赵伯耘神差鬼使一般把手抬了起来,他的手上戴着一块崭新的欧米茄手表,那是桃月送给他的新婚礼物。

赵伯耘说:"嗯,帮我看看这块表。"

金子回头冲龚表匠喊:"老爹,看看这块表!"

龚表匠从金子身后抬起头,赵伯耘看到一个弓着背,戴一副老花镜,满头白发的老头,向他张开五只鸡爪子似的手指。

赵伯耘犹豫了一下,手腕上熠熠闪光的新表,仿佛桃月那荷花一般的脸。他立刻把手缩了回来,好像把这块表交到龚表匠手里,就如同把桃月交给了他。他可不想把自己的新娘,交到这么一个猥琐的老头手上。

金子笑盈盈站起身,挪到赵伯耘身边。她抓住赵伯耘的手,似乎在低头看他的手表。她的身子紧紧地靠近他,她的前胸轻轻蹭了他一下。金子那柔软的胸部,就像一根火柴,把赵伯耘心里的火腾的点燃了。

金子说:“好金贵的一块手表,表带有些汗渍,我带你到工作间洗洗。”说着,就抓住赵伯耘的手,把他引到店铺后面的房间里。她的眼睛火一般一动不动地烧着他,她的手没有去抓手表,而是伸进了他的衣服里。

赵伯耘一直不明白,金子为什么喊龚表匠爹,又给龚表匠做老婆。老街的人对这个话题,似乎并不怎么回避。当年龚表匠去保定开店,带回来母女两人。那女人身材高挑,穿一件绣缎旗袍,烫了波浪短发,身上喷了香水。她往老街上一走,就仿佛一块吸铁石似的,把整条街上男人的眼睛都吸引了过去。

龚表匠炫耀说,他带来的女人是唱三弦的。他甚至让那女人在钟表铺门口,表演了一场《刘二姐拴娃娃》。那女人跷腿坐在钟表铺里,怀里抱着一把琵琶,染红了的长指甲往琵琶上一拨,就听她轻启丹唇唱道:

> 刘家二姐闷坐鼓楼,手托香腮一阵好发愁,思想起来过门六个月,夫妻和和美美度春秋。常言道,草留根,人留后,到老无儿事事忧。听人说送子娘娘有灵验,何不去娘娘宫里把头叩……

老街的那些男人,看着那女人拨弦的手,听着那女人唱的曲,个个都仿佛丢了魂。然而不到半年时间,那女人竟然丢下女儿,不知跟谁又跑掉了。女儿慢慢长大,身段模样越来越像她娘,人们才开始注意这个叫金子的女孩。

龚表匠把金子养到十二岁，就迫不及待地把她收了房。金子虽然不能唱三弦，但是她完完全全学她娘的样，烫波浪发，穿绣缎旗袍。她七八岁来老街，不知不觉间，眉宇吸收了南方的水气。这使得她既有她娘身上的洒脱，又有南方女子的娇媚。她仿佛是龚家钟表铺的一块招牌，石镇附近的人家，几乎都要到龚家钟表铺买钟表。女人们私下里议论，龚表匠卖的不是表，而是婊子的身体。

赵伯耘每到周末，就借口到老街做家访。他把桃月送他的欧米茄，交给金子保存着。他说那块手表就像他的心。这颗心被金子放在透明的玻璃柜子里，和许多颗心躺在一起，发出滴滴答答的心跳。

桃月很快就发现了赵伯耘的秘密，为了教训金子，她从娘舅家搬来救兵。她的表哥表弟领了十几个后生，手持棍棒和锄头浩浩荡荡冲进老街，把龚表匠的铺子砸了个稀巴烂。桃月送给赵伯耘的手表，当时就躺在钟表铺的柜子里。那些后生几棍子砸下去，柜子里的手表立刻碎成几片。

赵伯耘闻讯赶来时，金子捧着那些被砸坏的手表，仿佛捧着一颗颗破碎的心。赵伯耘为了安慰这颗心，又给金子买了一块欧米茄。他来钟表铺的次数更多，他甚至不再编造借口，就那么堂而皇之地来，又堂而皇之地去。

桃月哭泣、上吊、嚷着离婚，都不能阻挡赵伯耘。桃月站在镜子前反反复复看自己，椭圆脸、弯眉毛、大眼睛，她还是过去那个样子。赵伯耘曾经说她是一朵鲜艳丰满的荷花，难道这朵荷花在赵伯耘心里已经凋谢了吗？

桃月哀哀地问赵伯耘："我哪里比不上金子？"

赵伯耘从来没有拿桃月和金子比较过，桃月这么一问，他仔细想了想，竟然想不起金子长什么模样。越想不起她的模样，赵伯耘的心里就越想她。赵伯耘怀里搂着桃月，心里却想着金子。金子不像花，更像一阵烟，像一团雾，抓不住，摸不着，却老是朦朦胧胧地把桃月遮住。

赵伯耘在新婚之夜，为了表达对桃月的爱，把他家族的一个秘密告诉了她。赵伯耘的祖上曾是湖盗，那种隐藏在鄱阳湖的烟波深处，口衔芦苇钻到船底下凿沉商船的湖盗。他床底下一个旧皮箱中，还藏匿着祖上传下来的几根金条。

吃醋的女人翻起脸来，做出来的事情很可怕。桃月从床底下翻出那些金条，交给秉坤，让秉坤设法教训赵伯耘。秉坤是他们的媒人，他没有收拾赵伯耘，而是把金条作为入股资金，让桃月以股东身份到他公司上班。秉坤用两根金条，把赵伯耘从学校调进了派出所。赵伯耘被秉坤这一套治住了，自从穿上警服，他再也不敢踏入钟表铺子。

赵伯耘已经好久没有见到金子了，偶尔到老街来办事，也是目不斜视地匆匆而过。金子身边向来有很多男人，没有赵伯耘，她坐在铺子里面照样很快乐。可是赵伯耘被金子的眼神那么一勾，就仿佛被一双无形的手抓住了。赵伯耘艰难地咳嗽了一声，看到段箍匠坐在铺子旁，心里突然松动了一下，他抬腿向段家老宅走去。

赵伯耘来过段家很多次，段家老宅被天井一分为二，北边是堂屋，南边是厢房。段家几代一直住在南边的厢房里。堂屋的四间房子，全部上了锁。土改时政府曾把堂屋分给他人。住进去的两户人家，一户女主人因难产而死；另一户人家的女儿，也不明原因跳湖自杀。因为传说闹鬼，没有人敢再住进来，堂屋因此空了半个世纪。

赵伯耘跨进段家宅院，抬头就看见屋顶上的蒿草。蒿草比过去长得更茂盛了，蒿草下的屋脊被压得陷了下去，就连堂屋的地基，也好像跟着往下沉了似的。段家左边是叶家粥铺，右边是龚家钟表铺，夹在中间的段宅因年久失修，愈发显得陈旧凄凉。

段箍匠端上来一壶茶，金子提着一个篮子也跟进了院子。段箍匠想找个借口回避,金子却把他叫住了:"段师傅,你把哑娘酿的米酒端出来。"哑娘不在家,仿佛她是段家的女主人。

金子像变戏法似的,从篮子里翻出几个食盒。她把食盒打开,一盒酒糟鱼,一盒南瓜干,一盒炒豆子,还有一盒香瓜子,都是下酒的小菜。段箍匠温了一壶甜米酒出来,金子斟了满满三大碗。

金子把酒端起来,用埋怨的口气说道:"我们家翻修房子,赵所长经过这里,也不去捧捧场。你这个贵人,非要我三请四拜磕头请吗?"

金子的埋怨声中,带着一种火辣辣的味道,仿佛把人的心一下子灼热了,灼疼了。仿佛她和赵伯耘之间,什么都没有发生,又从来都不曾分开似的。

金子的这份妥帖,让赵伯耘的心安定了些。他和金子见面的目的,不是为了偷情,而是想提醒她,不要翻修房子,因为在开发区项目规划中,老街这一片铺子都要拆迁。赵伯耘话到了嘴边,又不知道如何开口。

赵伯耘笑道:"我一直负责治安,实在是忙得顾不上来。"

金子摇了摇褐色的头发。阳光从天井里射进来,照到金子的头发上,摇出满头的金光。金子斜眼看了赵伯耘一眼,把一杯酒送到他的唇边,嗔道:"什么忙不忙的,再忙也得吃饭上厕所!"

赵伯耘有些崩不住了,他情不自禁伸手去摸金子的头发,手伸到一半,又缩了回来。他抓了抓头皮,掩饰着自己。

赵伯耘不习惯喝米酒,米酒的味道很稠很甜,甜得几乎粘住了他的喉咙。赵伯耘喝到第三碗时,把酒碗放了下来,笑道:"不能再喝,再喝就醉了!"

金子乜了赵伯耘一眼,笑道:"醉了就醉了,又不是第一次醉!"

赵伯耘再也忍不住了,轻轻地叹了一口气:"你让石匠师傅停工,不要浪费了金钱!"

段箍匠一直低着头喝酒，他知道赵伯耘和金子的关系，他不想看，也不想听，只想把自己灌醉。赵伯耘的一句话，让段箍匠立刻把头抬了起来。

金子和段箍匠互相看了一眼，把眼睛转向赵伯耘，仿佛没有听明白似的。

赵伯耘给自己斟了一杯酒，低声道："你们知道开发区项目吗？"

金子有些迷茫："开发区项目是政府的事，跟我翻修房子有啥关系？"

赵伯耘含含糊糊道："开发区项目是沿河而建，估计老街的铺子都纳入了规划中。"

段箍匠听明白了："你的意思，我们的房子都要拆迁？"

金子把赵伯耘的手拉起来，按在自己的胸前，柔声说："你真的舍得丢下我不管？"

赵伯耘的手像一把伞，覆盖在金子的胸脯上。金子的胸脯起伏着，他感觉到自己的心在跟着一起跳。赵伯耘赶紧把手抽了回来，牙疼似的吸了一口气，用几乎听不清的声音嘟囔道："上面给每个干部分配了指标任务，我的指标任务就是你，还有段家这座老宅。"

段箍匠听到这里，猛地把一碗酒倒进喉咙，闷声道："这是政府分给我的宅子，谁也甭想拆我的宅子！"

金子眯起眼睛，瞅了瞅赵伯耘涨红的脸，不由分说地抓住赵伯耘，把他拖到铺子门口。赵伯耘的手，被金子柔软的手握着，踉踉跄跄出了院门。外面的阳光很热烈，像一团火一样照下来。赵伯耘仿佛一湖平静的水，被照射得开了锅似的沸腾起来。

金子把赵伯耘拖到门口，指着老街两旁的铺子，高声道："你睁开眼睛看看，这上百户人家，几代人都靠铺子养活。把这些铺子拆了，让我们住哪里去？让我们怎么过活？"

第6章 贵生

一个心存邪念的恶少，暴戾和血腥日渐增长。这一次，他又把枪口指向谁？

开幕式结束后，梦生想和木材叙叙旧。可是木材很忙，刚放下河豚鼓，就被他爹袁舢板叫走了。梦生来到陈老大的渔场，按照上级的安排，第二天他要参加龙舟选手赛初赛。只有趁这个空当，梦生才能接近娥子。

去鳞、剖鱼、掏肚、剪腮，手一挥，一条鱼在空中画一道弧线，啪的一声飞入装有卤水的缸中。渔场白花花堆满了鱼，娥子坐在鱼中间，杀鱼的动作轻快娴熟。几个动作一气呵成，几分钟的时间，一条鱼就处理好了。

梦生提着鱼筐，挑选了一筐大鱼，向娥子走来。一筐鱼只有十几条，每一条鱼都有十几斤。无论大鱼小鱼，杀鱼的程序一样。杀鱼的工钱，是按重量计算的，杀大鱼当然比杀小鱼效率高。

梦生把鱼倒在娥子脚下，大鱼在娥子脚边跳跃，一条大鱼跳进娥子的裙下。娥子手忙脚乱跳起来，梦生忙伸手去抓鱼，低头发现娥子的脚踝上缠着一根红丝线，丝线上有一枚小蚌蝶。

梦生心中一震,那是他参军前亲手雕刻送给娥子的礼物。梦生心中狂喜,原来娥子一直带着这枚蚌蝶,娥子的心里原来一直有他。

泥鳅娘在一旁叫道:“梦生不要偏心,给娥子的全是大鱼!”

李木匠老婆笑道:“梦生给娥子送大鱼,是再正当不过的事情。难道你指望梦生把大鱼都送给满脸褶子的老太婆?”

梦生连忙挑了一筐大鱼,向泥鳅娘走去:“大鱼来了!”倒鱼的时候,他忍不住回头看了娥子一眼。娥子也偷眼看他,两个人目光碰上了。娥子骇得低下头去,握刀的手拿不稳,刀口顺着鱼背滑下来,在手指上划了一个口子。娥子惊叫一声,鲜血喷涌而出。

梦生丢开鱼篓,摸出一片创可贴,抢着给娥子包上:“要不要去医院?”

娥子摇摇头,两眼不敢看梦生,不说一句话。

梦生心中自责:娥子胳膊这么瘦,哪里有力气抓住大鱼。我应该给她中号的鱼,我怎么没有想到呢?梦生趁娥子不注意,扯了她几根头发,藏在口袋里。他以办案为借口,让同事利用公安系统,帮他寻找桑雨孩子的父亲。一旦找到了,只要把娥子的头发送过去,通过 DNA 检测,就可以弄清楚娥子是不是桑雨的孩子。如果他帮娥子找到了亲生父亲,娥子就会有自己的家。既然娥子心中有他,他完成这次任务之后,就可以名正言顺向娥子求婚。

“梦生哥!”贵生不知从哪冒了出来。他的后脑勺上扎了小尾巴,下巴蓄起了小胡子,耳朵上钉了好几个耳钉。他笑嘻嘻地盯着娥子看,看得娥子浑身不自在。

梦生有些奇怪:“你怎么来这?”

贵生依然盯着娥子不放:“这么清秀的妮子,莫不是梦生哥的心上人?”

梦生阻止道:“不要在这里胡说八道!”

贵生继续嬉皮笑脸:“既然不是梦生哥的心上人,那我就可以追她了!”

梦生发怒了:“你再不从这里滚出去,当心我掌你的嘴!”

贵生一副满不在乎的样子:“那么生气干什么?开个玩笑罢了。”

梦生命令道:“这里是陈老大的渔场,你马上给我出去!”

贵生看他两眼喷火的样子,更加觉得有趣:“这么腥臭的地方,就是你不让我走,我也待不下去了!”说着吹了一声口哨,领着几个后生往外走。走了没几步,贵生忽然回过头来,冲着梦生一笑:“差点忘记了,我爹让你去一趟。”

梦生看着那几个后生的背影,觉得有些眼熟。他猛地想起,他们是昨天围着娥子泼水的那几个后生。他警觉起来,难道贵生不是来传口信,而是专门冲着娥子来的?

梦生决定去看看二叔。以前梦生为了避讳,不但躲着二叔走,甚至不愿意听到二叔的名字。那一年当兵,如果不是二叔帮忙,他可能就穿不上军装。当然,去看二叔,并不完全是去酬谢他。二叔不仅是镇上头面人物,也是叶家家族管事的人。梦生要参加龙舟赛,一定要和二叔打招呼。梦生还有一个想法,警告堂弟,不要再骚扰娥子。既然贵生传口信,他正好借机上门。

梦生悄悄问李木匠老婆:“段家最近有没有招惹什么人?”

李木匠老婆撇撇嘴:“你看段家的样子,会招惹别人吗?”

梦生本想从李木匠老婆嘴里套出那个不为人知的秘密。听了李木匠老婆的话,梦生想想也对。段箍匠为人虽然古怪,却是一扁担打不出半个屁的人。天水看起来孤傲清高,实际上软弱得像个柿子。剩下哑娘和娥子,只有被别人欺负的分。想起堂弟看娥子的眼神,梦生心里有一种不祥的预感。

梦生叮嘱娥子道:“以后碰见我堂弟那帮人,不要理他们!”

娥子叹了一口气,眼角却有了泪花。

泥鳅娘愤愤道:“娥子躲他们还来不及,哪里会理他们。这帮后生，总是阴魂不散跟着娥子！”

梦生忽然想起什么，试探地问娥子：“你有没有想过出去打工？”

娥子幽幽道：“我没有文化，也没有技术，出去能打什么工？”

梦生提示道：“你不是会踩缝纫机吗？很多服装厂都招缝纫工，你可以去试试！”

娥子迟疑道：“我怕开不到证明信。”

梦生有些不明白：“什么证明信？”

泥鳅娘插嘴道：“凡是出去打工的妮子，未婚的要开未婚证明，已婚的要开节育证明。外出打工没有证明，企业就不敢用。”

梦生道：“这么简单的证明，到街道开一个就是！”

李木匠老婆高声道：“说得那么轻巧，盖一个公章，得花两千块。去年给我大丫开证明，第一趟去说我手续不全，第二趟去推说管公章的人不在，第三次我买了两条好烟，又送了一个红包，证明才开出来。”

梦生动怒道：“那些干部不能帮助大家就业，还设关卡捞好处，你们为啥不告他们？”

李木匠老婆哼道：“天下乌鸦一般黑，告到哪里都没用。”

泥鳅娘趁机道：“泥鳅在政府上班，让他给你活动活动，证明肯定会办下来！”

梦生安慰娥子：“只要你真想出去，大家都会帮你。”

吃过晚饭，梦生提上从部队带来的茶叶，又买了两条好烟，来到二叔秉坤的家门口。秉坤在新街盖了一栋小楼，上下五层，墙面上贴了瓷砖，窗户上装了防护栏。门口围了一个大院子，高高的院墙上，插有尖尖的碎玻璃。

梦生四处打量了一下，二叔家的防护做得很到位。不过防一般的小偷可以，如果换了他，翻个跟头就进了院墙。他轻轻笑了一下，整了整衣服，按响了门铃。

一条大狼狗在院内狂吠,二婶在里面问:“谁?”

梦生应道:“我是梦生,二叔让我来的!”

二婶不紧不慢把院门开了,大狼狗扑了上来。

梦生把茶叶和香烟递上去:“这是我给二婶买的茶叶,香烟是给二叔的。”

二婶假笑了几声,她知道叶家的老底,外面传言说梦生是她丈夫的种,她并不欢迎梦生的到来。

二婶埋怨道:“家里的茶叶喝不完,你二叔最近咳嗽,我让他把烟戒了。花什么冤枉钱,把它们拿回去退了!”

大狼狗挣脱了二婶的手,狂吠着冲向梦生。梦生一动不动,目光灼灼盯着大狼狗,大狼狗的眼睛也盯着他。不一会儿,大狼狗忽然哀叫一声,夹着尾巴一步步退回屋里。

秉坤闻声从屋里出来,拿腔拿调地说:“我说是谁呢,把我的狼狗都吓退了,原来是梦生! 找二叔有事?”

梦生道:“贵生今天跑到陈老大的渔场,说二叔找我。”

秉坤愣了一下:“哦,我忘记了,我是想找你,进来说话吧!”

梦生进了院子,鞋柜前四五双男鞋,二叔家似乎有客人。梦生看二叔一家都穿拖鞋,正想脱鞋,二婶递过来一双鞋套。梦生心中悲凉,二婶仍然在嫌弃他。那一年他参军,体检政审都合格了,在入伍的前一天突然被告知,他没有被录取。有人告诉梦生,某领导的亲戚买通了关系,把他的名额顶了下来。梦生无路可走,只好来求二叔。梦生记得很清楚,那天的情景几乎和现在一样。他被大狼狗拦在门外,一直站在二叔门口等,等了一个通宵。第二天早上,二叔从屋里出来,才答应帮助他。

二叔在客厅里坐下,用手摸着剃得光光的头皮,轻描淡写道:“听说你从部队复员了,在给陈老大打工?”

梦生连忙摇头:“陈老大请我帮他看趸船,我没有答应。这两天上来鱼多,我只是暂时给他帮忙。”

二叔来了兴趣:"哦!看趸船是件好差使,你怎么不去?"

梦生为了讨二叔喜欢,故意道:"陈老大的趸船业务,说白了就是抢二叔的生意,如果我去帮陈老大,我还算是叶家的人吗?"

秉坤微微颔首,眼前这个侄儿,看上去比他的儿子贵生更像他。他有时候心里也怀疑,梦生就是他的儿子。但是由于贵生娘的阻碍,他别说认下梦生,就是跟梦生多说一句话也不行。

贵生娘是屠夫何老根的女儿,外号叫水虎鱼。人家说何老根是一个狠角色,水虎鱼比她爹更狠。当年秉坤离乡出走,一半是因为负气,一半是为了躲避水虎鱼。水虎鱼十四岁时长得就像十八岁。她下面还有运满、运来俩弟弟。何老根杀完猪,把猪肉往板案上一扔,就回屋里睡觉。卖肉的生意,完全扔给水虎鱼一个人。

水虎鱼烫了一个鸡窝头,胸前系一条鲜艳的花围裙,手里举着一把大刀,大声吆喝着招呼顾客,大有一股穆桂英挂帅的气势。那时候,秉坤跟着大疤一伙流氓混日子,经常到菜市场收保护费。水虎鱼不仅不生气,而且还烧菜买酒招待他们。有一回,秉坤被水虎鱼灌醉了,醒来一看,身边躺着一丝不挂的水虎鱼。

秉坤逃到省城,水虎鱼追到省城。秉坤躲到九江,水虎鱼又追到九江。秉坤藏到武汉码头,仍然被水虎鱼逮住。

水虎鱼咬牙说:"我未满十四岁,你敢不娶我,我就让你去坐牢。"

水虎鱼咬完牙,又变出笑脸,摸出一沓私房钱,塞进秉坤的口袋。秉坤不要,水虎鱼发怒道:"你是我的男人,我不能让你在外面打落落!"

后来,何老根杀猪的收入大多被水虎鱼私留下来,暗中送给了秉坤。秉坤就是拿这个做本钱,慢慢发迹起家。当年他回镇承包码头,也有流氓混混捣乱。他的小舅子何运满、何运来已经长成彪形大汉,加上何老根和水虎鱼,这一家成了菜市场一霸。如果没有水虎鱼一家撑腰,秉坤也难成今天这个气候。

水虎鱼嫉妒心极强，不允许秉坤和他哥嫂一家走动。如果谁不小心在她家里提到梦生或者梦生的娘，水虎鱼会把整个世界掀翻。水虎鱼最宠她儿子贵生，既然梦生是贵生叫来的，秉坤才敢把梦生留下来。

秉坤不动声色道："陈老大这个人呢，豪爽讲义气，如果你跟了他，混个温饱没问题。不过谈到做生意，他脑子就差远了，很容易被人利用。我不怕他抢生意，再说我今年业务的核心已经转到开发区项目上了！谈谈你吧，你有什么打算？"

看来二叔早就摸了他的底，没有过渡性的话，就直入主题。梦生做出老实的样子道："我今天来一是看看二叔，当年如果没有二叔，我也不可能去当兵。二是关于工作的问题，也想听听二叔的意见。我听说龙舟赛有一百万奖金，获胜者还可以享受国家公务员待遇，我想去碰碰运气。"

秉坤诧异地看了梦生一眼："你行吗？"

梦生血气方刚道："有什么不行？我在部队是特种兵，我戏水的技术不比别人差。除了木材，没有第二个人是我的对手！"

秉坤瞥了一眼梦生，侄儿的眼睛灼灼发亮，浑身散发着一股英气，跟几年前站在门口求他时的样子判若两人。秉坤想，梦生还不够成熟，缺乏社会经验。但他是叶家的人，如果他获胜，自己身边不是多一个帮手吗。

秉坤沉吟了一下："你可以去报名参赛，但是不要对结果抱有多大期望。开发区项目马上开工了，我们的前期工作是拆迁。你在部队既然是特种兵，对付一些耍赖的钉子户应该是小菜一碟。如果你感兴趣，可以帮二叔负责这个事。"

梦生犹豫道："谢谢二叔，我也很想进二叔的公司。可是我娘的意思是公务员比较稳定。"

秉坤听到梦生把娘推出来，果然没有吱声。这时院门响了一下，贵生提着一袋猪骨头进来，在院子里逗弄大狼狗。梦生站起身来告辞，秉坤对儿子喝道："贵生，还不过来送送你梦生哥！"

梦生问道："贵生不是一直在复读吗？他怎么没有去参加高考？"

秉坤摇摇头，叹气说："提到考大学，我心都要肿。复读了三年，省城补习班，私立补习班，学费花了十多万，成绩一年比一年差。他不好好读书，高考的时候还在考场作弊，今年被勒令禁考。"

梦生若有所思道："贵生今天去陈老大的渔场，身后跟了一帮不三不四的后生。如果我不在渔场，他可能要给二叔闯祸。"

秉坤厉声叫道："贵生，你给我过来说清楚，你去陈老大的渔场干什么？"

水虎鱼护住儿子道："你那么大声干什么？有话说话，不要动不动就训儿子！"

秉坤大声道："都是你给惯坏的，今天你不要插话，你再敢插话，我连你一块修理！"

水虎鱼推了推儿子，低声道："有话好好跟你爹说，千万不要顶撞他。"

贵生晃悠悠站到爹面前："我听说梦生哥回来了，在陈老大那里干活，我心里气不过。陈老大跟我们叶家是对头，梦生哥不应该去帮他。我把梦生哥叫到家里，就是不让他帮陈老大！"

秉坤怒道："梦生帮陈老大干活是有报酬的，又不是白给他干。"

贵生叫道："陈老大和黑社会有交往，他的钱不干净，梦生哥跟了他会跟着受牵连！"

秉坤骂道："不许你胡说八道，陈老大怎么会和黑社会有交往？你自己和不三不四的人鬼混，还要诬蔑陈老大，看我不打死你！"说着，他低头脱下一只拖鞋，往儿子头上砸去。

贵生把头一偏，叫道："我没有诬蔑陈老大，我有个哥们儿是黑社会的,他说那些失踪的货船都是被陈老大劫走的!"

梦生听到这里,不由心里震动。贵生说的话虽然不完全可信,但是分析起来,却有几分道理。如果货船真是被人劫杀,那么谁有能力把事情做得那么滴水不漏。不言而喻,在鄱阳湖这片水域,只有陈老大有这个能力。

秉坤气得浑身哆嗦:"你知道什么是黑社会?就敢在这里胡说:幸好家里没有别人,这个话传出去,不等于给自己安上罪名了吗?"

贵生还要顶嘴:"我说的是实话,全镇的人谁不知道!"

秉坤终于忍无可忍,看到门边上有一根棍子,他操起来就向儿子劈去。贵生也不躲避,他以为爹只是做做样子,没想到棍子真的落到他头上,顿时把他打蒙了。贵生捂住头哭道:"爹,你打我?你真下手打我?"

梦生连忙拦住二叔:"二叔,贵生还小,慢慢他会懂事。"他把棍子夺下来,对贵生说,"哥拜托你一件事,让你那帮朋友,以后离娥子远一些好吗?"

梦生走之后,虾米从楼上下来。贵生的气焰被爹的棍子打没了,捂着脸蹲在地上。虾米把他拽起来:"走,上楼去,和我们玩一会儿牌。"

秉坤余怒未消:"知道我为啥打你吗?听说上面派了秘密警察下来,调查货船失踪案件。万一这个秘密警察是梦生,让他怀疑上我们,不是自找麻烦吗?"

去年年底,秉坤的几艘货船相继失踪。根据逃回来的水手描述,劫船的就是陈老大。秉坤之所以不报案,也不让贵生提起,是因为货船上捎了几件给客户置办的年货。那些年货说是石镇特产,实际是国家禁止猎杀的一级保护珍禽。秉坤不知道,贵生瞒着他,也在利用那些货船大量走私违法禁物。陈老大劫了这批货,让贵生损失惨重。

贵生道："梦生哥如果是警察，不是更好吗！梦生是咱叶家的人，他总不至于站到陈老大那边！"

秉坤叹气道："你现在还年轻，不懂商场上的险恶。我们正在做新项目，说话做事都要谨言慎行。中国有一句古话，祸从口出，你要牢记爹今天说的话。"

贵生被虾米拉到牌桌，何运满从椅子上站起身，把位置让给贵生："来，大舅手气不好，你来帮我摸两盘。"

贵生摸了摸脸，恨恨道："我长这么大，爹从来没下过这么重的手。"

街道办田主任笑道："打是亲，骂是爱，你爹是因为疼你才打你呢！"

贵生愤愤地说："大舅，你得帮我出这口气！"

何运满皱眉道："我当然站在你这边，可是姐夫看不上我，我怎么帮你出气啊！"

贵生看了看何运满，眼珠子转了转，说道："大舅，我刚才听爹说，要让梦生哥打理拆迁的事情。"

何运满叫了起来："姐夫今天当着江秘书和田主任的面，不是说让我做吗？他怎么能一女嫁二夫！不行，我得下楼跟姐夫去评理。"

贵生一把拉住何运满："你想害我是不是？以后我还能把消息告诉你吗？"

坐在旁边的江秘书打出一张白板："拆迁马上就要开始了，如果拆迁负责人还不定下来，项目就要往后拖延了。"

贵生故意问："梦生哥是特种部队出来的，如果大舅和梦生哥打架，大舅有把握赢吗？"

何运满不屑道："什么特种部队，练的都是花拳绣腿，顶不过我一个拳头！"

虾米偷看到江秘书的牌，伸手打出一个六万。江秘书喜出望外，猛地把牌推倒，叫道："我和了！"

江秘书是开发办项目的具体负责人，虾米按照秉坤的吩咐，故意放炮输钱给他。江秘书收了钱，站起来要走。

何运满不服气："不行不行，赢了钱不能走，再来一圈！"

田主任也叫："时间还早呢，再玩两局！"

梦生从二叔家出来，看看天色还早。他想干脆帮娥子开一个证明，绕到小卖部又买了两条烟，在香烟里面塞了一千块钱。找到街道办田主任的家，梦生敲开了他家的门。

田主任老婆冷冷地说："老田不在，他去外面办事去了！"

梦生笑道："我是老街叶家的梦生，刚从部队复员回来，秉坤是我二叔。"

田主任老婆听到秉坤这个名字，勉强笑了笑："原来你是叶老板的侄儿，怪不得长得和叶老板很像。你找老田有啥事？"

梦生看这个女人很势利，自己拎了两条烟她还那么冷漠，怪不得娥子不敢来开证明。梦生压住内心的不满，佯笑道："我离开老街几年了，回来向田主任报个到，这是我从部队带来的烟。"

田主任老婆接过烟，摸到香烟里面凸起的东西，笑容真切起来："你有什么事，只管对我直说，又不是外人！"说着她就拿起了电话，"老田，家里来客人了！"

田主任手气有些不好，他气恼道："什么客人？"

老婆低声道："他是叶老板的侄儿，给你送了两条烟，里面还有红包！"

田主任用手捂住话筒，扭头对贵生说："说曹操，曹操就到。你们刚才提到的梦生，现在到我家去了。"

贵生兴奋起来："他做事倒是效率高，让你老婆问问，他去你家干什么？"

田主任道："他提了两条香烟来。"

江秘书笑道:“提了香烟,那就是求你办事。”

田主任在电话里叮嘱道:“我还在开会,现在回不去。你问问他有什么事,如果我能办的,会尽力给他办。”

田主任老婆在电话里道:“他说没什么事,只是来看看你。不过他后来又说,他有个邻居要出去打工,想开个证明,我说等你回来。”

田主任放下电话,继续打牌。贵生追问道:“梦生求你做什么?”

田主任摇头说:“没什么,只是想开个证明。”

贵生刨根问底:“什么证明?”

田主任道:“他也是给人帮忙,可能是他邻居家妮子想出去打工。”

贵生眼睛一亮:“我猜到是谁了,梦生真看上那妮子了,怪不得今天还叫我离她远些。”

何运满也来了劲:“他让你远,你就远?他是谁呀!你凭啥要听他的!你告诉大舅,你看上哪家的妮子?”

贵生把麻将在手里抛了抛,笑道:“大舅,你认识她,她是我同学天水的老婆!”

何运满吸了口气道:“我说镇上还有哪家妮子能让贵生相中,原来贵生和大舅一样,都看上了段家的养女。你不会真看上她吧?你要是真看上她,大舅就不和你争了。”

贵生阴沉沉地说:“我就是咽不下这口气,段天水有什么了不起,凭什么又考状元又走桃花运?我得想办法,把那妮子抢过来。”

江秘书吸了一口烟道:“你如果心里不爽,你去找那个段天水算账,大可不必拿那妮子出气。那妮子没爹没娘的,除非你对那妮子真有意思。”

虾米听到这里,连忙哄贵生道:“叶老板就你一个宝贝儿子,你大舅常说她是水鬼变的，你就不要去沾那个晦气。再说老街的人谁不知道，段家养的那个妮子，除了天水不会嫁给别人。”

贵生乜了虾米一眼：“你知道什么？那妮子看上去乖顺，背地里说不定早勾搭上了别人。”

虾米有些不快：“没有根据的事情，你可不能乱说！”

贵生诡秘地说：“我在陈老大的渔场，亲眼看见她和梦生眉来眼去。”

虾米辩解道：“梦生对娥子是有意思，谁都看得出来，那是他一厢情愿。”

贵生笑了起来：“你信誓旦旦有啥用？你就那么了解那个妮子？是不是你们之间也有意思？”

虾米涨红了脸：“娥子是天鹅，我是癞蛤蟆，她哪里会瞅得上我。”

田主任饶有兴趣道：“我想起来了，前几天泥鳅来找我，好像是给一个叫段娥子的开证明。”

贵生给田主任放了一炮，田主任和了。贵生一边数钱给他，一边说：“既然这么多人帮娥子说情，你就把证明给人开了呗！”

田主任赢了钱，心里高兴，爽快道：“好，我明儿就给她开！”

贵生又说：“梦生今天让我挨了打，这个人情不能给他。田主任给泥鳅打电话，让泥鳅告诉娥子，明天到你那里拿证明。”

贵生说着，把手机掏出来，拨通了泥鳅的电话，递给了田主任。田主任有些不解：“我明天把证明开了，直接给泥鳅不就得了！”

贵生从口袋里摸出一沓钱，拍在田主任面前：“你告诉泥鳅，让娥子明天亲自去你办公室！”

第7章　泥鳅

平常的日子，潜伏在窝里；凶风恶浪时，偶尔露狰狞。他就在你身边，你却看不见他。他到底是谁？

泥鳅娘从渔场回家，顺了一大袋免费的鱼杂。她煎了一盘金黄的鱼子，上面撒上绿色的小葱，黄绿相间，香气扑鼻。她到房后自家的地里拔了两棵青菜，烩了一盘鱼肚，又添加了新鲜的竹笋。她还用芡实粉，煮了一大碗浓浓的鱼肝汤。

泥鳅娘乐意给陈老大杀鱼，不仅可以赚到工钱，还可以省掉买菜的钱。泥鳅娘在省城超市里，看到陈老大商标的鱼子酱，一瓶卖五十多元。陈老大不像其他渔场老板那么小气，不管是临时工还是长期工，只要给他干活，每天都可以拿两斤上等的鱼杂回家。

泥鳅下班回家，闻到香气，猴急地冲进厨房。可等他眼睛扫了一眼饭菜，眉头顿时皱了起来。火根师傅早早斟了小酒，在桌子边等着，看到泥鳅娘把菜端上来，把筷子一扔，瞪眼骂道："又是一桌子的鱼杂，你就不能换点新花样？"

泥鳅娘笑眯眯地说："电视上说，鱼子中含有多种维生素，鱼肚含有蛋白质。多吃鱼子和鱼肚，可以增强体质、提高智力，对老年人可以起到乌发的作用,看上去更年轻。”

火根师傅叫道:“鱼子鱼肚再好,也不能天天吃,吃得我都要吐了!”

泥鳅闷头嘀咕道:“老年人吃多了鱼子,胆固醇会升高,对身体有害。”

火根师傅一听,连酒盅也放下了,离开凳子:“我不吃了,到外面吃碗馄饨!”

泥鳅娘连忙拉住火根师傅:“外面卖的馄饨,就是一碗清汤,要十块钱一碗,你怎么能花那个冤枉钱!”

火根师傅道:“我总不能天天吃鱼子,让自己吃出病来吧!”

泥鳅娘道:“我不也是天天吃吗?我不但没有吃出毛病,腰腿比过去利索多了!”

泥鳅冷不丁又冒出一句:“娘是越吃越年轻了,年轻得变成杨贵妃了!”

泥鳅娘骂道:“你不要火上浇油,唯恐天下不乱!”

火根师傅用厌恶的眼神上下打量着泥鳅娘:“还杨贵妃呢,再这么吃下去,你娘以后走路不用腿,滚起来比走路更利索!”

泥鳅娘变了色:“你们爷俩变着花样糟蹋我是不是?我这么辛苦是为了谁?不就是为了省几个钱吗!”

火根师傅甩开泥鳅娘的手:“你辛苦是你自找,没有人强迫你。人生在世,你不会连吃饭的权利都不给我!”

泥鳅娘看劝不住丈夫,只好让步:“你喝一碗馄饨汤,晚上肚子不得唱空城计。我给你煮一碗肉丝鸡蛋面,你不要出去。”

泥鳅叫道:“我也要吃肉丝鸡蛋面!”

泥鳅娘狠狠地剜了他一眼:“你就坐在这里做梦吧!”

泥鳅娘话是那么说,不一会儿端上来两碗面条。泥鳅用筷子挑起面条,呼噜噜一大口,就把半碗面条吞下去。碗里还有两个荷包蛋,几条肉丝夹在面条中,浓浓的汤里浮着小葱。泥鳅吃得热乎乎的，三下两下又把鸡蛋吃了，仰起头把汤也喝光了。他抹了抹嘴巴，把碗一丢，一屁股蹾到沙发上，把电视机打开了。

泥鳅娘不满道："刚吃完饭就坐下看电视，看你胖成啥样了！"

泥鳅道："不看电视干什么？"

火根师傅道："你可以到篾场，帮我剖几根篾呀！"

泥鳅用手捂住耳朵："我到外面去当兵，就是不想做篾匠。现在我有了工作，每月有固定工资，你们还想要我干吗？"

泥鳅娘满脸疼爱地瞅着泥鳅："我没有让你干活的意思，你这么年轻，为啥不出去转转，找个战友聊聊天，或者和妮子谈朋友。"

泥鳅正在看武打片，对娘的话听而不闻。火根师傅悻悻道："他长那个模样，有妮子看得上他才怪！"

泥鳅娘啐道："泥鳅长成啥模样，又没有长三只眼六条腿。他就是比别人矮了点胖了点，但是他有铁饭碗，是吃国家饭的公务员，一般妮子咱还瞧不上呢！泥鳅，你说是不是？"

泥鳅娘叫了泥鳅几声，泥鳅没有反应。泥鳅娘急了，过去夺了遥控器，把电视关了。泥鳅着急道："娘怎么把电视关了，我正看片子呢！"

泥鳅娘道："我跟你说正事呢！"

泥鳅道："娘快说，我听着呢！"

泥鳅娘道："前些天，我让你帮娥子开证明的事，你和田主任说了没有？"

泥鳅道："说了。"

泥鳅娘又问："田主任怎么回答你？"

泥鳅道："他只是嗯了一声，没说啥。"

泥鳅娘追问："你有没有给田主任敬烟？"

泥鳅说："没有。"

泥鳅娘一拍大腿："说你糊涂啊！不送烟，田主任能答应你？"

泥鳅把遥控器抢过来："我是镇政府的办事员，虽然级别比他低，但是他归镇政府管着呢。我让他办事，还用得着送烟吗？”

泥鳅娘用指头戳了泥鳅一下：“你以为你是镇长！别忘记了，你只是个打杂的。再说县官不如现管，你手里没有项目卡住田主任，他哪里会买你的账！”

泥鳅不耐烦道：“这事又不急，等着吧！”

泥鳅娘不满道：“真是皇上不急，太监急。等等等，将来黄花菜都凉了。”

正说着，家里的电话响了。泥鳅娘拿起电话，一听是田主任，赶忙招呼泥鳅：“田主任的电话，找你的！”

泥鳅接完电话，大咧咧往沙发上一坐，神气道：“我说他会买我的账吧，你还不信。”

泥鳅娘喜道：“田主任答应了？”

泥鳅得意道：“田主任说证明开好了，但是得娥子亲自去他办公室取。”

泥鳅娘担心道：“他让娥子亲自去取，是不是想要娥子送礼？”

泥鳅学着爹的样子瞪眼道：“他敢？”

泥鳅娘又追问：“真的不用？”

泥鳅不耐烦了：“说了不用就不用！”

泥鳅娘伸手搂了搂儿子，高兴道：“想不到我儿子，说话还真管用，看来我可以扬眉吐气了！”

火根师傅咕噜一声，喝了一大口面汤，不冷不热插话道：“现在高兴还为时过早，说不定竹篮子打水一场空呢！”

泥鳅娘急忙说：“你啥意思？”

火根师傅放下碗，晃悠悠往外走，慢声道：“我啥意思不打紧，主要看人家有没有啥意思。”

泥鳅娘发狠道：“儿子这么大了，你不但不操心还总说败兴话。那段家的儿子早晚要走，娥子那么好的妮子，你不想娶进自家门吗？”

火根师傅拖长声音道："儿孙自有儿孙福，泥鳅他自己不上心，你操心也是白操心！"

第二天一大早，泥鳅娘上工之前，喜滋滋来到段家门口，高声叫娥子。虾米听到泥鳅娘的叫声，撩开窗帘往外看，只见泥鳅娘和娥子正说着话。

虾米一骨碌跳下床，假装漱口，拿起牙刷，连牙膏都没挤，舀了一杯水，就冲到外面，站在台阶上听她们说话。

泥鳅娘说："娥子，昨晚田主任给泥鳅打电话，说你的证明开好了。"

娥子惊喜道："真的吗？"

泥鳅娘道："这还能骗你，泥鳅接电话时我就站在旁边。泥鳅为了你的事可上心了。要不是为了你，他才懒得理那个田主任呢！"

娥子感激道："谢谢泥鳅哥！"

泥鳅娘趁机道："谢什么呢，都是自家人。不过泥鳅想求你一件事，他不好意思跟你说。"

娥子连忙道："啥事，婶子你快说！"

泥鳅娘道："泥鳅说你绣的鞋底好看，想请你帮他绣一双。"

娥子的脸红了起来，镇上的风俗，妮子给后生绣鞋底意味中意这个后生。不过娥子又想，或许泥鳅没有别的意思，他只是纯粹喜欢她的绣品。

娥子道："婶子哪天有空把泥鳅哥的鞋样给我，等我手指伤好了，马上给泥鳅哥绣。"

泥鳅娘早做了准备，她从兜里掏出鞋样，递给娥子："鞋样我早就剪好了，一直揣在身上，不好意思给你。做鞋底不着急，等你空闲的时候做。"

娥子轻轻地答应了一声。

泥鳅娘爱怜地看着娥子说："多乖巧的妮子，如果我有这么个闺女多好。我去渔场上工去了,记得去田主任办公室拿证明。"

娥子又是轻轻答应了一声,眼睛看着泥鳅娘走远。她想起昨天梦生的话,不由回头望了望隔壁。

梦生穿一件背心,下面一条肥大的军裤,浑身的肌肉鼓起来,仿佛是健美运动员。梦生站在门口,假装什么也不知道似的问娥子:"是不是证明办好了?"

娥子的心里像涌进了暖流,冲梦生使劲地点头:"嗯,泥鳅让我今天去拿证明。"

梦生心里放下了一块石头,他没有把自己找田主任的事说出来。他想,在查清娥子身世之前,让她暂时外出打工,不仅可以摆脱贵生的纠缠,而且可以帮她扩大视野,改变她的固执思想。

证明信已经开出来了,这预示着美好的开头。梦生满怀希望,憧憬着美好的未来。梦生有些激动:"我说过吧,从今天开始,一切都会变好!"

娥子又使劲点头:"梦生哥还去渔场吗?"

梦生摇着头说道:"不了,我去三江口参加比赛,有时间去给我加油啊!"

段箍匠听见娥子和梦生说话,在院内发出大声的咳嗽。爹在向娥子发出警告,娥子不敢再说话,眼波从梦生身上流过,逃也似的进了院子。

这时,水庆婶子提了蒸布出来,见虾米一幅蔫蔫的样子,问他:"你的快艇今天不出去?"

虾米没有理她,浑身无力地回到屋里,放下牙刷和茶缸,一头倒在床上,用毯子蒙住脸,一句话也不说。

水庆婶子掀开毯子,摸了摸他的额头,又摸了摸自己,自言自语:"没有发烧!是不是昨晚打牌打得太晚?"

虾米翻了身,把脊背对着她。水庆婶子骂道:"是不是有啥事不顺心?说出来给娘听听!"

虾米烦恼地大叫:“你烦不烦?让我睡会儿!”

水庆婶子刚才也听到娥子和泥鳅娘她们的谈话,她猜到儿子的烦恼。水庆婶子叹一口气,小心地把毯子给虾米盖上,低声道:“好,你好好睡吧,娘不打扰你!”

虾米听着娘的脚步声远去,不由得心中耿耿。泥鳅娘向娥子讨鞋垫,明着是帮泥鳅牵线搭桥。虾米也喜欢娥子,可是娘只顾着卖米果,从来没有像泥鳅娘那样帮助他。昨天贵生让田主任把人情让给泥鳅,他心里还隐隐有些高兴。明知道娥子属于天水,但是他也不想让梦生在娥子心中占优势。虾米回到家细琢磨,他给叶家开快艇好几年,凭他对贵生的了解,这个人不会无缘无故帮泥鳅。虾米越琢磨,心里就越起疑。莫非贵生又有什么歪点子,是针对娥子,还是针对梦生?

虾米站在门口假装漱口,他本来想警告娥子。在门口站了半天,娥子却连眼角也不瞟他一下。娥子和梦生眉目传情的样子,让虾米怒火中烧。他心里恨恨地想,不管贵生使什么坏,能把这两个人拆散了最好。

娥子进了院子,段箍匠阴沉着脸,盯着她问:“你们刚才在外面,说什么证明?”

娥子低声道:“是外出务工证明。”

段箍匠大声道:“谁同意让你出去打工了?”

娥子小声道:“爹,我只是先去开一个证明,还不知道能不能出去打工呢。”

段箍匠强硬道:“外面世道那么乱,你一个妮子出去,爹不放心!”

娥子低着头,声音小得像蚊子:“爹,如果天水考上大学,他去哪个城市读大学,我就去哪个城市打工。我除了可以给天水赚学费,还可以做饭洗衣服照顾他。”

娥子说得入情入理,段箍匠语气缓和下来:“天水这是第三年考大学，希望这次考上了，他肯去上大学。你外出打工的事，等天水回来商量再定。”

娥子飞快地瞟了爹一眼：“那我还要不要去拿证明？”

段箍匠道：“你去吧，记着快去快回！”

娥子像一只快乐的小燕子，清脆地应了爹一声，跑进了她的厢房。阳光从天井里照进来，透过窗棂，照到梳妆台上。这是娘的梳妆台，当年爹娘抬着梳妆台，从爹娘的房间，一寸一寸挪进来。汗珠从娘玉脂一样的脸上滑下来，滴到书桌上，仿佛一颗颗晶莹的珍珠。娘用月亮一样的眼睛，热切地望着女儿。她向女儿打着手语，咿咿呀呀告诉她，这梳妆台是段家祖上传下来的。

镜中的小脸仿佛被太阳晒透了，泛出胭脂一样的红印。厢房不足四平方米，一张床，一张梳妆台，一张凳子，加上一个人，简简单单，却把厢房塞得满满的。四四方方的窗户，被一道薄薄的篾墙隔成两个单窗。半间厢房里阳光微照，一股檀香的味道，带着温热的脂粉味，像青烟一样飘入她的鼻中。

娥子想起小时候钻进娘腋下，伏在娘胸前那种温暖的感觉。娥子刹那间产生一种错觉，这梳妆台就像是不会说话的娘，一直那么静静地陪伴着她。娘那双如湖水一样的眼睛，仿佛在告诉她什么秘密。

有一阵子，娥子好想知道自己的身世。即使自己是水鬼转世，那也有一个投胎的母亲。可是即使爹娘想告诉她，他们也不知道娥子的亲生父母是谁。不知从什么时候开始，娥子渐渐不去想她的亲爹娘。就像现在，她的心里被阳光充溢得满满的。她觉得厢房很宽敞，满世界都是敞亮的。

娥子脱下在渔场干活的工作服，换上她最好的乔其纱裙子。裙子是她自己剪裁的，她在下面的裙边上绣了一只蓝色的蝴蝶。为什么绣蝴蝶呢？或许是梦生送给她的那只蚌蝶让她喜欢上了蝴蝶，或许她喜欢的不是蝴蝶而是梦生这个人。

娥子被自己的念头吓了一跳，她赶紧带上户口本出了门。金子坐在玻璃柜子前，微笑着用眼睛和她打招呼。耗子看见她经过，放下了锤子。娥子穿过老街，绕过几座老房子，就来到了街道办。

田主任正在打电话，娥子敲门进来。田主任向她做了一个手势，娥子拘谨地站在一边，不敢开口说话。田主任打完电话，从口袋里翻出一包香烟，点着火抽了起来。

田主任吸了一口烟，慢慢把头转过来："你有什么事？"

娥子有些紧张："是泥鳅让我来的，我来拿证明。"

田主任这才想了起来："你是娥子，对吧？"

娥子连忙点头。

田主任上上下下打量着娥子："你准备去哪里打工？是不是已经找到工作了？"

娥子慌乱地摇头："还没有。"

田主任色迷迷笑道："有没有都一样，你的俏模样就是本钱，到哪里人家都抢着要。"

娥子被田主任说得有些发窘，不好意思地低下头去。这个时候，电话又响了，田主任接完电话，拿起一个文件袋，似乎要出去的样子。

娥子鼓起勇气追上去："田主任，我的证明开了吗？"

田主任愣了一下，装模装样去翻抽屉，翻到一半，他的手停住了："你看我这个记性，差点忘记告诉你，你的证明被梦生拿走了。"

娥子有些吃惊："我来之前碰见梦生，他没有跟我提证明的事！"

田主任掩饰道："他一大早过来，明明从我手里拿走的。对了，他还让我给你一个字条，我发誓我没有偷看。"田主任说着，从抽屉里拿出一个小纸卷，递给娥子。

娥子展开来一看，上面只有一句话：河神庙后面的砖窑见。

田主任凑过来,娥子慌得赶紧把纸条收起来。

田主任讪笑:“梦生是不是和你约会?”

娥子心里咚咚地跳,听不见田主任说什么。她慌张地从街道办出来,心里不断寻思:梦生哥为啥拿走我的证明?他为啥约我去河神庙见面?难道他有什么话跟我说?

水庆婶子挑了一个担子,正往河神庙那个方向走。看见娥子直着眼神,怔怔地在湖堤上来来回回走。

水庆婶子大喊一声:“娥子!”

娥子惊醒过来,水庆婶子的担子里一头挑着炉子,一头挑着蒸笼。

娥子有些疑惑:“婶子这是去哪?”

水庆婶子笑道:“镇上快不见人影了,都跑到河神庙看比赛去了。我要到那里支个摊,把米果挑到那里去卖。你在这湖堤梦游似的走来走去,是不是有啥事?”

娥子心虚道:“我来田主任这里拿证明。”

水庆婶子有些吃惊:“你要出去打工,你爹娘同意吗?”

娥子点点头:“我爹好长时间没有活干,他做的木器,堆在家里也卖不出去。我要是不出去打工,天水将来没有钱交学费。”

水庆婶子轻轻叹了一口气:“按理说,你爹做的木器雕工精细,结实耐用。你爹当年给我做的马桶和澡盆到现在还用着。现在年轻人不识货,都到超市里买那些花花绿绿的塑料盆,连做人也不如过去踏实。”

娥子跟着叹气:“木器好是好,可惜材料成本高,占的地方大,确实不如买塑料盆合算。我听说城里人现在买木器,也是当艺术品收藏。”

水庆婶子道:“哎呀,你的话提醒我了。这次龙舟节来了好多城里人,你不如和我做伴,到沙洲上摆个木器摊,说不定能卖出一些。”

娥子为难道:“我刚才也是这么想,想去沙洲看看情况,如果城里人多,我就回家挑木器。我正发愁没有伴呢!”

水庆婶子高兴道:“真是凑巧,我也是第一趟跑河神庙,明天我还要去挑东西,我们可以同去同回!”

第8章　娥子

一张纸条,是心上人的约会?还是灭顶的陷阱?她是逃开了?还是被撕碎了?

水庆婶子和娥子走到河神庙时,已经是中午了。太阳像一盆火,湖草像被点燃了,发出焦煳的气味。腻虫在草丛里熬不住,一团团飞起来,嗡嗡地叫着。湖水被晒得冒了烟,水鸟的翅膀远离了水面,躲进了灌木深处。

湖堤上歇满了人,水庆婶子找到一棵柳树,把担子放了下来,汗水像涌泉一样从头发缝里冒出来,顺着额头往下淌,她拿着一条毛巾向湖堤下面走。汗水糊住了她的眼,脚下踩到一块石子上,一时收不住脚步,小步滑着下了堤坡。堤坡有些陡,水庆婶子下滑的速度,越来越快,快得像高速火车一样冲下去。

娥子不由惊叫起来,眼看着水庆婶子就要冲进湖里面去。湖边的船上,冲出一个中年男人,飞快地张开胳膊,用力把水庆婶子挡住了。水庆婶子身子往前一倾,半个身体全部倒在男人身上,这才刹住了脚。

湖堤上一片喝彩声,跟着还有人起哄。水庆婶子听到起哄声,才发现自己被一个陌生男人抱着，不禁又羞又急，赶紧挣脱了身子。她的动作有些大，差点把那个男人推下水去。

男人摇晃了几下，站直了身子，调笑道："好事没人做，最毒妇人心，这句话真的没错。"

水庆婶子没有理他，她蹲下身去，两手掬了水往脸上泼。然后又把毛巾浸到水里搓了搓，拧干了，擦了擦脸，这才走上堤来。

娥子悄声问："婶子没崴脚吧？"

水庆婶子摇了摇头："我哪有那么娇贵！"说着掀开蒸布，快速地夹了几个米果，用塑料袋子装了，递给娥子道，"你帮我送给刚才挡我的人。"

娥子把手放到背后："要感谢人家，就大大方方自己去。让我去，显得你心里有鬼。"

水庆婶子热得发红的脸，变得像少女一样潮红，"谁心里有鬼？自己去就自己去！"

水庆婶子说着，提着米果走到那男人的船边："喂，这个是酬谢你的，省得你说我没良心。"

那男人笑道："我不叫喂，我的名字叫李大山。"李大山说着从舱里钻出来，接过米果，从兜里掏出十元钱，递给水庆婶子。

水庆婶子把钱推回去："说是酬谢你的，怎么能收你的钱！"

李大山抓住水庆婶子的手，把钱塞到她手里，又紧紧把她的手握住："你这么辛苦卖米果，我怎么能白吃呢。如果你真要谢我，改日我上门，去你家铺子大吃一顿。"

李大山的巴掌很大，他握得很有力。水庆婶子的一只手，被他的大巴掌裹住，热气顺着手心往上走，一下子走到她心里。水庆婶子不由颤了一下，她慌张地把手抽出来，也不再和李大山推辞，拿了钱转身就走。

李大山看着她惊惶的背影，开心地大笑起来。

水庆婶子娘家在邻县，年轻时是村里的一枝花。爹娘虽然是种地的农民，却给她起了个好听的名字——红霞。邻县的河米很出名，罗水庆经常去那里收购。有一次，罗水庆从红霞家门口过，一眼就把她相中了。

罗水庆家几代都是做米果的，传到罗水庆手上，算起来有上百年的历史。罗水庆不仅会做年糕，还会做寿糕、上梁果、清明果以及各种各样的米制品。如果谁家盖新房，会请罗水庆做上梁果。

上梁果的工序做起来非常繁杂。选取新鲜的河米，用湖水浸泡半夜。泡好的河米，用石磨磨成浆。米浆沉淀后，上大锅翻炒。炒熟的米粉，放在石臼里面舂。舂好的米粉，带着微微的热气，捏在手里，温软筋道。这个时候，才能将舂好的米粉捏成一只肥胖的公鸡、雕刻成一头笨拙的肥猪，或者是一头魁梧的大象、一头顶着双角的水牛。捏好的公鸡、肥猪、大象和水牛排在蒸笼里，用毛笔蘸上苋菜汁和韭菜汁，点在公鸡的鸡冠上，涂在肥猪的脸颊上，画在大象的耳朵和腿上，泼在水牛的脊背上，最后盖上蒸笼，用大火蒸熟。

新房上梁的时候，女人们领着自家的娃儿早早地等在旁边。木匠师傅和石匠师傅一起，一边把一根崭新的木梁用绳子拉上去，一边唱起上梁歌：

叩拜诸神和祖先，驱逐邪恶起栋梁。
手提青龙万万长，摇头摆尾上中梁。
先上东来后上西，子子孙孙穿朝衣。
金梁对金口，金银堆百斗。
金口驮金梁，金银堆满堂。
一对管脊梁下放，主家百年都兴旺。
主梁上在堂中央，梁花栩栩闪金光。

女人和娃子在下面候着上梁果，上梁歌唱完之后，随着一阵鞭炮的响声，上梁果像雨点一样砸下来。女人们双手牵起衣襟去兜那天上落下来的彩色公鸡，娃儿们则在地上追着红脊背的水牛跑。就连站在屋顶上的师傅看了手中的上梁果，也忍不住将一只红绿相间的大象藏进兜里。

做年糕卖米果虽然辛苦，但是效益却不错。那时候，人家不叫罗水庆的名字，而称呼他糯米果。糯米果的家传手艺，加上他的踏实、勤劳和好脾气，许多人家想把闺女许给他。可是糯米果却偏偏相中了红霞。糯米果的爹娘扯了两匹呢子布，买了全套的金耳环、金项链、金手镯、金脚链，托了媒人去提亲。没想到红霞一听是糯米果，立马把媒婆轰出了门。

红霞虽然只读了几年小学，但是对爱情却有着浪漫的想法。她的心目中，已经有了自己的爱情模式。有时，红霞坐在山坡上，看着地上搬家的蚂蚁，天上飞翔的大雁，心里就寻思：既然爹娘给我取名红霞，我的爱情就应该像红霞那么美。

不久，红霞与女伴看电影归来，邂逅了一个中学老师。这个教师不仅人长得英俊，而且还会写诗谱曲。红霞知道教师工资不高，可是她不是爱他的钱，而是爱他的人品和才气。无论爹娘如何反对，她坚决跟着这个叫罗水庆的男人办了结婚证。

闹新房的时候，新郎的朋友把她灌醉了。第二天，她醒过来一看，躺在她身边的新郎变成了糯米果。红霞的闹腾把客人惊动了，所有的客人都站在糯米果那一边。连她的娘家人也说，糯米果就是她选的丈夫。红霞把结婚证拿出来，她说她嫁的是罗水庆。在场的人都作证说，糯米果就是罗水庆。

红霞想找到那个会写诗谱曲的罗水庆，可是那个罗水庆消失了。红霞不甘心，好几次跑回娘家，又被娘家人送回来。直到肚子里有了虾米，她才慢慢安分下来。别人都悄悄传说，她一直没有放弃寻找那个当教师的罗水庆。

娥子看水庆婶子羞涩的样子，不由想起那些传说。她忍不住问道："婶子，水庆叔当年真是把婶子骗来的吗？"

水庆婶子幽幽地叹了一口气:“都是陈芝麻烂谷子的事,不提也罢!”

娥子又说:“婶子有没有想过,假如当年娶婶子的真是那个做老师的罗水庆,婶子如今是啥样?”

水庆婶子心悸般颤抖了一下,违心道:“我这个年纪,就像快要落山的太阳,还能有什么念想。倒是你这个年龄,太阳刚刚升起,什么事情都要想清楚,不要落到最后让自己后悔!”

娥子老气横秋道:“我也没有什么念想,我什么都听爹娘的。”

水庆婶子用同情的目光看着娥子,心里突然产生一种冲动,想跟娥子透露些什么:“娥子,假如我告诉你,你不是捡来的,而是段家亲生的闺女,对于你的终身大事,你还会听爹娘安排吗?”

娥子怔怔地看着水庆婶子,她从来没有想过这个问题:“这怎么可能呢?如果我是爹娘亲生的,爹娘怎么会让我嫁给自己的亲哥哥?”

水庆婶子接着娥子的思路,继续启发她:“对呀,如果你不能嫁给天水,那你还会选择谁?”

田主任给娥子的纸条,此刻像电一样流过娥子全身。梦生对她的好,瞬间像湖水一样漫上心头。如果我是段家的亲生女,我当然会选择梦生。水庆婶子仿佛偷窥了她的秘密,把她从枷锁中放了出来。她仿佛溺水者一样,陷入迷糊之中。她内心挣扎着,艰难地吐出话来:“水庆婶子,这个世界上没有假如,我也从来不去想假如的事情!”

娥子本来还在为难,见到梦生该怎么说。水庆婶子的一席话,让她突然面对自己的情感,她感到非常羞愧。在别人眼里天水头顶着状元的光环,可只有娥子知道,天水身上有那么多缺点。这个世界上,有谁能比娥子更了解他、包容他,愿意一辈子无怨无悔地照顾他呢!梦生那么优秀,她宁愿辜负梦生,也不能辜负爹娘的养育之恩。

水庆婶子还想对娥子说什么,可是她又忍住了。那个秘密到了唇边,又被水庆婶子咽了回去。她早把梦生对娥子的情意看在眼里,她多么想点醒娥子,别像自己一样,过一辈子没有爱情的生活。可是她哪里知道,她的话在娥子心里转一个圈之后,让娥子的思路又回到原点。

水庆婶子说完这些话,站起来叮嘱娥子:"你帮我看一会儿摊子,我去找找虾米,让他用快艇捎我们回去。"

水庆婶子前脚刚走,旁边就围上来几个后生。这些后生一个个手里拿着钱,伸手争着向娥子买米果。娥子手忙脚乱地收钱,无意中瞥见一个黄头发后生,把手伸进了一个平头的兜里,把平头的钱包偷走了。

黄头发拿着钱包,对着娥子炫耀似的扬了扬,转手抛给另外一个后生。娥子赶紧把眼睛挪开,平头已经挤到娥子面前,要了十只米果。娥子明知他的钱包被偷了,可还是把米果递给他。平头摸了摸口袋,忽然大叫:"我的钱包!我的钱包被偷了!"

黄头发气势汹汹推开平头:"你是不是想吃霸王果,没带钱还想买米果!"说完一把夺过米果,冲着娥子做了一个怪样,仿佛娥子是他的同伙。

其他的后生看黄头发蛮横的样子,一窝蜂散开了。黄头发把米果扔回蒸笼,叫道:"美女,你接着卖。我就在旁边站着,如果有谁敢欺负你,老子灭了他!"

娥子心中焦急,不由在心里暗暗责怪水庆婶子:说好马上回来,这一走,就像苍蝇一样飞了出去,连个影子都不见。娥子踮起脚尖四处张望,不停地搓着双手,担心梦生在砖窑那边等得太久。

娥子的旁边,是一个卖馄饨的老头,老头正在收拾炉子。他以为娥子内急,看了娥子一眼,停住手道:"妮子,我暂时不走,我帮你看着东西。"

娥子感激地谢了老头,赶紧往河神庙那边跑。这时候,太阳开始下沉,晚霞染红了湖面,红霞随着波浪荡漾开来,仿佛一面大红缎在水面上漂动。

娥子来到砖窑旁边,这是几座废弃的砖窑,年轻人幽会喜欢到这里。娥子几乎是跑着走进砖窑的,她甚至没有发现,那个黄头发正尾随在身后。砖窑外面停放着几辆摩托车,周围游荡着几个后生。

砖窑里面很暗,娥子脚下踩到软软的稻草,脚下发出簌簌的声响。想到梦生就在里面等她,娥子一点也不害怕。她继续往里面走,一边走,一边轻声叫着梦生的名字。

娥子听到了脚步声,她有些紧张,又有些兴奋:"梦生哥,是你吗?"

脚步声停止了,忽然有一双手把娥子抱住了。娥子的血液呼地涌了上来,她无力地挣扎起来:"梦生哥,你放开我!你再不放开,我就生气啦!"

那双手不但没有放开,反而在娥子身上乱摸。娥子感觉不对,这不是梦生。她恐惧起来,厉声道:"你是谁?你把我放下来,不然我梦生哥来了,会打断你的骨头!"

那双手终于松开了,娥子的眼睛适应了里面的光线,她发现站在她面前的竟然是贵生。贵生笑嘻嘻道:"你是不是在等梦生哥?"

娥子一步一步往后退,她已经退到了窑底。娥子想冲出去,却被贵生轻易地抓住了:"你别走呀,梦生哥让我捎话给你,他参加比赛不能来了,让我代他和你约会。"

娥子又气又急:"不可能,你骗我!"

贵生从口袋里拿出证明信,在娥子面前晃了晃:"这是梦生哥给我的,难道还会有假?你想不想要证明?我梦生哥说,如果你想要证明,就让我代他亲你一下!"

娥子心中恐惧,她不相信贵生的话,可是胳膊被贵生抓住了,她拼命地摇着头:"不,梦生哥不是这样的人,我不相信!"

贵生嬉笑着,把嘴巴凑近了娥子。娥子拼命抵抗,高声叫起来:"救命啊!来人啊!"

贵生恼怒地把娥子推开,娥子摔倒在地,额头磕到砖上,鲜血流了出来。贵生蹲下身子,掏出一片创可贴,对娥子说:"看到这块创可贴吗?和你手指上的创可贴一样,都是梦生哥为你准备的!"

娥子浑身颤抖,趴在地上哀求:"求求你,放了我吧!我和你无冤无仇,你不要害我,好不好?你如果放了我,我什么都不会说,这件事就当没有发生。好不好?"

贵生哈哈大笑:"我和你,当然无冤无仇。你知道今天是什么日子吗?两年前的今天,你的老公天水和我有个约定。如今,我是来履行约定来的。"

娥子哭道:"什么约定?"

贵生用手指了指自己的左边脸:"你亲我这边,就当亲梦生哥。"他又指了指右边脸,"亲这边,就当是亲你的男人天水。"

贵生把娥子扑倒在地,撕开了她的裙子。娥子将身子蜷缩成一团,她在心里呼唤着:"梦生哥,快来救我!"

娥子的眼前,闪现出梦生的影子。每当她遇到歹人,梦生总会出现在她面前。她相信梦生一定会来,他会像以往一样,把贵生打跑,把她从窑洞里解救出去。

守在外面的黄头发,听到砖窑深处,传来娥子撕心裂肺的哭声。贵生踢踢趿趿从里面出来,黄头发兴奋地问:"办完了?"

贵生挥了挥手:"轮到你了,进去吧!"

贵生看着黄头发进了窑洞,对守在外面的几个后生道:"你们不用着急,一个个进去,慢慢享受吧!"说罢骑上摩托车,一踩油门,摩托车轰鸣着上了湖堤。

水庆婶子把虾米找回来,娥子已经不在了。卖馄饨的老头说,那妮子可能是方便去了。两个人坐在堤上等,天色开始暗下来,娥子还没有回来。

水庆婶子有些着急:“怎么去了这么久,莫非掉水里去了,还是碰到坏人了?”

虾米听娘这么一说,立刻警觉起来:“娘在哪碰见娥子的?”

水庆婶子道:“我就在湖堤上碰见她的,她说她到田主任那里拿证明。”

虾米追问:“她拿到证明了没有?”

水庆婶子道:“我忘了问她,我们后来又聊别的事情了。”

虾米的眼皮剧烈地跳起来,他叫道:“坏了,坏了,娥子出事了!”

水庆婶子忙问:“出什么事?”

虾米瞪了她一眼:“你既然和她做伴,就不应该把她一个人丢在这里!”

水庆婶子道:“你这个短命鬼,怎么对我说话!我是你娘,我不是着急去找你吗!”

虾米低声道:“你先挑着担子回去,我四处找找看。”

水庆婶子赌气道:“你不回去,我也不回去。你去找娥子,我在这里等你们!”

沙洲上的人开始散去,那些设摊摆铺子的已经收拾好东西,陆续撤离了。那些留守在帐篷里的人,开始生火做饭。湖边船上,升起了缕缕青烟。虾米堤上堤下跑了几个来回,他扒开芦苇丛,寻找到芦苇的深处,也没有发现娥子的踪迹。

天色已经变暗了,虾米快快地蹚水上来,发现有人往砖窑那边跑。虾米拦住一个人问:“那边出了什么事?”

那人兴奋道:“砖窑那边来了个河妓,很便宜,一次只收五元钱。”

虾米失落地垂下头去,他忽然觉得有些不对,那个河妓不会是娥子吧?虾米被自己奇怪的念头吓了一跳。肯定不会是娥子,娥子怎么会去做河妓呢?虾米想:去看一眼,看完了,如果不是,就死心了。

虾米忐忑着一颗心,跟着来到砖窑。砖窑并没有人看守,一个男人从里面出来,另一个男人手里拿一张五元的票子进去。从里面出来的人,意犹未尽的样子,聚在一起谈论这个河妓的身体。

虾米越听越觉得可疑,他开始颤抖起来。旁边一个男人取笑道:"你是不是没有碰过女人?五块钱,进去尝试一下!"

里面的男人出来了,有人高声喊:"这里有个处男,让他进去体验一下女人。"

虾米在哄笑声中,被推进了砖窑。砖窑里点了蜡烛,摇曳的烛火罩住一个裸露的身体。揉成一团的乔其纱上,一朵蝴蝶被撕成了两半,稻草上散落着一大堆五元的纸币。

虾米感觉自己像打摆子一样,身子一阵阵发冷。他闭着眼睛,战战兢兢地走过去,在心里不停地祈祷:"千万不是娥子!千万不是她!"

虾米睁开眼睛,一眼看到娥子惨白的脸,他的脑袋顿时嗡地响了一下。

虾米彻底蒙了,一时间都不能呼吸了:"娥子,娥子!"

娥子木刻似的脸转了过来,涣散的眼神聚焦在他的脸上:"你也来啦!"

虾米赶紧把上衣脱下来,遮住了娥子的身体:"娥子,我是虾米,我是虾米。快起来,我带你离开这里!"

虾米抱住娥子,娥子用力把虾米推开:"我不走,我要等梦生哥。梦生哥约我来的,我要在这里等他!"

虾米叫起来:"梦生参加比赛去了,他不会来这里!"

娥子无力地把头转过去:"不,梦生哥不会丢下我,他一定会来，他一定会来！"

虾米心如刀绞，他早就知道贵生搞鬼，但是万万没有想到，贵生竟然会把娥子害得这么惨。

虾米一次次把娥子抱起来，娥子一次次把虾米推开。虾米跌坐在稻草堆上，心都碎了："好，我就坐在这里，陪你等梦生哥！"

第9章　梦生

掩埋在沙土的古船，伸向黑暗的桅杆，神秘气息笼罩着沙洲。神兔把他们引领到此，能否揭开传说中的秘密？

传统的龙舟赛，要闯过五场竞比考核。这五场考核分别是龙舟赛手的五个位置：碇手、舵工、上斗、扳招和缭手。这是一场民间传统的冒险者游戏，三分之二以上的参赛者在争夺碇手的第一道关口就要惨遭淘汰。碇手比的是泳技和体力；舵工比的是臂力和掌舵技术；上斗要求随时掌握船上所有数据变化；而扳招则要求对天气和环境做出准确判断；缭手作为捕盗的助手，要求具备各种综合素质和能力。

梦生和木材在第一场比赛中，抓阄抓到了一个组。昨晚为了追一只野兔，两个人像两头猎豹一样冲进了荒凉无边的湖滩。野兔就像是黑暗中的闪电，奔跑得像影子一样无声无息。木材和梦生就像从地面上刮起的两股旋风，他们一前一后追赶着野兔，经过大半个晚上的追逐，到最后两个人同时抓住了野兔。

梦生抓住的是兔子的前腿，木材抓住的是兔子的后腿，按照规矩这个时候木材应该自动松手认输。可是木材已经红了眼，他不顾一切抓住兔子的腿就往身边拽。梦生当然不肯松手,他也抓住兔子的另两条腿往自己这边拽。霎时,传来兔子撕裂的声音,一道血剑嗤的一声溅满了两人的衣袖。

两个人顿时呆住了,这是一个不祥的兆头。这不是一只普通的野兔,是陈老大千挑万选并且是在河神庙前祭奠过的灵兔。灵兔有一双宝石一样的眼睛,还有两对如岩羊一样迅捷奔跑的腿。

灵兔从河神娘娘的眼皮下放跑,众人看到河神娘娘的双目像闪电一样突然发出了光芒。灵兔在神光的指引下箭一样射了出去,跟着射出去的还有两个敏捷的身影。木材和梦生紧跟在灵兔的后面钻苇丛,蹚淤泥,越野滩,木材的鞋子陷入了泥沼中,梦生的衣服被坚硬的苇丛挂住了,可是灵兔还在往前飞蹿。

木材从记事时就在为迎接这场比赛做准备,即使闭上眼睛,他也能找到这里的每一条小溪,认出这里的一草一木。过了牛头山,过了螺蛳岭,再往前跑就是陈老大说的禁区。木材心里打了一个激灵,尽管以前他曾经踏入过禁区,但是那是在大白天,是陈老大计算好的日子,而且有爹和陈老大陪伴。比赛之前,陈老大特别叮嘱他:今年天象有异,不要轻易踏入禁区。木材这么想着,脚步自然慢了半拍。

梦生好久没有参加此类比赛了,他把在部队中学到的本领,全部施展了出来。他并不是为了获得捕盗荣誉,比荣誉更重要的是他身负的任务。木材本来不爱说话,他和木材分开五年,再次见面时,两个人都有一种陌生的感觉。或许是受贵生那句话的影响,梦生感觉木材变了很多。木材一副心事重重的样子,似乎有什么事瞒着梦生。梦生了解木材这个人,他不想说的话,打死也不会说。你只有赢了他,他才会更加尊敬你,才会把你当真正的朋友,才肯把掏心的话对你说。

木材看着梦生踏入禁区,他当然也不能停下来,也跟着冲了上来。木材和梦生一人手上拎着两条兔子的腿,兔子的血滴滴答答流淌着。他们互相瞪了对方一眼,木材赤着双脚,高大威武地伫立着,虎着黧黑的脸。

木材不是为了那笔一百万元的奖金,也不仅仅是为了捕盗的荣誉。陈老大赛前公开扬言:谁获得捕盗荣誉,他就把女儿飞鱼嫁给谁。木材和飞鱼青梅竹马,自小一起长大。木材把陈老大的话,理解为对他的激励。木材没有想到,好友梦生没有和他打招呼,就作为他的对手直接杀了出来。木材对梦生很有些气愤,他心里想:你明明喜欢娥子,为什么还要跟我争飞鱼?

梦生站在离木材不到三米远的地方,他清秀的脸上被划出了道道血痕。他的背心被刮破了,风吹过来,破了的背心在他颀长的身体上旗帜一样飞扬。梦生对木材刚才蛮横的行为颇为生气:明明是我先抓住的兔子,为什么你还要跟我抢夺?

两个对手在黑暗中对峙着,四只互不示弱的眼睛逼视着对方,射出鬼火一样的磷光。比赛采取的是淘汰制,这就意味着,两个人当中必然有一个要被淘汰。因此每一场比赛,都像决赛那么重要。被淘汰掉的人,再也无缘决赛了。两个人向来是心息相通,彼此太熟悉对方,此时此刻,空旷的湖滩寂静无声,他们可以听得见对方紧张的心跳。

突然,从湖畔传来一声凄厉的怪叫,这声怪叫把二人对峙的局面打破了。他们一同扭过头去,顺着发出声音的地方,突然发现隐隐中有一片密密麻麻伸向空中的桅杆。木材顺手撸了一把齐肩高的湖草,梦生拽了几根软草藤,两个人飞快地扎了两只火把。木材打着了打火机,他们点燃了火把,向着那片神秘的桅杆走去。离桅杆越来越近了,呈现在两人面前的景象,把他俩惊得目瞪口呆。

这是一片埋在沙土里面的古船,古船上长满了蒿草。梦生伸手抹去船舷上淤积的泥沙,露出一个圆形的窟窿。木材用力扯掉覆盖在上面的湖草,发现这个圆形的窟窿是一个从舱里伸出来的炮口。梦生爬上古船,看到那高高耸立的桅杆上还留有炮弹击中的凹痕。这些古船整整齐齐排列着，就像一支准备出征的舰队。

梦生的心激动起来，这不就是历史书上记载的古船吗！梦生警觉地看了看四周，心想：是谁把这些船只放在这里？难道是陈老大设的计谋，让木材故意把自己引到这里来。

梦生正在琢磨这些古船，前面传来木材的喊叫。他跳下古船，看到木材在不远处朝自己挥舞着火把。梦生疾走几步，发现木材的身后也陈列着一大片船。奇怪的是，这些船有的是木船，有的是水泥船，还有一艘竟然有些像现代的军舰。这一片黑压压的船，就像按照历史的轨迹一样排列着，从古代到近代呈现在他俩的面前。

梦生的心跳得厉害，这些陈列在面前的船只，如此的熟悉和真实。有些木船属于父辈那个年代，有些木船现在还有人在使用。梦生在一条水泥船的驾驶舱外，发现了一枚有些发黑的木牌，木牌用钉子钉在驾驶舱的前面，上面依稀可以辨出1967年的字样。这是一条用来挖沙子的水泥船，船的动力用的是柴油发动机。在长江的沿岸，现在依然可以看到许多这样的挖沙船。

木材来到一艘靠近水边的木船上，这是一条保存相当完好的木船。木材举着火把小心翼翼地钻进船舱，发现船板上散落着几件救生衣，一张矮木桌歪倒着，旁边还有一个煤油炉子，炉子上架着一个生锈的铁锅。卧舱里面的被子铺开着，被子旁边还散落着一双袜子和一只鞋子。这条木船仿佛刚刚经历了一场风暴，木船的主人好像刚从被窝里面钻出来，来不及穿上鞋袜，甚至连救生衣都来不及穿，就遭遇了可怕的灾难。

这么庞大的船队，而且是不同历史时期的船只聚集在同一个地方，船上却连一个人影也看不到。夜风呼呼地刮着，可是刮到这里却寂静无声。木材抬起头看了看天空，天空黑洞洞的。他又看了看四周，四周除了茅草掩映中的这片古船外，什么也看不见。木材无法辨出这里的地理位置，这些船只在荒芜的湖滩上沉默着。

木材虽然听陈老大讲述过，禁区之中曾经发生的种种奇怪现象,却仍然有一种身在梦中的感觉,他嘀咕道:“这真是一个奇怪的湖滩,这么多的船只集中在这里,规模可以比得上一个黑海舰队。”

木材看到梦生怀里抱着一个酒坛,不由问道:“你抱着什么东西?”

梦生神秘地说:“你猜我发现了什么?”

木材一把夺过酒坛,竟然是沉甸甸的。他用力摇了摇,发现酒坛里面装有液体。他放下酒坛,揭开坛盖,一股特有的酒香直向鼻子里面钻。木材心里痒痒地动了一下,然而他抑制住了饮酒的冲动,又把酒坛盖住了。

梦生知道木材对自己存有戒心,他的脚刚才在沙土中踢到了一样东西,捡起来一看,是一块生锈的小铜牌。铜牌是长条形的,一头宽,一头窄。宽的那头呈菱形状,窄的那头有些像把手。在菱形的那一头,上面刻着几个篆文。梦生不知道上面写着什么,但是他猜想这应该是属于文物一类的东西,看上去有些像古代的令牌。与此同时,他还在另外一条木船上发现了满满一船的酒,他知道木材嗜好美酒。他之所以给梦生抱回来一坛酒,确实有些收买木材的想法。

梦生看木材对美酒没有动心,他只好使出了杀手锏,把那枚小铜牌拿了出来,在木材面前晃了晃说:“你看看这是什么?”

木材说:“破铜烂铁而已,有什么稀奇?”

梦生叹气道:“亏你还是陈老大的徒弟,你难道忘了蛇岛的传说,这可能是一把打开蛇岛宝库的钥匙。”

木材不可置信地摇了摇头:“我根本不相信蛇岛的传说,那个蛇岛根本不存在。”

梦生指了指身旁的船只说:“你可以不相信蛇岛的传说,可是你不能不相信眼前存在的这些船只吧。你告诉我,这些船只是从哪里来的?为什么停泊在这里?这里又是什么地方?”

木材被梦生问得瞠目结舌，半天回答不上来。

梦生采用的是激将法，如果木材知道这些船只的来龙去脉，他肯定会说出来。梦生等了半天，木材还是没有说话。

梦生只好泄气道：“我来告诉你吧，我反复观察发现，这些船是有规律停泊的。距离现在时间越久，船只就距离湖水越远。如果我没有猜错的话，那艘带有大炮的古船就是明代娄妃用过的战船，而那艘有些像现代军舰的船只，应该是1945年在鄱阳湖失踪的两千多吨级的日本运输船‘神户丸’。”

木材当然知道他们所在的位置，但是他没有料到梦生反应这么灵敏：“你的意思是，我们现在是在鄱阳湖的‘魔鬼三角’？”

梦生摇了摇头：“确切地说，我们现在所处的位置是在洄水滩。”他把手中的铜牌向木材扔了过去，大声说，“现在你只要拿着这把钥匙，找到蛇岛后，就可以开启埋藏珍宝的大门。”

木材把那块铜牌放在火把下面仔细地打量，他手里抓着铜牌菱形的那一头，看着那像把手的上面有些凹凸，似乎和古代的铜锁钥匙有些像，他对梦生的话有些将信将疑。木材抬起头来问梦生：“你不会那么好心，把珍宝都送给我吧？”

梦生笑了笑说：“你是我的好兄弟，当然可以送给你。不过我有一个条件，那就是你不许再和我争夺捕盗的荣誉。”

木材当即把铜牌扔回给梦生，激动地叫道：“咱们当初在陈老大面前说好的，各自凭自己的本事赢取捕盗的称号。我不会和你做交易，就算拿全世界的珍宝给我，我也不会同意。”

梦生把铜牌又扔给木材，故意激将道：“虽然陈老大比较欣赏你，但是飞鱼喜欢的人不一定是你，难道你没有发觉吗？就算按照我们当初的约定，也是我第一个抓住灵兔的腿，如今我又是第一个找到通往蛇岛的钥匙，难道我不是赢得捕盗荣誉的人吗？我是担心你人财两空，所以才把宝藏的钥匙送给你，你还是收起来吧！”

出乎梦生的意料，他的激将法在木材身上没有起到效果。木材抬头看了看天,天空乌黑一片。只见他眉头紧锁,仿佛在担心什么。

梦生继续挑衅:"你敢不敢和我一起把这坛酒喝完?"

木材是个血性后生,本来就喜欢喝酒,终于经不住美酒的诱惑,端起酒坛子咕嘟咕嘟喝了几大口,然后把嘴一抹:"喝就喝,谁先倒下谁认输。"

那白酒经过风浪的颠簸,喝下去醇香满口。两个人喝了第一口,就抢着要喝第二口。他们两个你一口我一口,喝得豪气冲天,热血沸腾。

梦生干脆登上那艘木船,把煤油炉点着了。木材用生锈的铁锅舀了半锅水,把野兔扔了进去。在这诡异的沙洲上,面对着红红的火苗,木材和梦生似乎忘记了比赛。

水很快沸腾了,野兔发出诱人的香味。梦生捞起热腾腾的野兔腿,一条递给木材,自己撕咬着另一条:"记得在游泳队有一次训练比赛,我们两个离了队,在荒洲上过夜的情形吗?"

木材道:"我怎么不记得!你喜欢争强好胜,腿抽筋了还不肯上岸。如果不是我背你回家,说不定你早变成水鬼了。"

梦生感慨道:"在我的心里,你一直是好兄弟。"

木材听他提到兄弟二字,火气就蹿了上来:"现在说什么好兄弟!你从部队复员回家,不告诉我也就算了。你要参加龙舟赛,至少应该和我打个招呼吧!"

梦生没有说话,他从手腕上摘下一块手表,递给木材道:"我知道你一直想有一块多功能手表,这是我托战友从国外给你捎的,算我给你赔罪!"

木材赌气道:"我不稀罕!"口里说着,却伸手把手表接过来,戴在了手腕上。很多年以前,木材看一部外国探险电影,里面的主人公戴着一款多功能手表,让他心动不已。

梦生端起酒坛,咕嘟咕嘟喝下去半坛,然后喘着气说:"这是我罚自己的，如果你还不原谅我，我接着再罚！”说着又端起酒坛。

梦生的酒量远不如木材，木材怕他喝醉了，连忙抢下酒坛：“你不要借口赔罪，把好酒都自己喝了，我还想喝几口呢！”

梦生嘲笑道：“你那个样子喝酒，哪有半点过去的气概！”

木材气道：“我怎么没有过去的气概？我是担心你喝醉了，没有人背你回去！”说罢端起酒坛，把酒往喉咙里倒。两个人抢着喝酒，不一会儿就把一坛酒喝光了。

两个人喝完酒，趴倒在船板上睡着了，也不知道睡了多久，木船忽然摇晃起来，晃醒了的木材，眼皮仍然被睡眠粘着睁不开。他虽然闭着眼睛，可是鼻子却像猎狗一样竖了起来，似乎闻到了一种特别的气息。他的耳朵也跟着扑棱棱地支了起来，仿佛隐隐听到似有千军万马的声音从远处传来。木材和梦生不同，两个人虽然都在湖畔长大，可是木材自小跟随渔船在鄱阳湖出入，练就了一幅听风习浪的本领。木材心里咯噔一下。不好！他暗叫了一声，用粗壮的手指强撑着扒开眼皮。刚把眼睛睁开，船身猛地向一边撞去，有一股浪花突然溅入了船舱。

湖水从窗口扑进来，冰冷的水浇到身上，木材打了一个激灵，这才完全清醒过来。“梦生，梦生，快起来！”木材忽然想起曾在舱里看到的救生衣，伸手一摸，果然摸出两件。他穿上救生衣，一边伸手去拽仍然在熟睡的梦生。黑暗中，木材感觉到天空中翻滚着厚厚的黑云，沙洲上正酝酿着一种异样的气息。

梦生睡眼蒙眬地坐起身，木材把救生衣扔过去说：“好像是夏汛提前到了，我们赶紧上岸躲一躲。”

梦生接过救生衣，快速地穿在身上：“我们不是在岸上吗？哪来的夏汛？”

梦生的话音未落，只听得空中发出呼啸的巨响。木材一把抓住梦生的胳膊，一掌劈开船窗，拉着梦生从船上飞了下去。他们两个人的身子还没有落水，就见高高耸起的浪头已经盖过了桅杆。

木材不敢回头，拉着梦生从水中爬起来就往岸上跑。

一股巨大的浪头从他们背后冲来，木材被浪头高高的托了起来。他的手依然抓着梦生的胳膊，一股大浪冲过来，梦生从他的手里滑落下去。

木材大叫一声："梦生！"

梦生的身子堕入了巨浪之中。木材想探下身子去救梦生，可是却被巨浪高高地推向空中，他顿时有了一种晕眩的感觉。在浪头落地的一刹那，木材感觉自己被一双巨大的手投掷了出去。他感觉甩出去的不是自己的身体，而是心脏从胸腔里面被掏了出来。他想回过头去寻找梦生，可是已经无法控制自己的身体。他定了定神，在空中微微弯曲双腿，就在身子快要坠落的瞬间，借着这股巨浪的力量，奋力挣脱浪头的拽拉，两手扒拉着湖草，往前弓着身子，脚才落到了实处。

这个时候，天空响起了轰隆的雷鸣，湖面上卷起巨大的螺旋浪。湖畔上的湖草被连根拔起，木材在闪电中看到那些木船被旋风卷了起来，它们旋转着在空中飞了出去。湖滩震动起来，那些被埋在泥土里的巨船一艘一艘拔地而起，木材被惊呆了。他看见那艘带有大炮的古船徐徐升上了天空，那是一艘用铁皮包裹数丈高的巨船。这些船只被卷入了漩涡的中心，湖滩上飞沙走石，龙卷风和雨水夹杂着碎木块砸落下来，整个湖滩都在颤抖。

木材趴到地上，将脸和身子紧紧贴着地面。有那么一刻钟的工夫，他感觉自己被风拉扯上了，腰身被移动着离开了地面。木材闭上眼睛，一边将头脸像野猪一样使劲地往沙土里面拱，一边用牙齿紧紧衔住泥土下面的草根。他吸住一口气让身体紧贴地面，让两只脚和一双手深深地插入泥土中。

木材听到耳畔虎狼一般的低吼声，木船在空中炸裂的声音。他感到好像有人在用力撕扯他的衣服，有无数的鞭子在狠狠地抽打他的身体。过了好一会儿，铜钱大的雨点噼里啪啦落了下来。

湖水慢慢一浪高过一浪涌上岸来,木材感觉自己完全浸泡在水中了。木材挣扎着往前爬去,耳畔依然电闪雷鸣,大雨滂沱。可是当他刚刚挣脱湖水的坠拉,突然又晕了过去。

在晕眩当中,木材仿佛听见有个声音在对他说:不能躺下,天上还在闪电,后面还有浪头。你如果不能逃脱,不是被巨浪卷走,就是被雷电烧成木炭。木材再次睁开眼睛的时候,雨点依然密集地砸在他的身上。木材有些冷,他扯了扯衣服,发现身上的衣服已被撕成了碎条。幸好救生衣还在,木材依托着救生衣,躲开雷电往浅水区继续爬动。

不知道爬了多久,木材挣扎着爬到了湖水的前面。雨点渐渐变小,湖面渐渐明亮起来。木材终于爬到了岸上,他感觉全身酸疼,一屁股瘫软在地上。这个时候,木材忽然想起坠入巨浪中的梦生,又深一脚浅一脚地跑下湖滩。

木材的面前,是一望无际波涛汹涌的湖水。昨晚停满船只的湖滩神奇地消失了,那些船只好像从来没有存在过。木材怀疑自己是不是在做梦,可是他的面前明明漂浮着几块炸碎的船板,白茫茫的水面上有一件黄色的救生衣在飘荡。木材追了过去,他对着救生衣大声喊叫:“梦生,梦——生——”

木材的喊声随着波浪一波一波地传开去,寂静的湖面上飘荡着木材的喊声。木材一边喊叫,一边沿着湖畔寻找梦生的身影。这个时候,太阳突然掀开了云雾的遮挡,湖面上升起了霓裳一样的霞光。水鸟不知道从哪里飞了出来,它们贴着水面轻轻飞过。在一片浅滩上,湿漉漉的湖草上凝结着水珠,几只长腿的鹭鸶在湖草中优雅地散步。

木材一路追赶着救生衣,直追得两脚发软。他一路呼叫着梦生的名字,他多么希望梦生能够听到他的呼声突然从救生衣中抬起头来。这个时候,太阳热辣辣地挂在半空中,寂静的沙洲上,空气热烘烘地灼人。木材一路叫喊,只觉得嗓子眼像着了火一样,这火从嘴里一直烧到了胸口。

木材扒拉着把身上的破衣服脱了下来，手指忽然触到了什么东西，一阵钻心的疼痛传了上来。木材举起双手一看，十个手指不知什么时候已经皮开肉绽，手指碰到的东西，正是梦生送给他的那块手表。

木材淌下泪来，大声喊叫："梦生，梦生，你听见我的喊声吗？我答应你，只要你回来，我就不和你争了……"

木材声嘶力竭地喊着，直到把嗓子喊哑，也不见梦生回来。木材怔怔地站了一会儿，忽然想起蛇岛永不会沉没的传说。如果昨晚自己待过的地方就是洄水滩，或许蛇岛就在洄水滩的某个地方。只要蛇岛不沉没，那么梦生或许就和那些失踪的船只在一起，被转移到蛇岛的另一个空间里。只要找到通往蛇岛的路，就可以把梦生找回来。

木材想到这里，心中又升起了一些希望。他看了看多功能手表，这款手表具有短波通讯、海拔定位，以及测量温度、湿度的功能。借助手表的定位系统，或许可以找到通往蛇岛的路。木材极目远眺，忽然看到那件黄色的救生衣被挂在一丛芦苇上。木材欣喜若狂，他冲过去来到救生衣前，刚刚俯下身子，湖草的根部忽然腾起一片白雾似的虫子。

这些雾一样的虫子像云层一样降落在木材裸露的后背上，令他顿觉一股奇痒袭了上来。木材回手一拍，满手都是黑糊糊的血。又一片白雾裹了上来，它们像雪团一样包围了木材，还发出若有若无的嗡嗡叫声。

木材的后背肿了起来，前胸也肿胀了起来。木材只觉得有无数的虫子在啃噬着他的皮肤，在吸吮着他的血液，在抓挠着他的骨头。顷刻间，他觉得头发缝里面，骨头缝里面全是虫子在爬。

木材浑身上下被白雾包围了，它们不仅裹住了木材的胳膊和双腿，而且还把木材的双眼、鼻子、嘴巴都封住了。木材感觉自己的脑袋变得像一盏灯笼,身子像皮球一样膨胀起来。他发不出声音,也无法呼吸。他疯狂地挣扎着,他想奔跑,可是腿已经失去了力量。就在木材快要崩溃的时候,耳边似乎传来了叫声:“往水里扎,往水里扎……”

第10章 陈老大

一尊陈旧的神像，双眼淌下了血泪。她在向世人预告什么？没有人懂她，除了他。可是他却晚了一步。

半夜时分，石镇被一阵神秘的鼓声敲醒。

鼓声顺着湖堤传过来，石镇的地面被震动了。沿河老街的那一片铺子，在沉闷的鼓声中此起彼伏。郭铁匠常年不熄的炉火，被鼓声震得火星四溅。龚表匠铺子里的钟表，发出各种各样的鸣叫。孙弹匠的棉花弹弓，被震得不停地敲打墙壁，发出阵阵弦声。段箍匠铺子里的那些木碟、木碗、木盘、木勺，也一齐在柜子里颤动着，发出咯吱咯吱的震颤声。

五月的夜晚，沙洲上一丝风都没有。陈老大站在帐篷外，焦急地等候选手们归来。帐篷里异常闷热，袁舢板睡了一觉起来，像从水中捞出来一样，全身水淋淋的。他撩开帐篷，看到陈老大在仰头观察天上的星星："老大，木材他们回来了吗？"

陈老大脸色阴郁："包括木材在内，还有十多个后生没有回来。"

袁舢板站起身来："我们要不要去接应他们？"

陈老大想了想:“走,先去庙里看看。”

每当陈老大遇到难题,他都习惯去河神庙寻找答案。河神庙距离比赛指挥部的帐篷只隔着一片小沙洲。沙洲被水淹没了,陈老大上了机帆船,袁舢板发动了机器,机帆船突突突向对岸驶去。

相传六七百年以前,石镇还是一片荒凉的湖滩,到处都是积水、野苇以及被湖水冲击得斑斑驳驳的乱石。虽然信江、赣江和饶河三大河流相继在这里入湖,往北经汉口可以去北京以至西北的甘肃;往西穿过湘江,可以到达重庆和云贵;往东由新安江,可以通往杭州和上海。可是南来北往的商船从这里经过时,经常会莫名其妙地失踪,以至水手们谈到三江口就色变,宁愿绕行也不敢经过这里。

有一年,当地有渔人用渔网捞起来一个女人。这女人虽然闭着眼睛,可是她的脸色依然温润,腰身依然柔软,浑身散发着浓郁的香气。渔人突然对这女人产生了强烈的欲望,他急切地把她抱到了床上。可是当他的身体刚刚接触这女人时,忽然从天上掉下一块巨石,顷刻把这个渔人砸成肉泥。

有一条从广州来的货船,因为走私了一批洋货,冒险从这里经过。货船的主人大白天做了一个梦,有两条河豚钻进了他的梦中。河豚说那个女人是河神娘娘,那块巨石是河神娘娘的镇湖之宝。货船的主人梦醒之后,倾尽家财修建了这座河神庙。从此,三江口变得平静下来,这里变成一个繁华热闹的水运码头。

机帆船靠近了河神庙,陈老大跳上岸来。湖水已经淹到了庙门口,陈老大抬腿就跨进了庙内。河神娘娘头顶着高耸的发髻,足踏着簇簇翻滚的浪花。她秀眉微蹙,神色哀戚,仿佛在预测即将发生的灾难。河神娘娘的脚边,一条盘龙在水中若隐若现,一面硕大的石鼓把盘龙牢牢地压在身下。神像已经褪色,石鼓也布满灰尘。

陈老大仔细看着河神娘娘,他发现河神娘娘的眼睛变成了红色,两道血泪顺着她的面颊缓缓流淌下来。袁舢板也看到了神像的异常，伸手去摸流下来的泪水，手掌仿佛被烙铁烫了一下，手指上被灼起了一片水疱。

陈老大预感不妙，他惊道："不好，赶快上船，离开这里！"

陈老大话音未落，脚下开始震动起来，庙宇在他们头顶摇晃。两个人跳到船上，机帆船快速地离了岸。

河神庙上的乌瓦掉下一大片，湖底仿佛裂开来一样，两道绿色的光柱从裂缝里射了出来。一座巍峨的高山，突然从水底下钻了出来。陈老大赶紧打舵，他把舵打死了，整个身子扑在方向盘上。机帆船倾斜着竖起了身子，船的半边就要沉入水中。

站在船舷边上的袁舢板被甩了出去，就在他的身子快要甩出甲板的时候，陈老大抛出去一捆粗大的缆绳。袁舢板手疾眼快，一把抓住了缆绳。机帆船快速地往前走着，袁舢板的身子悬在半空中，他的双腿扫荡着湖水，嗖嗖地削起片片浪花。借着缆绳的弹力，袁舢板在波浪中飞了起来，身子稳稳地落在船上。

绿色光柱照耀过后，只听得轰隆一声巨响，那座神秘的山撞倒了河神庙。那两道绿光倏然熄灭了，那座山连同河神庙，也瞬间消失得无影无踪。

过了一会儿，湖面突然变得寂静起来。陈老大抬头看了看天空，天空阴沉沉的没有一丝风。他闭上眼睛，鼻子闻到了一种特别的气息。闻到这股气息，陈老大只觉得浑身一颤，有一种毛骨悚然的感觉袭上心头。

陈家当年历经磨难，从新安江迁徙到鄱阳湖，是带着家族使命而来。陈家一代又一代的传人，默默地生活在鄱阳湖畔，是为了坚守一个秘密。陈老大从记事时开始，就被父辈们告知。他的生命不属于自己，而是属于家族使命。

这座河神庙，是那个秘密的一个窗口。如果鄱阳湖遭遇干旱，河神娘娘的嘴唇会开裂。如果鄱阳湖突发大水，河神娘娘的眼睛会含有泪水。河神娘娘就像是一个预测仪，准确地预报鄱阳湖的潮起潮落。通过这个窗口,陈老大才可以踏入那片禁区,安全进出那个被人称作“魔鬼三角”的地方。河神娘娘眼中淌下血泪,陈老大还是第一次发现。陈老大想起二十年前发生的那次灾难,一种不祥的预感袭上心来。

这时,袁舢板浑身湿淋淋地冲进了驾驶室:“老大,发生了什么事情?”

一只黑色的大鸟鸣叫着,划破空中的黑云,高高地俯冲下来,落到机帆船的桅杆上。陈老大瞥了一眼那只黑鸟:“湖底可能发生地震了,我们跟着灰斑走!”

灰斑是陈老大两年前从沙洲上捡回来的一只水鸟,水鸟和陈老大的鱼鹰一起长大。两年之后,灰斑长出了褐灰相间的羽毛,翅膀张开来有两米多长。陈老大出湖捕鱼,灰斑也跟着出湖;陈老大不下湖的时候,灰斑也总是展开双翼,尾随在身后。湖管站人员发现灰斑是国家一级保护动物,让陈老大把灰斑放回了鄱阳湖。

灰斑的出现,意味着趸船那边有危险。陈老大虽然把灰斑放了生,可是每当夜幕降临,灰斑就会从烟波浩渺的湖面上飞过来,落在陈老大的趸船上。它就像是一个卫兵,在黑夜里睁大了一双褐色的眼睛,机警地守卫着趸船的安全。每当太阳升起,它就长鸣一声,张开翅膀向远处飞去。

这时候,湖面上刮起了大风,升起的巨浪像高山一样,径直向机帆船压了过来。灰斑发出尖锐的警告,它腾空而起,在波浪里给陈老大引路。陈老大和袁舢板一起打舵,机帆船开足了马力,终于避过了山峰。机帆船穿过一个又一个巨浪,终于来到了趸船旁。

陈老大从船舱里出来,顶着风浪爬上趸船。趸船是陈袁两家牵头、几十户渔民合资的产业。遇到紧急情况,陈老大首先想到的是要确保趸船安全。袁舢板要跟着上来,陈老大阻止他说:“你不要上来,带着灰斑赶快回去,组织人员去接应木材他们!”

说着,陈老大吹了一声口哨。灰斑落到陈老大的肩膀上,他把灰斑放到袁舢板身上。机帆船离开了趸船，灰斑长鸣一声，绕着趸船打了一个圈，向着远方飞去。

陈老大从顶层往下，一个舱一个舱检查。为了不让湖水进舱，他把每个窗户都关严了，把应急窗口锁住了。没有发现问题，他下到了底舱。底舱是货舱，已经存了一批货。趸船备用的动力设备，也放在底舱里。

外面电闪雷鸣，舱里却风平浪静。陈老大感觉不出任何异常，他正想坐下来休息，外面忽然传来轰的一声巨响，趸船被飓风抛向空中。陈老大的身子被甩到船顶上，他的脑袋重重地撞击到舱壁上。陈老大感觉脑袋嗡地响了一下，就什么也不知道了。

也不知过了多久，陈老大慢慢苏醒过来，他挣扎着想爬起来，可是还没等站直，船身猛地一抖，一种嗞嗞的声音从脚底下传来，他低头一看，船身在微微颤抖中慢慢倾斜。凭直觉他马上判定——趸船在漏水。陈老大心里咯噔了一下：坏了！一旦趸船漏水，如果自己不及时出去，就有可能和趸船一起葬身水底。

陈老大感觉到趸船在摇摆移动，这是一条可以载重几千吨的趸船。当初他把趸船当做码头进行设计，趸船停靠在岸边，外加八根钢索加以固定。按照理论数据计算，如果将趸船装满货物，即使发生十级的龙卷风，也不能撼动趸船半分。

可是现在趸船确确实实在移动，这说明趸船已经远离了岸边。陈老大在舱里无法判断趸船的位置，但是他清醒地意识到，现在的处境非常危险。他环视着船舱，却找不到舱门。一只空酒瓶骨碌碌滚过来，差点把他绊倒。陈老大定了定神，才发现趸船倾斜得很厉害，动力设备和舱里的货物全部滑向一边，像一座小山一样堆积着，把舱门结结实实地堵住了。

陈老大有些焦躁，他被困在底舱里。底舱除了舱门之外，没有其它的出路。他左右看了看，猛地想起船舷旁的通气孔。从那一堆设备当中，他翻出一把锤子，于是便抓起铁锤猛地砸向通气孔的玻璃。

陈老大砸碎了玻璃，湖水涌了进来，他艰难而又笨拙地从通气孔往外爬。他把脑袋钻了出来，看到广阔的湖面上横七竖八地漂着翻倒的渔船、断裂的船桨、半沉半浮的渔网，还有被缠在渔网中的尸体。

湖面上凄惨的场面，让陈老大的心凉了半截。通气孔太小，身体被卡住了，他吸了一口新鲜空气，又把脑袋缩了回来。陈老大试着先把左胳膊伸了出去，然后把脑袋贴着左臂钻出去，接着把右胳膊硬拉着，身子猛地往外一运力。他的身子出了一半，可是肚子又被卡住了。陈老大想再次把身子缩回去，然而两条腿已经悬空，两条胳膊也使不上劲。陈老大被夹在趸船的通气孔中，脑袋向外伸着，两条胳膊不停地挥舞着，仿佛一只在渔网中挣扎的鱼。

这时候，趸船倾斜得更加厉害，湖水已淹没了半条趸船。灰斑惊叫着从远处飞了过来，它飞到陈老大面前，用嘴叼住陈老大的衣袖，扑棱着翅膀，把陈老大的胳膊使劲往外拽，陈老大的胳膊被拽拉得生疼。因为用力过猛，灰斑的喙子流血了，鲜血顺着它尖尖的嘴角滴下来，可是它仍然不肯松开陈老大。

陈老大怎么也不肯相信，他会困在自己亲手打造的趸船上。这是一条被湖管站淘汰的水泥趸船，当初买下来的时候，趸船已在湖管站服役了几十年，破败得只剩下水泥架子。陈老大在趸船上下足了本钱，除了保留趸船的结构之外，其余全部重新构造。

为了防水防漏防盗，仓库和办公室设计成全封闭模式。这么牢固的趸船，怎么能轻易就漏水？而且那八根固定趸船的钢索，是从日本进口的桥梁专用钢索，怎么可能一下子全部断裂？

陈老大想到灰斑的报警，猜到灰斑可能发现了什么。自己千算万算，就是没有考虑人算。陈老大想到了叶秉坤，难道是他暗中动了手脚？当初袁舢板和木材劫持叶秉坤的货船，就是为了迫使叶秉坤不再阻拦他们的趸船开业。女儿飞鱼曾经劝他，让袁舢板和木材去自首，让警方去处理这件事。可是陈老大不想把叶秉坤逼上绝路，更不想让袁舢板和木材父子背负打劫的罪名。想不到对叶秉坤的网开一面，却给自己埋下了祸患。陈老大心中后悔，不由大骂叶秉坤卑鄙。

这个时候，趸船中间发出一声巨响，趸船猛地从中间断裂开来。趸船的一头轰隆着扎入水底，另一头也在快速地往下沉。陈老大眼看着滔滔的洪水猛地朝他盖过来，他朝灰斑做了一个手势，趸船就带着他沉入水中。

灰斑尖锐地惊叫着，掠开两条长长的翅膀，箭一般冲向高高的空中。顷刻之间它衔着一根长长的芦苇，一头扎入深水中。困住陈老大的半截趸船幸好被什么搁住了，没有继续往下沉。陈老大看见灰斑过来了，赶紧接过芦苇，把芦苇咬在嘴里。芦苇的长度，刚好可以伸出水面。芦苇还是新鲜的，苇茎里面存有新鲜的空气。陈老大靠着这一点空气，慢慢把呼吸调匀。

灰斑快速地浮出水面，又飞了出去。过了一刻钟的工夫，它又衔了一根芦苇来。当陈老大把这根芦苇换上之后，感觉胸口舒畅多了。灰斑跟随陈老大多年，已经学会了一些简单的救援技巧，陈老大对着灰斑做了一个夸奖的动作。

陈老大清楚地意识到，靠芦苇吐气只是权宜之际，要想从趸船里面脱身，必须要靠外力救援。他想到了老友袁舢板，刚才他让灰斑跟着袁舢板，可是灰斑怎么半途回来了？难道袁舢板也遇到了危险？灰斑回来是请求他的救援？

这个时候，陈老大想起了女儿飞鱼。他用手势告诉灰斑，赶快去找飞鱼。

灰斑在水里围绕着陈老大游了几个圈，最后才恋恋不舍地钻出水面，像一道黑色的闪电一样冲向高空，鸣叫着向岸边疾飞而去。

这是一片埋在沙土里面的古船，古船上已经长满了蒿草。

第11章　段天水

高考像一场战争，他勉力应付。岂知考场外的战争比高考更残酷！

天水从考场出来，拖着虚空的脚步，走进宾馆的房间。他倒在雪白的床单上，感觉那么虚弱，那么无力，身体仿佛被掏空了。他闭上眼睛，考场的情景立刻纷沓而来。

提前半个小时入场，考官宣读考试纪律，查验每个考生的准考证。铃声响过之后，试卷和答题纸发了下来。语文两个半小时，他一个半小时就完成了。数学两个小时，他只用了一个小时。英语和综合考试，他也只用了一半时间。剩下的时间，他假装检查试卷。他把写有答案的答题纸，摆在桌面的左上角。

左边是个长发的女生，她大胆地把脑袋探过来，快速地抄写上面的答案。十分钟之后，天水把答题纸挪到桌子右边。右边是个戴眼镜的男生，他同样把头伸过来，重复左边女生的动作。先左后右，最后才轮到后面的那个考生。

第一场考试的时候，天水还有些紧张。他四处张望了一下，考场有四个考官，一个坐在讲台上，一个在考场内走动，还有两个坐在门口。巡考官在考场外来回走动，他们有时像小偷一样，趴在窗口往内偷看；有时大摇大摆来到考场门口，小声询问考场情况。考生们都埋着头，专心做自己的试卷。考场静悄悄的，一切显得井然有序，似乎谁也没有注意，有四个考生在作弊。

那三个考生，两男一女，天水并不认识，考试结束后，立即就从他眼前匆匆消失了。天水没从他们那里得到任何报酬。如果说有回报，那就是赵伯耘给天水和哑娘安排住进了县政府招待所。考试期间，能够享受免费吃住的待遇。一切都是赵伯耘安排好的，天水只要照做就行。

赵伯耘告诉天水，那三个考生都是领导的孩子，考场已经打好了招呼，只要按照赵伯耘的安排去做，那些领导就会给他撑腰。

赵伯耘向天水保证说："这次你可以放心大胆去考试，有我在后面罩着你，那些黑社会的人谁也不敢动你。你这次如果再考了状元，我不仅要替你申请奖学金，而且还亲自把你送上轮船，让你风风光光去上大学。"

两年前，天水第一次参加高考。他看完考场出来，被几个后生拦住了。他们强行把天水拉进饭店，要了满桌的酒菜，说是受朋友之托宴请他。吃过饭之后，他们塞给天水两千元。天水推辞不敢接，仓皇回到租住的小旅馆。睡到半夜的时候，他被人用被单捂住了脸。他在黑暗中挣扎着，喘不出气来。

一个强硬的声音凑近天水："我知道你爹是箍匠，你娘是个哑巴，你还有一个姐姐叫娥子，听说将来要给你做老婆。这两千块是给她做嫁妆的，由不得你不要。如果你敢不听话，把这事抖了出去，你不但出不了考场，还要连累你那个老婆姐姐。"

天水醒过来时，床头上留有两千元，旁边还有一张纸条，上面写着另外一个考生的考号，这个考号刚好和他相邻。天水知道，这绝非偶然的相邻。他进了考场，瞄了一眼邻座考生。那个考生抬起头来，天水心里突地一跳，此人竟然是秉坤的儿子贵生。

贵生在县城一个贵族学校上学,他和那个学校的同学被人背地里称为赤膊罗汉。他们不但不读书,还什么坏事都干。抽烟酗酒赌博,为了争抢女朋友,和另外一伙流氓斗殴,把一个小流氓活活打死。天水和贵生是两个世界的人,即使偶尔在路上相遇了,贵生也从不正眼瞅天水。天水的眼神总是虚虚的,老早就挪得远远的。

贵生阴森森地看了天水一眼,天水紧张地低下头去。天水闭住眼睛,长吸了一口气,强迫自己镇定下来。他必须忘记周围的一切,静下心来做试卷。天水完成了最后一道题,他的笔停住了。

贵生的卷子,还是一片空白。他敲了一下桌子,示意天水和他换卷子。天水的心跳得像敲鼓一样,密密麻麻的文字,像蚂蚁一样在试卷上颤动着。天水想把试卷拿起来,可是试卷就像是被什么东西吸住了,无论如何也挪不动。

贵生的目光扫射过来,带着疑问和威胁。天水的眼神躲闪着,两手紧抓着写满答案的试卷,手心里的冷汗把试卷都洇湿了。天水异样的神情,让监考老师起了疑。老师来到天水的身边,眯起眼睛看天水的试卷。

监考老师的眼睛,落在天水试卷的上方。他用异样的眼神,迅速扫了天水一眼。他干脆不走了,似乎在专心欣赏天水的试卷。直到考试结束前几分钟,他才大声提醒全体考生:“我发现有个别考生,虽然完成了试卷上的答题,可是却忘记了最重要的一件事,没有把姓名和准考证号码写上。”

考场里爆出一阵笑声,紧张严肃的考场气氛变得有些轻松起来。天水偷看了贵生一眼,贵生狠狠地瞪着他。监考老师仍然站在天水旁边。眼看铃声就要响了,天水的脑袋嗡嗡地响,他终于把“段天水”三个字,写在了自己的试卷和答题纸上。

从那场考试开始,监考老师就留意起天水。他在监考的过程中,几乎围着天水转。这让天水既兴奋又紧张,贵生根本没有机会作弊。贵生绝望了，到最后一场考试，他干脆没有在考场露面。

天水带着侥幸的心情，从考场出来。一伙人把他堵住了，他们把天水推倒在地，一阵拳打脚踢之后，贵生出现在天水面前。

贵生一袭黑衣，敞着怀，光着脖子系一条花领带，一副嬉皮士的打扮。一个后生把笨重的靴子踏在天水身上，问贵生："怎么收拾他？"

天水大叫："不是我不帮你，是监考太严！"

旁边冲上来一人，又踢了天水一脚："收了钱不办事，你还敢狡辩！"

另外一人手里晃动着刀子叫道："跟他啰唆什么，先割了他一只耳朵，打断他一条腿，再把他老婆姐姐抓来，让弟兄们轮流快活！"

天水拼命朝贵生喊叫："再给我一次机会，我可以和你一起再考一次，你们不要伤害我的家人！"

贵生不耐烦道："理科太难了，明年你跟着我考文科！"

按照贵生的安排，天水第二年改考文科。当所有考生进入考场后，监考老师突然把天水叫了出去，换到了另外一个考场。天水忐忑不安地考完，竟然没有人找他麻烦。后来他才知道，是赵伯耘帮了他的忙。

赵伯耘以前是天水的老师，现任石镇派出所的副所长。赵伯耘告诉天水，贵生和黑社会混在一起，连秉坤也管束不了他。如果天水想真正摆脱黑社会的纠缠，最好的办法就是第三次参加高考。

考试终于结束了。天水感觉这是他有生以来最寂静的一天。不是安静，不是平静，不是宁静，不是幽静，更不是肃静，而是那种被遗忘、被孤立、被抛弃、被隔离，被过滤之后的寂静。

服务员在清理隔壁房间，吸尘器嗡嗡地响。人们在走廊上穿过，脚步声、说话声清晰地传过来。院外是一条小巷，自行车清脆的铃声不断。那些戴着红袖章的老人,在巷子里颤颤巍巍溜达,互相打着招呼。更远的地方,有汽车的喇叭声,火车的呼啸,飞机的轰鸣。

这些声音被一扇门隔在外面,所有的声音变得像梦一样缥缈,像白云那么遥远,像柳絮一样纷乱,像泡沫一样破碎了。天水两眼盯着天花板,突然像被一种巨大的空旷包围了。压抑、失落、恐惧、委屈、愤懑,突然像潮水一样涌上心头。天水翻身伏在被单上,失声呜咽起来。

这时,赵伯耘敲门进来,天水来不及拭擦他通红的眼睛。

赵伯耘有些吃惊:“怎么啦?”

天水掩饰地用毛巾擦擦眼:“我眼睛有些发炎。”

“要不要到医院看看?”

“不用,可能是上火,也可能用眼过度,休息两天就好了。”

赵伯耘从包里拿出一张存折,递给天水:“这是我给你争取的奖金补贴,是前两年的,一年一万。等今年的成绩下来,如果你又考全县第一名,还可以领到一万。两万块钱不多,至少可以解决你两年的学费。”

赵伯耘又拿出一张 A4 的空白纸,把钢笔递过去说:“你在右下角签个字。”

天水一直很信任赵伯耘,虽然在内心深处对赵伯耘让他参与作弊有些看法,但是他认为赵伯耘确实是在帮助自己。桃月在秉坤公司上班,赵伯耘不惜得罪秉坤,想办法取消了贵生的高考资格,还把自己和娘安顿在宾馆住下。如今又给他争取到了奖学金,天水不知道如何才能报答赵伯耘。签字的时候,天水的眼睛被一层雾蒙住了。

赵伯耘把天水签过字的那张纸仔细地叠好,小心地放进公文包里。

天水擦了擦眼睛,脸上露出灿烂的笑容:“我想今天回家!”

赵伯耘脸上闪过一丝慌乱，他劝道："你这么急着回家干什么？好不容易高考完了，我建议你在宾馆休息几天。哑娘难得跟你出一次门，现在拿到了奖学金，不如这几天带你娘逛逛街，看一场古装戏，顺便给家里人捎点礼物。"

天水犹豫道："宾馆的床位和餐费都很贵，我不想浪费钱！"

赵伯耘笑道："这个你不要担心，踏踏实实在这里住着。我已经在前台签了字，你想住多久都没问题，最后用公费埋单。"

天水想得很单纯，既然住宾馆是公费，赵伯耘好意留他，他就该领这份情。当天晚上，天水领着哑娘去剧场看了一场皮影戏。天水和哑娘回来后，都睡了一个踏实的懒觉。哑娘平常五点起床，这日破天荒睡到七点。餐厅照样把早餐送来：两杯豆浆，两个鸡蛋，一盘包子。哑娘轻轻推开隔壁房门，天水还在沉睡。哑娘顺手把椅子上的衣服，拿到自己房间里。她抖开天水的文化衫，上面破了两个窟窿。哑娘的眼前晃动着皮影戏里的人物，手里的针线不知不觉动了起来。等她定下神来才发现，竟然把皮影戏里两个人物淡淡地绣在了那两个窟窿上。

天水来到娘的房间，看到娘两眼盯着文化衫，一动不动地坐在那里发愣。天水轻轻叫了声娘，哑娘惊慌地站起来，把文化衫藏在了身后。天水抢过来一看，发现自己穿破了的文化衫被娘简单地修补之后，竟然有一种化腐朽为神奇的效果。他并不知道，这不是谁都会的手工，而是一种民间的特别工艺。天水看看自己，又看看哑娘，母子两个的衣服都穿了好几年。他当时并没有留意，娘的神情有些异常。摸出赵伯耘给的那张存折，他提出和娘一起逛逛百货大楼，进行一次大采购。

所谓的大采购，不过是给爹买一个根雕烟斗，给自己买一条牛仔裤，给娥子买一条连衣裙。最后，天水把娘带到中老年服装专柜，他想给娘也添一件新衣服。

哑娘摸摸这件，嫌服装做工不好。看看那件，嫌衣服样式不对。最后试了一件宝蓝衬衫,哑娘问了问价钱,天水用手指头比画了一下:九十九元!

哑娘惊得张大了嘴巴,三下两下把新衣服扒下,慌乱地掉头就离开了。

一个中年人拦住了天水:“请问你的文化衫在哪儿买的?”

天水急着追哑娘,他胡乱指了指外面:“路边摊子上到处都有卖,十块钱一件。”

那人仍然拽住天水不放:“我说的是有这个图案的文化衫。”

天水想也没想,就脱口而出:“这是我娘昨晚补绣上去的!”

那人听到“补绣”二字,发出惊喜的叫声:“你说的是补绣吗?世上只有甘家会补绣。甘家的补绣已经失传几十年了,难道你娘是甘家的后人?”

天水被这人问得心里一动,他长这么大,不知道娘是哪里人,叫什么名字,也没有见过娘走亲戚,更没有见过娘舅家人。清明节的时候,爹带着他给爷爷奶奶上坟,但从来没有给外公外婆上坟。因为娘不会说话,大家都叫她哑娘。莫非这个人提到的甘家,是娘家的姓氏?

天水停住了,不动声色地问:“你说的是哪里的甘家?”

那个中年人激动道:“鄱阳湖会做补绣的甘家,哪里还会有第二家!说起这个甘家补绣,你们年轻人可能不知道,但是只要向老一辈的人打听,他们就会告诉你。过去那个时候,人们不能经常做新衣服、买新鞋子,一件好一些的衣服,常常父亲穿小了,给儿子穿;哥哥穿小了,又传给弟弟。如果不小心,把新衣服剐破了,打上补丁很难看,他们就会把衣服送到甘家,不仅把窟窿补好了,还在上面绣出漂亮的图案。因为甘家的补绣实在漂亮,有些人赶时髦,故意把新衣服剪个洞,拿去让甘家做补绣。你文化衫上的补绣,一看就是出自甘家人之手。你娘在哪里?说不定我认识她。”

天水回过头去,哑娘已经跑远了。天水追下楼,有人说哑娘出了店门。天水又追出门外，哪里还有哑娘的身影。天水吓了一身冷汗，娘来县城这么些天，从来没有出过宾馆的门，她不认字，又不会说话，如果走丢了，那该怎么办？

天水一路向行人打听，有没有看见娘。路人告诉天水，哑娘被一个中年人领着，向宾馆那个方向去了。天水急急跑进宾馆，一个身材魁梧的汉子和他擦身而过。

天水气喘吁吁地问前台服务员："我娘回来了吗？"

服务员用眼睛朝天水身后瞟了瞟，示意道："刚才过去那个人把哑娘送回来了。"

天水顺着服务员的目光，看到那个魁梧的背影，竟有一种似曾相识的感觉。天水推开房门，哑娘坐在床边，嘴唇哆嗦着，脸色灰白。他的脑海中，猛地浮现起十几年前发生的一幕——

有一年冬季，爹跟着李木匠到外地做活，半夜里有人翻墙进来，撬开了娘的房门。天水被捆成了粽子，有个蒙面人，手里拿着寒光闪闪的刀子，翻箱倒柜搜寻什么。娘挡在天水的面前，蒙面人把天水扔出了房间。

后来只要爹不在，蒙面人夜里就来推门。院门像被岁月风干了的老人，被人一推就轰然倒塌了。隔壁叶家粥铺炉灶里的火烧得正旺，街对面的罗水庆的年糕铺子正在蒸米果，大家都听到了段家异常的动静，以为段家又在闹鬼，没有一个人出来阻止。天水被娘藏到隔壁房里，床板在那男人的碾压下，发出咯吱咯吱的声响。他听见那男人粗重的喘息声，还听见娘发出的叫喊。

段箍匠从外地回来，看到倒塌的院门，竟然什么都不问。娘把头发梳理得整整齐齐，看上去脸色娇艳，仿佛受了雨露滋润的一朵花。段箍匠把院门修好后又出门了。等他回来后，院门又被推倒了。可是他仍然什么都不问，仿佛在等娘亲口告诉他，可是娘什么都没有说。

段箍匠再次出门时，娘领着天水和娥子躲进了郭铁匠的铺子里。等到段箍匠回来,娘还像过去那个样子,梳洗得整整齐齐,迎接段箍匠回家……

此时,天水想追出去,看看那个汉子的模样。他想问问娘的身世,她是不是甘姓氏族的后人?可是还没等他开口,就看到娘悲哀的眼神。他的心里像撒了一把盐,仿佛有一只手抓住那颗被盐渍的心,用力地揉搓着。

天水把文化衫脱了下来,把它平铺在床上,一下一下,叠成一个方方正正的豆腐块,用一个塑料袋子包住,压在箱子的最下层。天水不知道哑娘害怕什么,逃避什么?他突然觉得养育自己的娘,变得有些神秘,让他一点也不了解。既然事情的起因是这件文化衫,他只能用这种方法来安慰受惊的娘。

天水不想在县城住下去了,他决定立刻回家。天水和哑娘来到轮船码头,忽然感觉气氛不对。候船室里挤满了人,没有平常的喧闹不堪,整个候船室显得异常沉闷。男人们有的低着头抽烟,即使开口说话,也是嘶哑着嗓门,仿佛火气很大。女人们也低着头,仿佛做了错事的孩子,蜷缩在一边。有的悄悄发出一声叹息,有的竟然抹着眼泪。

候船室的电视新闻里,正在播放石镇受灾情况。电视画面上,沿河老街的房子有的屋顶被狂风掀掉了,有的房子被拦腰斩断。树木被连根拔起,电线杆横七竖八躺着。几栋木结构的老房子,还有火光在燃烧。到处都是哭喊声,呼救声,还有人们惊惶奔跑的身影。

天水看着电视里的画面,有些回不过神来。他这些天忙着高考,竟然没有开过电视机。赵伯耘应该知道飓风的事,送奖学金的时候,为什么只字不露?难道家里出了什么大事?天水想起留在家中的爹和娥子,突然有一种不祥之感。

第12章　虾米

他爱着她，却看着她被毁灭。因为嫉妒，他任由心魔肆虐。

虾米陪着娥子，在砖窑里度过了一个夜晚。河神庙倒塌的声音，狂风呼啸的声音，伴着湖浪向砖窑扑过来。砖窑在风中颤抖着，灰尘和碎石簌簌往下落。残烛被风吹灭了，大水冲了进来。

虾米强行抱起娥子，娥子已经没有力气挣扎。虾米刚走到窑口，一个大浪扑来，把他和娥子冲倒在地。汹涌的洪水涌进来，虾米被冲击得连连后退。虾米把娥子拽起来，又被激流卷回了砖窑。水越涨越高，很快就没过了他们的肩头。

虾米拖着娥子，攀爬着上了烟囱。外面漆黑一片，狂风呼啸，浊浪翻滚。娥子的手松开了，她推开虾米："我不想爬，你放开我！"

虾米不肯放手，他喊叫道："你不能放弃，梦生还没有来，你说过要等他！"

娥子灰心道："我好累，好累！"

虾米大叫："你打起精神来，我会帮你爬上去。"

娥子挣脱了虾米的手，翻身落入水中。混浊的水面上，溅起了大大的水花。虾米的视线被水花糊住了，他什么也看不清楚，闭着眼睛也跟着跳了下去。他再次从水里把娥子抱起来，娥子已经失去知觉。虾米把娥子驼在背上，一步一步艰难地往上攀爬。当他从烟囱里钻出来，爬到窑顶时，湖水已经把整座窑淹没了。

虾米紧紧抱住娥子，心里记挂着湖堤上的娘是不是已经脱离了危险。天色渐渐明亮起来，风浪也逐渐平息。河神庙不见了，沙洲消失了，周围白茫茫一片。湖水依然湍急，稻草、木板、树枝和渔网从上游无声地漂下，绕着砖窑打着漩涡。砖窑像一座孤岛，浸泡在汪洋之中，随时都有可能坍塌。

多少个日日夜夜，虾米都梦想着能够像现在这样，把娥子抱在怀里。可是此时此刻，娥子虽然躺在他怀里，可他感觉和娥子相隔十万八千里。此时他抱住的不是娥子，而是一具空壳。娥子即使在昏迷中心也在梦生那里。

虾米的心很痛很痛，他情愿自己昏迷，情愿自己受伤。即使娥子是一具空壳，他也愿意这么抱着她。他希望自己的胸怀能变成一个温暖的窝，让娥子能得到暂时的休息。

这个连挪动身子都困难的孤岛，这个随时都有可能被湖水冲垮的窑顶，是那么的安详，那么的静谧，那么的自由。虾米曾经的自卑、羞怯、嫉妒和懦弱，通通化作了雾岚和水汽蒸发了。因为怀里有了娥子，他感到自己变得强壮，无所畏惧。

水庆婶子领着一条机帆船，在茫茫的水面上寻找虾米。虾米听到娘呼喊他的声音，甚至听到机帆船发出突突突的声音，他突然感到害怕，感到惶恐。他不敢应答娘，他不想和娥子分开。虾米匍匐在砖窑上，一动不动地躺着。

水庆婶子还是找到了虾米，娥子被送进了医院。一场湖啸，让医院里人满为患。排队看病的人们，看见娥子从外科被转入了妇科。没有人知道砖窑内发生的事情，但是虾米和娥子一起过夜的传闻很快传遍了小镇。

在飓风造成的灾难面前，这种青年男女之间的绯闻，就像波涛中涌出一簇浪花，很快淹没在洪流之中。火根师傅篾场的竹子，被飓风刮到了湖中央。泥鳅娘没去和他一起打捞竹子。李木匠家吹倒了一面墙，他的老婆任由那面墙倒塌着。两个女人风风火火跑到狼山洲，看救援队打捞陈老大的趸船。

趸船拦腰断成两截，被两条驳轮拖上浅滩，两座山似的堆在那里，看上去像散了架的龙骨。赵伯耘和几个警员在周围拉起了警戒线。几个保险公司的专家，正拿着专业工具对趸船进行事故鉴定。

观看的人群围了一大圈，人们交头接耳，指着赵伯耘窃窃私语。

"听说赵所长的儿子问问被吹到湖中间的电线塔上。他怎么不在医院照顾儿子，还在这里忙活？"

"你以为他是忙工作？他这是在给叶秉坤做眼线。"

"不会吧？听说是陈老大的女儿救了赵所长的儿子，他不会恩将仇报吧？"

"赵所长调进派出所，是叶秉坤一手操办的。再说桃月是秉坤公司的股东，你说恩人重要，还是利益重要？"

有人叹气道："本来我还希望有了陈老大的竞争，叶秉坤会降低码头费用，我们大家也跟着沾光。现在陈老大出了事，叶秉坤成为镇上的独霸了。以后码头的收费，还不是由他随便叫了！"

泥鳅娘听了人们议论，再看着那两堆残骸，心中不由悲戚：没了陈老大，就没有免费的鱼杂了。

李木匠老婆说："听说陈老大只是昏迷，现在医学这么发达，他迟早会醒过来。"

泥鳅娘说："咱们吃了陈老大那么多鱼杂，该去医院看看他。"

李木匠老婆应承着，跟泥鳅娘一起步行了一个多小时，才从狼山洲回来。她们顾不上歇息，一人买了两瓶雪花梨罐头，又赶到医院陈老大的病房。

探望陈老大的人很多，把病房的门都堵住了。病房的角落里，堆满了人们送来的水果、罐头、糕点、冰糖、鸡蛋，几只被绑住翅膀的鸡鸭在地上扑棱着。

泥鳅娘和李木匠老婆好不容易才挤进病房。泥鳅娘被前面的人挡住了视线，李木匠老婆踮起脚尖，从人们肩膀上看过去，才瞥到躺在病床上的陈老大。

两个人出了病房，泥鳅娘问："陈老大怎么样了？"

李木匠老婆说："他身上插着管子，像个死人一样躺着，看来还没有醒。"

泥鳅娘摇头伤感道："陈老大英雄一世，最后却落得这个下场。"

两个人转身要走，李木匠老婆发现罐头还在手里，连忙转回去："你看我们多糊涂，差点把罐头提回去！"

泥鳅娘拉住她道："病房里堆了那么多东西，我们把罐头放进去，谁知道是我们送的。"

李木匠老婆道："不就是两瓶罐头嘛，不知道就不知道！"

泥鳅娘犹豫道："现在天气这么热，东西太多了，放在病房里会不会变质？"

李木匠老婆一语戳破她的心事："你不会想把罐头提回去吧？"说罢从她手里抢过罐头，匆匆挤进病房，把罐头放在那堆东西上。

李木匠老婆从人群中钻出来，泥鳅娘不在原地等她。李木匠老婆四处望了望，正想独自离开。泥鳅娘站在另一间病房前，朝她招着手："你过来看看问问。"

问问患有先天性心脏病，虽然已经满七岁，却只有三岁孩子那么高。赵伯耘和桃月带着问问，走遍了全国的医院。医生的回答如同判了孩子的死刑:问问的心脏病非常罕见,目前世界上还没有治愈的方法。

飓风穿过石镇的那个夜晚,赵伯耘正在县城忙段天水高考那件事。当时天气非常闷热,桃月不敢开空调,怕问问受凉感冒。桃月给问问洗过澡之后,一直给他打扇子。熬到半夜,桃月才躺下睡觉。

桃月实在太累了,外面起了风也没有听见。大风拍打着玻璃,发出咣当咣当的声响。问问被惊醒了,他悄悄地下了床。他爬到桌子上面,踮起脚关窗户。就在这个时候,一阵狂风吹过来,窗户上的玻璃震碎了。桃月睁开眼睛,看到一股黑云伸进窗户,闪电般把问问拽了出去。

风吹得问问叫不出声,睁不开眼睛。模模糊糊当中,问问看见一栋竹楼从他身边飞过,一条渔船像飞船一样嗖嗖地从他头顶擦过。他还看见泥鳅家养的那条大黄狗领着十几头猪也在空中飞。不知道飞了多久,问问从湖面上穿过,被伫立在那里的高压电线网住了。

问问坐在病床上,一边吃着桃月给他削的水果,一边讲述当时的情景。泥鳅娘和李木匠老婆从医院出来,泥鳅娘忍不住感叹:"问问这个孩子得了绝症,老天爷应该把他收走,给陈老大放一条生路。"

李木匠老婆啐道:"看你说的什么话!又不是捕鱼,说收网就收网,说放生就放生。这孩子虽然得了绝症,他也是一条生命,老天爷不肯收他,自然是他的命数未到!"

泥鳅娘辩道:"我是可怜这个孩子,他在这个世界多挨一日,就多遭一日罪。赵所长和桃月不就是因为这孩子常常吵闹吗。如果早一天被老天爷收走,大人和孩子不就早一日解脱吗?"

李木匠老婆道:"赵所长和桃月吵闹是因为金子插足,哪里是因为孩子。"

李木匠老婆自顾自说着,泥鳅娘忽然停住了,胳膊轻轻碰了她一下。李木匠老婆抬起头来,看到金子从对面过来。

金子已经听到她们的话,可是她并不在意。

泥鳅娘赶紧和她搭讪:“你来医院看谁?”

金子道:“我来看看娥子。”

泥鳅娘想一起去,忽然瞥见水庆婶子,她心里有些生气,拉着李木匠老婆回去了。

水庆婶子躲在一旁,看她们三个人都走了,才去病房探望娥子。水庆婶子认为虾米不会害娥子,她了解自己的儿子。可是那天找到虾米时,许多人亲眼目睹,娥子光着身子,躺在虾米的怀里。

水庆婶子就是有十张嘴,也无法为虾米辩解。虾米一副默认的样子,什么也不肯说。水庆婶子被舆论压得心虚,脚步似有千斤重。以前她走路像一阵风,走到哪里,声音就带到哪里。现在她却像一只犯罪的猫,蹑手蹑脚贴着墙根走,害怕发出一点声音。

从医院回来,水庆婶子停在街口。她朝熟悉的老街望了一眼,竟然有些害怕走过去。昔日幽深而又热闹的老街,被飓风摧残得满目疮痍。郭铁匠铺子的门倒塌了。龚表匠拆了一半的铺子,被洗劫一空。叶家粥铺的牌子,被雷电劈成两半,那个大大的“叶”字,“口”字歪在一边,“十”字变得焦黑。可是只有段家老宅,除了边角掉了几块砖之外,并没有什么损失。

段箍匠坐在两扇破旧的院门中间,面前的铺子上摆放着一溜做好的木盆、木盘、木桶、木碗、木缸和木勺。他穿了件老蓝布工作服,系一条油腻腻的黑布围裙,低垂着灰白的头发,慢腾腾给一只木盆雕花。

水庆婶子想跟他打个招呼,可是嗓子像是被卡住了。段箍匠用后背对着她,用沉默对待她。他在用独特的方式,表达不满和愤怒。

泥鳅在巷口贴了一份文件,龚表匠、李木匠几个围上去看,是一份关于救灾补助的通知。通知上说,救灾补助款是国家发下来的,每户三万元。凡是沿河的住户,如果房子倒塌了,都可以去申请补助。

李木匠看了心花怒放,他那面倒塌的墙还没修好。如果可以领到三万补助,修好倒塌的墙之后,还可以建一个淋浴房呢!

李木匠连忙向泥鳅打听:“申请补助有什么条件吗?”

泥鳅嘟囔道:“你不要问我,文件上都写着呢。”

龚表匠跟上来问:“我家房子拆了一半,被风吹倒了一半,是不是可以去申请?”

泥鳅依然含混不清道:“这个嘛,你们可以去问开发办,救灾款已经下发到开发办了。”

街坊们一听可以领到补助款,一窝蜂地向开发办跑。李木匠和龚表匠唯恐落后,也跟在他们后面跑去。开发办门口排起了长队,李木匠和龚表匠排在队伍后面,看见有人领了钱从里面出来,不由得心中着急。

李木匠看见泥鳅,赶紧拉住他说:“泥鳅,我们排得太后了,你能领我们先进去吗?”

泥鳅公事公办地说:“大家都是熟人,你们还是排队吧!”

龚表匠愤愤道:“都是一条老街的街坊,刚进政府衙门做事,还只是个打杂的,就变得六亲不认了。”

泥鳅板着脸说:“不想排队,你就不要领补助。”

李木匠觉得泥鳅有些过分:“补助又不是到你家领,用得着这副脸色吗?”

泥鳅话里有话道:“就因为不是我家的,所以才跟你们说这些话。”

龚表匠劝住李木匠:“不要跟他计较,咱们排队就是。”

虽然队伍排得很长,但是工作人员的效率很快,不一会儿就轮到李木匠。龚表匠想跟着一起进去,被泥鳅拦住了。

泥鳅说:“里面要支付现金,必须一个一个进去。”

龚表匠焦急地等着,好不容易看到李木匠出来,手里拿着一个鼓囊囊的信封。龚表匠顾不上和李木匠说话,拔脚就冲了进去。

申请手续很简单,把身份证复印留下,在一张空白信笺上签字,然后再按个手印,就可以领到三万元救灾补助款。龚表匠签字的时候,犹豫了一下。

工作人员粗鲁道:“领还是不领?不领就走开,后面还有很多人等着呢!”

龚表匠是个见过世面的人,做事向来小心。他问工作人员:“为什么是在空白信笺上签字?”

工作人员不耐烦道:“你问我,我问谁?上面就是这么规定的,又不是要求你一个人这么做!”

龚表匠心想:对呀!大家都是这么签字领钱,如果出了什么问题,那也不是只有他一个人。他看了看码在桌子上的钱,经不住诱惑,在信笺上签了字,把钱领走了。

龚表匠领了钱回来,瞥见罗水庆在屋里炒米粉。他高兴得把装钱的信封扬了扬:“你家铺子不是砸了一个大窟窿吗?怎么不去领救灾款!”

罗水庆停住手,下巴在肩上擦了擦:“补一个窟窿,用得着领救灾款吗?等忙过这几天,我和虾米上去补补就行了。”最近来了好几单生意,都是来给死人订上坟果。无论婚丧嫁娶,还是生子盖房,当地人都少不了要到罗水庆的铺子买米果。外面热热闹闹吵着领补助,罗水庆一点也不动心。

水庆婶子记挂着娥子的事,她噔噔噔上了阁楼,看到虾米还在睡觉,一把掀开他的毯子,把虾米拽起来:“你还睡得着,外面把你和娥子都传成啥样了!昨晚你在哪里找到娥子?到底发生了什么事?”

虾米睡得并不踏实,他正在做噩梦。他梦见遇上了水怪,水怪要把娥子吞下去。他惊醒过来,坐起身大叫:“快救娥子！快救娥子!”

水庆婶子追问道:“你又做什么白日梦？昨晚到底发生了什么?”

虾米惊魂未定,三下两下穿上衣服,急匆匆冲下楼去。

罗水庆听到声音,在楼梯口拦住虾米:“你要去哪里?”

虾米说:“我要去医院看娥子!”

水庆婶子叫起来:“我刚从医院回来,医生说她可以出院了。”

虾米说:“那我去接她出院!”

水庆婶子叫道:“不行！你得把事情说清楚,你跟娥子到底怎么回事？外面把你和娥子传得很不好听。你不顾自己的声誉,也该顾及娥子的声誉吧!”

虾米低下头说:“我是对不起娥子,我昨晚就是和娥子过夜了。”

水庆婶子听到这里,气得两眼翻白。她从楼梯角操起一把笤帚,朝着虾米的头上砸去:“你怎么能做这种缺德事呢？我不反对你喜欢娥子,但是你怎么能强迫她过夜呢？你知道不知道,医生说她的身体被毁了,以后都不能生孩子了!”

罗水庆挡住老婆的笤帚:“你不要打虾米,虾米是我的儿子,我不相信他会做出缺德事!”

虾米扑通一声跪在地上:“爹,娘！我要娶娥子进门,求你们答应我。”

水庆婶子叹气道:“作孽啊！你害了人家闺女,人家恨不得踩碎了你,怎么肯把女儿嫁给你呢?”

虾米低头道:“娘,我知道错了。我先去把娥子接出院,等娥子身体好些了,您再托人去她家提亲。不管她家答应不答应,您一定要帮我!”

这时,家里电话响了。电话是叶秉坤打来的,他问虾米为啥没去上班。

虾米嗡声说："我不想去叶家开快艇了。"

水庆婶子厉声道："你不去开快艇，你想做什么?"

虾米道："我跟着你们做年糕，守着娥子过一辈子。"

罗水庆夫妇诧异地互相看了一眼，有些不敢相信自己的耳朵。

俗话说：人生三大苦，撑船、打铁、磨豆腐。可是在虾米眼里，做年糕比这三苦还要苦。年糕和米果虽然美味，可是三更睡五更起，好不容易熬到天亮，又要顶着米果串街走巷去叫卖。虾米对爹娘说，让他跟着爹娘做米果，还不如让他去撑船打铁磨豆腐。

其实虾米只是这么一说，爹娘却果真让虾米拜到郭铁匠门下，跟着耗子一起抡大锤。耗子虽然个子矮，但是他壮实得像头牛。尤其是他的两只手臂，像长臂猿似的浑圆有力。耗子抡起大锤来呼呼生风，好像不花什么力气似的。

虾米哪里肯像耗子那么卖力，他在铁匠铺待了不到一个月，就被郭铁匠赶回家。虾米在家闲了半年，他不肯给爹娘搭手帮忙，天天泡在网吧上网。爹娘怕他学坏了，又把他送到火根师傅的篾场。火根师傅的花篾手艺向来不肯传外人。他自己的儿子泥鳅宁愿去当兵，也不愿意做篾匠。火根师傅答应让虾米试试，虾米当然不肯安分，不用火根师傅赶，自己就不肯再去篾场。

虾米也曾跟着镇上的年轻人去深圳打工，去了几个月，因为吃不了苦，又一个人回来了。碰上秉坤买了一艘快艇，要招聘快艇驾驶员。虾米自告奋勇去报名，叶秉坤问了他几个问题之后，竟然录用了他。秉坤把虾米送到省城学习了一个月，虾米不仅学会了驾驶快艇，而且还会对发动机做简单的维修。

虾米跟着秉坤经常去省城，有时候去比省城更远的武汉。秉坤领着他下馆子，住宾馆，去歌厅，让虾米开了眼界。秉坤经常宴请客人，有时候点菜太多，桌子上有些菜没有动筷子，客人离开后，秉坤让服务员打包，递给虾米说："这都是好东西，不要浪费了，你带回家让你爹娘也尝尝。”

水庆婶子端着饭碗，碗里盛着虾米带回来的鲍鱼，到火根师傅的篾场里串门。水庆婶子说：“这是虾米从省城里带回来的好菜，据说一盘值好几千元！”

火根师傅乜了一眼碗里的东西，哼了一声道：“我闻不了这个味，你端别处去！”

水庆婶子又来到铁匠铺子串门，她对郭铁匠说：“幸好郭师傅当年把虾米赶回了家，不然虾米就不能给我买这么贵的菜回来！”

郭铁匠连看也不看她的饭碗，只是嘿嘿冷笑：“秉坤的残羹剩饭，我看了眼睛还嫌脏，你还吃得下去？”

水庆婶子回来就质问虾米：“你带回来的真是剩菜？”

虾米辩解说：“那不是普通的剩菜，那是高档饭店的高档菜，一盘青菜都值几十元呢！”

水庆婶子端着饭菜串门，在老街落下了一个话柄，虾米是个吃秉坤残羹剩饭的叫花子。老街的人瞧不起虾米，罗水庆夫妇又跟着抬不起头。可是这种局面维持不了多久，老街的人又开始追着虾米。

火根师傅喊：“虾米，你帮我捎些货去省城好吗？”

虾米有些不愿意，水庆婶子就数落他：“俗话说，一日为师，终身为父。你好歹给他磨过几天篾刀，叫过他几天师傅。他叫你捎东西，你一定要捎上。”

金子有时候也找虾米：“虾米，你帮我从省城捎一盒化妆品吧！”

孙弹匠也来凑热闹：“我这弹棉花的弓该换了，听说省城的弓便宜，帮我带几盒吧！”

虾米很享受帮人捎东西的乐趣，他知道这一切都是秉坤给的。为了报答秉坤的知遇之恩，虾米几乎把所有的时间都用在工作上：一天冲洗两遍快艇，驾驶室里擦得一尘不染，舱里收捡得整整齐齐。闲下来的时间,他就给发动机做保养。快艇买来的时候是二手货,几年之后快艇却越开越新。连秉坤也觉得,他当初录用虾米的选择没有错。

虾米在秉坤的公司里干得好好的,怎么突然提出不干了? 罗水庆觉得事情有些不对劲。

水庆婶子知道儿子的犟脾气,这个时候如果劝他,反而会把事情弄得更糟。

水庆婶子道:"先不说上班的事,咱们先去接娥子出院。"

虾米雇了一辆黄包车,在车座上垫上被子,让娥子躺在上面。水庆婶子和虾米一人站在一边,扶着黄包车进了巷子。孙弹匠的摇滚乐嘎的一声停了,郭铁匠和耗子放下了手中的锤子,李木匠、龚表匠、火根师傅大家的目光像箭一样射出来,刺得水庆婶子心惊肉跳。

黄包车停在段宅门口,虾米小心翼翼搀扶娥子下车。

段箍匠脸色铁青,眼睛落在那堆木器上,身子挡在门口,一动不动:"你们走错门了!"

娥子哭道:"爹,我是爹养大的女儿啊!"

段箍匠厉声道:"我没有你这样的女儿!"

娥子扑通一声跪在地上:"爹虽然没有生我,可是养育了我二十年。在这个世界上,只有爹娘是我的亲人。爹如果不要我,我就无家可归了!"

段箍匠不为所动:"你怎么会无家可归呢? 你不是可以在外面过夜吗。你在哪里过夜,就回哪里去!"

娥子听到爹说出这样的话,全身不由得颤抖起来:"爹,我不要去那里! 爹,求求您留下我!"

段箍匠没有理会娥子,转身进了院子,把院门砰的一声关上。

娥子被关在外面,怔怔地呆住了。

水庆婶子看不下去:"娥子,你爹在气头上,你先到我家住着。

过几天,等你娘和天水回来了,就会把你接回家。”

娥子推开水庆婶子,跪在门口:“不,我哪儿也不去。爹如果不原谅我,我就跪死在这里!”

第13章 梦生

沙洲一夜，日历却翻过七天。刚发现的沼泽，转眼却消逝无影。一切的一切，是现实？还是幻影？

梦生从木材的手中滑落，顺着波浪掉下去，耳中呼呼地响着，眼前一片漆黑。砸在身上的不是湖浪，而是沙沙作响的沙暴。梦生在沙暴中旋转着，最后坠入在一个软软的沙坑中。沙坑似乎没有底，双脚没有着落。忙乱中他抓住了一把芦苇，可是芦苇被他拔了起来。又是沙子滚落的声音，身子随着沙子一起不断地往下滑落。

不知道过了多久，沙沙声消失了，周围变得寂静无声。梦生睁开眼睛，发现自己完全被沙子埋住了，他的胸口被沙子压着，口鼻也被沙子堵住了，闷得他透不过气来。他试着动了动脑袋，吃力地把双臂从沙子里拔了出来。

梦生用手扒开胸前的沙子，上半身露了出来。他大大地喘了一口气，抬起头来，好像有好几百双眼睛在头顶盯着他。梦生大叫一声，那些眼睛眨了眨，又隐退了回去，变成了一簇星星在空中闪烁。

梦生把口中的沙子吐了出来,甩了甩头发。他这么一动,身子又往下沉了一些。梦生担心继续下沉,不敢用力。他一点一点拨开沙子,身体倒卧在沙坑上,慢慢地抽动一条腿,另一条腿又开始下沉。

梦生赶紧往一边滚去,谁知他这么一滚,就仿佛一个车轱辘从山顶上往下滚,速度越来越快,怎么也收不住。他被滚得头晕目眩,干脆闭上了眼睛。砰的一声,梦生的脑袋撞到什么地方,他终于停住了。

梦生的头疼得厉害,他摸了摸脑袋,手上黏糊糊的,头在流血。梦生从身上撕下一块布条,把伤口扎住了。他想直起腰身,头顶上有什么东西,把他的伤口又撞了一下。脚下一滑,他又陷了下去。慌乱中他抓住了一块铁片似的东西,挣扎着爬了上来。就在这个时候,不远处传来脚步声。梦生想呼救,这时他听到了说话声——

“袁叔叔,这是什么地方?”

“这是回水滩的入口。”

脚步声越来越近,随着晃动的灯光,一前一后,好像又来了两个人。前面那个轻俏的身影像是飞鱼,后面粗犷的声音是袁舢板。梦生听到“回水滩”这三个字,有些不相信自己的耳朵。从记事时开始,他就听到关于洄水滩的各种传说。有人说洄水滩是个神秘的天然岛屿,它会随着湖水的涨落下沉或者浮起。也有人说洄水滩是一个人工岛,岛上有动力机械装置,平常潜藏在深水里,只有启动开关,才会浮出水面。

还有人传说,元末时期,朱元璋和陈友谅在鄱阳湖大战十八载。陈友谅有个夫人名叫娄玉贞,不但容貌绝世,而且足智多谋。她辅佐陈友谅管理后勤部队,部队中有一批能工巧匠,负责制造军械和船舶。

那个洄水滩,就是娄玉贞建造的人工岛。陈友谅兵败之前,娄玉贞将一大批珍宝和武器藏在洄水滩上。她希望能借助洄水滩,给陈友谅一个东山再起的机会。这个传说流传了几百年,来鄱阳湖寻宝的陌生人,从来就没有断过。可是从没有人见过泗水滩,更没有人找到宝藏。

飞鱼和梦生一样吃惊,只听飞鱼问:"真的有泗水滩吗?"

袁舢板平静地说道:"当年你太爷爷带着家人从新安江迁徙过来,据说就是为了履行你们陈家的职责,守护这个泗水滩的入口。"

飞鱼更加惊奇:"守护泗水滩的入口?是为了守护上面的宝藏吗?"

袁舢板摇摇头:"这个世界上,或许除了你爹之外,没有人真正去过泗水滩。谁也不知道,那里到底有没有宝藏。"

飞鱼道:"我怎么从来没有听爹说起过?"

"按照你的性格,如果你知道泗水滩,谁能阻拦你?你爹就你一个女儿,他可不想让你去冒险。"

飞鱼急促道:"既然我爹进去过,为什么我不能去?"

袁舢板的语气变得沉重起来:"因为泗水滩有另外一个名字,叫魔鬼三角。你爹当年无意闯入,差一点就回不来了。"

飞鱼道:"我们陈家的使命是什么?为什么要守护泗水滩?"

袁舢板沉默良久才说:"等你爹醒过来,或许会告诉你。"

飞鱼的手电朝梦生所在方向扫过来,她似乎发现了什么,快步跑了过去。

袁舢板大声叫道:"站住!"

叫声未落,飞鱼的双腿就陷了下去。袁舢板扔过来一条绳子,飞鱼抓住绳子,被袁舢板拽了上来。

飞鱼还没有站稳,就用手电指着不远处说:"那是不是你们劫的货船?"

袁舢板点头道:"不错,那就是叶秉坤的货船!"

飞鱼的手电从梦生的头顶扫过。梦生抬头一看,原来自己躲在一条货船下。他又看了看身下,发现自己抓住的铁片,原来是船的螺旋桨。螺旋桨陷在淤泥中,下面却不见水。梦生不敢乱动,继续听飞鱼说下去。

飞鱼道:“我一直找不到这几条船,原来它们藏在这里?”

袁舢板叹气道:“我现在也后悔,当初没有听你的建议。没想到叶秉坤这么阴险,表面向我们妥协,暗地里却破坏趸船,害得你爹变成了植物人。我带你来这里,就是为了对付叶秉坤。”

飞鱼沉思道:“是不是叶秉坤搞破坏,现在还不能下定论?”

袁舢板咬牙道:“当初我们买趸船的时候,他就在后面捣鬼,阻挠我们办手续。他想永远独占码头,怕我们的趸船抢他的生意。我们没有别的仇人,不是叶秉坤会是谁?”

飞鱼道:“趸船安装了监视器,按理应该有录像。残骸打捞上来后,却找不到监视器。如果找到录像,就可以找到凶手。我们手里没有证据,怎么对付叶秉坤?现在最要紧的是让我爹醒过来,想办法找到木材哥。”

袁舢板担忧道:“木材和梦生分到一个组,我担心这也是叶秉坤的阴谋。”

飞鱼安慰道:“袁叔叔不要多虑,木材哥和梦生是好兄弟,梦生不会害木材哥。”

袁舢板道:“梦生跟木材是好兄弟不错,但是梦生还是叶秉坤的私生子。梦生早不回来晚不回来,偏偏比赛之前回来,我觉得这里面有文章。”

飞鱼道:“咱们先不要下断言,等找到他们两个人事情就清楚了。”

袁舢板有些灰心道:“几十个村的好几百条船,对附近水域进行了拉网式的搜寻,只找回几具尸体。快一个星期了,一点木材的信息都没有。在鄱阳湖这片水域,什么风暴也难不住木材,我担心的是有人在搞鬼。如果梦生一个人回来,就证明木材被他害了!”

听到这里，梦生的心里变得很乱。以前虽然有人说他像二叔，但说他是二叔的私生子还是第一次亲耳听到。刚才听袁舢板话里的意思，二叔明知劫船的人是谁，可是他不但不报案，还和陈老大他们达成某种妥协。这里面到底有什么秘密？这秘密会不会和失踪的科考船有关？

梦生和木材被风暴打散，明明是昨晚发生的事情，为什么袁舢板说过去了一个星期。袁舢板猜测得没有错，梦生确实是带着任务来参赛，只不过梦生不是受二叔指使。上级要求梦生跟踪木材，他在送给木材的手表里，装置了跟踪信号和微型窃听器。手表是靠人的脉搏运转，虽然梦生无法收到窃听信息，但是他能接收传过来的信号。木材和他失去联系，他一点也不担心。因为信号灯一直在闪烁，证明木材还活着。

梦生此刻不能出去，袁舢板已经对他有成见，如果这个时候露面，他不知向袁舢板如何解释，反而会加深袁舢板对自己的误解。梦生只能躲在那里，继续等待和观察。

袁舢板利用登山绳，和飞鱼一起，从梦生身边爬上了货船。他们离开的时候，取走了船上的什么东西。

袁舢板临走时对飞鱼说："你刚才不是说没有证据吗，这个就是叶秉坤的犯罪证据。只要我们把这个东西拿出去，不信搞不倒叶秉坤。"

听到这里，梦生的心里震了一下。难道二叔真有什么把柄，落在了袁舢板的手里？

看袁舢板和飞鱼走远了，梦生才开始往外挪动。他小心地把腿探出去，发现四周都是淤泥。他之所以没有沉下去，是因为刚好撞到螺旋桨上。弄清楚自己的处境之后，梦生从裤兜里摸出带有吸爪的手套，把自己吸在船壁上。他像蜘蛛人一样，从船壁慢慢爬上了船。

货船里装满了货物，货物用麻袋包装，整整齐齐码放着，把船舱塞得满满的。梦生撕开一只只麻袋，露出白花花的棉花，还有晒干的湖虾。梦生有些不明白，这些货物并不值钱，陈老大为什么要劫持？揭开下面的仓板，底舱却是空的。梦生跳了下去，用打火机一照，舱里布满鸟粪，上面沾有散落的羽毛。在底舱的角落里，梦生还发现了两条带有血迹的大网。

梦生用手指蘸了鸟粪，在鼻子下闻了闻。他又捡起几根羽毛，放在打火机下仔细看了看，这是野生天鹅和其它珍禽的羽毛。就在这个时候，一只巨大的水鸟从他头顶掠过，发出尖锐的叫声。梦生明白了，这是有人在偷运国家禁止的珍贵水禽。他从每条船上查过去，从登记的牌照上看，这几条船都属于叶秉坤的公司。梦生心中疑惑，难道这就是二叔明知货船被陈老大劫走却不敢报案的原因。陈老大既然敢劫二叔的船，那些外省的商船是不是同样被陈老大劫走？还有那条失踪的科考船，会不会也和陈老大有关？梦生顿时激动起来，他拿出微型相机，对这几条货船进行拍照取证。

梦生利用船上的麻袋，顺利通过了淤泥地。他想找到其它的船只，可是在周围十公里范围搜索了一圈，却什么也没有发现。他只好放弃搜索，向空中发了一个信号。天亮的时候，才和前来接应的侦查小组会合。

谢组长看到梦生安全归来，高兴得捅了他一拳："这几天没有你的消息，还以为你出事了呢！"

梦生诧异道："我在外面只过了一夜，哪里有几天时间？"

谢组长把梦生拉到跟前，让他看监听器上的时间："你是不是伤到大脑了，你看看上面的日期，今天是几月几号？"

梦生看到上面的时间：1998 年 6 月 8 日。距他参赛的 5 月 31 日已经过去了一个多星期。梦生怔了一怔，用奇怪的眼神看着谢组长，怀疑他在监听器上做了手脚。

谢组长继续道："风暴发生后，侦查小组开着巡逻艇，在这湖边上搜寻了一遍又一遍。这一个星期的时间，你怎么不和我们联络？"

梦生解释道："我遇到了风暴，落到一个沼泽地里，发现了几艘我二叔的货船，我拍了些资料回来。对了，我把手表戴在木材手上，你们有没有监听到木材的声音？"梦生没有提到袁舢板和飞鱼，他不想把他们牵扯进来。

谢组长道："如果能收到你们的声音，我们就不会这么担心了。你说的那个沼泽地，离这里有多远？"

梦生道："我估计有十几里地。"

谢组长本想批评梦生，但看他满身淤泥，头上扎着布条，像是受了伤。谢组长叫侦查组的江海把医药箱拿过来，给梦生的伤口上了药："你吃点东西，休息一会儿，然后带我们去沼泽地。"

梦生道："我们现在就去。"

谢组长把一个组员留在艇上，他带着江海和仪器跟着梦生出发了。梦生在回来的路上，一路折断苇草做标记，可是当他寻找来时的路时，那些标记却不见了。三个人在荒洲上绕来绕去，一直绕到傍晚，还是没有找到那片沼泽地。

谢组长停了下来："梦生，你是不是记错了路？"

梦生迷惑道："奇怪，我明明做了标记，怎么会不见了？"

江海冷笑道："恐怕那个沼泽根本就不存在吧？"

梦生生气地说道："你什么意思？你是说我说谎？"

江海道："难道不是吗？"

梦生把微型相机拿出来："那些失踪的船只，还有船上的货物，我都拍下来了。难道这也能说谎吗？"

江海讥讽道："用相机弄虚作假还不是很容易的事情？"

谢组长喝止江海："不许再说了。天快要暗下来，我们回到艇上去，今晚赶回省城，把情况向上级汇报！"

当天晚上，侦查小组回到了省城。汇报结束后，梦生去宿舍找彭亮。彭亮和他是部队战友，两个人又一起进公安系统。梦生被刑侦队录用，而彭亮进了办公室。

此时，彭亮正躺在床上看书，梦生不敲门就进来了。彭亮看梦生的脸色不太好，给他倒了一杯水："听说你和江海吵架了？"

梦生气道："不是我和他吵架，是他故意中伤我！"

彭亮劝道："江海资格比我们老，就让他说两句，再说你确实让大家白跑了一趟。"

梦生挥手道："不说他了，我委托你办的事咋样？"

彭亮卖关子道："你又让我找工作，又让我去查人家隐私，到底要我说哪件？"

梦生道："先说说那个失踪的地震专家，你查到和她有过密切关系的男人了吗？"

彭亮道："这件事查起来很棘手，毕竟二十年过去了。不过那个叫桑雨的很特别，关于她的资料有很多。她是个事业心很强的女人，性格有些孤僻。除了工作之外，她几乎不和男人交往，把时间和精力，全部放在了实验室。她有过一次短暂的婚姻，只维持了不到半年就离异了。这个唯一和她交往过的男人叫魏成鸣，估计他就是你要找的人。"

梦生听得来了精神："这个魏成鸣现在哪里？"

彭亮补充道："魏成鸣曾经是桑雨的中学老师，据说他是通过和桑雨结婚，从乡下调入省城工作。他和桑雨离婚后，去了深圳从事收藏拍卖，在业界很有些名气。说来也巧，他今年年初回到了省城，在古玩街开了一间茶楼。这是他的照片，还有他的电话和详细地址。"

梦生把照片接过来，照片上的男人有五十多岁，脸形清瘦，看上去很有风度。这人看着有些眼熟，却又想不起来在哪里见过。梦生把照片往口袋里一放，又问："我托你找工作的事咋样了？"

彭亮嬉笑道:“先说说托你找工作的女孩,她跟你什么关系?”

梦生含糊道:“一条街上的邻居。”

彭亮拖长声音道:“仅仅是邻居吗?”

梦生只好招供:“你记得以前我跟你提到的娥子吗?”

彭亮兴奋起来:“你这次回来,她对你态度变了没有?”

梦生想起娥子脚踝上带的那枚蚌蝶,两眼熠熠发光:“我现在才明白,她之所以不接受我是因为有苦衷。”

彭亮道:“她现在肯接受你了吗?”

梦生坚定道:“只要我努力,她将来一定会接受我!”

梦生离开的时候,彭亮忽然想起什么,在他耳边低声道:“我听到一个消息,江海不久要下去挂职,你要和他搞好关系。”

梦生生硬地说道:“我和他本来就没有矛盾,有什么关系好搞?”

彭亮叹了口气:“你这个臭脾气不改,将来可能会吃亏!”

梦生抛下一句话:“吃亏就吃亏!”便转身走了。

由于梦生的特殊身份,谢组长让他去住宾馆。梦生却来到沿江路,顺着一条偏僻的小巷子七拐八弯来到一个破旧的院门前,找到一家叫做“桂花旅店”的廉价私人旅店。

旅店是石镇来的一个女人开的,她的名字叫桂花。这里原本是一个破旧的杂院,里面只有几个房间。桂花把院子租下来后,在里面搭了一排简易房。简易房用木板分隔成十几个小单间,每个小单间塞两张床。淡季的时候,一张床位只收二十元。因为价格便宜,加上几个年轻的女子常年在旅店接客,因此生意还算兴隆。尤其那些从石镇来的男人都喜欢住桂花旅店。

桂花旅店并没有到工商局登记,也没有办其它执照,其实就是一个黑店。店里不仅有卖身的暗娼,还住着不法商贩,甚至有被警方通缉的逃犯。桂花的儿子李经文,除帮着她经营旅店之外,也做一些倒卖文物的生意。这母子两个在省城混了多年,跟当地黑白两道都有些关系。

梦生之所以到这里，就是为了找李经文。进门的地方有一个看似吧台的收费处，老板娘桂花不在，只有李经文坐在那里收费。

李经文看到梦生，一下子站了起来："梦生哥，你怎么到我店里来了？"

梦生虽然认识李经文，但和他并不是很熟："我来住店，不欢迎啊？"

"不是，梦生哥能来小店，那是我的荣幸，我高兴还来不及，哪能不欢迎呢？"李经文有些奇怪，梦生向来和他没有交往，怎么会来这里住店。

梦生冷冷道："那就给我一个普通床位。"

李经文搔了搔脑袋道："现在是旺季，普通床位比较紧。再说你一个特种兵，怎么能住普通床位呢？要不，我给你到外面宾馆开个单间？"

梦生有些生气："你什么意思，是不是嫌我没有钱？"

李经文连忙解释："确实是旅客多，床位太紧张。"

梦生蛮横地说道："我不管，我就要住这里。"

李经文赔笑道："我给你到外面开单间，算我请客行不行？"

梦生还想找借口，忽听一个尖细的声音叫道："这不是叶老板的侄儿吗！什么风把你吹来了？经文也太不懂事，再没有床位，梦生这么重要的客人，也不可以往外推。如果梦生不嫌弃，将就住我的房间好不好？"

桂花穿一件紧身旗袍，不知从哪里冒了出来。她眯起一双丹凤眼，满脸堆笑地对梦生说。不等梦生回答，她死抓住梦生的手，径直上了阁楼，并随手推开了一扇小门。屋子里面很暗，桂花把灯拉亮了，将梦生让了进去。

桂花走后，梦生打量着屋子。阁楼搭建得很低，感觉只要抬起头，就会把房瓦顶出去。房间是用木板隔成，木板上贴满了电影明星的海报。小屋子摆着一张小床,一张陈旧的梳妆台。

梦生没有想到,桂花会把卧室让给他住。卧室虽然简陋狭小,但是收拾得整齐。床边一双绣花拖鞋,梳妆台上的香水,桂花年轻时的照片,让这个小房间散发出一种女人特有的暧昧气息。

梦生推开窗户,天色暗了下来。他忽然发现,李经文领着几个人,提着鼓囊囊的黑色塑料包,从最里边的那间简易房里出来。这些人看上去神神秘秘,仿佛在和李经文做什么交易。

梦生端着洗脸盆,假装下楼去冲澡,故意和其中一个人撞了一下。那个人摔倒了,塑料包脱了手。梦生没有去扶人,而是敏捷地把包接住了。他掂了掂,那包很沉,发出摩擦的声音。他感觉到,包里可能是违禁品。

那人从地上爬起来,梦生把包送回他手里:“对不起。要不要打开包看看,里面的东西有没有摔坏?”

那人连连道:“不用!不用!”说完拎着包匆匆离开了。

李经文没有吱声,把这一切看在眼里。他把那几个人送走之后,也端了一个脸盆,跟进了淋浴间。

淋浴间没有别人,李经文把门关上了。梦生打湿了身体,正在身上擦肥皂。李经文把脸盆一丢,板着脸对梦生道:“我们都是一个镇的人,不要藏着掖着,干脆打开天窗说亮话,你到这里不像是住店,倒有些像是来砸店啊!”

梦生没有说话,继续站在水龙头下,冲洗身上的肥皂沫。

李经文又说:“你当兵回来,这是我们第一次见面。在我的记忆中,除了老一辈人之间的恩怨外,我似乎从来没有得罪过你啊!”

李经文说的老一辈人恩怨,是指他爹和梦生二叔之间的矛盾。梦生依然没有说话,他已经冲完澡,正在用毛巾慢慢擦干身体。

在李经文的印象中,梦生是个天不怕地不怕的主儿,这种闷着不说话的情形,不像是梦生的风格。李经文对梦生来了兴趣,他仔细地打量着梦生,打量着他身上隆起的肌肉。

梦生突然停住手,目光冷冷地扫向李经文。李经文身材瘦长,站在梦生面前,就像是一根抻长的面条。

李经文并不害怕梦生,他才不会用自己的弱项去和梦生对抗。李经文注意到了梦生脑袋上的伤口,他改变了话题:“我想起来了,你不是和木材一起参加比赛了吗。听说你们失踪了好些日子,你是怎么回来的?”

李经文提到木材,让梦生心里一沉。在风暴来临的前夕,他因为喝多了酒,是木材把他叫醒,才让他逃过一劫。想到酒的时候,梦生脑中突然醒悟,难道自己因为醉酒,睡了不止一个晚上,而是一个星期的时间?

李经文还想说下去,梦生忽然端起脸盆,生硬地对李经文说:“你跟我到楼上来,我给你看一样东西。”

李经文跟着梦生,来到阁楼那间小屋。他把门关上,把肥大的裤腿卷起来,这是一条防水军裤,里面暗藏有夹层。

李经文有些紧张,梦生把一个东西藏得这么隐秘,那东西肯定不同寻常。梦生从里面掏出一个布团,把布团打开,是一枚铜牌似的东西。

这是那天梦生在湖滩上发现的铜牌,当时他送给木材,木材又把铜牌扔回给他。他顺手往口袋里一放,想不到这个时候能派上用场。他想用这个做幌子,通过李经文见到魏成鸣。

李经文做了多年文物生意,看到上面的篆文,自然有些激动:“你是从哪里得到的?”

梦生道:“你刚才不是问我,怎么回来的吗,我就是在荒洲上发现了这个东西。”

李经文又问:“你是和木材一起发现的吗?”

梦生点了点头:“不过后来,我们被风暴打散了,只有我一个人回来了。”

李经文又问:“除了这个,还有其它东西吗?”

梦生摇摇头:“只有这一个东西。”

虽然梦生说的是真话,但是李经文并不相信他。李经文认为事实可能相反,也许梦生和木材一起发现了宝藏,两个人发生了争执,为了独占宝藏,梦生把木材杀死了,然后拿着其中一件东西,到他这里投石问路。

李经文现在明白过来,刚才梦生故意撞他的货,显然是有备而来。既然是来做生意,而且是有求于他,李经文心里反而放松了。

李经文说:“我也看不出,这个东西是宝贝还是烂铁。要不你把东西放我这里,我找个专家问问。”

梦生把小铜牌收了回去:“你如果真帮忙,就带我一起见专家。至于好处费,我不会少你的。”

李经文道:“刚好我手里也有一件货,正要找专家看看,这两件事可以一起办。”

梦生道:“我听说有一个专家叫魏成鸣,在古玩街开了一件茶楼,你和他熟悉吗?”

李经文笑道:“你真不愧是个特种兵,消息竟然这么灵通。我和他不是很熟,但是有个朋友黄子轩在古玩街开了间小店,他经常到魏教授那里喝茶,和魏教授混得很熟。我现在就给黄老板打电话,让他帮我们约魏教授。”

第 14 章　魏成鸣

一枚铜钱，一块古砖，勾起他的回忆。谜团一样的古镇，萦绕在他心中二十年。

九鼎茶楼坐落在赣江边上，窗口正对着滕王阁。滔滔江水奔流而下，朱檐碧瓦却静默无声。楼下是古玩市场，街两旁摆有瓷器、陶器、古画、钱币等古玩，还有发黄的照片、斑驳的镜框、陈旧的钟表和残破的旧书。形形色色的人群中，有奇货可居的卖家，有淘宝捡漏的买家，还有好奇闲逛的游人。

魏成鸣端着茶杯，悠闲地踱到落地窗前，随意朝古玩市场瞥了一眼。他看见黄子轩领着两个年轻人朝这里走来。黄子轩抬头看见了他，兴奋地朝他挥手："魏教授！"

魏成鸣想躲避已经来不及了，只好点点头，示意他们上来。

魏成鸣离开深圳拍卖行，回到省城开茶楼，原本就是想金盆洗手，从此退隐江湖，做个品茶观鸟的悠闲人。可是神差鬼使，茶楼的位置恰恰选在了古玩街。那些古玩店的老板不知从哪得到消息，淘到什么宝贝都愿意请魏成鸣掌眼。做交易的时候，就常常选在了九鼎茶楼。

古玩街上的小店虽然鱼龙混杂，看起来并不显眼，然而魏成鸣知道，能在这里立住足，实力都不一般。既然茶楼开在这里，就得随行就市。魏成鸣以茶楼老板的身份，招待他们喝茶，顺便看看东西，说说个人意见，但从不参与进去。魏成鸣这种超然的态度，赢得古玩街老板的信任。

魏成鸣之所以躲黄子轩，是因为黄子轩缠得他太紧。黄子轩虽然在古玩街开了间小店，但他不仅做古玩，还倒卖木头、化肥和煤炭，甚至还在繁华的胜利路开了两家房产中介门店。按照他自己的话来说，他是一个杂家，什么赚钱他做什么。

有一段时间，黄子轩几乎天天登门，请魏成鸣做他的顾问。魏成鸣拒绝了他之后，黄子轩改变了策略，隔几天拿一些货让魏成鸣看看。黄子轩的货，有些从文物贩子那里倒来，有些是挨家挨户从乡下收来。每次给魏成鸣看货的时候，他总不忘送些小玩意儿：一把仿制的宫廷挖耳银勺，一把雕花紫檀戒尺，一块天然湖石打磨的镇纸等等，虽然都不怎么值钱，但又确实让魏成鸣喜欢。因此魏成鸣对黄子轩的态度说不上热情，但也绝不冷淡。

前一段时间，魏成鸣去了一趟深圳。他回来之后，黄子轩没有来喝茶，他的古玩店大门紧闭。魏成鸣以为黄子轩转移了赚钱渠道，心中暗自庆幸，从此可以摆脱这个家伙了。谁知过了半个月，黄子轩给他打来电话，说发现宝藏了。黄子轩这半个月玩失踪，其实是下乡收古玩去了。

木梯被黄子轩踩得咚咚响，从急促的脚步声中，魏成鸣判断，他大概又收了什么新奇东西。黄子轩拖着肥胖的身体，爬了三层楼，满头大汗地出现在魏成鸣的面前。黄子轩的后面，跟着李经文和梦生。

黄子轩喘着气，拉了一张椅子坐下，迫不及待地从口袋里摸出一个东西。这是一个小绒布包，他小心翼翼地揭开，递到魏成鸣面前。绒布上躺着一枚铜钱，铜钱上有“大义通宝”四个字。

魏成鸣接过铜钱，习惯性地坐到书桌旁，拉开抽屉，把放大镜拿出来，用手电照着，仔细打量这枚铜钱。黄子轩瞪着一双驼铃似的眼睛，连大气也不敢喘一声，紧张地注视着魏成鸣的表情。

魏成鸣平静地转过头，问黄子轩："这铜钱是从哪里搞来的？"

黄子轩诡秘地冲魏成鸣眨了眨眼："您先说说这铜钱。"

魏成鸣又把铜钱仔细看了一遍，这才把铜钱放回黄子轩手上，平静地说："按照我的初步判断，这是元末陈友谅时期的钱币。"

黄子轩虽然做这行多年，但是对于文物鉴定，还没有入门，他听了魏成鸣的话，激动得声音有些发抖："魏教授，按您这么说，这枚铜钱有六百多年的历史，它值多少钱？"

魏成鸣笑了笑问："你收它花了多少钱？"

黄子轩狡黠地伸出两个指头："我先付了两千元。"

魏成鸣含笑地看着黄子轩："市面上的价钱我不好说，如果你自己收藏，也就值这个价钱。"

黄子轩惊得站了起来，额头上冒出蚕豆大的汗珠。他看一眼魏成鸣，又转过头来看李经文："我开店这么些年，好不容易碰到一件宝贝，谁知竟然还是打眼了。幸好我把卖家一起带来了，我那两千元是定金，卖家开价要两万。"

魏成鸣拍了拍黄子轩的肩："这不叫打眼，这叫你和铜钱有眼缘。这枚铜钱在我眼里就值两千，可是在另外一个人眼里它就值两万，甚至二十万。关键就看你喜欢还是不喜欢。"

黄子轩这才把李经文介绍给魏成鸣："你不要当着卖主的面忽悠我，这是石镇来的小李，他就是铜钱的主人。"

魏成鸣听到石镇两个字，心里动了一下。他看了看李经文，又看了看站在他旁边的梦生。

李经文把铜钱接过来，放在手上翻来覆去看，心有不甘道："在地下埋了六百多年的铜钱，难道只值这么一点钱吗？"

黄子轩双手叉腰，插话道："在这条古玩街上，魏教授是一言九鼎。你一千万的宝贝,魏教授说一钱不值,你的东西就没有人要。”

李经文顿时红了脸,把铜钱拍到黄子轩手掌上:“我不是这个意思,一枚铜钱算什么,如果黄老板喜欢,我送给你,就当拜师交朋友。”

黄子轩注视着那枚铜钱,铜钱躺在他肥硕的手掌中就像是一个温润的绿玉,他确实喜欢这枚铜钱:“生意是生意,朋友是朋友。不瞒你说,这枚铜钱品相好,又有六百多年历史,我第一眼瞅它,就像魏教授说的,感觉和它有缘。既然魏教授说它值两千,我再加一千元。”

李经文道:“黄老板一定要给钱,我也不推辞。今天喝茶,我埋单。我这里还有东西,想请魏教授看看。”说罢递给魏成鸣一沓照片。

魏成鸣看了看照片,照片上有一口水缸,水缸周围爬满了青苔。魏成鸣的目光,忽然被垫在水缸下面的石头吸引住了。那是一块完整的大石头,看上去有些像大理石,可是在放大镜下面看,却是一块巨大的古砖。

李经文介绍说:“这是户老宅子,传说里面闹鬼,没人敢住了。宅子里这口老水缸,跟这个宅子一样老,不知值钱不值钱?”

梦生听李经文这么说,不由瞄了照片一眼。梦生看着眼熟,不由脱口问道:“这不是我隔壁段家的水缸吗?”

李经文点点头:“段箍匠想卖了它,给他儿子天水当学费。”

魏成鸣放下照片:“这水缸的材质很普通,虽然年头有些久,但是雕工粗糙。”

李经文追问:“那这水缸值钱吗?”

魏成鸣温和地说道:“我觉得这水缸有收藏价值,但不是你所理解的价值。”

黄子轩压低声音说:“我前不久去了趟石镇,进去看过这座宅子。我一脚踏进去，感觉阴森森的，仿佛是座阴宅。我看到了这口水缸，也觉得它不值钱。但是我怀疑那宅子下面会不会埋有老东西呢？”

魏成鸣一直在想那块砖，从砖的样式来看，那是一块墓砖。元末明初，只有王公贵族身份的人去世，才可以用这样的墓砖。魏成鸣没有想到，黄子轩的思路竟然这么快。

魏成鸣慢条斯理道：“这个我也不好说，除非把那宅子买下，挖开来看了才知道。”

黄子轩兴奋起来：“石镇正在搞生态经济开发区，那条老街正在拆迁，那宅子就在老街上。我已经托了人，准备和项目单位去洽谈，凡是拆迁的老宅子，我都把它们买下来。”

魏成鸣道：“我只是说说而已，也许把宅子推倒了，挖开地面之后下面什么也没有。”

黄子轩笑道：“我已经算过账了，即使什么也没有，那也不会亏本。老宅子虽然破旧，只要木梁房柱结构完好就行。我把那些木梁架子，还有雕花的木格窗拆下来，运到北京上海，照样能卖好价钱。”

李经文好奇地说道：“那样的旧木头、旧窗户也能卖钱吗？”

黄子轩得意地说道：“你不知道吧！现在上海北京的一些有钱人，盖了崭新的别墅，还故意请工匠做旧。如果有这样现成的旧货，只要保存得比较完整，可以卖出很高的价钱。”

李经文可惜地说道：“我们村有好多这样的老宅，翻修的时候，把木梁和雕花窗都劈碎当木柴烧了。”

梦生听着他们议论，眼睛一直在观察魏成鸣。魏成鸣看上去比照片还年轻，他开着这么一间茶楼，举止谈吐却不像一个做生意的老板，倒像是一个文化人。他比桑雨大十多岁，他们结婚半年，就匆匆离婚。从时间上推论，他们的孩子应该和娥子相吻合。但这只是猜想，要想证实娥子是魏成鸣的亲生骨肉，就必须让魏成鸣同意做 DNA 检测。

就在三个人围在一起看照片时,梦生从后面靠过来,用极快的动作,从魏成鸣头上剪下一簇头发。如果是普通办案,如果梦生能公开身份,也用不着如此,他只需要给魏成鸣打个电话,请他配合做 DNA 检测就可以了。因为一切都是未知数,他不想惊动魏成鸣。如果检测结果不吻合,就当什么事情都没有发生。如果检测结果证实他和娥子有血缘关系,那么梦生会再次登门,把实际情况告诉他。

魏成鸣似乎察觉到什么,他回过头来看了梦生一眼。

李经文连忙道:"我忘了介绍,这是梦生,也是我们石镇的,刚从特种部队复员。他这次参加龙舟赛,在荒洲上发现一件特别的东西。"

李经文一边说,一边示意梦生把东西拿出来。梦生拿出铜牌,摆在魏成鸣面前。魏成鸣见到小铜牌,显得有些吃惊。他把小铜牌放在显微镜下,用手电筒照着,仔细看了半天。魏成鸣有些迷惑,他从来没有见过这样的东西。他看了一会儿,没有说话,而是站起身来,对大家抱歉地说:"你们先喝茶,我进去查查资料。"

魏成鸣起身离开,剩下的三个人没有做声,他们互相看了看,气氛变得有些神秘。魏成鸣那么郑重的样子,是不是意味着什么?

黄子轩问梦生:"听小李说,你在部队是特种兵,分配在哪儿工作?"

梦生道:"我没有工作。"

黄子轩热情道:"如果你愿意,跟着我干怎么样?"

梦生委婉道:"谢谢黄老板。工作的事,以后再说。"

李经文道:"如果黄老板去石镇投资,我可以助黄老板一臂之力啊!"

魏成鸣从里面出来了,脸上依然带着困惑的表情:"我查了查资料,觉得这个小铜牌有些像古代兵船上用的榫钉。这只是猜想,我得找这方面专家看看才能确定下来。"

李经文紧张地问:"您觉得是哪个朝代的东西?"

魏成鸣略略沉思了一下:"从上面的篆文推测,应该是明朝以前的东西。"

黄子轩忙追问道:"这个东西值钱吗?"

魏成鸣摇摇头:"从学术研究上来说,这个东西肯定有价值。至于值不值钱,我就不好说。我得好好研究研究,看这到底是个什么东西。"

魏成鸣转过头去问梦生:"这个东西你想卖多少钱?能暂时放在我这里吗?我给你写个字据。"

梦生爽快道:"我不急用钱。既然这个东西对魏教授有用,就留在魏教授这里,不用给我写字据。"

梦生的态度,让魏成鸣等人都有些意外。从梦生进门开始,魏成鸣就感觉梦生与李经文不一样。他虽然默不作声,但是他看人的眼神里,有一种让人说不出的感觉。

魏成鸣送走客人之后,坐在灯光下,手里拿着那枚铜牌,思绪却飘了很远——

二十多年以前,他大学毕业分配到一个山村中学,那时就听到许多关于鄱阳湖宝藏的传说。虽然所在的中学距离那个传说的地点有些遥远,但是却激发了他强烈的兴趣。

他所学的专业是历史,因为对考古的热爱,他一直想进文物研究所工作,可是命运却安排他做了乡村教师。他把学校的历史课,上成了考古课,还经常带着学生去附近墓地挖掘。他并非妄想挖宝致富,而是想通过寻找宝藏,揭开一个被历史掩藏了六百多年的秘密。

魏成鸣从柜子里找出一本发黄的日记本,翻开日记本,里面夹着一张残破的手绘水图。这是二十多年前,他花五块钱从一个收破烂的手里买来的。水图画在一张信笺上,看上去像是地质资料的附图。因为水图的一角不仅标有页码，还有明显的装订痕迹。

魏成鸣清晰地记得，那是一个梅雨季节的周末。他正躺在宿舍百无聊赖地翻看一本杂志，这时有人敲门，打开门一看，一个捡破烂的人站在门口。来人披着一件破雨衣，手里提着一个破塑料袋，脸上带着一副诡异的表情。

“我有一张藏宝图。”他压低声音对魏成鸣说。因为魏成鸣四处挖掘，虽然没有挖到宝藏，但是名声却早传了出去。经常有一些山民，揣着一根牛骨或者一把破梳子偷偷来找他。虽然没有什么价值，魏成鸣照样会把东西收下，给他们几元钱做报酬。

这天魏成鸣的心情不好，他对捡破烂的挥挥手说：“我对藏宝图不感兴趣，你自己留着吧！”

捡破烂的急忙把东西掏出来，递到魏成鸣的手里道：“这真是一张藏宝图，普通人看不懂，只能卖给懂行的专家。我为了找你，一路上问过来，冒雨走了十几里路，午饭都没有吃呢。我怕藏宝图淋湿了，特意用塑料袋子包起来。”不知是因为淋湿了感到寒冷，还是因为饥饿的原因，捡破烂的站在魏成鸣面前在瑟瑟发抖。

魏成鸣对他起了恻隐之心：“你想卖多少钱？”

收破烂的本想要价五十元，看到魏成鸣对图不感兴趣的样子，他把期望值降到三十元。当时魏成鸣一个月的工资才只有五十七元。魏成鸣鼻子里发出一丝嘲笑，他看也不看那张图，就把塑料袋扔回收破烂的手里：“你还是拿回去吧！”

收破烂的立刻把价格又往下降：“二十元行不行？十五元？”看魏成鸣仍然无动于衷，他冲着魏成鸣发狠道，“最后一口价，十元给你。如果你再不要，我就卖给别人！”

魏成鸣叹气道：“既然你大老远过来找我，不管这是不是宝图，我给你五块钱，把图留下，算是你的辛苦费。”

捡破烂的走后，魏成鸣随手看了看图，也有些看不懂。图上明明画的是鄱阳湖，可是湖面却被画成陆地，湖水被画到了陆地下面。而且水下面似乎还有陆地,陆地下又有湖水。这显然不是什么藏宝图,但是魏成鸣看着看着,却觉得有些意思。他反反复复看这张图,忽然发现信笺的右上角印有地震研究所几个字。

就是因为这张水图,他才去省城找桑雨。因为这张水图,促成了他和桑雨的婚姻。桑雨的失踪,对他是一个谜。就像她和他结婚,然后又和他离婚。她所做的一切都是那么有计划,但从不向他解释原因。

他们在一起的最后一个夜晚,她对他说:“我怀孕了。”

后来,魏成鸣收到桑雨寄来的一张照片,照片上有一个婴儿,婴儿光着身子,只穿着纸尿裤。孩子的左肩上,有一片青紫的胎记。桑雨在照片上写了一句话:“孩子身上有我的烙印。”

桑雨所说的烙印,就是指孩子身上的胎记。因为桑雨的半边脸被一个胎记完全覆盖。除了孩子身上的胎记之外,魏成鸣对这个孩子一无所知,他甚至不知道孩子是男是女。他曾经回来找过孩子,但是别人告诉他,桑雨出事的时候,把孩子带在身边。

桑雨的同事认为桑雨是自杀。他们说,是魏成鸣利用了桑雨,然而又抛弃了她。事实上这一切都是桑雨计划好的,他只是在配合桑雨。桑雨那么聪慧,那么理智,她难道会走自杀之路?

当初,他把水图交给桑雨,让桑雨帮他找找和这张水图有关的资料。资料没找到,魏成鸣把那张图也忘记了。他在整理桑雨遗物的时候,发现了这个笔记本,还有笔记本上的这张图。让魏成鸣迷惑不解的是,笔记本里都是些日期、天气、温度、湿度、风力以及月相等观察记录,剩下的全部是密密麻麻的地质断层数据。而那张水图上赫然多了一个标记,旁边写着三个小字:河神庙。

那娟秀的笔迹,一看就是桑雨留下的。桑雨虽然在地震研究所工作,但是她从事的却是与地震毫不相关的医学研究。她什么时候开始研究气象和地震的?她为什么在水图上标记河神庙?她为什么在河神庙失踪?难道她在水图上发现了什么秘密?

这个谜团缠扰了魏成鸣二十年,他退休回到省城之所以把茶楼开在古玩街,就是想解开这个谜团。魏成鸣把铜牌和那张水图以及笔记本放在一起。笔记本是桑雨留下的,那张水图上标记的河神庙距石镇不远。把那枚铜牌送来的梦生就来自石镇。还有那座神秘的古宅,古宅里那口水缸下面的墓石……所有的线索串连起来,似乎在向魏成鸣预示着什么。

魏成鸣眼前浮现出梦生的眼神,那是一种热切的眼神,似乎对他充满了信任甚至仰慕。他忽然想起照片里的那个孩子,如果孩子还活着,应该和梦生一般大。这个梦生到底是谁?他为什么用那么一种眼神看自己?他为什么相信自己,毫不犹豫地把铜牌留下来?

魏成鸣有些激动,看来他不能再这么坐下去。他看着那张水图,还有那枚小小的铜牌,仿佛听到了某种神秘的召唤。他必须去石镇,或许那里有一个谜底正等着他去揭开。

第15章　李大山

一个又一个的谜团，一个又一个的陷阱，他以为可以化解，却让自己卷入旋涡。

水庆婶子站在铺子里，一只手搭在盆沿，一只伸进盆里。盆里一团湿米粉，米粉刚舂过，像一块凹凸不平的厚饼。水庆婶子右手用力，往下揉着米粉，身体半侧着，左肩一耸一耸。

水庆婶子的眼睛不看着米粉，却看着外面的虾米。虾米蹲在门槛上，眼睛像猫一样，一动不动盯着对面的娥子。娥子跪在自家台阶上，低垂着头，身子半歪着，摇摇欲坠的样子，随时都会摔倒。

水庆婶子心疼，从昨天开始娥子就跪在那里，已经一天一夜了。露水打湿了她的头发，她就像是段家墙头的那株蒿草，在晨风中微微颤抖。这么病弱的身体，是什么支撑着她倔强地跪在那里？她是在乞求，还是在抗争？

水庆婶子没有想到，一向温婉的娥子竟然劝不住，扯不动，比一头牛还倔犟。水庆婶子更没有想到，段箍匠竟然这么狠心。不管娥子做错了什么，那也是他的女儿啊！水庆婶子生气的是，段家这一对父女在较劲，虾米也一直在陪着。不吃不喝不睡，就是铁打的骨头,也会散开啊!

水庆婶子叹口气,右手往下用力,木盆忽然翘了起来,翻过来磕到她的左臂上。米粉跟着她的右手,一起翻出了木盆,落到了案板上。罗水庆坐在一边默默地捏着米果,听到响声,他回过头来,嘀咕道:“那么大的木盆,米粉怎么会翻出去?”

水庆婶子心里有气,猛地推开木盆,抓起米粉,用力往里面一扔:“罗水庆,把米粉端过去,你自己揉!”

罗水庆没有吱声,低着头继续捏米果。他的心情也不好,极力忍耐着不说话,捏米果的动作比往常大许多。水庆婶子被这声音刺激着,仿佛火上浇油。她猛地把木盆抓在手里,要把它摔到地上去。可是她用力拽了几次,却没有拽动,回头一看,李大山忽然出现在她面前,两手按住木盆,对着她呵呵地笑。

水庆婶子脸腾地红了,松开了手:“李大哥怎么来啦?”

李大山拉过一把椅子,大大咧咧地坐下:“上次我不是跟妹子说过,要上门来吃你亲手做的米果吗?”

水庆婶子心虚地瞄了一眼罗水庆,又斜了虾米一眼,轻声道:“今天的日子不对,李大哥来的不是时候。”

罗水庆认识李大山,李大山是李家村的人,身材高大,声音洪亮,年轻的时候,篮球打得好,尤其是投三分球的动作,最吸引妮子的眼睛。罗水庆不怕水庆婶子跟别人调情,水庆婶子越是当着他的面和别的男人打情骂俏,越证明她心里坦荡。水庆婶子如果是水性杨花的女人,就不会跟着他过这么多年。他担心的是虾米,虾米听多了爹娘的故事,他最忌讳娘和别的男人交往。果然,虾米在门槛上坐不住了。他移动了半边身子,一只眼睛仍然盯着娥子,一只眼睛却在监视这个叫李大山的男人。

李大山站起身来,做出要走的样子:“上次我怎么说来着?好事没人做,最毒妇人心。现在我还要加上一句,你们这些女人,过了河就拆桥!”

水庆婶子被李大山激将得忍不住了:“什么过河拆桥?不就是吃米果吗!”说着掀开蒸笼,装了满满一盘米果,撂在李大山面前。

李大山也不客气,把案板当桌子,抓了一个米果送进口中,一边吃一边道:“怎么能光吃米果呢?你得给我添一个小菜吧!”

水庆婶子没好气道:“你要什么小菜?”

李大山顺口道:“听说妹子晒的酱豆腐、南瓜酱、酒糟鱼味道不错,每样都夹一碟出来,我尝尝是不是徒有虚名?”

水庆婶子果真把这几样小菜端了出来,还给他抱出一小坛谷酒。

李大山高兴道:“哟,妹子怎么知道我想喝酒?”

水庆婶子拿出两只酒盅,干脆陪着他坐下来:“你要小菜的目的不就是想喝酒吗?既然想喝,我就陪你喝。我心里烦得厉害,正想把自己灌醉!”

水庆婶子给自己斟上酒,端起来,一口就喝干了。她接着还要喝,李大山却把酒坛子移开了:“妹子可以发财了,应该高兴才对,怎么会心烦呢?”

“我发什么财?”

“咋,妹子没去申请救灾补助?”

“啥救灾补助,我根本不相信天上会掉馅饼!”

“妹子呀,这回真的是从天上掉馅饼了。住巷口的李木匠是我本家堂弟,他昨天就领了三万块钱。”

水庆婶子摇摇头道:“你记住妹子这句话,世界上没有白吃的午餐。无缘无故的政府会发咱补助?即使真有,咱也不去领。咱家铺子就破了一个洞,破一个洞就不叫受灾!”

李大山把酒坛子放回来,给水庆婶子斟上酒,向她举杯道:“就冲妹子这句话,我敬妹子一杯!”

水庆婶子喝完酒,眼睛看着李大山:“你到我铺子来,不会真是为了吃米果吧?”

李大山抿了一小口酒,远远睄了对面的娥子一眼:“我知道妹子心里烦什么。”

李大山当然不是来吃米果的,那天在湖堤上,他刚好遇到娥子。他看到娥子朝砖窑的方向走,心里还有些奇怪。后来贵生从砖窑里面出来,骑着摩托从他身边驶过。摩托车开得很快,差点把他撞下湖去。他是来告诉水庆婶子,祸害娥子的不是虾米,虾米替贵生当了替罪羊。

水庆婶子顺着李大山的目光,看了一下娥子,惊道:“李大哥是不是知道什么?”

李大山慢慢道:“事情不是你家虾米做的,对面那个妮子要大家呢!”

水庆婶子听到这里,不由惊得跳了起来,她一把抓住李大山,急切地问:“李大哥,你不要说一句藏一句,快把事情真相告诉我!”

虾米听到这里,怒不可遏地跳了起来,一把揪住李大山的衣领,粗暴地把他往外推:“谁让你胡说八道!你给我滚出去!”

水庆婶子护着李大山,拉住虾米道:“不要推你大舅,让他把话说完!”

虾米又气又急,李大山如果把真相说出来,娥子将来还怎么做人?虾米觉得一切都是他的错,当初他应该想办法阻止贵生,至少他事先可以提醒娥子。可是他却什么也没有说,什么也没有做。

虾米用手指着娘,大声骂道:“他是我什么大舅?我啥时认了这个大舅?你当着我爹的面,当着整条老街的人,把一个陌生男人带回家,你把我爹当什么?你把我这个儿子当什么?”

水庆婶子撕扯着虾米:“儿子,你实话告诉我,你大舅说的话是不是真的?”

虾米狂叫着:“他不是我大舅!我不让他在这里胡说!”

水庆婶子叫道:“我相信他说的话,他不会无缘无故跑到这里说瞎话!”

虾米冷笑:“他是你什么人,你相信他说的话? 如果别人说你和他不正当,我是不是也要相信?”

虾米从未对娘这么说话,尽管娘对他如同对她的丈夫罗水庆一样的铁石心肠。但是虾米和爹一样,一直在娘面前低着头,仿佛欠了娘一辈子的债。虾米讨厌娘和别的男人交往,尤其讨厌这个李大山。虾米不能让李大山说出真相,所以他才冲着娘发狠。

在水庆婶子的内心确实压着一块石头。那新婚醉酒的一晚,让罗水庆占了她的便宜,种下了虾米这个儿子。她就像是一块沉睡的土地,没有任何知觉就被罗水庆耕耘了。她既没有被耕耘的疼,更没有播种时的快乐。可是就因为有了虾米,她就如同被紧箍咒困住了。她其实并不明白,困住她的不是紧箍咒,而是对儿子的爱。她表达爱的方式就是拙劣地掩饰自己的情感,可是此刻她再也无法掩饰自己了。

水庆婶子哭了起来:“别人怎么说我都不在乎。我已经老了,不在乎名声好坏。你是我儿子,你往我身上泼脏水,我也不在乎,谁让我是你娘! 可我在乎你的名声,你还年轻,还要做人,不能让别人把脏水往你头上泼!”

左右街坊像看戏一样,围在罗家年糕铺子看热闹。忽然一阵轰隆隆的声响,把水庆婶子的声音盖过去了。一辆挖掘机从街口开过来,停在李木匠的铺子门口。

李木匠正在铺子里刨木头,何运满从挖掘机上跳下来,颐指气使地对他喊道:“你的铺子是自己拆,还是让我们替你拆?”

李木匠莫名其妙:“拆什么铺子?”

何运满嘿嘿冷笑:“你不要在这里装蒜,拆迁款都领了,又不想拆铺子了?”

李木匠叫道:“我什么时候领了拆迁款?”

何运满不耐烦道："你的意思是让我们动手帮你拆！"他朝挖掘机挥挥手，挖掘机开动起来，长长的手臂向李木匠的屋顶伸过去。

李大山听到李木匠的喊叫，丢下水庆婶子，冲到了挖掘机前面。李大山双手叉腰，对着挖掘机的司机骂道："你要是真有种，朝我李大山身上碾过来！"

李姓在当地是八大姓之一，李大山又是李姓中的大户。李大山的儿子在省政府任职，他冲出来替李木匠说话，挖掘机就不敢乱动了。

何运满仗着自己牛高马大，背后有叶秉坤撑腰，不怕李大山的挑衅。

何运满大摇大摆地走到李大山面前，把一张纸在他面前抖了抖："李木匠已经领了拆迁补助款，他已经在拆迁合同上签了字。"

李木匠叫道："不可能，我没有签字！"

何运满把合同塞到他手里："你睁开眼睛看看，是不是你的签字！"

李木匠看了看合同，上面果然是他的签字，旁边还有他按的手印。李木匠有些发晕，他仔仔细细又看了一遍合同，看到上面的三万块钱，似乎明白了。

何运满气势汹汹地逼问："上面是不是你的签字？"

李木匠叫道："上面是我的签字，但是我签领的不是拆迁补助，而是救灾补助款！"

何运满蛮横道："我才不管你签的是什么，这是政府给我们的合同，我们按照合同办事！"

李木匠把合同三下两下撕碎了，把纸屑扔到地上："现在没有合同了，看你怎么按合同办？"

何运满嘲笑道："你撕的是个复印件，原件放在公司保险柜里面。"他转过身对李大山说，"你姓李的是个大姓，我姓何的也不算小姓。如果你想打架，我们另外约时间和地方。今天谁要是挡了我的道，挖掘机可不长眼睛，到时候连人一起铲了，我们不负任何责任！"说着，朝挖掘机挥了挥手。

胆小的怕胆大的，胆大的怕不要命的。何运满是个玩命的，李大山可不想把自己搭进去。没等挖掘机开过来，他自己就找台阶下："这是欺诈行为，我们要联合起来告你们！"

李大山话说得很重，人却往后退了几步。李木匠忽然躺倒在地，用身体挡在挖掘机的前面。李木匠是一个活生生的人，司机当然不敢从他身上碾过去。何运满冲上去，把司机从驾驶室里推了下去，他跳上去开动了挖掘机。

何运满是个耍横的屠夫，每天清晨，站在肉铺前面卖肉，身上溅满鲜红的猪血。他手里举着一把刀，站在自家肉铺前一副杀气腾腾的样子。即使在寒冬腊月，他也敞开着棉衣，用绳子在腰上打个结，胸前却露出满胸肌肉和黑毛。他家肉铺的肉没有卖完，其它肉铺的生意就不敢开张。

挖掘机已经轧到李木匠的衣角，何运满依然没有停下来的意思。看何运满那个横劲儿，他是真想把李木匠碾碎了。碾死了李木匠，就镇住了一条街，何运满大不了坐几年牢，出来后用不着杀猪卖肉，叶秉坤得管他一辈子好吃好喝。李大山怕李木匠吃亏，赶紧把他拉起来，大家眼睁睁看着挖掘机的长臂伸出去，朝李木匠铺子的屋顶上扒拉一下，铺子就哗啦一声倒塌了。

何运满从挖掘机上跳下来，得意洋洋地拍了拍手。李木匠的老婆听到消息，从渔场匆匆赶回来，看到坍塌了的屋子，疯了似的冲过去，要与何运满拼命。这个时候，从挖掘机后面的拖斗上跳下黄头发和十个手持棍棒的后生，他们排开在何运满的两旁。

李木匠一把拉住自己的女人，眼泪哗啦流了下来，他用拳头捶打着自己的胸口："都怪我贪便宜，跳进了叶秉坤的陷阱，我真该死啊！"

金子看到这一幕，两只眼睛盯住龚表匠："老爹，你是不是也在拆迁合同上签了字，按了手印？"

龚表匠不敢看金子的眼睛："我没有在合同上签字，我是在一张白纸上签的字。"

金子压低声音道："你在一张白纸上签字，那你不是等于把自己的脖子伸出去，送给别人砍吗？"

龚表匠嗫嚅道："又不是我一个人这么签，大家都是这么签的。"

孙弹匠看见龚表匠畏畏缩缩往后退，他把上衣脱了下来，往地上一甩，拦在街中间，冲着大家吼道："你们大家害怕挖掘机，我孙弹匠不怕。没有去开发办领钱的都往两边站，凡是领了三万块钱的都站在我后边。我把自己当脚垫，让挖掘机从我身上碾过去。我就不相信，他叶秉坤碾了我一个，还敢从咱老街上百户人家身上全部碾过去！"

金子回头看了看，虽然围观的人很多，却没有一个人响应孙弹匠。她看了一眼李木匠倒塌的铺子，孙弹匠的家紧挨着李木匠，如果孙弹匠的铺子倒了，下面就轮到她家钟表铺子了。她剜了一眼躲在后面的龚表匠，应声道："孙弹匠说得对，我站在你后面。如果你是第一个死，那我就算第二个！"

随着那糯米一样软软的声音，金子迈开长腿，款款走到孙弹匠身边。她的紧身旗袍开衩很高，每迈动一步，旗袍摆动着，粉红的大腿若隐若现。

何运满已经扒倒了李木匠的房子，没有继续开动挖掘机的想法。老街上百户铺子，如果真的联合起来抵制拆迁，他何运满肯定应付不了。李木匠的铺子在街口，李家村是大宗族，他必须要拿李木匠开刀，才可以起到震慑的作用。

何运满来到金子身边，谄笑道："我何运满再怎么混，也懂得怜香惜玉。金子姐舍得把身体扔进车轮下，我何运满却舍不得。

看在金子姐的面上，我给大家一个星期的时间。凡是签了合同领了拆迁款的住户，如果一个星期之内主动拆迁，还可以得到公司五千元奖励。否则，那就对不起了，我们只能把挖掘机再开过来。”

黄头发附和道：“到时候，挖掘机就不会怜香惜玉了！”

跪在地上的娥子忽然听到黄头发的声音，她颤抖了一下，眼睛瞥过去，一眼就看到何运满身边站着的黄头发。

谁也没有料到，就在何运满准备上车，离开老街的时候，娥子忽然站了起来，她冲进郭铁匠的铺子里，抓起一把刀冲进人群，朝着黄头发劈了过去。

黄头发躲闪不及，把何运满一推。娥子的刀，就直朝着何运满砍下去。何运满眼疾手快，一把夺过娥子手里的刀。娥子从医院出来之后，已经跪了一天一夜，她这么拼命一搏，已经耗尽了身上的力气。何运满蛮力一拉，她就倒在何运满的怀里。

虾米拼命挤进来，看到娥子脸色苍白，被何运满粗壮的胳膊托着，他把娥子抢过来，悲愤地叫道：“她没有气了！你们杀死了她！”

何运满怔了一下，没有弄明白怎么回事。黄头发惶恐地看了一眼娥子，对何运满说：“咱们快走！”

何运满看着一张张愤怒的脸，把刀往地下一丢，扒开人群就跑。

虾米叫道：“他是杀人犯，不要放走他！”

金子伸手摸了摸娥子的鼻息，对虾米道：“她没有死，赶快把她送回家去！”

虾米抱起娥子往自家跑，水庆婶子却在门口挡着：“你要跟我说清楚，你跟那个黄头发是啥关系？”

虾米急道：“我跟他没有关系！”

水庆婶子更加激动：“你既然跟他没关系，可为啥要给他当替罪羊？”

李大山在旁边说道:“虾米不是给黄头发当替罪羊,是给他老板的儿子当替罪羊!”

娥子微微睁开了眼睛,从虾米的怀抱里挣扎出来:“你放开我,让我走!”

金子看她站立不稳,连忙上前搀扶她:“娥子,你身子太虚弱了,先到我家躺会儿!”

娥子摇摇头,坚持向自家走。可是她还没有走两步,身子就软了下去。金子赶紧架住她,半扶半拖着进了钟表铺子。

这时,跑到一旁的何运满又镇定下来,带着那帮后生爬上了挖掘机的拖斗。

李大山指着何运满骂道:“你回去告诉叶秉坤,别人怕他,我李大山不怕。老子手里握有叶家的证据,我就不信在这个国度里,你们叶家可以无法无天!”

何运满鼻子哼了一声:“你有证据,你就去告,我等着你呢!”说完,他挥了挥手,挖掘机轰隆隆响着,碾过青石板的路面,出了街口。

李大山瞪着眼睛,看着挖掘机没有了影子。他强打的精神塌了下来,感觉全身没有一丝力气。李大山转过身去,看也不看李木匠一眼就要离去。

李木匠突然扑通一声,跪倒在李大山面前:“大哥,我现在无家可归了,你要为我撑腰做主啊!”

李大山这次为李木匠出头,完全是恰巧碰上了。从宗族的角度上讲,既然让他碰上了这件事,如果他不出头,就会在宗族落下闲话。至于后面的事情,李大山才不想插手呢!

李木匠缠住李大山不放,李大山气不过,指着他的鼻子骂道:“你长了猪脑壳!明知道叶秉坤挖好了陷阱,你还睁着眼睛往里面跳!”

龚表匠在旁边道:“你不要骂李木匠,如果知道是陷阱,他哪里会跳进去！”

李大山道：“你们一个个都是大男人，还不如水庆婶子一个女人有见识。一个个都去领钱，以为天上会掉馅饼。人家水庆婶子怎么就不像你们一样，跑去排队领钱呢？”

孙弹匠跺脚道：“当初贴通知的是泥鳅，咱们先去问问泥鳅这到底是怎么回事？”

泥鳅不在家，火根师傅也指着李木匠和龚表匠骂：“你们不要赖泥鳅，泥鳅告诉我说，你们去排队领钱的时候，他就拦着不让你们领！”

龚表匠道：“他知道这是一个陷阱，为啥不明着说呢？”

火根师傅骂道：“亏你好意思说，泥鳅吃着国家的饭，国家的机密，他能说出来吗？”

孙弹匠道：“这是个屁机密，这是一个大骗局。我们都上当受骗了，大家要团结起来，一起去告叶秉坤！”

龚表匠道：“对，咱们推举郭铁匠做代表。”

郭铁匠放下锤子，对龚表匠和孙弹匠冷笑着：“你们不要推我，我没有领那三万块钱。你们没有听李大山说，他手里握有叶秉坤的证据吗，你们要想保住铺子，还得去找李大山！”

大家又回过头找李大山，此人却早已不见了。

第16章　梦生

一只灰色的巨鸟，把他带到了狼山洲。叮叮当当的斧凿声中，隐藏着重重杀气。

梦生从九鼎茶楼出来，径直去了轮船码头。这次回家，他本想公开自己的身份，可是谢组长通知，经过上级领导部署，还必须继续卧底。谢组长要求他进入二叔的公司，从那几条被劫货船人手找线索。

梦生买了票上船，轮船走了没有多久，船舱里就开始乱起来。旁边的几个乘客，将梦生赶开，把座椅拉到一起，七八个人一堆围在一起赌钱。乘务员推着一个小车子喊："瓜子，香烟，杂志，矿泉水！"有人抽烟，有人嗑瓜子，还有人围在那堆赌博的人旁边看热闹。

梦生起身来到舱外，站在船舷旁吹风。轮船过了将军洲，湖水变得湍急，湖面显得壮阔起来。褐色的泡沫像一座座小山，在激流的簇拥下快速移动。在那些泡沫中间，漂浮着成捆的麦秸、稻草，还有一些木料、门板，坛坛罐罐。轮船从这些泡沫中穿过，风浪裹挟着洪流撞击着船底，发出嘭嘭的声响。轮船被撞击得在湖面上摇晃,那嘶哑的汽笛发出无力的低鸣。

梦生看着浑浊的湖水,心情变得有些沉重。这些天来,虽然跟踪器上有信号闪烁,却监听不到木材的声音。谢组长带领侦查组成员跟踪手表发出的信号,可每当快艇接近目标时,那个信号又离奇地消失了。除了江海之外,侦查组的其他成员也开始怀疑那块手表是不是真的戴在木材手上。

梦生心里也纳闷,木材不是哑巴,即使他不说话,至少会有走动的声音,难道窃听器真的出了故障?然而这个可能性几乎不存在,因为这块手表具有多项自我防护功能。难道木材出事了?这个假设似乎也不能成立,因为没有脉搏,就没有信号,更别说这个信号一直在移动。还有最后一种可能,那就是木材早就识破了梦生的意图,他把手表摘了下来,戴在什么动物身上,故意误导梦生和侦查组。

轮船的汽笛再次拉响,广播里传出报站声:"前面停靠的码头是狼山洲,有在狼山洲上岸的旅客,请带好自己的行李准备下船。"

梦生的前面出现了一片沙洲,远远看过去,那沙洲的形状就像是一条狼。风吹动着沙洲上的湖草,发出呜呜的呼啸声,仿佛是盘踞在湖边的狼正对着湖面嚎叫。轮船慢慢靠近了,陈老大那条趸船的残骸很醒目地堆在岸边上。舱里的乘客纷纷拥出来,挤在船舷旁看两堆残骸。

一只灰色的水鸟,从那堆残骸上腾空而起,张开巨大的翅膀,从梦生头顶上飞过。有人指着那水鸟惊叫:"那是陈老大的灰斑!"

梦生忽然想起在沼泽地里曾经见过这只水鸟。难道他在沼泽地里留下的记号被灰斑破坏了?梦生的目光落在那堆残骸上,不由心中一动,他决定下船去看看。他的前面,走着几个背着长锯的船匠。梦生下船后,忽然有十几个后生争先恐后地从轮船上跳下来。

梦生扒开破碎的泥石，攀爬着上了趸船。明知趸船从水里拖上来，不太可能留下什么线索，可他仍然钻进舱里面，仔细查看断口，习惯性拍下照片。梦生从裂口处往外走时，脚下那块完整的船板，忽然塌了下去，他差一点摔倒，再低头一看，船板里面的钢筋竟然齐刷刷断裂了。

梦生兴奋起来，如果钢筋从里面断裂，是不是意味着趸船出事是因为造船的材料质量不合格，而不是遭人破坏。如果能够找到更多的证据，就能证明他的推论正确。这样不仅可以洗清二叔的嫌疑，而且可以准确找到索赔的对象。

狼山洲曾经有一个造船厂，造船厂关闭之后，造船厂的师傅们留了下来，依然在这里修船造船。距离残骸不远，泊满了大大小小的旧船。它们仿佛从前线下来的伤员，静静地躺在浅滩上，等待船匠把它们拖去维修。

沙洲上搭建了几十间敞开的竹棚，每一间竹棚里都有一个师傅领着几个徒弟干活。竹棚里堆满了木料，远远就听见一片叮叮当当的斧凿声。木材曾在狼山洲学徒五年，如果找到他的师傅，也许可以多了解一些情况。

梦生从残骸上下来，穿过一片旧船。一个船匠模样的人手里提着油漆，从一个竹棚里走了出来。梦生迎过去，向他打听木材的师傅。船匠走到梦生的身边，忽然提起手里的油漆，当头向梦生泼去。

梦生被泼了满脸，眼睛都被糊住了。他听到杂乱的脚步声，有人围了上来。一根木棍带着风声，朝着梦生砸过来。梦生躲了过去，反手夺下木棍。又一根木棍从下面扫过来，梦生被绊倒在地。倒地之前，他把木棍打了出去，有人发出了惨叫。

此时一个声音叫道："他看不见，大家一齐上！"

十几根棍子打在梦生的身上。梦生从地上爬起来，拼命拨开棍棒。他刚冲出去，因为辨不清方向，撞到了一条倒扣在支架上的小船。小船被撞翻了，梦生跌倒在支架旁。那些人追上来，又把梦生围住了。

梦生不知哪里来的力气，他把支架连同四根柱子一起抡了起来，大声喝问："你们是谁？为什么偷袭我？"

那伙人被梦生的架势镇住了。一个声音叫道："你别管我们是谁，我们是替木材报仇的！"

梦生怔了一下，这些人难道是袁舢板派来的？

梦生叫道："木材是我的好兄弟，你们说什么报仇？"

"如果你和木材是好兄弟，你就不会害了他，偷偷一个人回来。"

"我和木材分开的时候，他还好好的，谁看到我害了他？"

"有人看见你去了省城的古玩街，一定是你和木材一起发现了宝藏，你想一个人独吞，就趁木材不注意，把他害死了！"

梦生狂叫："你们说的不对，木材没有死！我不许你们说木材死了！"

另一个声音道："既然木材没有死，那你老老实实告诉我们，木材现在在什么地方？宝藏藏在什么地方？"

梦生的眼睛火辣辣地疼，如果继续跟这些人纠缠下去，他的眼睛就毁了。只有想办法跑到有人的地方，这些人就不敢继续动手。

梦生冷笑："你们想要知道宝藏，得让你们的头儿来和我谈。"

"你的眼睛快瞎了，还敢在这里充好汉。我看是你的嘴硬，还是我们手里的棍子硬。"

梦生把支架高高举过头顶，威胁道："凭我身上的功夫，你们谁敢过来？别看你们人多，虽然我眼睛看不见，但是一旦拼起命来，你们也占不到便宜。"

就在相持不下之时，棚子那边传来飞鱼的喊声："谁把我的船撞翻了？"

那伙人听见飞鱼的声音,呼啦一下逃走了。梦生手一松,双手捂住眼睛,跌坐在地上。

飞鱼看到梦生,不由吃了一惊:"梦生,怎么是你?"

梦生呻吟道:"我的眼睛被油漆泼了,快帮我弄些清水冲一冲!"

飞鱼有许多话要问,可是看到梦生满脸油漆,浑身血迹,只好忍住了。她打来清水,给梦生冲洗眼睛。梦生洗过之后,依然又痒又疼,但是眼睛可以微微睁开了。

"刚才跑掉的那些人是谁?他们为什么和你打架?你什么时候回来的?木材没有和你在一起吗?"飞鱼四处张望,发出一连串疑问。

梦生认为飞鱼的出现,是袁舢板安排的。他和飞鱼合谋好,一个演坏人,一个演好人。不然怎么这么凑巧,飞鱼早不出现,晚不出现,偏偏在他被人围攻的时候出现。

梦生叹气道:"有人看到我一个人回来,认为是我害了木材,请了一帮打手暗算我。看来暗算不成,只好由你出面了!"

飞鱼心里咯噔了一下,梦生话里有话,口气中带着火药味。难道他怀疑刚才那伙人是袁叔叔派来的?

飞鱼急道:"你这是什么意思?有什么话你就明说!"

梦生道:"就是刚才那帮人口口声声说我害了木材,说要替木材报仇。这不是明摆的事情,还用得着我再说什么吗?"

飞鱼解释道:"我承认,袁叔叔对你是有些误解,但是我可以保证,今天发生的事情绝对不是他指使的。"

梦生嘲讽道:"你为他保证,谁为你保证呢?"

飞鱼被梦生的话激怒了:"你的意思,我也是那伙人的同谋?看来我今天就不该来狼山洲,你撞翻了木材哥给我修的小船,我也不该跑出来。我应该等你被人打死了,才出来给你收尸对不对?"

飞鱼哭着跑开了,她去搬翻倒在地上的那条小船。这是飞鱼用一坛谷酒和亲手织的一条半斤重的渔网，要赖一般从袁舢板那里换来的旧船。飞鱼把小船撑到狼山洲，让船匠帮她修一修。

想当初，是木材自告奋勇把小船拖上岸来，给小船换了底板，压了麻线，刮了腻子，上了桐油。就这样木材还不满意，又从工具箱里抽出一打砂纸，把小船打磨得光溜溜的。他告诉飞鱼，他要给小船再上几遍桐油。这样小船在水面上滑动时就像飞一样快……

此时飞鱼抚摸着小船，似乎看见木材站在太阳下，光着膀子，低着头，弯着腰，细心地打磨小船。他宽阔的后背拱起来，就像汪洋大海里的一条黑鱼。他放下砂纸，围着小船左瞅瞅，右看看，终于露出满意的笑容。太阳照到木材黝黑的脸上，飞鱼看不清他的脸，只看见一弯雪白的牙齿，还有那细密的汗珠在一片黝黑中熠熠闪光。

陈袁两家相交很深，木材和飞鱼从小一起长大，木材对飞鱼向来呵护有加。飞鱼虽然个性很强，但是在她的内心已经把木材当成可以依赖的亲哥哥。如今爹在病床上昏睡不醒，梦生一个人独自回来了，只有木材音信全无。梦生是木材的好兄弟，他竟然也冤枉她，飞鱼感到无比的痛心。

梦生听到飞鱼的哭声，不由心里有些内疚。他勉强睁开眼睛，走过去帮忙，飞鱼一把推开他，怒气冲冲道："你走开，不许碰我的船！"

梦生软了下来："对不起，也许我误会你了。但是刚才那帮人的行为，你怎么解释？"

飞鱼呛道："我为什么要解释，我用得着给你解释吗？我现在也怀疑你，如果你把木材哥当兄弟，为什么不打一声招呼就突然参加龙舟赛呢？为什么抽签的时候，偏偏是你和木材哥一个组？你们同时遇到风暴，为什么只有你一个人逃了回来？是木材哥水性不如你好，还是你比木材哥更熟悉荒洲的环境？你不是要我解释吗，你先给我解释呀！"

梦生不想解释,他也不能解释。当年在体校游泳队时,木材经常把梦生带到陈家和飞鱼一起玩。梦生不仅是木材的好朋友,也是飞鱼的好朋友。

飞鱼平静了下来,看梦生不做声,眼睛红肿得厉害,便略带歉意地说:“你的眼睛怎么样?”

梦生道:“恐怕不太好!”

飞鱼道:“算你运气好,今天我正巧来取船。我好人做到底,撑船把你捎回去吧!”

梦生帮着飞鱼把小船推下水去。飞鱼撑起长篙,小船紧贴着沙洲,绕到一块水田旁边,灵巧地钻进了一条小溪。小溪看起来很浅,就像是一条盘在水田中的蚯蚓。小船在水道中轻快地滑过,速度飞快。

飞鱼专心撑船,梦生眼睛辣辣地疼,感觉芦花在眼前漫天飞舞。梦生闭上眼睛,两个人各怀心事,默默地没有说话。

过了一会儿,飞鱼有些憋不住了:“你去船厂干什么?”

梦生叹气说:“我想看看你家的趸船。在比赛以前,你爹曾经邀请我到趸船帮忙。”

飞鱼试探道:“如今趸船没了,你会不会感到意外?”

梦生不经意地绕开话题:“听说因为我二叔阻挠趸船开业,袁叔叔和你爹就劫了他的船。外面传得很厉害,不知道是真是假?”

飞鱼既不承认,也不否认,只是轻描淡写地说:“你回去问问你二叔,不就什么都明白了。”

梦生继续道:“你们难道不知道吗,劫船是犯罪的行为,一旦公安介入调查,对你们袁陈两家都不利。”

飞鱼微微笑了笑问:“你是在恐吓我们吗?”

“我为什么要吓你们?不管我二叔做了多少对不起你们的事情,你们即使要报复我二叔,也不能触犯法律呀!”

“你的意思是说,我们不能触犯法律,但是你二叔可以。”

梦生说不下去了，二叔非法运输国家保护野生动物，如果数量不大，最多判个拘役，再缴纳一些处罚金。陈袁两家抢劫货船，属于严重的抢劫罪，最高要判处无期徒刑，还要没收全部财产。如果梦生把这些话说出来，那就等于告诉飞鱼，他和二叔是同谋。梦生更不能告诉飞鱼，他是一个卧底警察，公安正在侦查这个案子。

梦生再一次叹气："不就是做生意吗，退一步海阔天空，什么事情不可以好好商量。"

飞鱼摇了摇头："现在已经无路可退，双方都走到了尽头。"

梦生劝道："话不能说得太绝，或许事情还有缓和的余地。"

飞鱼撑篙的手停住了："趸船已经毁了，我爹躺在医院里成了植物人，你说还有什么缓和的余地？"

梦生犹豫了一下，终于说道："我说的话你们不一定相信。我知道你怀疑我二叔，但我二叔不至于干那种事。我刚才去查看了趸船，我怀疑造船材料不合格，才导致趸船断裂沉没。"

飞鱼激动起来："你一心想替你二叔洗清嫌疑，但你了解你二叔的为人吗？你知道他做了多少缺德的事情！他为了那个开发区项目，竟然用欺骗的方法，让老街的邻居们在拆迁协议上签字。他不仅纵容他的大舅子开着挖掘车强拆老街的铺子，他们还对娥子……"

飞鱼说到娥子时，突然意识到了什么，停住了。

梦生听到娥子的名字，立刻紧张起来："他们对娥子怎么样？"

飞鱼当然了解，梦生对娥子一往情深。飞鱼并不清楚，娥子身上发生了什么悲剧。她只是听到外面有许多关于娥子的传言，有人说娥子和虾米在外面过夜，有人说她被人逼迫在砖窑里做河妓，又有人说是何运满糟蹋了娥子。不管是虾米还是何运满，那些人都与叶秉坤有关。

飞鱼吞吞吐吐道："我只是听说，娥子被人欺负了。"

梦生一把抓住飞鱼，大声问："谁欺负了娥子？告诉我！快告诉我！”

梦生的眼前，浮现出娥子的身影。娥子的孤弱无助，在他心里被无限地放大。梦生不敢想象，娥子被人欺负以后会是个什么样子。他一把抓住飞鱼的胳膊，追问着飞鱼，飞鱼的胳膊被他抓疼了。

飞鱼推开梦生的手，气恼道：“你问我，我怎么知道，又不是我欺负了娥子！”

梦生的声音听起来有些颤抖：“那我该去问谁？”

飞鱼有些同情他，但是仍然狠心道：“去问你二叔吧！”

梦生不等小船靠岸，扑通一声跳下水去。溪水没过他的腰身，他在水中踉跄地移动着。不一会儿他爬上了岸，飞一般朝石镇跑去。

当梦生出现在叶秉坤的面前时，叶秉坤吓了一大跳。梦生浑身湿漉漉的，身上流淌着像是血水，又像是汗水。他脸色发紫，上面挂着没有洗净的油漆，头上隆起几个血包，眼睛红肿地闯进来。

叶秉坤以为是一个流浪汉走错了地方：“去，去，快出去。”他把梦生往外推。

梦生挣脱了叶秉坤的手，大叫一声：“二叔！”

桃月坐在外间，她震惊地站了起来：“你是梦生？”

叶秉坤依然不敢相认：“梦生？真的是你回来了？我不是做梦吧！你怎么伤成这样？”他伸出手抚摸着梦生挂满油漆的脸，眼神中带着万分的怜惜。

叶秉坤急忙把梦生扶到沙发上坐下，大声吆喝：“虾米，快打盆热水来，让梦生洗洗脸。”

桃月提醒道：“虾米没来上班。”

叶秉坤又叫：“桃月，那就麻烦你给梦生来一杯冰水。他在外面这么些天，肯定吃了不少苦，先给他解解渴。”

叶秉坤焦躁地走了几步，不等桃月把水端上来，对梦生道："不行，你伤成这样，我得开车送你去医院！"

梦生满腔的激愤，被对方的一个拥抱、一个抚摸、一种怜惜的眼神抑制住了。梦生的耳中忽然响起袁舢板的声音："梦生是叶秉坤的私生子！"除了娘之外，梦生从来没有感受过爹的温情。梦生的眼睛肿得厉害，他看不清叶秉坤的脸，只感觉自己被一片温情包围了。梦生在心里不断地问自己："他为什么对我这么好？难道我真是他的儿子，他才是我的亲生父亲？"

桃月递给梦生一瓶纯净水，梦生一口气把水灌了下去。他竭力让自己镇定下来："二叔，我想问您一件事。"

叶秉坤拿出车钥匙，不由分说拽起梦生，推着他往外走："有什么话，从医院回来再说！"

梦生头脑一片混乱，他想追问二叔，可是舌头像僵住了似的，一句话也说不出来。他就这样被叶秉坤推搡着上了车。车子发动了，飞一般向医院驶去。

第 17 章　大疤

一个江湖大哥，想保护自己的小弟，却让小弟陷入更大危机。

黄头发坐在电脑前，一个人百无聊赖地玩麻将牌，猛然看见梦生进来，仿佛见了鬼一般，吓得溜了出去。

黄头发偷偷给贵生打电话："老大，梦生回来了！"

贵生被叶秉坤关在家里，他有些吃惊："你是说梦生还活着？"

黄头发压低声音道："他不仅活着，而且进了叶老板的办公室。"

贵生像困兽一样在屋里走动，烦躁地说："你去听听，看看他和我爹说什么？"

过了一会儿，电话又响了。贵生走到窗前，看见娘拿了一把梳子，蹲在楼下院子里给大狼狗刷毛。水虎鱼听到电话响了两次，有些警觉。叶秉坤出门时叮嘱她，不要让贵生出门。

水虎鱼悄悄上了楼，贴在儿子的房间门口，偷听贵生打电话。

黄头发说："叶老板亲自开车，把梦生送医院去了。梦生如果追查娥子的事情，查到我们身上怎么办？"

贵生瞥了一眼窗外，不见娘的身影，猜到娘可能在门外偷听。他脑瓜子一转，顿时有了主意，故意大声说道，“你说我爹和梦生又搂又抱，比对我这个亲儿子还要亲，我爹还亲自开车送梦生去医院了？”

黄头发有些不明白：“老大，你说什么？”

贵生压低声音道：“你赶快去找我大舅，就说我找他。”

黄头发道：“大舅挨了叶老板骂，没在办公室。”

贵生想了想说：“你到大疤的酒馆去找，他准在那里喝酒赌钱。”

贵生放下电话，水虎鱼黑着脸推门进来：“你鬼鬼祟祟在和谁打电话？”

贵生躲闪着：“没和谁打电话，我和同学瞎聊天。”

水虎鱼愤愤地说：“你和你爹一样，专门撒谎骗老娘。”

贵生委屈道：“我是娘的宝贝儿子，只有娘护着我，我怎么会和爹一样撒谎骗娘呢！”

水虎鱼道：“你在电话里说你爹和梦生是怎么回事？”

贵生低下头去：“我怕娘知道了伤心，所以才不敢跟娘说。刚才是黄头发来电话，他说梦生回来了，爹好像要和他相认。”

水虎鱼吼道：“叶秉坤他好大的胆子，我这就找他算账去！”

贵生连忙拦住娘：“娘这么冲出去，不是要给人看笑话吗。爹好歹是有身份的人，再说这也是黄头发的一面之词，不如让我去看看虚实，等爹晚上回来，娘再问爹也不迟。”

水虎鱼气哼哼道：“怪不得你爹让我看住你，原来他是一箭双雕。幸好我儿子发现得早，不然我还蒙在鼓里，啥都不知道呢。”

贵生讨好道：“娘放心，我肯定不会让梦生得逞。”

大疤的酒馆，开在湖堤边上，距离叶秉坤的码头不远。那些渔民上了岸，把双脚在水里洗干净，穿上鞋就进了大疤的酒吧。外面来的客商，从码头上下来要去的第一站也是大疤的酒馆。大疤的酒馆就像是一个交易所，人们在这里喝酒、赌钱、谈生意、打探鱼虾行情。

贵生把摩托车停在酒馆门前，还没有走进去，就听到里面传出猜拳声、吵闹声。

柜台里的大疤一眼瞥见贵生，连忙起身和他打招呼："大少爷，喝酒还是找人？"

贵生问："我大舅呢？"

大疤笑了："在楼上和人赌钱，输得红了眼。你要是不来，他得脱裤子走人。"

贵生道："把账记在我头上，你给我开个单间，让我大舅来找我。"

贵生刚坐下，何运满就推门进来了。

贵生给何运满倒了一杯酒："大舅，你今天手气不好吧？"

何运满把一杯酒喝了下去，眼睛通红："他们肯定出老千，平常我都是有输有赢，即使输钱也不过千百块，不可能像今天这样输！"

贵生道："你如果在外面输钱，谁要是敢出老千，不需要大舅说话，我首先就不放过他。可这是在大疤的酒馆，这个话要是让人听见了，别说你以后不能在石镇混了，就是我爹也保不了你。"

何运满嘀咕道："我只是说说而已，房间里又没有其他人。"

贵生低声道："你以为房间里没人，别人就听不见你说话。万一房间里装了监视器，你说什么别人都听得一清二楚。你这次输了多少？"

何运满听到"监视器"三个字，有些心虚："大概两三万吧！"

贵生嘿了一声，把一张单子放在何运满面前："你自己看一看，这半年你输的钱和酒水钱林林总总加起来超过了十万！"

何运满满不在乎地说："不会那么多吧，每一次不都是记在你账上吗?”

贵生道:“爹给我的零花钱一个月才几百块,全部都给你也不够。你以为记我账上就没事,大疤难道不知道是你输了钱?”

何运满低声道:“咱们私下走的货,不是赚了钱吗?”

贵生狠狠地说:“咱们的钱买了货,不是让陈老大劫了吗。你那晚带人去趸船,被监视器拍了下来。我为了买下那个带子,把剩下的钱都花光了。”

何运满道:“陈老大变成植物人了,袁舢板没有了木材,再不敢和我们作对,我们以后可以接着干。”

贵生道:“你忘了李大山说的话,他说他手里有我们的证据。”

何运满道:“他能有什么证据,他会不会是吓唬咱们?”

贵生咬牙道:“我担心他是不是知道什么。”

何运满道:“那个卖带子的人查出来没有?你是不是怀疑李大山?要不我找个机会干脆做掉他!”

贵生气道:“大舅,你就是莽撞,做事得动动脑筋。万一李大山虚张声势,你不是白冒险了吗。”

贵生从口袋里摸出一沓照片,递到何运满手里:“这是我们找人偷拍的照片,李大山敢威胁我们,就吓吓他。你和黄头发演一场戏,让虾米看到这些照片,虾米肯定会气得发疯!”

何运满恍然大悟:“你的意思是借刀杀人?”

贵生得意道:“如果这件事办好了,我把段家那个妮子让给你。”

何运满推辞道:“你跟她都那样了,再让给我,是不是乱了辈分?”

贵生坏笑道:“你可以不要人,但先把这事扛下来。”

何运满有些不痛快:“你要我怎么扛?”

贵生道:“你想想你欠下的赌债,还有我手里的录像带,你就知道怎么扛。”

这个时候,大疤在外面敲门:“贵生,你爹找你大舅。”

贵生盯了何运满一眼:“老爷子要是追问娥子的事,大舅记得怎么说。”

何运满硬着头皮来见叶秉坤,桃月看何运满叼着烟,厌恶地瞪了他一眼:“办公室不让吸烟!”

何运满老实地把烟掐了:“我姐夫呢?”

桃月恶狠狠地对他说:“在里面等你呢!”

何运满看桃月这么凶,知道没有什么好事。他刚推门进去,叶秉坤就指着他破口大骂:“你是不是不想干了?不想干就给我滚蛋!刚让你做一些事,你就给我闯祸!”

何运满有些摸不着头脑:“姐夫,我又闯什么祸了?”

叶秉坤从传真机旁边抽出一张纸,摔到何运满面前:“你自己看看,你给我闯什么祸!”

何运满看了看传真纸,原来是县日报社发来的一篇新闻样稿,稿纸上还有一张照片:何运满拿着刀,怀里抱着娥子。猛然看上去,像是何运满拿刀要砍娥子。

何运满嬉皮笑脸道:“我在照片上的样子挺威风吗!现在的记者都这样,拿一篇稿子做文章,无非就是弄几个钱。”

叶秉坤发怒道:“有那么简单吗?如果人家把稿子发到网上,说我暴力拆迁,我这个工程还能做下去吗?”

何运满小心道:“那个日报社的社长不是姐夫的朋友吗?姐夫破费几个钱,就把他们的嘴堵住了。”

叶秉坤猛地拍了一下桌子,大声道:“我说你杀猪杀多了,连脑筋也变得像猪那么蠢。你做出这么大的动静,随便哪个人都能拍一张照片把这个事写下来。他可以发给县日报社,也可能发给省日报社,还可能发给网站,我堵得过来吗?”

何运满心里说:“是你让我拆李木匠的铺子,现在出了事,怎么都怪到我头上?”他不敢顶撞秉坤,做出可怜巴巴的样子:“姐夫，您说怎么办？”

叶秉坤看何运满像泄了气的皮球，口气缓了一些：“这个妮子是怎么回事？”

何运满低声道：“她是段箍匠的养女。”

叶秉坤道：“我知道她是段箍匠的养女，我是问你跟她怎么回事？”

何运满道：“我跟她什么事都没有。”

叶秉坤敲着桌子道：“你跟她什么事都没有，那妮子为什么拿刀砍你？”

何运满想说，她不是冲我来，而是冲着黄头发来的。但还没来得及辩解，黄头发进来了。

叶秉坤问他：“小黄，你跟我说说那天的情况！”

小黄是县工商所所长的儿子，因为头发长得又稀又黄，干脆把头发染黄了，大家都叫他黄头发。黄头发名义上是在叶秉坤的公司上班，公司每月给他开工资，却没给他安排正经活。

黄头发看了何运满一眼，吞吞吐吐道：“因为……因为……”

叶秉坤有些发急：“因为什么？”

黄头发脱口而出：“因为大舅把她睡了！”

黄头发跟着贵生的辈分，也把何运满喊作大舅。何运满听了黄头发的话，气得说不出话来。原来贵生早就支使黄头发，把污水泼到他身上了。何运满知道再争辩也是徒劳，心里不停地骂贵生兔崽子，可是还得把事情先承担下来。

何运满低头道：“我当时喝多了酒，做了糊涂事。”

叶秉坤叹气道：“怪不得梦生一回来，就质问我那妮子的事情。我还以为是虾米做的好事，原来虾米是替你顶罪。虽然你经常给虾米穿小鞋，但是人家虾米是怎样对你？你既然犯下这个事，就要自己扛起来！”

何运满道：“姐夫，你帮我想想办法，我怎么扛？”

叶秉坤道:“你既然坏了她的名声,就要对她负责。”

何运满嘟囔道:“我怎么负责?”

“这还要我教你,请罪会不会?你最好跪到段家门口,求得段家谅解,然后把那妮子娶进家门,跟她好好过日子!”

“段家要是不同意呢?”

“那妮子都让你睡了,只要你把工夫做到家,他不同意还能怎样?如果你做了段家的女婿,就可以把你岳父岳母接过来住,那段宅拆迁的事,不就好办了吗?”

何运满在叶秉坤的启发下,恍然大悟:“姐夫想一箭双雕?我都听姐夫的!”

何运满和贵生离开之后,大疤给李大山打了一个电话。年轻的时候,李大山和叶秉坤都曾跟大疤一起混过。现在虽然各自过自己的日子,大疤依然顾念江湖义气,他既不拆叶秉坤的台,也不想让李大山受伤害。

李大山的渔船停靠在谢家湖上。谢家湖是一个内陆湖,距离石镇有五六里地。谢家湖下面有一条暗河,与鄱阳湖相通。春汛到来时,洪水滚滚而下。谢家湖仿佛是一个永远装不满的葫芦,水位不见上涨。到了枯水季节,湖水退下去,信江、赣江和饶河日渐萎缩。谢家湖仍然碧波荡漾。因此每当遇到恶劣的天气,谢家湖就成了一个躲避恶劣天气的避风港。

大疤给李大山打电话时,李大山的船上来了两个客人:一个是他的远房堂弟李木匠,还有一个是李木匠的邻居孙弹匠。这两个人是来找李大山帮忙,一起抵抗叶秉坤的拆迁。

大疤听到李大山有客人,说话就有些含蓄:“大山,我和你是兄弟,我和秉坤也是兄弟。如果跟你无关的事情,你最好不要掺和进去,我不希望看到你和秉坤起冲突。”

李大山不满道:“是不是秉坤口袋里有几个臭钱,大哥就帮他捎话?”

大疤苦笑着说:“我大疤是那样的人的吗！今天是我自己给你打电话,跟任何人都没有关系,你听明白了吗?”

李大山不在乎地说:“路不平,有人踩;事不平,有人管。我才不怕呢!”

李大山刚放下电话,李木匠就关切地问:“谁来的电话?”

李大山没有理会他,从舱里抱出小孙子,让他在船板上爬着玩。李木匠拿出一个木雕快艇,逗弄胖孙子:“叫爷爷。”

李大山老婆从舱里爬出来,笑说:“他才八个月,不会说话。”

胖孙子看见快艇,手脚并用爬过来,发出咯咯的笑声,冲着李木匠叫了一声:“爷爷!”

李大山大喜过望,抱起胖孙子,举向空中:“你叫他爷爷,我才是你爷爷!”

胖孙子眨巴着眼睛,发出咯咯咯的笑声,又叫了声爷爷。

李大山的老婆泡了茶,端上一碟盐炒南瓜子。李木匠和孙弹匠盘腿坐下。李大山高兴,靠着李木匠坐下,把胖孙子放在腿上。胖孙子抱着小快艇,向李木匠爬过去。

李大山说:“看来我家胖孙子和你有缘,他第一声不是叫我,而是叫你爷爷。”

李木匠连忙从口袋里摸出一百元钱,塞到胖孙子手里:“这是叫爷爷的开口费。”

李大山把钱抢过来,还给李木匠。胖孙子哇的一声哭起来,李木匠又把钱递到胖孙子手里,胖孙子才止住哭声。

李大山老婆说:“胖孙子叫他爷爷也没有错,按照辈分上说,李木匠也是爷爷嘛。”

李木匠从李大山怀里把胖孙子抱过来,使劲地亲了一口:“胖孙子是你家老大的儿子吧?”

李大山老婆抢着回答说:“老大还没有结婚呢,这是老二的孩子。”

李木匠惊讶道："哎呀！就是那个跟我学过手艺的老二吗？他都生儿子啦！"

李大山老婆不好意思道："老二没有老大懂事，不肯好好读书，也不肯安心跟你学手艺。跟了半个月，什么也没有学会，真是给你添麻烦了。"

李木匠感慨道："现在的年轻人，哪里愿意学手艺。我们那条老街的后生妮子，一个个都是属野鸭的，翅膀还没有长齐，都想着飞走。老二现在在哪里工作？"

李大山老婆道："他哪里能有啥正经工作，跟着你学了点皮毛，到广东的家具厂打工。他春节回家了一趟，把儿子扔给我，又带着老婆一起走了。"

李木匠偷看了李大山一眼，神情变得沮丧了："我的铺子被推倒了，看来我也要走老二的路。想不到我李木匠老了，还得抛家舍业，背井离乡出去打工！"说着眼角滚下泪来。

李大山本来恨李木匠贪图小便宜，才被骗失去了铺子，可是看到他这么凄惶，又有些不忍："不要那么悲观，叶秉坤推翻了你的铺子，他还得赔你一个铺子。"

李木匠有些不相信："有这么好的事吗？"

李大山说："我本来不想搅进你们的麻烦里，既然我孙子和你有缘，我就再帮你一把！"

孙弹匠连忙插话："李大哥，你好人做到底。我和李木匠是邻居，你既然答应帮李木匠，连带我们一齐帮了吧！"

李大山犹豫道："这个有些难度！"

孙弹匠道："我知道你有难度，如果没有难度，我们就不会求你。我听说你大儿子在省政府上班，你有这么厉害的儿子，谁敢不买你的账。"

李大山傲然道："那个兔崽子，我现在还指望不上。不就是叶秉坤吗，当初在道上玩的时候，他还跟在我们屁股后面擦鼻涕呢！”

李木匠对孙弹匠说：“要大山哥给大家帮忙，咱们街坊应该有所表示。”

孙弹匠连忙道：“那是那是，我已经和街坊说过，大家说如果官司赢了，要从得到的补偿款里面，拿出百分之十给大山哥。”

李大山连连摆手：“不是这个事，这个真有难度。”

李大山老婆听得动了心，心想，放一只羊是放，放一群羊也是放。既然李大山答应帮李木匠，还不如连他的街坊一起帮。如果官司打赢了，岂不是可以买回一批鸬鹚，还可以置一条新船。于是便插话道：“大山不肯答应你们，我替他答应你们。”

李木匠和孙弹匠走后，李大山想起了大疤的电话。他很了解大疤，平常没事的时候，即使到酒馆喝酒，大疤也不说一句话。大疤主动给他打电话，肯定有事情要说。

李大山上岸来找大疤，大疤领他来到自己的房间，两个人喝到半夜。大疤有些微醉，脸上的疤痕像一把刀，在酒精的作用下变得通红。

大疤对李大山说：“你电话里说的话，很伤我的感情。”

李大山道：“大哥还不了解，我的性子就是直来直去，心里怎么想，嘴里就怎么说。我不像叶秉坤两面三刀会讨大哥喜欢。”

大疤拍着胸脯道：“你怎么像个婆娘，大家都是兄弟，说什么喜欢不喜欢。罚酒罚酒！”

酒瓶空了，大疤起身去拿酒。李大山看着桌子上一排空酒瓶，劝住大疤：“够了，不能再喝，我该回去了。”

大疤按住李大山：“太晚了，今晚你就睡这里。”

李大山说：“不行，你弟媳带着胖孙子睡船上，我不放心。”

大疤道：“你放心，没人敢动她们婆孙。你一个人回去，倒是让我担心。”

李大山拍拍胸脯道：“谁要是敢动我，我这二百斤也不是好惹的!”

大疤严肃起来,警告李大山说:“我听说,有人要对你动手,你还是在我这里住一宿!”

李大山不听还罢,听大疤这么一说,一股血气冲到脑门上:“躲过了今天,躲不过明天。如果我今天躲在你这里,有人就以为我是缩头乌龟,我将来怎么做人?”

大疤留不住他,把李大山送到湖堤上,直到可以看得见谢家湖上的灯光,才独自回去。

走到湖边,李大山的酒涌了来,就跌坐在湖堤上。虾米和耗子在这里守了半夜,看见大疤走了,就从后面偷偷上来,耗子张开一条大麻袋,扑了过去。李大山还没来得及反应,就被麻袋兜头罩住了。

虾米把麻袋口扎好,和耗子一起把麻袋拖下了湖堤。两个人你一脚,我一脚,把李大山踢得在麻袋中翻滚。

虾米骂道:“我把你那个东西踢碎了,看你还生不生色心!”

耗子拉住虾米道:“咱们教训他几下就可以了,不要真弄出事来。”

虾米还不解恨,又狠狠踢了李大山一脚,两个人这才丢下李大山离去。

李大山挣脱不开,在麻袋中躺了一夜。直到天亮,听到有脚步声,就大声叫喊。过路人帮他解开麻袋,把李大山放了出来。

李大山蹒跚着回到谢家湖,远远就听到老婆的哭喊。一大群人把他家的船围住了,李大山心中惊疑,拨开人群冲进去一看,他的胖孙子躺在那里,已经没有了气息。

李大山一把揪住老婆:“这是怎么回事?”

老婆哭得说不出话来,旁边的人回答说:“你孙子昨晚掉下了船。”

李大山叫道:“不可能,胖孙子身上系了葫芦,葫芦上绑了绳子。他即使掉下去，也会浮起来呀！”

旁边人叹息：“可能他自己把绳子解开了！”

李大山狂叫：“不，这是谋杀，这一定是谋杀！”

李大山突然想起什么，他推开老婆，一路狂奔着来到大疤的酒馆。酒馆关门不久，大疤刚躺到床上，就被李大山打门的声音叫了出来。

“怎么回事？”大疤问。

李大山悲愤道：“你告诉我，是谁要害我？”

大疤沉吟道：“他们把你怎么样了？”

李大山悲怆道：“他们没有把我怎么样，他们谋杀了我的孙子。我那八个月的孙子，还不会走路，他昨天刚叫了我一声爷爷……”

大疤怔住了：“什么？他们怎么能这样，怎么能不守江湖规矩！”

李大山顿足道：“你告诉我，他们是谁？我要以牙还牙，以血还血！”

大疤颓废地低下头去：“他们不讲江湖规矩，但是我要讲江湖规矩。你先回去处理家里的事，这件事交给我。”

李大山红了眼睛：“我不要处理什么事，我要自己去解决这件事！”

大疤大声道：“你要相信我，我向你保证，一定给你一个交代！”

大疤来到码头找叶秉坤，叶秉坤看大疤脸色不对，问他：“大哥遇到什么难题了吗？”

大疤盯着叶秉坤的眼睛：“李大山的孙子死了！”

叶秉坤用手摸了摸头顶：“我大清早就听说了，说是掉水里去了。”

大疤咬牙道：“什么掉水里去了，这是谋杀！”

叶秉坤吃了一惊:"你不会怀疑我吧? 难道我连这点江湖规矩都不懂?"

大疤往椅子上一倒,发出冷笑:"你现在是企业家,身份跟过去不一样了,我哪里知道你的手段有没有升级!"

叶秉坤听出大疤在怀疑他,他发誓道:"虽然我表面上风光了,但还是过去的秉坤,是永远跟在你后面的小弟。"

大疤摆摆手说:"你不要在我面前演戏,把你大舅子叫来。"

叶秉坤愣了一下:"这件事跟他有关吗?"

大疤瞥了叶秉坤一眼,站起身来:"如果你不叫他,那我亲自上门去找他。"

叶秉坤按住大疤说:"还是我把他叫来吧。"

何运满喝了酒,有些醉醺醺的样子,哼着歌进了叶秉坤的办公室。他一眼看到大疤坐在里面,心里一惊,赶紧收敛起来:"姐夫,你找我?"

叶秉坤沉着脸道:"你大清早灌什么马尿,是不是昨晚上作孽了? 做了见不得人的事?"

何运满有些着慌:"我哪儿也没有去,就在家里睡觉。"

叶秉坤拍桌子道:"你不要把我当瞎子,昨天晚上你是不是去了谢家湖?"

何运满眼里闪过狡黠的笑容:"我没有去谢家湖,但是我知道谁去了。"

叶秉坤心里沉了一下,追问道:"谁?"

何运满道:"虾米。"

叶秉坤有些不信:"虾米? 虾米去谢家湖干什么?"

何运满得意道:"李大山跟水庆婶子私通,虾米那个小肚鸡肠可能找他算账去了。"

叶秉坤大声骂道:"你胡说八道什么!"

何运满诅咒发誓:"我一早去湖堤跑步,看见虾米全身都是泥，慌慌张张从谢家湖那个方向跑回来。”

大疤注意到何运满的脚上沾有新鲜的湖草和淤泥，心想鬼才会相信何运满大早上会去跑步。大疤觉得不对劲，何运满一定隐瞒了什么，但碍于叶秉坤的面子，只能暂时忍住。

叶秉坤用狐疑的目光看了看何运满，心想，怎么什么事都与虾米有关？

大疤站起身来，对何运满招手道：“既然你说是虾米，那么你跟我去派出所报案吧。”

第18章　梦生

他不是凶手，却被关进了监狱。接二连三的案件，谁是幕后真凶？

何运满跟着大疤果真去报了案。虾米被抓进了派出所，案件又牵扯到梦生。警察从医院里把梦生也抓走了。

赵伯耘来到谢家湖，勘查李大山孙子的死因。李大山的船停在湖中间，如果这是一桩谋杀案，凶手要上李大山的船有两条途经：一条是从湖堤过来，经过并排停靠的六条船，才能到达李大山的船上；还有一条途径，那就是从水路直接上船。凶手要么驾驶一条船靠过来，要么通过潜水上船。

谢家湖停泊的渔船密密麻麻有上千条，但不是胡乱停泊的，每个村按照宗族势力范围，有他们固定的停靠区域。同村或者同姓的宗族常常结伴而出，除了互帮互助之外，更重要的目的是为了在捕捞中争夺更好的水域。李大山的孙子遇害，也可能与错综复杂的宗族矛盾有关。

与李大山渔船并排的其余六条船，都是李家村的渔船。左边是邹家村的三条渔船，后边是一条收蚌壳的驳轮。邹家村和李家村世代联姻,这两个村子之间从未发生过矛盾冲突。那条驳轮的主人是安徽人,出事的那晚,驳轮上有人通宵打麻将。

据安徽人反映,有一个牌友小便时看见一个白色的人影,从他眼前晃了一下立刻消失不见了。那个牌友跑回舱时,脸色发白说,他碰到鬼了。邹家村的一个渔民说得更清楚,他看见一个头扎纱布的后生,上了李大山的船。根据分析和推理,虾米和梦生都有作案的时间。另外有目击证人指证,那个头扎纱布的后生就是梦生。

赵伯耘又来问李大山夫妇,李大山老婆一边哭泣,一边诉说:"我睡觉之前,都要检查一遍胖孙子。我担心胖孙子醒了乱爬,特意把绳子的两头都打成死结。我想就是我睡死了,胖孙子淘气想去解开绳子,他的手指也没有力量。即使退一万步,胖孙子能解开绳子,他掉到水里,还有大葫芦托着。我就睡在胖孙子身边,他如果有响动,我也会惊醒。那个天杀的虾米,竟然对我孙子下这样的毒手!"

赵伯耘又问李大山:"昨天晚上,你去了哪里?"

李大山沙哑着嗓子道:"我在大疤的酒馆喝酒,回来的路上被人装进了麻袋,在湖堤下过了一夜。"

赵伯耘又问:"你知道什么人把你装进麻袋吗?"

李大山摇摇头:"我被踢晕了,不知道他们是谁。"

"有几个人?"

"大概两三个吧,我不是太清楚。"

李大山老婆突然站起来,激动地扑打着李大山:"就是你这个风流鬼,非要去招惹那个卖米果的婆娘。明知道是她儿子把你装进麻袋,还把孙子害死了,你到现在还护着他!"

李大山厉声道:"我跟那个女人什么事都没有,虾米不是你想象的样子。借虾米十个胆子,他也不敢去杀人。"

赵伯耘又问:"你最近有没有和人结怨?"

李大山冷笑:"我一个打鱼的,又没有铺子被人强拆,我能和什么人结怨？”

赵伯耘回到派出所，先把虾米提出来审问。虾米也曾是赵伯耘的学生，赵伯耘了解他的为人。虾米虽然心气窄，但是让他去做杀人的事，他肯定做不了。他怀疑虾米是被人怂恿利用，一时糊涂铸下大错。

赵伯耘没有立即问话，而是围着虾米转了两圈，上上下下打量着他，不住地发出冷笑，笑得虾米心里发毛。

虾米叫道：“我是冤枉的，我没有害李大山的孙子！”

赵伯耘道：“我说是你害李大山的孙子吗？”

虾米愣住了：“你们把我抓来，不就是说我杀人了吗？”

赵伯耘冷笑：“不打自招！”

虾米又叫喊起来：“我为什么要去害他的孙子！”

赵伯耘说：“我也觉得奇怪，如果说你去害李大山，这还可以理解。你怎么忍心去祸害一个八个月的孩子呢。”

虾米哭叫了起来：“我没有，我只是把李大山装进麻袋，踢了他几脚而已。我再怎么坏，也不会坏到去害一个孩子！”

赵伯耘大声骂道：“你哭什么哭，我又没有给你用刑。你那么英雄好汉，不仅敢用麻袋装李大山，而且连同学的姐姐、从小一起长大的姐妹也敢欺负！”

虾米猛地停住哭泣：“欺负娥子的不是我！”

赵伯耘道：“不是你是谁？”

虾米梗起了脖子：“我就是说出来，你们也不会相信我！”

赵伯耘早就听到娥子的传闻，有人说虾米强迫娥子过夜，有人说是黑社会糟蹋了娥子，还有人说娥子是自愿到三江口卖身。

赵伯耘恼怒道：“你还敢狡辩，当时救你们的人，都看到你和娥子在一起。”

虾米垂头丧气道：“你如果非要说是我害了娥子，我可以承认。但是杀人这件事，我绝对不会承认。”

赵伯耘缓和了语气:“即使你不坦白昨天晚上殴打了李大山,我们也掌握了证据。我们在麻袋上提取了指纹,送去县公安局做比对了。”

虾米承认道:“我绑架李大山只是为了出出气,教训李大山而已。”

赵伯耘喝道:“你一个人绑不住李大山,你带了谁一起去?”

虾米道:“就我一个人,我没有带任何人去。”

赵伯耘启发他道:“你现在护着他也没有用,还不如早一些说出来,争取立功减刑!”

虾米愤怒地叫道:“我不会出卖朋友,更不会承认自己没有做的事情。我记得你给我们当老师的时候曾经说过,做人要讲骨气。我虽然做不了大事,但是还有做人的骨气。”

赵伯耘道:“你这不是讲骨气,而是盲目的讲义气。强替朋友出头,那是要吞苦果的。”

虾米把头歪向一边道:“反正我不像某些人,说一套做一套,不但没有骨气,连起码的义气也没有。”

旁边一个警员听出虾米在讥讽赵伯耘,他生气道:“你小子是不是骨头作痒,欠揍了是不是?”

赵伯耘摆了摆手,吩咐那警员说:“你把虾米带回去,把梦生提出来。”

梦生的头上缠着绷带,眼睛虽然消了肿,但是脸上依然淤青。

赵伯耘拿出一支烟,客气地问他:“你抽烟吗?”

梦生摇了摇头。

赵伯耘吸了一口烟,半晌才问:“知道为什么抓你吗?”

梦生简短道:“不管什么原因,我都没有犯罪。李大山孙子的死,跟我没有任何关系。”

赵伯耘道:“昨天晚上护士查房的时候,你不在医院,你去了哪里?”

梦生道："我去了虾米家。"

"然后呢？"

"然后去了一趟谢家湖。"

"你能告诉我，你去谢家湖干什么？"

梦生的脸上现出痛楚的表情。二叔把他送到医院，他当着医生的面，大声质问二叔："是不是贵生害了娥子？"二叔气得当场离去。在病房里，他听到了娥子受害的各种版本。他趁着医生不备，撬开医院的档案室，偷看了娥子的病历。他再也控制不住自己，就跑回了老街。

夜色下的老街是那么残破，那么凄惶。梦生感觉自己好像走错了路，来错了地方。李木匠的铺子变成一堆瓦砾，龚家钟表铺子倒塌了半边。断墙下停着一辆挖掘机，就像是潜伏着一只野兽，随时准备偷袭过往的行人。

梦生攀住挖掘机，跃上了那面断墙。顺着断墙，他来到段家院墙上。段家没有开灯，月光照进院子里，院子里空荡荡的，除了那口生锈的水缸，不见一个人影。一阵夜风吹来，屋顶的蒿草森森地晃动。

段箍匠的咳嗽声，从屋子里传了出来。梦生贴近了细听，段箍匠发出了一声长叹："我说不让你进门，你就真的不进门吗？门是开的，我没有插闩，你推开门就可以进来。你做了见不得人的事情，难道还要爹放鞭炮请你进门吗？这么晚了，你为什么不回家？你为什么要待在龚表匠家？难道你真的要自甘堕落，像金子那样做下贱的人吗？"

梦生对段箍匠本来就心有怨恨，听到这里，不由更加愤怒。娥子遭人摧残，作为父亲不能保护女儿、安慰她，不能给她温暖，反而把她挡在门外，责怪她下贱。如果她是你的亲生骨肉，你会这样冷漠对待吗？娥子在外面受了欺凌，难道回家之后还要继续受你的侮辱吗？

梦生恨不得把段箍匠揪出来，狠狠地教训一番。他不想惊动大家，尤其是不想惊动爹娘。家里的粥铺也遭了灾，他知道爹娘平安，就没什么挂念。他按捺住内心的怒火，朝自家屋顶深深看了一眼，跳下了院墙。

梦生绕到龚表匠的屋后，从那面倒塌的墙边进了龚表匠的家。厨房里亮着灯，金子端了一碗莲子粥从里面出来。梦生尾随着金子，看她进了房间。梦生透过门缝，看见娥子躺在床上，消瘦得像一片枯叶。她两眼盯着屋顶，眼神是那么空洞。梦生心中激动，脚步有些不稳，差一点滑倒。

娥子听到了动静，空洞的眼神，向他所在的位置移过来。她好像看见了梦生，嘴唇在颤抖。梦生似乎听见，娥子在呼唤他的名字。梦生颤抖了一下，娥子无声的呼唤，像数不清的尖针，刺穿了梦生的耳膜，扎中了他的心脏。梦生痛彻心扉，一时间喘不过气来。

金子也觉察到了什么，她大喝一声："谁？"

梦生眼睛看着娥子，双脚像是被粘在了那里，一动也动不了。

金子放下了莲子粥，顺手操起一根棍子，从屋里冲了出来。梦生倒退了几步，退到缺口的边上，飞身上了院墙。梦生的眼里，满是娥子的身影。他的脚步很乱，房瓦被他踏得碎裂，发出咔啦咔啦的声响。

梦生要去找虾米，他从罗家屋顶的那个窟窿翻入年糕铺子阁楼。竹床上空空的，房间里没有虾米的身影。梦生下到操作间，看到罗水庆开了后门到湖边去取水。他急走几步，把罗水庆拦住了。

梦生的样子，看上去有些恐怖。罗水庆并不惊慌，只是静静地看着梦生。

梦生闷声追问："虾米呢？"

罗水庆道："你找虾米做什么？"

梦生发狠道："他害了娥子，我要找他算账！"

罗水庆叹气道："你和虾米一起长大，你难道不了解虾米？即使他有那个胆子，他也不会害娥子！"

水庆婶子没有睡着，听到罗水庆和梦生的说话声，她一骨碌爬了起来。

"梦生，别人不相信虾米，你还不相信他吗？他是鬼迷心窍，他是被人利用，做了别人的替罪羊呢！"

梦生也不相信虾米会害娥子。听了水庆婶子的哭诉，他追问："你告诉我，虾米给谁当替罪羊？"

水庆婶子抹着眼泪说："这个事情，只有当事人最清楚。"

梦生气道："娥子受了那么大的伤害，你忍心再去揭她的伤疤？"

水庆婶子哭道："那也不能冤枉虾米呀！"

梦生恨道："虾米不是自己承认了吗？"

水庆婶子更加伤心："就是因为虾米承认了，所以才被冤枉。你去谢家湖问问李大山，李大山会明明白白告诉你，到底是谁害了娥子。"

梦生连夜赶到谢家湖，他上了李大山的船。船舱敞开着，梦生一眼瞅过去，舱里的铺位上睡着李大山的老婆和一个胖孙子。梦生没有惊醒婆孙两个，他上了那条驳轮，在那群打麻将的人当中依然不见李大山的身影。

梦生回到湖堤上，坐在一棵柳树上，守着李大山回来的路。梦生盘坐在树上，一直睁着双眼。天亮的时候，他微微打了一个盹，他醒来时，李大山的孙子出事了。

直觉告诉梦生，这是一桩谋杀案。凶手会是谁呢？难道就是祸害娥子的元凶？梦生觉得不对，凶手如果想杀人灭口，最有效的办法是杀死李大山。难道李大山牵涉到另外某个事件？难道凶手谋害他的孙子，只是为了警告李大山？

梦生把这个晚上的经历，还有他对案子的看法，简略地向赵伯耘叙述了一遍。

赵伯耘沉吟道:"根据你的口供,还有我们现场采到的证据,你的嫌疑仍然最大。"

梦生辩解道:"我没有祸害李大山孙子的动机!"

赵伯耘推断道:"李大山曾经威胁说,他掌握了不利叶家的证据。你是叶秉坤的亲侄儿,为了赢得你二叔的好感,想要帮你二叔毁灭证据。你本来想杀人灭口,可是碰巧李大山不在,就对他的孙子下了毒手。"

梦生道:"既然李大山说他有证据,你们可以请他把证据拿出来!"

赵伯耘道:"也许李大山只是顺口那么一说,可是你却当了真。"

梦生嘲笑道:"你就是靠'也许'二字来断定杀人凶手吗?"

旁边的警察喝道:"不要以为当了几年特种兵就可以狂妄自大。你现在是犯罪嫌疑人,只有老老实实坦白,才能得到政府宽大处理。"

赵伯耘摆了摆手,他看了看梦生包着纱布的头,忽然转换了话题:"说说你身上的伤是怎么来的。"

梦生搪塞道:"这是在风暴中受的伤。"

赵伯耘拿起桌上的一沓文件,继续道:"昨天我们接到一个报案电话,狼山洲发生了一场恶性斗殴。有人看到你从省城乘坐轮船在狼山洲下了船。警察去现场采集了犯罪嫌疑人样本,其中有你的血迹。"

梦生承认:"我是在狼山洲下了船,在船厂遭到他人袭击。"

赵伯耘追问:"你和哪些人斗殴?"

梦生道:"刚才已经说过了,我是被人袭击。我被人泼油漆,当时什么也看不见。"

赵伯耘严肃道:"如果你心里没鬼,当时为什么不报警?还有你和袁木材一起比赛，为什么只有你一个人回来？你既然回来了，为什么没有直接回家，而是去了省城？”

梦生不想回答：“这跟案子有关吗？”

赵伯耘道：“除了这件案子之外，还有人告你图财害命，在比赛中谋杀了袁木材。”

梦生有些想不明白，为什么赵伯耘对他的行踪了解得这么清楚。如果赵伯耘知道他的真实身份，就不会这么对他。难道有人故意制造事端，来混淆赵伯耘的视线。躲在幕后的人是谁？是不是袁舢板？

梦生反问：“你们有证据吗？”

赵伯耘道：“你涉嫌两宗人命案，还有一宗聚众斗殴案。这三宗罪名加起来，足够拘押你几个月。在几个月时间内，还怕我们拿不到证据？”

不知是疏忽还是故意，梦生回到拘留室时，发现虾米和他关在一起。梦生被推进来的时候，虾米紧靠着墙站立着，他双手攥成拳头，两眼直勾勾盯着梦生，仿佛要喷出火来。

拘留室的门刚关上，虾米就像一头发疯的小公牛，朝梦生直撞了过来。梦生的胸口被撞得生疼，他的怒气被激发了出来。梦生双手揪住虾米，把他抡了起来，摔到了墙角。虾米感觉全身骨头都摔碎了，耳朵发出嗡嗡的鸣叫，鲜血从鼻腔冒了出来。他抹了一把鼻子，咬着牙从墙角里爬了起来。

梦生挑衅道：“有种再撞过来！”

虾米个子小，力气弱，当然不是梦生的对手。虾米铁了心，不要命了，他一次次从墙角爬起来，一次次向梦生撞去。梦生也发疯般的，一次一次把虾米摔倒。虾米最后一次向梦生发起冲击，被梦生狠狠地摁倒在地。

梦生高高地举起了拳头：“你为什么撞我？”

虾米被压得动弹不得，仍然大叫：“是你害了娥子！你是罪魁祸首!”

梦生拳头砸下去,却落在了地上:“你不是承认是你害了娥子吗,为什么说是我?”

虾米哭道:“你是不是到田主任家,给娥子办打工证明?”

梦生答道:“是!”

“你是不是约了娥子,去三江口看你比赛?”

“是!”

“娥子是因为你,才会去河神庙的那个窑洞。她就是在那里,被人祸害了!”

梦生喊道:“我是叫她去看比赛,可是并没有约她去窑洞。”

虾米哭道:“我找到她的时候,她躺在窑洞里面,裙子被撕烂了,身体流着血。我想带她走,可是她却推开我。你知道她对我说什么吗?她说她不走,她要等梦生哥!”

虾米的话像雷电一样,把梦生击垮了。梦生变成了一截木头,被虾米掀翻在地。虾米骑坐在梦生身上,两只拳头在梦生身上击打着:“都是因为你给娥子办那个证明,娥子才上了他们的圈套。都是因为你,我才没有警告娥子。是你害了娥子,也是我害了她!”

梦生听到虾米的话,本来麻木的神智,忽然清醒过来。他翻身坐起,捉住虾米的拳头,大声道:“你说的他们是谁?”

虾米怒道:“你难道会不知道,还用我明说吗?”

梦生早就猜到答案,但他一直不愿意相信这个现实。

梦生喑哑道:“你不说出来,警方怎么立案?”

虾米道:“你太天真了,你以为警方会替我们说话?”

梦生道:“我相信人民警察,正因为警方不会替你说话,也不会替我说话,所以才需要警察主持正义。”

虾米道:“如果警察能主持正义,关在这里的人就不会是你我,而是你二叔和他的儿子贵生。”

梦生袒护道:“贵生是贵生,二叔是二叔,你不能把贵生的错归咎到我二叔身上。”

虾米激愤道:“我现在身背强奸和杀人两项罪名,也不怕再增加一项毁谤诬陷罪。你如果想了解真实情况,就该进你二叔的公司查账。你二叔的公司有三套账本,一套是应付税务局的,一套是应付股东的,剩下的一套才是真实的。查账之后就会知道,你二叔是个什么样的人。”

梦生听了虾米的话,想起了沼泽地里的那几艘船。他不由问道:“听说陈老大跟黑社会勾结,劫了我二叔的货船,可我二叔为什么不报案?”

虾米嘲笑道:“你二叔和陈老大抢生意,陈老大跟你二叔争码头。你二叔傍上了官场上的大人物,逼得陈老大只能走黑道。这在石镇是公开的秘密,你不会不知道吧?”

梦生道:“照你这么说,陈老大和他的趸船是被我二叔破坏的?”

虾米道:“我说是与不是有什么用处?关键是政府怎么说,警察怎么说。”

梦生继续追问:“莫非李大山的孙儿遇害,也与我二叔有关?”

虾米垂下头去:“你说错了,目前我们俩才是杀人嫌疑犯。”

第19章　何运满

幽深的巷子里，有人唱起了情歌。提亲，是因为爱她？还是另有企图？

天水从轮船上下来，哑娘在后面跟着。母子俩上了码头，就看见一片残墙断壁。他们拐进老街的街口，只见李木匠的老婆拿着一把锄头，在瓦砾上挖着。哑娘哇哇地冲着她叫，李木匠老婆抬起头来，红着眼睛看了她一眼，又低下头继续挖。

水庆婶子在门口晒蒸布，白色的蒸布哗啦啦挂了两大排。她举起双手，用力拍抖着蒸布，发出嘭嘭的声响。蒸布仿佛被风吹动了，晃悠悠地荡过来荡过去。

哑娘冲着她呀呀地打招呼，水庆婶子听到哑娘的叫声，受了惊吓似的怔了一下。她见天水没有像往年那样兴奋地迎过来打招呼，而是脑袋往蒸布下一躲，低着头进了年糕铺子。

哑娘紧走两步，看不见水庆婶子的身影。哑娘心里有些不安，抬头见自家院门半歪着，院墙缺了一个角，一株蒿草被烈日晒干了，蔫蔫地耷拉在缺口旁。哑娘松了一大口气。

院门吱呀一声，被哑娘推开了，又吱呀一声，在哑娘身后回了位。天水看着空荡荡的院子,觉得少了什么。太阳照进天井里,光线一下子变暗了,厚厚的青苔,在娘儿俩出去的这些日子里,蔓延得把水缸包裹了起来。天水突然感到有一股凉气,阴森森地逼上来。

哑娘推开厢房的门,段箍匠佝偻着身体蜷缩在竹床的一角。哑娘伸手去摸他的额头,额头烫得厉害。哑娘摸到他的手,手冰冷得像一块铁。哑娘又摸了摸他的腿,腿也异常冰冷,哑娘哇哇惊叫起来。

哑娘是在叫女儿,娥子没有应声出现。段箍匠的脸烧得通红,上门牙磕着下门牙,发出咯咯咯的声响,像打摆子一样,浑身颤抖着。段箍匠皮肉厚实,风寒和热瘴很难侵入他的身体。可是一旦生病,他就像是要入鬼门关一样。

天水帮着生火,哑娘翻出一个香囊,放在热锅中烤温了,敷在段箍匠的肚脐上。香囊里装了附子、白芷、白檀香、松香、桂花、槐花、桃花,可以驱邪镇惊,温胃活血。

每年的端午节,哑娘都要绣香囊。香囊里装了七香,在端午节那天女儿的胸前挂一个,儿子的腰间系一个。她从不给段箍匠挂,而是给他泡了雄黄酒。按照风俗,五月五喝雄黄酒可以避五毒。可是这个端午节,因为忙着儿子高考,哑娘竟然忘记了泡酒。

温热的气体从香囊传到段箍匠的肚脐上,然后顺着肚脐,慢慢向全身游走。段箍匠的脑门沁出了密密的汗珠,哑娘坐在他身边,用毛巾轻轻给他擦汗。她定定地看着眼前的男人,眼神里满是焦虑和担心。

天水看着这一幕,心里发酸。他不知道拆迁的事情,也不知道娥子去了哪里,更不会想到在他参加高考的几天里,娥子发生了什么事情。他在心里生气,爹病得这么重,娥子为什么不在家里照顾爹!

天水来到娥子的房间,窄小的半间厢房,不见她的人影。门后的衣架上,挂着一件娥子换下的工作服。天水跑到天井里,天井里没有人。他又跑到院门外,金子向他招手。天水疑惑地走了过去。金子拽着他的手,把他拉进了屋里。

这是金子的卧室,卧室的门开着,里面弥漫着女人的脂粉味。天水一眼瞅见一张大床,床上挂着粉红的丝帐。天水有些紧张,挣脱了金子的手。金子径自走到床边,把丝帐撩了起来。

天水隐隐约约看见床上躺着一个人。金子看天水涨红了脸,不敢往前走,嗔道:"你走过来看看,我又不会吃了你!"

天水走过去一看,惊愕得呆住了。昏暗的光线下,那个躺在床上,干瘦得像一根芦苇似的妮子是娥子吗?那张清秀的小脸,为什么变得像木器上刻出来的雕像,一点活气都没有?那双波光一样的眼睛,为什么变得比屋里的光线还要黯淡?

金子把天水按在床边坐下,叹气道:"娥子生了重病,暂时住在我家里。我怕哑娘和你担心,所以让你过来看看。"

天水感觉事情有些不对,他的心在下沉。为什么爹和娥子同时生病?为什么娥子住在这里,而不是住在家里?难道娥子出了什么事?

金子知道天水在想什么,她不给天水说话的机会:"你什么都不要问,等娥子病好了,我会把一切告诉你。你先回家告诉哑娘,过一会儿,就把娥子送回去。"

哑娘烧了一碗面,里面放了红糖和胡椒,热腾腾端到厢房。段箍匠已经两天没有吃饭,他心里堵满了石头,石头缝里塞满了乱草。他也担心女儿,就怎么能吃得下东西?他害怕哑娘向他要女儿,他把身子翻过去,用脊背对着哑娘。

哑娘一直没有看见女儿,心里十分慌乱。她从段箍匠的神态中感觉出了异常。她叹一口气,把面条放在床边,出门去找女儿。天水从金子那里回来,拦住了哑娘,打手势告诉她,娥子也生病了。

这个时候,金子扶着娥子过来了。娥子站在门外,喊了一声娘。哑娘看到娥子摇摇欲坠的样子,一把抱住了女儿,哇哇大叫起来。

娥子停在院门外,不肯跨步进来。哑娘哭着比画:娥子,我的女儿,你为什么不回家?你脸色这么难看,娘看了好心疼,你快进屋躺着好不好?

娥子哭道:“娘,我好想回家,可是爹不让我进门!”

哑娘摇晃着女儿:你是爹娘的女儿,爹娘怎么会不让你回家呢?

娥子摇着头哭道:“我知道爹娘心疼娥子,娥子对不起爹娘,娥子愿意给爹娘做牛做马,报答爹娘对娥子的养育之恩!”

金子听不下去了,她大声吼道:“这个傻妮子,你又没有犯错,有什么对不起爹娘的!天水,你愣在那里干什么,快把娥子抱进屋去!”

天水把娥子抱了起来,娥子就像是一片枯叶,在他怀里颤抖着。在天水的记忆中,这是他第一次和娥子亲密接触。因为不满爹娘的安排,他自小就排斥娥子。当他把娥子抱起来时,看着娥子憔悴的样子,心里突然涌出一种特别的感觉。

天水把娥子放在床上,给她细心地盖上薄毯。他抚摸着娥子瘦削的脸颊,用手指帮她梳理额前的刘海儿,低声道:“对不起!我和娘都不在家,让你一个人照顾爹,你受累了!”

娥子用陌生的眼神打量着天水,有一种做梦的感觉,这是那个冷漠的天水吗?刚才自己是被他抱在怀里吗?这句体贴的话是他说出来的吗?娥子感到好幸福好温暖,可是她的胸口是那么疼,就像是万箭穿心一般的疼。

娥子以为自己的心已经枯干,再也没有眼泪了。可是天水的一句话,一个抚摸,让她失去了控制。娥子伏在枕头上,用牙齿咬住毯子,忍不住地嚎啕起来。

在天水的记忆中,娥子从来没有这么哭过。即使受了委屈,她也是一边抹眼泪,一边拿眼睛小心偷看爹娘的脸色。可是这一刻,她像是决堤的洪水,泪水如雨点一般倾泻出来。

这哭声像一把刀,把天水从厢房里逼了出来。他坐在天井里,中午的太阳掠过院墙,在他身上投下一大片阴影,令他感觉一片冰冷。

段箍匠一直面朝墙壁躺着,听到踢踢踸踸杂乱的脚步声,还有断断续续的哭声,他知道女儿已经回家了。他想把身子转过来,好好看看自己的女儿。他好想问问女儿,这两天她在外面是怎么过,她是如何受人欺凌的?

哑娘准备做午饭,米缸里没有米,篮子里没有菜。她从床底下翻出几个坛子,抓一把干豆角,一把雪菜干,用清水泡上;再盛一小碗酒糟鱼,割了一小块腊肉;然后又从天井的水缸里捞出来一串粽子。

水缸没有换水,粽子有些粘手。哑娘用清水冲洗了粽子,剥开粽子皮,把有些返生的粽子倒进电饭煲里。然后又用红茶汤闷了一锅红米粽子饭。她蒸了酒糟鱼,炒了腊肉豆角,煮了一碗雪菜汤。这些都是娥子喜欢吃的饭菜。

哑娘用筷子挑了几粒饭,放在舌尖尝了尝,米饭发出浓浓的茶香。哑娘盛了两碗饭,她让天水给他爹送一碗,自己端一碗给娥子。

天水端着米饭,进了爹的房间。段箍匠正在流泪,听见儿子的脚步声,他咳嗽了几声,偷偷把眼泪擦掉。

"爹。"天水站在床边。

段箍匠唔了一声,一口气没有理顺,又剧烈地咳嗽起来。天水扶着爹坐起来,轻轻拍打着他的后背。段箍匠使劲咳出一大口痰,天水赶紧把痰盂端上去。段箍匠把痰吐出来,是一口鲜红的血。

天水紧张地叫道:"爹,你怎么吐血了?我送你去医院吧!"

段箍匠恼怒道:"去什么医院,你想让我去丢脸吗?"

天水心里的疑团越来越大:“爹,家里出了什么事?”

段箍匠挥了挥手,让儿子扶他躺下:“你不要管我,先说说你。这回你考得怎么样?报考了哪个大学?”

天水道:“我一切都好,爹不要担心我!”

段箍匠猛地拍了一下床板,发怒道:“你告诉我,到底考得咋样?”

天水低声道:“如果不出意外,考上清华大学没有问题。”

段箍匠听罢,突然仰天狂笑起来:“好,好,好,我段家终于可以出一个大学生了,我段家的祖坟终于冒青烟了!”话没有说完,又喷出一大口鲜血。

哑娘把饭菜端到天井里,天水陪着娘坐在桌子边,母子俩默默地吃饭。哑娘嘴里含着饭,眼泪噼里啪啦往下掉。天水往口里扒了一口饭,饭菜好苦好咸。他咀嚼着又苦又涩的饭菜,一口一口慢慢把它们咽了下去。

段宅被异常的安静笼罩着。

忽然有个声音从门口传来——

“爹!娘!我来给二老请罪来了!”随着喊声,何运满提着一个果篮进了门。果篮里码放着美国蛇果、泰国火龙果、新西兰猕猴桃、台湾杨桃等进口水果,上面还扎了一束玫瑰花。花束下挂着一个红字条:女婿何运满敬孝。

哑娘还没有弄明白怎么回事,何运满就跪倒在她面前,口中念道:“娘,我听说您和天水回家了,特意买了水果赶来孝敬您!”

天水正莫名其妙,何运满又转过来对他说:“天水,你一定又考上状元了吧?你不用担心学费,姐夫会供你上完大学!”

段箍匠听到声音,扶着门框移了出来,指着何运满骂道:“你是什么东西,你给谁当姐夫!你给我滚出去!”

何运满扑通一声跪倒在段箍匠面前,连磕了几个头:“爹,我是你的女婿,我给岳父请罪来了!”

段篾匠气得浑身颤抖,他从门旁操起扁担,向何运满劈头砸去。天水连忙抱住爹,厉声呵斥道:“你走错了地方,赶快滚出我家!”

何运满跪在那里不动,继续道:“我知道自己做得不对,事先没有征得岳父同意,就和娥子生米煮成了熟饭,请岳父就把娥子许配给我吧!”

天水听到这里,终于听明白了。天水不相信娥子会看上这个杀猪的屠夫,更不相信娥子会和他做出那种事。他终于明白娥子为什么生病,也终于明白爹为什么吐血。他脑中一片空白,一时间不知道该怎么办。

段篾匠挣脱了天水,他的扁担砸到了何运满头上。何运满痛得跳了起来,一把抓住扁担,大声叫道:“娥子又不是你的亲生女儿,你没有权利干涉她的婚姻自由。我是尊重你们才来提亲的,你同意也好,不同意也罢,娥子我是娶定了!”说完,把扁担夺过来,咣当一声扔到地上,转身离去了。

段篾匠踉跄着,把那个果篮提起来,用力扔了出去。由于用力过猛,他跌倒在地上。他用拳头捶打着胸口,对着苍天喊道:“老天啊!我作了什么孽,为什么要这样惩罚我?”一大口鲜血又喷了出来。

段篾匠不肯去医院,天水只好到药店去抓药。金子正在吃饭,看到天水经过,连忙喊住了他:“天水,你吃过饭没有?”

天水停下,看了金子一眼,没有说话,低着头走开了。金子放下了饭碗,怜惜道:“何家欺上门来,天水这么懦弱,段家该怎么办呢?”

龚表匠道:“何家依仗叶秉坤的势力才敢这么胆大妄为。叶秉坤越来越没有人性了,他为了对付李大山,把虾米和梦生也牵连进去了!叶秉坤要是支持何家,娥子肯定逃不出他的掌心。”

金子道:“娥子要是落在何运满手里,她这一辈子就完了!”

龚表匠叹道:“这都是命啊!”

夜色渐渐降临,哑娘熬了药,给段箍匠服下。她没有心思做饭,把中午的饭菜热了热,可是没有一个人吃。

天水坐在天井里,沉默了许久。爹依然在咳嗽,娥子停止了哭泣。天水觉得自己应该有所表示,他把在县城买的衣服拿进了娥子的房间。

天水把裙子抖开来,浅黄色的连衣裙,像一只蝴蝶在娥子面前飞舞。天水站在娥子面前,握住她的手,低声道:“我不会买衣服,这件裙子是我亲手为你挑的,算是我送给你的订婚礼物。不管发生了什么,谁也别想把你抢走。等我大学毕业,我会送你戒指,让你成为段家的儿媳妇!”

天水的话,传到了爹的屋里。段箍匠抱着哑娘失声痛哭。

夜已经很深了,天水躺在床上,听着夏虫在水缸下面鸣叫。外面传来粗重的脚步声,有人踢着路面的瓦砾,扯开嗓子唱了起来:

一想妹子头发俊,走近水缸照人影;
二想妹子牙齿好,声音好比画眉叫;
三想妹子是苗条,三寸金莲四寸腰;
四想妹子眉目秀,芦苇做床真难丢;
五想妹子性温柔,赛过六月细杨柳;
六想妹子笑带羞,解衣宽带真风流;
七想妹子像朵花,嫩过三朝绿豆芽;
八想妹子面潮红,好像出水嫩芙蓉;
九想妹子共床眠,野蛮阿哥也会晕;
十想妹子就爱缠,缠到老妹接姻缘。

何运满的嗓门像狼吼,把老街的人惊醒了。夜风把他的吼声,吹遍了巷子。这本是鄱阳湖一带唱的情歌,可是因为歌者是何运满，这首情歌就变了调，显得格外刺耳。

李木匠老婆道："我一直以为段家的妮子懂事孝道，她怎么招惹上何运满这个屠夫呢！"

水庆婶子听到何运满的唱词，不由拿被子蒙住头，两只手堵住耳朵不想听。她的心在流血，虽然同情娥子，可是自己的儿子还在派出所关着呢。

火根师傅干脆坐起来抽烟，一边抽一边咳嗽，责怪泥鳅娘道："以前有人说段家妮子是水鬼投胎，我还半信半疑。看现在这个样子，说不定她还真是水鬼的命！"

金子气得在床上坐了起来，心里直骂："这是个什么世道啊！为什么就没有人站出来阻止他？"

郭铁匠把铺子的门打开了，他双手叉腰站在那里，高声喊道："哪里来的孤魂野鬼，半夜跑到老街来撒野！我不管你是阎王还是恶鬼，你敢再鬼哭狼嚎，搅得老子睡不好觉，老子就把火铳拿出来，轰得你魂飞魄散！"

这一吼，果然把何运满镇住了。老街的人踏实躺下了，只要郭铁匠肯出面，段家就不怕何运满。这个郭铁匠还是段箍匠和哑娘的媒人呢。那一年的五月，有一艘浙江来的挖沙船到郭铁匠的铺子里买铁器，当郭铁匠把铁器送到船上时，有个年轻女人从船上跑了下来。她躲到郭铁匠身后，眼睛里满含哀求，哇哇地哭叫。

一个挖沙工追上来，被郭铁匠拦住："这是怎么回事？"

挖沙工伸手来抓年轻女人："她是我老婆！"

女人虽然不会说话，但是她听懂了挖沙工的话，连连摇头否认。郭铁匠看她年纪很轻却穿着挖沙工的衣服，满面仓皇，觉得情况不对，就问那个挖沙工："你说她是你老婆，那你告诉我，她叫什么名字，是哪里人？"

挖沙工道："她是我们老家人，她是哑巴，没有名字。"

郭铁匠又问："你说她是你老家人，你老家在什么地方？你们在哪里登记结婚的?”

挖沙工强硬道:“这是我们的私事,你又不是警察,管得着吗!”

郭铁匠厉声道:“如果她不是你老婆,我就把你送到派出所,告你拐卖虐待妇女!”

挖沙工听郭铁匠这么说,不敢继续强硬。挖沙船的船主过来了,他告诉郭铁匠说:“这个哑女是我们在水里救上来的。她不会说话,我们不知道把她送到哪里,就把她收留在船上给大家做饭。如果她不愿意,我们也不会强留她。”

郭铁匠把哑女领回家,他老婆打了热水,让哑女洗了澡,然后又找出一套半新的衣服给她换上。哑女打扮整齐地从里面出来,郭铁匠顿觉眼前一亮,乌黑的头发,雪白的皮肤,加上一双如水一样的眼睛,哪里像是一个残疾女人。

郭铁匠老婆说:“我看这个哑女,不是不知道家在哪里,我猜是从家里跑出来的,是自己不愿意回家。”

郭铁匠有些奇怪:“你怎么知道她不愿意回家?”

郭铁匠老婆说:“我是女人,我一看她那双水灵灵的眼睛,就知道她心里明亮着呢!”

郭铁匠犯了难:“我们拿她怎么办?”

郭铁匠老婆忽然想到一个人:“段箍匠不是一直单身吗,要不介绍他们俩见见,如果他们互相中意,岂不是两全其美的事情。”

郭铁匠安排哑女和段箍匠见了面,哑女不嫌弃段箍匠木讷,段箍匠也不嫌弃哑女不会说话。哑女没有户口,也没有身份证,郭铁匠夫妇就给他们当证婚人。段箍匠把左邻右舍请来,放了一挂鞭炮,办了一桌简单的酒席,就和哑娘成了亲。

在这条老街,段箍匠一家关着门过日子,从来没有在老街弄出响声。如果没有一双出色的儿女,人们甚至会忘记老街还住着这么一家人。

第20章　段天水

绝望、愤怒，都无法描述他的心境。怯弱、沉默，化作了惊涛骇浪，谁也无法阻挡。

烈日当空，热浪滚滚，段天水的心头却笼罩着一片阴云。路上行人稀少，两旁的树木蒙上了一层厚厚的黄尘。远处传来摩托车的引擎声，几辆摩托车风驰电掣从他身边闪过。忽然前面的那辆摩托车掉转了头，绕到天水面前，挡住了他的去路。

摩托车手把墨镜和头盔摘下，露出贵生尖细的脸："听说我大舅去你家提亲了，看来我们两家要变成亲戚了。"

天水冷冷地看着他："你到底想干什么？"

贵生嬉笑起来："不要这样板着脸和我说话。你的老婆姐姐要给我当舅妈了，我将来该怎么称呼你呢？"

天水被激怒了，他一把揪住贵生的衣领，咬牙切齿道："不许你侮辱我姐姐！"

贵生用力把天水一推，天水被推倒在地。天水翻身起来，黄头发几人从摩托车上下来，把天水按住了。

贵生整了整衣领，斜视了天水一眼："你姐姐在砖窑卖身，五元钱一次。她的身体这么廉价，即使她愿意给我当舅妈，我大舅还嫌她身子脏呢！”

天水的血往上涌，他奋力挣扎着，骂道：“你这个混蛋，你如果动了我姐姐，我一定不会放过你！”

贵生冷笑了一声，对着天水呸道：“你不会放过我？凭你这个熊样，难道你想杀了我？我就站在你面前，你过来杀我呀！”说罢，他吹了一声口哨，把墨镜和头盔带上，骑上摩托带着那帮人呼啸而去。

天水疯狂地追赶摩托车，尾气和烟尘呛得他喘不过气。汗水糊住了他的眼睛，他一脚踩到坑里，跌倒在地。他趴在灼热的地面上，狠命地敲打地面，撕扯着自己的头发。

天水的脸上、头发上、身上沾满灰尘，仿佛在泥塘里打过滚一样。他已经知道了事情的原委，直觉告诉他，是贵生害了娥子。赵老师不是答应过他，一切都有保证吗？他要去找赵伯耘，问问为什么会发生这种事。

天水从地上爬起来，迎着路人怜悯的目光，用袖子擦掉脸上的泪水和汗水。他焦急地来到派出所，却被挡在了门外。一个民警告诉他，赵所长出去了。天水在派出所门口坐下来，他要等赵伯耘回来。一直等到下班的时间，赵伯耘依然没有回来。天水来到赵伯耘的家，他按响了门铃。门打开了，桃月热情地把天水迎了进去：“天水，你有啥事？”

天水道：“赵老师在吗？”

问问跳出来说：“我爸在派出所值班！”

桃月瞪了问问一眼，从抽屉里拿出一个信封，递给天水道：“赵老师出差了，他走之前，叫我把这个给你。”

天水有些不解：“这是什么？”

桃月道：“可能是今年的奖学金吧！”

天水把信封推了回去：“高考分数还没有下来，怎么就有奖学金?”

桃月的脸有些发红,强行把信封塞到天水手里:“可能是预付的吧。你每年都是高考状元,今年能跑得了吗?这奖金迟早得给你。”

天水揣着那个信封,麻木地在街上乱走。不知道走了多久,他来到了湖堤上。泥鳅迎面走过来,看到他满身的灰尘和汗水,同情地问他:“你去哪里?”

天水没有理他,继续往前走。泥鳅哪里能够明白天水此刻的心情。除了这样麻木地走下去,除了耗尽身上的精力,除了这样折磨自己,他不知道该如何惩罚自己。

泥鳅陪着天水,慢慢地走了一段路,问道:“你是不是找赵所长?”

天水停住了脚步:“你看见他了吗?”

泥鳅道:“水庆婶子刚才去派出所见到了赵所长。”

天水怔住了:“我在派出所门口等了他一天。我刚才又去了他家,师母告诉我说,赵老师出差了。”

泥鳅鼻子哼了一声:“他是故意躲你。”

天水有些不明白:“赵老师为什么躲我?”

泥鳅意味深长地看了天水一眼:“何老根今晚过六十大寿,赵所长肯定要去祝寿,你如果有胆量,就亲自当面去问他!”

天水琢磨着泥鳅的话,突然回味过来,泥鳅这是特意给他报信。泥鳅在告诉他,这是一个报仇的好机会。报仇?就像贵生说的,拿着刀子去杀人吗?一阵寒气袭上身来,天水颤抖了一下。不,我不能这么做。如果我这么做的话,怎么对得起十几年寒窗苦读?怎么对得起爹?怎么对得起段家祖先?如果我去杀人,跟那些罪犯又有什么区别呢?

从湖堤走回老街并没有多长的路,天水走走停停,内心不断地挣扎。爹在他身上,寄予了太多的希望。他不能毁了爹的希望,一定可以找到更好的解决办法。天水的手摸到了赵伯耘给他的信封,他的心里又生出一些希望。也许泥鳅不知道,赵老师是真的出差了。赵老师向他保证过,他会罩住天水。那些指使天水与那三个考生作弊的领导也答应会帮助天水,天水相信他们的承诺。

天水回家的时候,爹娘坐在天井里,用一种陌生的眼神瞅着他。天水到厨房里舀了碗清水,咕噜咕噜喝了下去。天色开始发暗,娘依然没有起身做饭的意思。天水也不觉得饿,但是爹娘年纪大了,应该给他们做点吃的。

天水从来没有做过饭,他到外面买了两碗馄饨端到爹娘的面前。段箍匠挥手把馄饨打翻了,哑娘用惊惧的眼光看了段箍匠一眼,不敢发出一点声音。

天水跪到爹面前:“爹,是我害了娥子,爹责罚我吧!”

段箍匠嘴唇哆嗦了一下:“娥子的事跟你没有关系。”

天水哭道:“爹,娥子是因为我才被人祸害。请爹放心,我不会放过祸害娥子的人,我一定会替娥子报仇的!”

段箍匠听天水说到这里,心不由得软了下来:“我们先不说娥子的事,我问你,为什么自作主张,背着我签了拆迁协议?”

天水糊涂了:“爹,什么拆迁协议?”

段箍匠怒气又上来了,他把几张纸摔到天水面前:“你还在我面前装,你看看这是什么!”

天水捡起来一看,是一份拆迁告知书,上面简短地写着:按照双方签订的拆迁协议,段家在领取拆迁补偿款三万元后,十天内从现居住地搬迁出去。逾期不搬迁者,视同放弃住宅内一切财产。后面附有一份拆迁协议,协议的右下角签有天水的名字。

天水有些发蒙:“爹,您这是从哪里弄来的?”

段箍匠发出一声冷笑:“你问我从哪里弄来的,我还要问你什么时候去领的拆迁费?”

天水急道:“爹,我没有签拆迁协议,也没有去领什么拆迁费！”

段箍匠逼问道：“你说你没有签协议，那协议上的签名是谁写上去的？你说没有领拆迁费，你包里的存折是哪里来的？”

爹的一通逼问，让天水浑身打了一个激灵。他把协议书拿起来，仔细看了看上面的签名。天水不相信自己的眼睛，这个签名确实是他的笔迹。此时，他的眼前闪现出赵伯耘的身影，他想起赵伯耘让他在一张白纸上的签名。难道这份协议，就是用的那张白纸？难道赵伯耘给他的存折不是所谓的奖金，而是拆迁补偿款？赵伯耘给他的存折是两万元，加上桃月刚给的信封里的一万元，刚好是三万元。难道他一向信赖的赵老师，竟然和叶秉坤一起设下了陷阱？

天水悲愤地叫道：“不，这不是真的！赵老师把存折给我的时候，说是给我的奖金。他是我的老师，他怎么会骗我？”

段箍匠冷冷道：“你不要再在我面前演戏了，怪就怪我当初瞎了眼，把你抱回家来养这么大。你知不知道，你不是我的亲生儿子，是我从湖面上捡回来的！”

天水叫道：“爹，不要这么说！您是不是因为娥子的事被气糊涂了？”

段箍匠大声叫道：“我没有糊涂，我清醒着呢！你可以去问郭铁匠，他看着我把你捡回家的。我一直把你当亲生儿子，供养你读书。我不惜牺牲娥子，把亲生女儿说成是养女，其实娥子才是我的亲生女儿啊！”

段箍匠跺着脚哭道：“我梦想有朝一日你能给段家传香火，给段家光耀门第。可是我万万没有想到，你为了上大学的学费，竟然把段家的祖屋给卖了。既然你不仁，也别怪我不义。我们的父子关系已经恩断义绝。我要向外面宣布，你不是我段家的儿子。你签的协议，我段家不承认。你领了多少拆迁款，你自己去偿还。你现在就离开段家，你走吧！”

天水像个傻子一样，呆呆地看着爹娘。这一切来得太突然了，他来不及思考，来不及理清思路。如果生活也能像做考题一样，可以一道一道按照思路来解答，那该多好。天水的眼睛从爹娘身上，移到破败不堪的老宅上。

他看着屋顶上的蒿草，蒿草重重地压在屋顶上，快要把宅子压垮了。天水感觉喘不过气来。

天水一向认为自己和虾米、泥鳅他们不一样，不是因为他是个读书的天才，而是因为他的心无比坚硬。当别人嬉戏欢闹的时候，他可以坐在厢房里，面对书本忍受孤独。他两次放弃读大学的机会，承受着各种异样的目光。当遭受贵生的凌辱时，他可以沉默忍受，独自咀嚼压抑和痛苦。他幻想着，总有一天可以像一片云，自由地在天空上飞翔。他可以像一只鸟，展开翅膀，想飞多高就飞多高。

现实把天水的梦想彻底粉碎了，爱他的人，他爱的人，一个个远离他，背叛他而去。他突然觉得自己解脱了，因为他已经无所顾忌，无所牵挂。

天水再一次跪倒在爹娘面前，磕了三个响头，哽咽道："爹、娘，儿子不孝，以后爹娘要好好保重。"

天水站起身来，擦了擦眼泪，转身出了段家的院门。哑娘看着他孤独而又决绝的背影，心疼地流下了眼泪。

段箍匠噙着眼泪，狠心地说："他的翅膀已经硬了，这个世界很大，有他去的地方。"

天水来到郭铁匠的铺子里，买了一把锋利的尖刀。郭铁匠冷冷地瞅着天水，嘲讽道："你买尖刀做什么？"

天水冷冷地问答："杀人。"

郭铁匠冷笑："你小子要是敢杀人，我就送你一把枪！"

天水盯着郭铁匠说："你告诉我，我是不是段家捡来的儿子？"

郭铁匠依然冷笑："如果不是捡来的，你就不会这么孬种！"

天水平静地说："记着你今天说过的话，我会证明给你看，我段天水是不是孬种！"

天水从铁匠铺子出来，来到街头的杂货店。他买了两根白蜡烛、两斤寿面、两斤寿桃、挑了一个礼品篮，让店主装了满满一篮子白菊花。

店主问："你这是送寿礼？还是送葬礼？"

天水说："两者都送。"

店主看天水脸色阴沉，不敢再问。既然客人说两者都送，他在装好花篮之后，又用红色的彩纸把花篮包住，并且在外面扎了蝴蝶彩带。

天水把尖刀藏在篮子里，提着礼品篮向何老根家里走去。

天水来到何家门口时，何运满正站在门口招呼客人。他穿了崭新的西裤和皮鞋，衬衣的领子上打着领带。何运满平时邋邋遢遢，今天突然打扮得光光鲜鲜站在那里，客人们都用夸张的口气叫道："哈！穿得人模狗样，我们还以为是新郎官呢！"

何运满满脸喜气，美滋滋地说："你说的一点没错，我马上就要做新郎官了。"

何运来坐在门前的矮凳上，手里拿一把刮刀，正在给猪头剃毛。他嘲讽道："什么新郎官，被人用扁担打出来了，还在这里吹牛！"

何老根连忙踢了小儿子一脚："今天是我大寿的日子，不许你再提那些丢人的事情！"

何运满一点也不在乎，他昨晚故意装醉，跑到段家门口撒酒疯，目的就是要把动静闹大。现在事情闹开了，他心里踏实了。因为镇上的人都知道了，娥子已经是他的女人。不管段箍匠是否反对，娥子也跑不出他的手掌心。在这个镇上，还没有人敢跟他抢女人。

天水的出现，让何运满非常吃惊。天水眼里闪着怒火，手里却提着礼品篮。何运满瞪大眼睛看着他,不知道说什么。

何老根连忙迎上前来:“运满,小舅子上门送礼,你怎么不招呼人家?”

何运满这才反应过来:“天水,快到屋里坐!”

客人们看到天水提着礼品进来,也有些意外。一个客人冲着何运满道:“你好大的面子啊,连状元郎也来给你爹祝寿!”

另一个客人起哄道:“听说状元郎要做你小舅子啊!”

何运满心里乐开了花,他怎么也想不到,天水今天会来。他乐颠颠地给天水端来一杯茶,向客人吹嘘道:“我未来的小舅子可不是一般人,他将来要成大人物!”

天水把礼品篮放在桌子上,四处环视了一下。厅堂的四周,挂满了寿帐寿匾,地上摆满了花篮和礼品。中堂上有一幅大绣匾,上面绣了一幅寿星蛟龙图。只见碧波浩荡的湖面上,几叶扁舟骑在波谷浪尖上。一个寿星手抚银须,拄着手杖踏浪而行。水底下,隐约潜伏着一条蠢蠢欲动的蛟龙。蛟龙的龙须顺着波浪起伏,一根龙须托起半轮太阳。绣匾两边挂着一副对联:

龙飞百年又六十,庆一时,六数合天,六数合地,六事修,六福备,六世同堂。

鹤舞千载逢七月,祝千寿,七千为春,七千为秋,七元进,七恺登,七音从律。

绣匾和对联相互辉映,显得气势磅礴。客人们知道绣匾和对联是叶秉坤送的,围着绣匾和对联发出赞叹声。

一个客人说:“听说这块绣匾用的丝线有六百多种,那个龙须是用金丝绣的。”

另一个客人说:“这对联不错,工整气派,笔法遒劲有力,真是一幅好作品。”

天水看出对联是根据清代文人彭文勤祝乾隆八十大寿的一副

对联改写而成的，他心里一阵冷笑：一个杀猪的屠夫，仗着女婿有钱有势，竟然不自量力，敢自比千岁。我让你暂且高兴，等会儿这个祝寿的厅堂，就是你们全家的灵堂。

"你们说什么呢，怎么这么热闹?"叶秉坤在家人的簇拥下进来，笑着和大家打招呼。他在人群中突然瞥见天水，心里生出不祥的预感。

叶秉坤低声问何运满："天水怎么来啦?"

何运满兴奋道："他来给爹祝寿！"

叶秉坤有些紧张："我看他有些不对！"

贵生轻蔑道："不对又怎么样，我过去和他打个招呼！"

叶秉坤想拉住儿子，可是贵生已经走过去了。

"你今天到这里来，是来祝寿呢，还是来报仇?"贵生挑逗天水说。

天水慢慢站起身来："我不是跟你说过吗，谁要是动了我姐姐，我就不会放过他！"

贵生眼睁睁看着天水拔出尖刀，他想逃开，周围的客人把他挡住了。天水的刀子径直捅进了他的胸口。

客人们惊叫起来，何老根过来抱住天水。天水把血淋淋的刀子拔了出来，反手朝着何老根连刺几刀。何老根松开了手，倒在了地上。何运满被眼前的情景镇住了，他呆呆地站在那里，一动也不动。

天水提着尖刀，尖刀上滴着血，他向何运满扑了过来。何运来听到里面的惊叫，拿着刮刀冲进厅堂。眼看着天水的尖刀，就要刺进何运满的胸口，他猛地推开何运满，把刮刀刺向天水。天水也拔刀刺向他，两个人都中了刀，同时倒在血泊中。

何运满这才惊醒过来，看着满屋的鲜血，像狼一样发出嚎叫。何运满跳了起来，从厨房里拿出一把杀猪刀，向天水砍去。此时，天水倒在桌子旁，看到何运满过来，连忙往旁边滚去。何运满的刀砍到桌子里，由于用力太猛，杀猪刀深深地嵌入桌面。

就在何运满拔刀的那一刻，天水已经滚到他的脚边，他手里的刀子猛地向何运满背后刺去。也不知刺了多少刀，直到何运满倒在桌子上，他才停下手来。

贺寿的客人们像炸了锅一样，四散着向外面奔逃。他们一边奔逃，一边狂叫："杀人啦！杀人啦！"

叶秉坤抱着贵生，瘫坐在地上。天水浑身是血，狠狠地盯了叶秉坤一眼，跄踉着向门外走去。

围观的人把何家门口围住了，他们看到天水出来，一齐喊道："不要杀人了，放下刀子，放下刀子！"

天水抬起眼睛，扫了围观的人群一眼。那是一种比刀子还要锋利的眼神，众人被这种眼神吓得噤若寒蝉，一个个不由自主地往后退。天水不知自己中了几刀，只感觉全身都在流血，他已经耗尽了心力。

尖刀咣当一声，从天水手里掉到了地上。天水的身体有些摇晃，他扶住门框强撑着站住了，用微弱的声音对围观的人说："你们都看到了，我不是孬种，我是段家堂堂正正的儿子！"

说着，天水跌跌撞撞向前走。没人阻拦他，人们主动让开一条道。不知哪个胆大的喊了一声："趁着警察没来，你赶快逃跑！"

天水听到了这一声喊，他回头看了一眼喊话的人。他看到了泥鳅的脸，泥鳅这一声喊，让天水冰冷的心突然感到一丝温暖。天水哭了，眼泪和血水一起从他清秀的脸上淌了下来。

"我为什么要逃跑？我要逃到哪里去？"天水拖着血淋淋的身子，他要去派出所自首。他走了没有几步，又摔倒在地上。有人在前面喊："警察来了！警察来了！"

血水糊住了天水的眼睛，他浑身发软，一点力气都没有。这时有一辆摩托停在他身边，发动机还在突突地响着。他听到泥鳅的声音："快把我推倒，骑上摩托逃跑！"

天水不想逃跑,他用手抹脸上的血,艰难地睁开眼睛。他从泥鳅的眼睛里,看到了敬佩。他忽然听到了赵伯耘的声音,赵伯耘领着几个警察正朝他跑来。天水心中一阵激愤,他不能让赵伯耘抓住。

天水忽然一跃而起,一把推开泥鳅,跳到摩托车上。摩托车摇晃着,轰鸣着,疯狂地冲出了人群。

第 21 章　袁木材

蚁蝎蜇咬，全身溃烂，茫茫鄱湖，何处是岸？冰冷的喙子，直入咽喉。是加害？还是温情？

昏昏沉沉之中，木材的身体强烈地震动了一下，一股热气迎面扑来，他感觉自己好像正在火上炙烤。他想喊叫，咽喉像是锁住了，发不出声音。他想动一动身子，一阵剧痛袭来，他又昏迷了过去。

木材再次醒来时，感觉身体在晃动，有两个人在低声说话。

“怎么回事？你们怎么把病人放进了救生艇？”

“这是船长吩咐的，我们是按命令办事。”

“病人怎么被烫成这样？”

“昨晚船触礁的时候，开水壶倒在他身上了。”

“怎么不叫队医看看？”

“队医已经来过了。”

“医生怎么说？”

那个人回答得有些迟疑：“队医能说什么，大家都在抱怨，说闻到臭气了。钱老也责怪说，我们是科考船，不是医疗救助船。”

“你们打算把他扔在湖面上,让他自生自灭吗?”

那人叹一口气:“也难怪大家抱怨,我们与岸上失去了联系,不知要在湖面上待多久,现在大家的情绪都不太稳定。船上的备用药品也不多,总不能全部用在这个不相干的人身上吧!”

“看来是我不对,我不该把这个人救上船。”

“许工不要自责,你救他的时候,也不知道这个人得了怪病。再说谁也不会料到,科考船会被浓雾困住。”

木材不知道自己身在何处,也不知道这些是什么人。但他心里明白,他不能被人当成死人处理。木材极力想做个动作,他想告诉大家,他还是活人。然而他的身体一点也动不了。他说不出话,也睁不开眼睛。他感觉自己被抬了起来,紧接着又觉得身子飞了起来,然后扑通一声落下去,砸起巨大的水花。

木材躺在水面上,在浪涛中漂流着。他仿佛被卷入了漩涡中,朝着一个方向急速地下坠。不知道过了多久,水流变得平缓,木材感觉自己停住了。他听到翅膀的拍打声,有几只鸟落在他的身边。

一只鸟发出鸣叫,其余的鸟也跟着和鸣。一声声急促的嗯嗯声,似乎在呼唤什么。不一会儿,天空中传来长长的嗯嗯声,好像在应答下面的鸟。伴随着洪亮的叫声,又有几只鸟落在木材身边。木材感觉这些鸟像是一群看热闹的人,围在一起观看他。

过了一会儿,那些鸟似乎看烦了,陆陆续续离开了。木材的头晕眩起来,喉咙也干渴得厉害。就在这个时候,他的唇边一丝清凉,好似有一根吸管,把水送进了他的口中。那吸管有些尖,在他的嘴里还会动。木材蓦然醒悟过来,那不是吸管,是鸟在用嘴巴给他喂水。

一只水鸟给木材喂过水之后,又飞来一只。这只鸟同样用尖尖的嘴巴撬开木材的嘴唇,把食馕里的食物吐进了木材的口中。这只鸟喂完之后,又过来一只,这些鸟交替着给木材喂食。

木材从它们嗯嗯的叫声中,听出这是一群鸿雁。它们喂给他的东西是带着唾液的草根和蚌肉，送到嘴里又腥又涩。木材想拒绝，可是鸿雁的嘴巴很长，直接把食物从他喉咙里灌了下去。

夜晚来临了，气温开始下降，雁群却没有离开。它们聚在木材身边，紧紧偎靠着他的身体。它们身上的羽毛带着体温，覆盖在木材身上。木材感觉好柔软，好温暖，躺在水鸟中间，感觉自己就是鸟的孩子，眼角不禁淌下泪来。

木材在水鸟的照顾下，度过了两天。第三天的时候，有一个人跟着鸟群来到了木材身边。木材听到一个老人的声音，似乎自言自语，又似乎在对木材说话："如果不是亲眼看见，我绝对不相信竟然会发生这种事。我听说过山羊救主人，也听说过牛和马救助人，甚至也听说过猴子和母老虎替人类养育孩子的事情，但是从来没有听说过鸿雁会像保姆一样照顾人。

"如果我没有猜错，你肯定救过鸿雁。因为我知道，鸿雁比人懂组织、守纪律，它们对配偶专一忠诚，有始有终。我还知道，鸿雁比人懂感情，它们知恩图报，有情有义。

"我是一个兽医，以前只给畜生扎针。既然鸿雁可以给你当保姆，我这个兽医为啥不可以给你治病。我先给你的明目穴扎几针，看看能不能让你把眼睛睁开。首先声明，我从来没有给人扎过针。这个明目穴，我只是在医书上看过。如果扎错了，不但眼睛睁不开，还会造成面部神经瘫痪呢。"

看来这个老兽医把木材当成了植物人。他以为木材躺在那里不能动，既看不见也听不见。可他哪里知道，木材把一切听得清清楚楚。木材听他要给自己扎针，心里又气又急。他想躲开，然而又躲不开。

过了一会儿，木材又听到老人说："已经给你扎过针了。你的脸肿成大南瓜，哪里看得见穴位。我就闭着眼睛瞎扎一气，扎错了位置没关系，就怕手一哆嗦，刚好扎到脑户穴上。医书上说，脑户穴是绝对禁止针灸。不小心扎到了，不仅双目永远失明，而且会让人癫狂。”

老人唠唠叨叨说着，一点也不顾及木材的感受。本来木材对扎针并没有感觉，听了老人说的话之后，就觉得银针真的扎到了他的脑户穴，立刻觉得脑门凉飕飕的，眼前一片发黑，一股血气从胸口涌出。

木材吐出来的血黑紫黑紫，而且发出一股异味。老人并不惊慌，他烧了一包草灰，用半罐水给木材喂了下去。木材喝完水之后，安静地睡着了。

木材醒来的时候，不仅听见了鸟叫，而且看见一群水鸟从头顶飞过。水边的浅滩上，几只白鹤踮起红色的长腿嬉闹追逐。一小群灰色的鸿雁低着头，尖尖的嘴巴从浅滩上犁过。白琵鹭甩动着橘黄的项圈，黑色的长嘴叩击着蚌壳，发出嗒嗒的声响。一只小天鹅扑扇着翅膀，发出悠扬的鸣叫。

老人来到木材身边，看了他一眼，惊呼道：“咦，你没有瞎啊！”

木材喉咙里咕隆了一下，竟然发出了声音：“这是哪里？你是谁？”

老人摇了摇头：“我要是知道在哪里，就不会孤身一人和你这个全身腐烂的人在一起！我姓何，你就叫我何兽医。你知不知道，在遇到我之前，是谁在照顾你？”

木材点了点头，眼睛转向湖滩上的那群鸿雁，眼眶再一次红起来。

何兽医不满道：“看你也是一个高大的后生，怎么动不动就掉眼泪。你叫什么名字？身上中了什么毒？为什么躺在救生艇上？”

木材把自己参加龙舟赛，遇到风暴的经过说了一遍。

何兽医惊道：“你参加龙舟赛？是几月几号出来的？”

木材道：“5 月 31 日，阴历五月初六，端午节的第二天。”

何兽医急道：“你开什么玩笑，你知道我是哪天出门？你如果不提日期,我本来懒得和你说。前些日子,何家渡发猪瘟,传染给小孩子,一个个跟着烂手烂脚,什么药也不见效。我按照医书上的偏方,到三江口的红石山采草药,回来的时候走湖堤。谁知湖堤忽然垮塌了,我幸好抱着箱子,才被冲到这里来了。"

这回轮到木材惊讶了:"你说的是4月中旬的那场春汛吗?"

何兽医道:"没错,4月12日,那天是复活节。我记得很清楚,我老婆是基督徒,她那天去教堂做礼拜了。"

木材失声问道:"你是何家渡的何神针?"

何兽医变得有些不好意思起来:"什么何神针;我只是为了省买药的钱才用银针给那些畜生治病。反正不要成本,给畜生扎好了,主人家叫我一声何神针;要是没扎好,人家就骂我蒙古大夫!"

木材困惑道:"你们村里人都以为你死了,家里还给你埋了衣冠冢,原来你还活着。这一个多月,你一直都在这里吗?"

何兽医骂道:"那个蠢女人,一点脑子都没有。我从落水到现在,也不过两天时间。她不想办法找人救我,还急着给我埋衣冠冢,真是没有良心。你说现在是5月底了,你是欺负我年纪大,才故意这么说吧?"

木材被何兽医弄糊涂了,他确实是5月31日出来的。如果加上他在外面的几天,现在应该是6月2日了。难道何兽医在野外独自生活多日,脑袋受了什么刺激,把时间弄混了?

木材对何兽医道:"我手上有一块手表,你看看上面的日期,就知道今天到底是几月几号。"

何兽医看了看木材的手,哪里有手表的影子。

木材提醒道:"是不是手肿了,把手表盖住了。"

何兽医再低头仔细查看,木材的左手腕上,有一条细细的勒痕。何兽医把他的手抓起来,看到手腕上有一条深沟。手表深深地陷进沟里,被浮肿的皮肤盖住了。

何兽医小心翼翼地把手表取下,手表沾满了脓液,发出一股怪味。何兽医把手表放在湖水中冲了冲,手表崭新如初。

木材道:“这是朋友送我的原装进口手表,具有定位指南多重功能。”

何兽医看了看手表上的数据,摇头道:“什么进口手表,你的朋友肯定骗了你。这上面不但日期错了,而且海拔显示的竟然是负数。”

木材道:“给我看看。”

何兽医把手表递到木材面前,木材看了看海拔数字,显示的果然是-50.2米。木材又看了看上面的日期与时间:1998年6月2日中午13点05分,果然和他心想的日期一致。他又看了看经纬度,手表上显示出他所在的位置,为北纬29°31’,东经115°01’。这个位置恰好在鄱阳湖范围内,但是海拔怎么会显示出负数呢?

木材沉默了起来,何兽医虽然说话做事有一些神神道道,但是整个人的神智还是正常。他明明出来了一个多月,为什么感觉时间只过了两天,是什么影响了他对时间的记忆?他曾经听老人们说过,人只有到了阴间,时空才会颠倒。人如果变成了鬼,就会失去时间的概念。如果手表的海拔数字没有错,何兽医也没有记错,那么只剩下一个可能,那就是何兽医和他已经离开了人世。

木材想到这里,不由得打了一个寒战。难道何兽医是一个水鬼?难道自己也变成了水鬼?难道在鬼的世界也同样会生病,同样需要医生扎针?

木材用眼睛直愣愣地瞅着何兽医,何兽医被他看得发毛:“别用这种眼神看我,不是我有问题,是你的手表有问题!”

木材道:“或许手表没有错,你没有错,我也没有错。”

何兽医诧异道:“那谁有错?”

木材一字一句道:“谁都没有错,如果一定要说错,可能是我们来错了地方,自己却不知道。”

“你知道这是什么地方吗?”

“我不知道,可能不是人世吧。”

何兽医听木材这么一说,突然爆发出一阵狂笑。他笑了半天之后,止住了笑声:“你的意思是我们都变成水鬼了?”

木材分析道:“阴间一日,人间数年。就是不看手表,从你出门到我出门,时间确实过去了一个多月。可是在你的记忆里,时间只过去了两天。在我的记忆里,在这里也度过了两天的时间。我俩出门的日子虽然相差一个多月,但是却同时到达此地。或许现在也不是6月2日,而是6月15日或是6月30日。不管时间怎么样,其实都无关紧要。重要的是,我们俩在同一个世界里——一个没有人的世界。”

何兽医一阵毛骨悚然,却无法反驳木材。此时他忽然想起了什么:“你说你遇到了一条船,这条船上的人先是救了你,后来又把你抛弃了?”

木材苦笑:“可能是我的样子太难看,把船上的人都吓着了。”

何兽医上下打量着木材,激愤道:“虽然你的样子确实吓人,而且你身上还发出一股恶臭,但是他们也不能把你抛下!那是一条什么船?那船走远了吗?”

木材道:“我听见船上有马达声,好像听他们说是科考船,似乎被迷雾困住了。”

何兽医喜道:“困住了就好!”

木材问道:“你想干什么?”

何兽医郑重其事道:“如果那是一条科考船,政府就一定会派人搜救。我们只要搭上这条船,就可以安全返回。”

木材低声说道:“要搭你一个人搭,我不搭那条船。”

何兽医安慰道:“不要害怕,有我在,他们不敢第二次抛下你。”

木材冷冷道:“不是害怕,我是不愿意连累你。他们只要看见我,哪里还会让你上船。”

何兽医道："你不是怕连累我，而是因为恨他们抛弃你，所以宁可在这里等死也不愿意再上那条船。如果换了我，我才不会这么想。他们不让我搭船，我偏要上船。等到回去之后，我还要告他们遗弃罪，故意谋杀罪！最最重要的是，我要和船上的人核对时间，看看我们到底是人还是鬼。"

木材道："我身体这么臭，你闻着不感到恶心吗？"

何兽医道："我年纪大了，不仅老眼昏花，鼻子也不怎么灵敏了。幸亏你没有进大医院，而是有幸遇到我，不然那些花朵似的护士，还有那些老爷医生，肯多看你一眼才怪。不过我还是不明白，你只是被腻虫咬了，怎么会全身腐烂呢？我以前虽然治过烂脚的畜生，可全身腐烂的畜生还没治过。我只能拿治畜生的方法，在你身上做试验了。治得好算你走运，治不好算你倒霉了。"

木材听了何兽医的话，想起他扎针说的话，不禁紧张起来："人都已经死了，有什么好治！"

何兽医嘲笑道："既然认为自己死了，还怕我再治死你一次吗？"

木材被何兽医激将着，干脆横下一条心，任由何兽医拿他做试验。他心里想：不管是人是鬼，既然何兽医愿意治，那就给他做试验品。反正死多少次最后还是鬼。

何兽医转身离开了，大概是喝了一杯茶的工夫，他提着一兜东西过来："你先吃些东西，补充补充体力。"

何兽医把手里的布兜打开，木材不由倒吸了一口凉气，里面全是蠕动的虫子。

何兽医拎起一条竹虫举到木材面前，那条竹虫有半尺长，身子滚圆滚圆，又白又胖，像一只缠满白纱线的纺锤。

何兽医用赞赏的口气说："这是我在芦苇丛里捉的虫子，这里的芦苇没有农药和化肥，更没有化学污染，所以虫子才能长得这么肥胖，这么新鲜。"

木材头皮一阵发麻，问道：“这个东西怎么吃？”

何兽医道：“我没有鸿雁那样的长嘴，不能给你喂食，只能让这虫子从你嘴里爬进去。”说着，他用一只手托起木材的下巴。木材想把嘴巴闭住，何兽医的手像钳子一样，拇指和食指分别掐住他的两边颔颊，他不由自主地把嘴张开了。

何兽医笑眯眯地看着木材，拎起一条芦苇虫，慢慢放进木材的咽喉。何兽医给木材吃了十几条芦苇虫，这才松开他的下巴。然后他又抱来一把枯草，点了一个小火堆。他用树枝把那些剩下的芦苇虫穿上，放在火堆上烤得焦黄酥软，发出诱人的香味。

何兽医像变戏法一样从一个木箱子里拿出一瓶酒，放在嘴边抿了一小口，然后拿起烤熟的芦苇虫，美滋滋吃了起来。木材看他吃得香甜的样子，想起自己吃的却是白生生的活虫子，那些虫子似乎一直在他的食道里蠕动，他不由作呕起来。

何兽医吃饱了之后，起身伸了一个懒腰。他把火堆踩灭，将箱子收拾好，将木材搬上一艘救生艇。

何兽医用芦苇编了一支船桨，上船之后，他把手腕往木材面前晃了晃：“这手表我暂时替你戴着，等你伤好了再还你。”

木材问：“我们去哪？”

何兽医道：“当然是去追那条扔下你的科考船。”

木材道：“那条科考船用的是动力，你划得这么慢，怎么可能追得上。”

何兽医一副胸有成竹的样子：“谁让我年纪这么大，偏偏你又肿得像一头大象。追得上就好，如果追不上，能遇到搜救船也不错呀。”

木材感叹道：“我有些想不明白，既然我变成了水鬼，身体怎么还会腐烂？”

何兽医一边划船，一边宽慰木材：“你说到鬼，我还真见过鬼！以前出诊的时候，我经常一个人走夜路。有一次，黄土村有条母牛难产，养牛户半夜打电话，让我去帮忙催产。虽然是冬天，我二话没说，穿上厚厚的棉衣，背上药箱出了门。外面黑漆漆的，伸手不见五指。我打着手电筒，一晃一晃地在湖堤上走着。湖堤的路凹凸不平，我脚下绊了一跤，手电筒脱了手，骨碌碌滚下了湖堤。

“我爬起来，找不到手电筒，在黑暗中摸索着前行。就在这个时候，有个人提着一盏马灯出现在我前面。我只看见他的背影，却看不见他的脸。我紧走两步，想赶上去和他并排走。我加快脚步，他也加快了脚步；我放慢脚步，他也放慢脚步。我就问了他一声：‘喂！老兄，你是去黄土村吗？’那个人不回答，只顾闷头往前走。他手里那盏马灯，忽闪忽闪的绿光，照着我脚下的路。我心里奇怪，这个人怎么不说话，却好心专门给我照路。这时湖面上寒风呼啸，寒鸟的啼叫虽然凄凉，但是因为有人在前面照着路，我一点也不害怕。

“牛主人正站在村口接我，他远远看到我走过来，拉着我的手说：‘真对不起，让你一个人摸黑走这么长的路！’

“我告诉他，‘我本来带了手电筒，半路上摔了一跤，把手电筒弄丢了。幸亏路上遇到好人，一路上用马灯给我照路。’

“牛主人惊讶道：‘你不是一个人来的吗？我怎么没有看见提马灯的人呢？’

“我说：‘怎么会呢？你刚才和我打招呼的时候，他还在我前面走呢！’我四处看了看，湖堤上一片漆黑，哪里还有马灯的影子？我顿时打了一个寒颤，难道刚才给我照路的，不是黄牛村的人，而是一个做好事的鬼？

“俗话说，走多了夜路，就会碰到鬼。后来又遇到几次类似的情况，我心里不再害怕。我知道即使遇到鬼，那鬼也是出于好心在帮助我。”

木材早就听人传说，何兽医是个怪人。传说何兽医的祖上并不是兽医，而是一个普通的渔夫。当年因为救了一个落水的和尚，得到了一本医书。和尚告诉何兽医的祖上:“行善救人,勿以取财。”何家虽然遵循和尚训诫,却因识字不多,只学习了医书中的皮毛。他们不敢造次,只敢在猪牛身上做试验,因此成了远近闻名的兽医。

何家虽然几代行医,家中却负债累累。何兽医父亲去世的时候,留给何兽医的遗产只是一本医书,还有一箱子借条和欠条。借条是父亲买药赊账欠下的债,欠条是那些赊账治病的村民留下的。

有一阵子,何家经济上非常拮据。何兽医的老婆出面去讨账,那些赊账的人反而责怪道:“我们请你们给畜生看病,看了好几代了,都是这么赊账。你家是行医的,又不是放债的,怎么能上门讨账?何家几代从来没有上门要账,到了你们这代怎么没有了医德呢?”

何兽医的老婆生了气,不让何兽医出门行医。可是人家的牲畜病了,照样牵到他家院子里。何兽医不但要给牲畜治病,还要给牲畜喂粮食。治好了之后,人家把牲畜牵走,说一句记账,连一句道谢的话都没有。

看着越积越厚的欠条,何兽医的老婆免不了埋怨。埋怨的时间久了,有一天何兽医突然发狂,在装欠条的箱子里点了火,把那些欠条烧了。再有人请他去给牲畜看病时,他不给牲畜打针吃药,只用一根银针解决问题。他给畜生治好病之后,绝口不提“医药费”三字。如果人家非要答谢他,他就对人家说:“你给我家送一袋谷子吧!”何兽医给牲畜治病不收钱,成了一条新闻。何兽医的怪名声也由此传开了。

木材不解道:“我听说你给牲畜治病,只用针灸不用药。你为啥还去采药?”

何兽医反问道:“我要是不去采药,如何偿还父亲留下的债务?又如何养活老婆和孩子?”

第22章　何兽医

六月飞雪，恐怖苇林。一只绿手刺穿了救生艇，水底下潜伏着什么怪物？

何兽医讲着鬼故事，缓缓地划动着手里的桨，仿佛受他的鬼故事影响，天气突然阴沉下来。一阵寒风吹过，飘来一团一团的浓雾。风越刮越大，雾越来越浓。天空中响起了尖锐的呼啸声，一排巨浪向救生艇扑了过来。何兽医赶紧蹲下身子，浪头从他的身上盖了过去。救生艇被巨浪卷入到激流当中，顺着波谷急速地漂动着，变得像飞一样快。

何兽医全身被淋透了，救生艇里都是水。他紧紧抓住救生艇，指甲深深地掐进橡皮里。突然，一个巨大的落差让救生艇跌落下去，然后在空中旋转了几圈，又落回到水面上。救生艇不知被什么绊住了，在原地打转，不再移动。

何兽医睁开眼睛，发现周围是一大片丝茅草。浓雾被风吹散了，只见一大片一大片的丝茅草，像水草一样茂盛地覆盖在水面上。猛看过去，广阔的湖面就像是一个绵延无边的大草原。

这时候，尖锐的呼啸声再一次响了起来。风声伴随着呼啸声，水面上的丝茅草就像一片毯子，在风浪中起伏。木材耳朵灵敏，听出了异常。他想挣扎着坐起来，可是却一动也动不了。

何兽医急道："你想干什么？"

木材道："我们得找个地方躲躲！"

何兽医道："前不着村，后不靠店，除了水面上的丝茅草哪里有地方去？"

木材道："躲到丝茅草中间去。"

何兽医明白过来，他从箱子里拿出一把手术刀，在丝茅草中间砍开一条道，把救生艇驶进密密的丝茅草中间。他把割下来的芦草快速地拧成绳子，把救生艇和丝茅草固定在一起。

呼啸声靠近过来，随着一阵排山倒海般的巨浪，天空中升起一条飞舞的巨龙。巨龙旋转着庞大的身躯，嗥叫着、挪腾着、旋转着。巨龙的身子擦过丝茅草的边缘，那一片芦苇就像经过洗掠，芦苇的枝叶顷刻间被扒得精光，水面上只剩下光秃秃的苇茎。

救生艇躲在厚厚的丝茅草下面，何兽医从缝隙里看出去，那条巨龙像一根柱子一样笔直地立起来，倏忽之间就移向了远处。巨龙离开之后，天越来越阴沉，湖面上飘起来了雪花。何兽医打了一个寒战，割了一大片丝茅草，堆在木材身上。木材望着落雪，心里奇怪，他从来没有听说过，鄱阳湖的六月竟然会下雪。为了取暖，何兽医站起身来活动手脚。

过了一会儿，飘雪停住了，天空中出现了一道彩虹。水底下传来嗥叫声，水面上蹿出几条河豚。领头的是一只白豚，白豚从水里跃出来的时候，露出两只白花花的乳头。白豚怀里抱着一只小白豚，后面跟着一大群黑色的河豚。这些河豚跟着领头的白豚，仿佛踏着浪花起舞。它们一会儿高高跃起，一会儿又潜入水中，每做一个动作，都发出低鸣声，就像为刚升出的彩虹欢呼。

木材看到这一幕，情不自禁道："好美的白豚！"

何兽医也说："这白豚就像是美人鱼。"

过了好一会儿，那些河豚似乎结束了仪式，它们从水底下渐渐地隐去。

木材连忙说："赶快割断芦草，跟着那些河豚走！"

何兽医问："为什么要跟着河豚走？"

木材说："陈老大曾经对我说过，河豚是有灵性的动物，当渔船迷路或者落难它们就会出现。你难道感觉不出来，刚才河豚发出的声音，还有那些动作，是在告诉我们什么吗？"

何兽医三下两下，撕开了覆盖在艇上的芦草，钻出了丝茅草，尾随在河豚后面。河豚把救生艇带到一片开阔的水面上，忽然消失不见了。

何兽医嘀咕道："河豚往哪个方向去了呢？"

木材听到了什么声音，阻止他道："不要做声！"

不远处传来一声凄厉的叫声，只见一只猫头鹰叼着一条蛇从他们头顶掠过。何兽医吓得身子往下一挫，一屁股坐在木材身上。他看了看苍茫的天色，不由倒吸了一口凉气："这个地方看上去有些恐怖！"

木材分析道："有猫头鹰的地方，肯定有陆地。或许猫头鹰也是来给我们领路的，赶快跟着猫头鹰走。"

救生艇按照猫头鹰飞的路线走，前面出现了一大片箭苇丛。那一丛丛的芦苇像一座座耸立的岛屿，在湖面上挺立着。箭苇密密地挤靠在一起，每一根箭苇像竹子一样青翠笔直。爬苇则像百年的古藤，在湖面上制造着一个个恐怖的陷阱。

何兽医从来没有见过阵容如此壮阔的芦苇丛，也没有见过如此古老的野生爬苇，更没有见过像竹子一样粗壮的箭苇。苇丛越来越茂密，水道越来越曲折，光线也越来越暗。看上去清澈透明的水道布满了死亡的陷阱。爬苇的藤条从水底下伸过来，在水下形成了一环一环的绊桨索。枯萎的箭苇变作了坚硬的化石，沉没在水底的深处，形成一个个尖锐的剑阵。何兽医心提到了嗓子眼，他担心漂动的救生艇随时会被那箭苇的化石刺穿。

何兽医担心的事果真发生了。救生艇进入苇林不久，只听咔嚓一声响，救生艇摇晃了一下，再也不动了，一只绿茸茸的手，从水底下穿透救生艇，伸到木材的面前。

何兽医惊叫了一声，吓得魂飞魄散。他抓起手术刀，向那只手砍了过去。何兽医感觉砍到了石头上，手术刀被弹了回来。救生艇的底部裂开了一个大口子，开始漏水。

为了减轻救生艇上的重量，何兽医把箱子搬了出去，自己趴到了木箱上。救生艇虽然漏水，幸好仍能浮在水面上。何兽医把木材的头部挪到高处，除了脸部，木材的身体全部泡在水里。

木材瞅着那只绿茸茸的手臂，在暮色里发出荧光。他对何兽医道："你用刀子试试，能不能割得动那条手臂？"

何兽医小心靠过去，看了看那只绿手。他拿刀子在上面刮了刮，刮出几片蚌壳。蚌壳上生了一层青苔似的东西，上面还寄生着一只小蜗牛。他忽然发现绿手的一只手指上，还戴着一枚戒指。

何兽医胆子大了起来，他慢慢把这个手指锯了下来。锯下来的手指，里面竟然有指骨，戒指上也生了厚厚的绿苔。何兽医用手术刀在上面刮了刮，戒指上出现了一个骷髅头，旁边还有几个不认识的字母。何兽医把那枚戒指取了下来，递到木材眼前。

木材看到上面的骷髅图案，猛地想起他看过的一部电影。那是一个关于"二战"的纪录片，里面出现过类似的戒指。

当时电影解说员是这样讲解的：这是一枚骷髅戒指，骷髅戒指的英文原名是 SS Honor Ring，是德国纳粹党卫队领袖希姆莱在1934 年创立的纪念性质奖项。它由骷髅（大腿骨交叉）、橡树叶、纳粹徽、三角形 rune、六角形 rune 这几个部分构成。传说只有表现出色的党卫队成员才能获得代表荣誉级别最高的骷髅戒指，同时还能获得希姆莱亲笔签名的授予文书。

木材有些纳闷，难道这只戒指的主人是个纳粹？根据木材掌握的历史知识,他只知道“二战”时期曾有日军军舰进入鄱阳湖,但是没有听说过有德军入侵的记录。木材的脑海中闪过那个神秘的沙洲,沙洲停泊着一艘写有日文的军舰。梦生当时就告诉他说,那是日本的运输船“神户丸”。莫非戒指的主人不是德军纳粹,而是那条运输船上的日军?

木材想起半个世纪以前的那个传说。1945年4月16日,两千多吨级的日本运输船“神户丸”满载着从中国掠夺来的宝藏,从鄱阳湖穿行。运输船行驶到老爷庙水域,突然无声无息地失踪,船上两百余人无一生还。其后,日本海军曾派山下堤昭为首的专业打捞队,潜入湖中侦察。下水的人除山下堤昭外,其他人员全部神秘失踪。山下堤昭脱下潜水服后,不久也精神失常了。

根据史料记载,抗战胜利后,美国著名的潜水专家爱德华·波尔一行来到鄱阳湖打捞“神户丸”。令人奇怪的事件再次发生了,除爱德华·波尔外,其他几名美国潜水员再度在这里失踪。四十年后,爱德华·波尔首次向世人披露说,他在水底看见一道耀眼的白光,把他的伙伴们全部吸走了。

木材问何兽医:“你会潜水吗?”

何兽医有些不解:“你问这个干什么?”

木材若有所思道:“我想知道水底下到底有什么东西。”

何兽医犹豫着说:“我估计水底下都是些变成化石的水鬼。”

木材道:“还记得那艘传说中的‘神户丸’吗?也许那艘船就在水底下。”

何兽医也有些兴奋:“你是说那艘装满财宝的日本军舰吗?”

木材叹道:“可惜我动不了,不然我一定亲自下去,看看这只绿手下面藏有什么秘密。”

何兽医在湖边长大,湖边的男人自小就有潜水的本领。他年纪虽然大了,力气有些不足,但潜水的能力并没有丢失。他被木材说动了心,把刀子衔在嘴里,顺着救生艇潜入了水中。

救生艇下面伫立着一个高大的身影，他高举着双手，仿佛托住救生艇，又仿佛要把救生艇掀翻。何兽医慢慢靠近，这个人穿着厚厚的潜水服，潜水镜上面长了一层青苔。何兽医用刀子把潜水服划破，把潜水帽掀开，一张西方人的脸呈现在眼前。

何兽医摸了摸那个人，发现他的身体已经石化。他又四处看了看，四周有很多人影。这些人影在水底摆出各种姿势。他们有的直立着，有的歪躺着，有的弯着腰，还有的蜷缩着。他们仿佛被水底的箭苇刺穿了，有的刺在大腿上，有的刺在胳膊上，有的两个叠在一起。他们和箭苇一起，保持着被刺时的姿势。这些人身上长满了绿茸茸的水苔，仿佛是一群珊瑚人。藤苇拖着长长的带子，像蛇一样在珊瑚人身上缠绕着。

何兽医被这恐怖的一幕惊住了，这片人体群分布很大，看上去有好几百人之众。何兽医不忍看下去，他赶紧砍断了那只伸进救生艇的绿手，浮出了水面。

木材问："下面情况怎么样？"

何兽医吐出一口冷气："船下面的那个人，穿着潜水服，看样子像西方人。在我们周围，还有一大群人体化石。"

木材若有所思道："照你这么说，这个人应该是当年打捞沉船的美国人。"

何兽医扶着木箱，移动了救生艇："不管是美国人还是日本人，都是一些死鬼。这里就像是一个水下坟场，太可怕了，我们赶快离开这里！"

何兽医抑制住内心的恐惧，把救生艇拖到一棵爬苇旁。这是一棵巨大的爬苇，粗大虬髯的苇根，交错盘结在一起，像怪物似的裸露在水面上。何兽医将救生艇固定后，把木箱搬到苇根上，靠在旁边休息。

天色渐渐暗下来，猫头鹰的尖叫从远处传来。何兽医不想留在水上过夜，他狠狠心对木材道："你在这里等我，我到前面看看，那猫头鹰为啥追着我们叫。”

木材叮嘱着：“你小心一点！”

何兽医再次下了水，循着猫头鹰的叫声游过去。水越来越浅，水面上浮满了猪笼草。猪笼草的藤叶相互交错，何兽医用手扒开一片，后面又缠上来一片。何兽医把刀子拔出来，用力把猪笼草割断。那些猪笼草越来越密，藤条相互交叉变得越来越硬。

何兽医的手累得割不动了，他干脆放下刀子，试着把身体躺下去，猪笼草就像是一张织得密密麻麻的网，把他托住了。何兽医双手抱头朝岸上滚了过去，当感觉身下有泥沙时，才停了下来。

何兽医站起来，发现自己来到了一座岛上。岛边长了一片芦竹，他弯腰拔出一根芦竹，一层一层剥掉上面的竹衣，露出白嫩的笋心。他把笋心塞进嘴里，慢慢咀嚼着，一股清甜的味道，顿时沁入心田。

何兽医继续往岸上走，走了没多久，前面隐隐出现一群人，他停住了脚步。那群人整整齐齐按方阵站着，密密麻麻的有好几千人。他们个个身材高大，身上似乎背着枪，像是一支正在列队训练的部队。

看到壮观威武的部队，何兽医有些激动，又有些疑惑。难道遇到了一支野外训练的部队？如果真是这样，木材就有救了。何兽医想跑过去，转念又一想，还是小心一些，看看再说。

何兽医蹲了下来，慢慢观察那群人的动静。他蹲了半天，前面那群人依然保持原来的姿势不动，也没有发出什么声音。那只猫头鹰飞了回来，在那群人的头顶上盘旋着，发出凄厉的叫声，仿佛在告诉他什么信息。

何兽医忍不住了，他把双手举起来，小心翼翼地走过去，一边大声喊：“喂，我是过路人，想找过夜的地方！”

那群人直视着何兽医，仍然不发一声。何兽医大胆地走过去，一直走到他们身边，这才发现这是一群泥雕。这些泥塑和真人一般大小，他们身上穿着军装，头上戴着军帽。一个个看上去英气勃勃，威风凛凛。

何兽医绕着泥塑走了一圈，用手摸了摸泥塑，感到很惊奇。这些雕像面对着一个方向站立着，面部表情庄严肃穆，看上去大同小异。再仔细观察一下，就会发现他们的军服不统一，虽然站在一起，却似乎不是一个部队的，甚至也不是一个时代的。有的穿北伐军的军服，有的穿国民党的军服，还有的穿解放军的军服，其中还有志愿军的军服。

猫头鹰站在一尊雕像的肩头，睁着一只眼睛，静静地停在那里。何兽医抬头看它，它又发出一声长号，张开翅膀飞了起来。

何兽医跟着猫头鹰从泥塑群出来，眼前出现一大片绿色的草地。墨绿、翠绿、青绿、水绿，不同层次的绿伸展开去，仿佛是一条无边无际的绿地毯，看上去舒展而又平坦。在草地的中间，点缀着一簇簇红叶石楠。零星的几朵鸢尾，在绿草中翘起蓝色的尾巴。三叶草像螺旋一样，调皮地在草丛中打着卷。黄色的野菊，还有白色的蘑菇，仿佛害羞似的躲在草根底下。

在草地中间有一座小院子，猫头鹰停在院门外，似乎在迎接何兽医。这是一座由芦苇编织的院子，院子有三间屋子，屋外用箭苇做了一个栅栏。一棵三角梅盘踞在院门旁，繁盛的花朵把院门都拦住了。

何兽医推开院门，小心跨过三角梅，朝里面喊了一声："有人吗？"

中间那间屋子的门开着，里面却没有应答声。何兽医的喊声在院子里回响，周围寂静极了。他只好走了进去，屋子的正堂上挂着一幅大肖像。肖像中的人物穿着民国时期的军服，宽额头，挺鼻梁，方下巴，嘴唇紧闭，眼神严肃，一幅不怒而威的样子，让人肃然起敬。

地面铺着厚厚的地毯，踩上去柔软无声。屋子中间摆放着一套红木桌椅,桌子上有一套精致的茶具。靠墙的地方有一张卧榻,卧榻上整整齐齐码放着一条军毯。所有东西上面,都落了一层厚厚的灰尘。

何兽医看了看那幅雕像,心中纳闷:如果画中的人是院子的主人,那他肯定是个大人物。院子很久没有住人,这个大人物是离开了,还是已经过世了?

何兽医推开卧室的门,看到了一张雕花木床。一顶夏布蚊帐垂下来,把床整个遮住了。床边有一把椅子,椅子上搭着一件衬衫,地上放着一双拖鞋。

何兽医心中一动,莫非有人生病躺在床上,猫头鹰才把他招呼过来。何兽医伸手把蚊帐撩开,不出所料,床上果真躺着一个老人。

何兽医轻声叫道:“老人家！老人家!”

他一连叫了几声,可是没有任何反应。何兽医心想,难道他已经死了?伸手到他鼻前探了探,果然没有一点气息。

何兽医仔细看了看老人,他平躺在床上,脸上深深的皱纹仿佛承载着人生的沧桑。一张有棱有角的国字脸,飘下白色的长须,让他看上去庄重而慈祥。何兽医摸了摸老人的手,那手上结满的老茧已经风干了。

何兽医叹息一声:“老人已经逝去多年了!”

不知为什么,何兽医感觉在哪里见过这位老人。看到老人逝去,一阵巨大的悲伤突然袭上心头。从屋里出来,他看着远外开得繁盛的三角梅,跌坐在门槛上,忍不住大声哭了起来。

第23章　铜头和尚

一只猫头鹰，一座岛屿，一个院子，一支部队。是夺命岛？还是军事基地？

猫头鹰看见何兽医哭泣，受惊了似的，从屋顶上腾空而起，绕着院子转了一个圈，然后落在栅栏上，发出凄厉的啼叫。

何兽医止住了哭泣，他想：老人可能是猫头鹰的主人，猫头鹰想要安葬它的主人，所以才会把他引来。也许老人留有遗嘱，应该帮老人料理后事，完成他的遗愿。

何兽医返回屋里，拨开蚊帐，只见老人的枕头旁边果然放着一个藤盒子。何兽医对老人行了一个礼，把藤盒子打开，里面有一块白色的丝帛。他把丝帛展开，只见上面留有文字，果然是老人的遗嘱。

见到丝帛的人，若未见到我，也许我已变作灰尘。如果我的身体还在，便有一个愿望。请在芦苇岛上放一把火，将我和我的几千将士一起化作灰尘。

我十二岁从军，跟随冯将军鞍前马后，北伐东征，抗日抗美。几番易帜，戎马半生，最终堕入佛门，木鱼枯灯。岁月流逝，杀伐之气，日月困扰，挥之不去。建三千雕像，日夜超度。待有缘人，见到遗书，助遂心愿。

我有一友，名唤夜莺。夜莺虽睁一只眼闭一只眼，可是心里比人敞亮。如果愿意，请带夜莺做伴。

草屋三间，可带走一间，赠做见面之礼。附图一份，参考备用。

下面没有标注时间，落款是铜头和尚。

何兽医看到“铜头和尚”四个字，不禁心头一震。他喃喃说道：“如果这位老人真的是铜头和尚，那一定是天意的安排，让我来给祖上还债？难怪我见到老人便有一种亲近的感觉！”

何兽医想到这里，心里又是一阵酸楚。老人的心愿是火葬，除非使用炸药把整个芦苇岛炸沉，才能让老人和那三千将士一起化作灰尘。

何兽医在藤盒子里，找到一块画着图的丝帛。丝帛上画的是芦苇岛的结构，何兽医看了图才知道，原来芦苇岛是漂浮在水面上的人工岛。让何兽医感到奇怪的是，院子里的三间屋子，被画成了两间。第三间屋子，被画成了一条船。

何兽医来到院子里，左边一间屋子，看着像是储藏室。何兽医推开一看，不由震惊，里面堆满了枪支和弹药。有一挺机枪，架在门旁，仿佛随时准备射击入侵的敌人。何兽医吓得退了出去，他又推开右边的那间屋子。这次他更加吃惊，屋里竟然是个水塘，一条小船停在水面上。

何兽医上了小船，船上整整齐齐码放了十几只箱子。从一个破裂的箱子边缘，露出金黄的颜色。何兽医好奇地打开一只箱子，箱子已经老化，轻轻一碰，箱子就破裂开来，从里面滚出一堆金条。何兽医又去看其他的箱子，里面分别装有佛像、瓷器和玉石。

在那些玉石中间，有一个黑色的袋子。何兽医把袋子打开，眼前突然闪过一道金光，接着万道彩虹从掌中射出。何兽医的眼睛被光芒刺得睁不开,他下意识用手捂住光,眯起眼睛扫一眼手里的东西,不由得惊住了。

这不是鄱阳湖出产的淡水珍珠,而是南洋出产的金龙宝珠。何兽医把它放回袋子里,仔细观看这颗珍珠。珠子的直径约有十毫米,摸上去光滑圆润。光线照到珍珠上,珍珠变得晶莹剔透,从内核发出一簇簇金色的光芒。

何兽医不由想起那个古老的传说:当年陈友谅还是一个落魄的书生,夫人娄玉贞已经是名动江南的歌妓。娄玉贞原是将门之后,父亲得罪奸臣遇害,她受牵连被迫寄身青楼。娄玉贞不但貌美绝伦,而且琴棋书画样样精通。她表面上在风月场上婉转轻舞,结交名士风流;暗中却博览群书,广交豪侠奇士。当时人称"疯癫卖傻"的四大奇士,一直追随在娄玉贞身边。疯是指风水先生幽灵,癫是癫痴和尚戒空,卖是指南洋医生迈克尔,傻是航海奇才鲁广。

"疯癫卖傻"为了赢得娄玉贞的芳心,在她面前各展绝技。风水先生幽灵,观星相而知风云变幻,测地貌而卜吉凶祸福。戒空和尚精通火药制造,鲁广擅长造船和航行。南洋医生迈克尔就是搭乘鲁广的船队,从南洋来到中国。他医术平平,却能借助太阳和月亮的光,制造动力系统。传说陈友谅的庞大舰队,还有那个神秘的洄水滩,就是"疯癫卖傻"的作品。

陈友谅立国之后,封夫人娄玉贞为水国军师,赐给她一枚玉玺。"疯癫卖傻"为娄玉贞建造了一个人工岛屿,取名洄水滩。在洄水滩竣工之后,需要一个镇岛之宝。娄玉贞把她的玉玺拿了出来,幽灵在玉玺上雕刻了一只凤凰,戒空在另一边刻上了一条黄龙,鲁广把一颗淡水珍珠镶嵌在凤凰的嘴里,迈克尔则把他从南洋带来的宝珠含在黄龙的嘴里。这块玉玺就像是洄水滩的心脏,只有启动它,洄水滩才会动起来。

何兽医手里捧着金龙宝珠,看着那十几箱宝物,有一种恍若梦中的感觉。他想起老人的遗嘱,又把那张水图拿出来。他在图上发现了一条红线，红线布满整座岛屿，唯独绕开了这间水屋。

何兽医按照图示，沿着红线的方向一直来到老人屋里。何兽医爬到床底下，顺着那根线路，摸到了一个大箱子似的硬物。他顿时明白过来，原来老人早就在岛上布满炸药。何兽医从老人床头，找到一根长长的引线。他把引线拉出来，刚好够到那间水屋。

何兽医再次进屋，他肃立在老人面前，恭恭敬敬鞠了三个躬，然后向猫头鹰叫了一声："夜莺，跟你的主人告别吧！"

夜莺扑进屋里，在老人床边飞了一圈，发出长长的哀鸣。何兽医最后来到水屋，点燃了那根引线。不一会儿，水屋周围发出猛烈的爆炸声。芦苇岛在一片冲天的火光中坍塌，泥塑群和芦苇岛一起，慢慢没入到水中，消逝得无影无踪。水面上，只剩下何兽医和那条小船。

木材听到一阵爆炸声，他正在为何兽医担心，何兽医划着小船出现在他面前。何兽医费了很大的力气，才把木材挪上了船。木材看着船上那只猫头鹰，问何兽医："刚才的爆炸声是怎么回事？"

何兽医眼眶不由一红，把事情经过说了一遍。

木材好奇道："这个老人就是铜头和尚吗？难道你和他之间有什么渊源？"

何兽医叹气道："铜头和尚和我家的渊源要从我上辈人开始。我有个伯父，生出来就长了一条尾巴，而且还长了六个手指头，被大家当做怪物，为此我爷爷奶奶把他藏在家里，不让他上学。可他不肯好好待着，经常攀树爬屋，为了偷人家院子的吃食，会砸人家玻璃，扒人家的房瓦，由是人家给他起了一个外号叫做六指神猴。"

木材插话道："那是返祖现象，现在可以做整形手术治疗。"

何兽医回忆着讲了这段历史：

六指神猴经常给家里闯祸，家里就让他领着一群孩子，去村外的沙洲放牛。沙洲上有一座孝子庙，因为年久失修，破烂得快要倒塌了。六指神猴放牛的时候，经常跑到庙里去玩。大概在六指神猴七八岁的时候，庙里住进了一个和尚。

这个和尚身材高大，面如古铜，一双大脚像两个大脸盆，走到沙洲上，那脚印就陷下去，变成一串一串的坑。无论刮风下雨、打雷下雪，还是烈日炎炎，他都穿一件薄薄的僧衣，趿一双草鞋，打着绑腿，光光的头上顶一个僧钵，到各个村落去化缘。遇到施舍的人，他念一声阿弥陀佛，蹲下身子，让别人把米面钱币往僧钵里扔。也有人使坏，把钢镚故意往他的光头上砸，可他却像没事人一样。没有人施舍时，就一直往前走，似乎前面有什么东西在等着他。

和尚不化缘的时候，就在庙后面挖泥捣泥，自己搭了一个砖窑烧砖做瓦。过了不久，他一个人慢慢把孝子庙修缮一新。修完庙之后，他又开始在庙里塑神像。塑完一个又塑一个，他站在那些神像中间，腰身挺得笔直，一站就是半天，如果他不动的话，看上去和那些神像没有两样。

六指神猴带着那些小孩子，手里拿着弹弓，口袋里装了满满的楝子，爬到庙旁边的柳树上。他们把和尚的光头当做靶子，用弹弓把楝子打出去。楝子一颗一颗击在和尚的头上，发出很脆的响声。和尚一点反应都没有，仿佛他的脑袋是铜打的一样。从此，六指神猴和他的伙伴们，私下里把他叫做铜头和尚。

六指神猴的举动被大人认为是亵渎神灵，自然遭到了应有的责罚。六指神猴只好约束自己，从此不到庙里去捣乱。到了春天，天空下起了毛毛细雨，沙洲上湿漉漉的，六指神猴和他的伙伴追逐着草地上的野狗，一直追到了孝子庙。

时间正是中午，六指神猴身上湿透了，肚子也饿了，他们在孝子庙里，忽然闻到了一股香味。他们被香味吸引着，不由自主来到了和尚的斋房。斋房里有一个小蒸笼，蒸笼里有热气腾腾的白馒头。

六指神猴忍不住抓起一个，咬了一口。馒头又松又软，又香又甜。其他的小孩子看见他吃,也争相吃了起来。蒸笼里的馒头被吃光了,六指神猴领着那群孩子哄然散去。

六指神猴那颗心紧张了好几天、可是铜头和尚没有任何反应,六指神猴和小孩子们放下心来。他们不仅偷食和尚的馒头,还攀爬庙里的神像,在庙里庙外追打如入无人之境,可是和尚依然没有反应。

六指神猴对铜头和尚的好奇心越来越强,有一个夜晚,他领着小伙伴们爬到斋房的屋顶,看见铜头和尚在脱衣服洗澡。他们看见和尚宽阔的后背上,有一片烫伤的伤疤,伤疤像蚯蚓一样凹凸不平,上面露出几个不甚清晰的字。反×抗俄。

据传,六指神猴把和尚身上有字的消息传了出去。过了不久,从省城来了几个穿制服的军人,他们用手铐把和尚铐走了。可是就在当天,湖面上忽然刮起一阵龙卷风,有人说押解铜头和尚的那艘船被湖水吞没了。也有人说,铜头和尚被政府枪毙了。

…………

木材依然沉浸在故事中,他连连追问道:“那些军人为什么抓铜头和尚?是因为他背上刻的字吗……”

何兽医继续说:“后来六指神猴在庙里,发现了铜头和尚留下的一本日记。根据日记记载,铜头和尚十二岁从军,投入冯玉祥部下,参加过北伐战争中有名的武汉战役、南昌战役,因为屡立战功,从一个士兵升为团长。抗战时期,他率团参加淞沪会战,和日军激战了三个月。这个团几乎全军覆没,他自己也身负重伤。后来他作为国民党的军官参加徐蚌会战,被共产党的军队俘虏后,又参加了解放军。抗美援朝战争爆发,他所在部队被改编为志愿军。在朝鲜的一场战役中,他和两万多名战士一起被美军俘虏。”

木材恍然道:“怪不得六指神猴看到他背上有字,那字可能是在美军战俘营里刺上的。不过根据历史记载,凡是身上刺了字的俘虏都被送到台湾去了,他怎么回到大陆了呢?”

何兽医摇摇头说:“这个我不是很清楚,后来人们在日记中发现,铜头和尚在庙里雕塑的神像,都是曾经跟随他牺牲的战士。”

木材道:“怪不得他在岛上做了那么多泥塑,看来牺牲的战友真不少。”

木材又问:“铜头和尚为什么出家?他的真名叫什么?”

何兽医道:“这些日记里都没有记载,大概他想隐姓埋名吧!”

木材道:“铜头和尚为什么来到你们村?”

何兽医黯然说:“给铜头和尚剃度的一位高僧,就是把医书传给我祖先的那位和尚。那位高僧的本意是让铜头和尚投奔我家。谁知铜头和尚一直没有说明,以至引起后面那么多波折。六指神猴把铜头和尚的日记翻出来,觉得自己做错了事,不久也跳湖自杀了。”

木材在心里算了算:如果铜头和尚真的参加过北伐,那么他至少有一百二十多岁了。按照时间推算,他在这里生活了半个多世纪。真难以想象,他一个人孤独地在这里竟度过了几十年。他有没有想过,有朝一日离开这里呢?

何兽医叹息道:“他当初隐姓埋名住在孝子庙,目的就是想远离尘世。谁知他还是逃不过劫难,或许这里才是他的世外桃源。我猜想,他压根儿就没有想过要离开这里。”

木材安慰道:“你已经帮老人完成心愿,老人可以安心而去了。”

何兽医忽然想起了什么,又摇了摇头说:“我虽然帮老人完成了心愿,可是心里却留下另外一个遗憾。”

“什么遗憾?”

何兽医道:“医书记载,有一种食人草长有艳丽的外表,还有如花瓶一样修长的身体。那花瓶里面装满了带有芬芳的液体。食人草的液体有剧毒,任何生物只要碰上它就会马上溃烂死亡。那些蝴蝶、蚱蜢、蚊蚋、树蜂、金龟子等虫子闻到这香味,就顺着那瓶口钻进去。它们遇到那些液体之后,就被牢牢地粘在里面,然后被麻醉,成为食人草的点心。因此,只要采集到食人草的液体,就可以治疗那些蚊虫叮咬引发的恶毒伤痛。”

木材道:“你的意思是说,食人草可以治疗我的伤?”

何兽医点点头:“我上芦苇岛的时候,发现岛周围长有密密麻麻的猪笼草。后来我才发现,原来那不是猪笼草,而是传说中的食人草。老人死了许多年,身体之所以常年不腐,就是与那食人草有关。”

木材有些奇怪:“食人草可以防腐吗?”

何兽医道:“你有所不知,芦苇岛是座漂浮岛,食人草就夹杂在芦苇中间,寄生在芦苇岛上。它们不仅吞噬岛上的蚊虫,放出的气味还可以杀死所有微生物。我在炸掉芦苇岛之后才明白过来,却为时已晚了。”

木材道:“这或许是命运,你不要自责了。你现在发财了,有没有想过将来怎么用这些钱?”

何兽医却忧愁着说:“这些东西说起来是宝物,说不定是祸患的根源。如果不是老人的遗愿,我情愿把这些东西扔到水里!”

木材连忙打哈哈道:“千万不要这么想,你可以用这些东西换钱买药,可以免费给别人家的畜牲治病。如果这还花不完,回去之后,可以分一半宝物给我,就当让我帮你挡一半祸患!”

第24章　梦生

深陷阴谋，戴上手铐，押上囚车远去。他的命运将走向何处？

石镇发生特大命案的第二天，高考成绩公布了，段天水又是全县理科总分第一名。一个连续三届的高考状元，竟然出手杀死了三个人，还有一人重伤住院。这个消息轰动了全国，成为媒体竞相报道的热点。为了躲避蜂拥而至的记者，赵伯耘到镇中学借了间教室，躲在那里遥控办公。

赵伯耘刚才接了几个电话，都是上级领导打来的。他们在电话中一再强调，要不惜一切代价缉拿凶手。为了严防凶手再次行凶，只要发现凶手就当场击毙。赵伯耘心里很乱，他当然明白领导的意图。如果段天水被缉拿归案，他在接受审讯的时候，可能会把高考作弊的事供出来。到时候，不仅赵伯耘自己，那些参与作弊的领导及其子女，一个个都会像拔萝卜一样暴露出来。

赵伯耘在副所长的位置上已经待了八年。原来的所长退居二线，赵伯耘以副所长的身份，暂时代理所长一年多了。他很想把“代理”两字去掉，成为一个名副其实的所长。按照他的资历还有他的学历，如果不出意外，就是排队他也该转为正科级了。偏偏这个时候，接连出了几件人命案。尤其是段天水犯的案子把省领导都惊动了。省里要派专案组下来，一旦专案组介入进来，事情就变得复杂棘手。他必须赶在专案组下来之前，把段天水这个案子做个了断。

外面响起汽车喇叭声，赵伯耘站在窗前一看，一辆小汽车停在篮球架下。学校已经放假，操场显得寂静空旷。叶秉坤从汽车上下来，热辣辣的太阳照到他身上，在地面上投下一个孤独而又矮小的倒影。赵伯耘注视着这个影子蹒跚着朝他这里走来。

赵伯耘和叶秉坤的关系很微妙，赵伯耘是靠着叶秉坤的关系才从教育系统调入公安系统，可是叶秉坤不断给他制造麻烦，影响了他在仕途的升迁。叶秉坤利用桃月想把赵伯耘和他的公司捆在一起，赵伯耘却想做一个独立的人，事实上他却越陷越深。

赵伯耘把叶秉坤约来，是想借叶秉坤的手把段天水暗中处理掉。叶秉坤的儿子贵生、岳父何老根、小舅子何运来都死在段天水手里，他的大舅子何运满躺在医院里，至今生死未卜。可以说，叶秉坤和段天水有着不共戴天之仇，他比任何人更想除掉段天水。然而赵伯耘知道，叶秉坤不是一般的人，复仇用不着他出面。

叶秉坤敲门进来，他穿着一身黑衣服，一脸憔悴的样子。赵伯耘给他倒了一杯水，关切地问道："后事都料理完了吗？"

叶秉坤叹了一口气，无力地坐下，用手支住额头，眼眶发红，喉头有些哽咽："贵生虽然不听话，但是也不该死。"

赵伯耘同情地拍了拍他的肩膀："你不要太伤心了，这种结局对贵生来说也许不是最坏的结果。"

叶秉坤愤怒起来："你什么意思？"

赵伯耘平静道："先不要激动，你看看这个东西。"说着，把一个鼓鼓囊囊的信封递了过去。

这是一封匿名举报信，信中举报叶秉坤私设天网，大量捕杀国家保护野生珍禽。信中附有一沓账本复印件,里面有详细的数量和品种记录。

叶秉坤看完之后,把复印件甩到桌子上:“这纯粹是诬告!不用我说,谁都知道,这是陈老大给我下的套!这么小儿科的把戏,你会相信吗?”

赵伯耘不动声色道:“不管举报的人是谁,人家手里有原始账本,里面数据确凿。他既然敢拿给警方,估计不会造假。”

叶秉坤承认道:“我是买过一批野雁,那批野雁的数量加起来还不到一百只,哪里有账本上说的有好几千只呢。再说做这种事的人,哪里会傻到记账,给自己留下罪证呢?”

赵伯耘道:“根据我的调查,那些珍贵水禽是贵生猎杀的。我已经核对过笔迹,记账的人不是贵生,而是你的船夫。不仅如此,陈老大的趸船发生事故,也与贵生有关联。贵生为了报复段天水,带人领头轮奸了娥子,这是导致他杀身之祸的直接原因。”

叶秉坤气得站了起来:“贵生已经死了,即使你把他说得十恶不赦,他也不能为自己辩护了!”

赵伯耘给手边的杯子续了些水,噘嘴吹了吹上面的茶叶:“贵生虽然死了,但是这些罪证还在。更为重要的是,人家把罪证指向了你。”

叶秉坤垂头又坐了下去:“指向我又能怎么样?儿子都没有了,我什么也不在乎。我赔钱认罚,大不了去坐牢!”

赵伯耘把那沓复印件拿起来,在手上掂了掂:“你赔钱认罚?前不久,有人猎杀了十几只小天鹅,被判十四年刑期,罚金四万。你这账本上有几千只珍贵水禽,其中有东方白鹳、白头鹤、黑鹳、中华秋沙鸭,都是国家一级保护鸟类。按照那个案例推测,你不仅要判无期,而且倾家荡产都赔不完。”

叶秉坤灰心道:“你说我该怎么办?”

赵伯耘叹气道:“既然桃月是你公司股东,我也不会袖手旁观。目前的关键人物是段天水，只要把他解决掉，很多问题就可以迎刃而解。”

叶秉坤耿耿道：“段天水是你的得意门生，你为了维护他，甚至把贵生踢出考场。你真舍得动他？”

赵伯耘心中一酸，眼角掉下泪来：“如果他没有杀人，我一直都会维护他。现在他是罪犯，我即使想要维护他，法律也不允许。”

叶秉坤沉默良久，下定决心：“好吧！我可以试试，但是未必能成功。另外，你准备拿梦生和虾米怎么办？”

赵伯耘道：“李大山孙子的死，也许是个意外。如果没有更多证据补充，我准备把他们放了。”

然而赵伯耘没有想到，他还是迟了一步。专案组提前来了，不仅接管了段天水的案子，还把虾米和梦生也纳入专案组办案范畴。专案组不仅不同意放人，而且在接手的当天就开始提审虾米。

虾米从拘押室提出去之后，到第二天晚上像一条死狗一样被拖回来。梦生看到虾米的手臂上、腿上到处是一条一条的淤痕。

梦生使劲摇晃着虾米：“虾米，你醒醒！”

虾米勉强把眼睛睁开一条缝，无力地推开梦生，喃喃道：“我要睡觉，我要睡觉……”头往旁边一歪，又昏睡过去。

专案组又提审梦生，梦生走进审讯室，一眼看到江海，还以为江海是为他而来，冲动地想上前说话，江海突然翻脸，呵斥道：“坐下！”

梦生意识到自己的身份，只好配合审问。做完一套程序之后，梦生被告知，他需要转到另外一个地方去。梦生提出要求，他要向江海单独反映情况。当其他人退出之后，梦生终于放松下来。

梦生道：“听说上面来了专案组，调查段天水的杀人案？”

江海冷冷道：“我就是专案组的组长，你有什么新情况交代吗？”

梦生愣了一下:“既然你是组长,那我跟你说,虾米跟段天水的案子一点关系都没有,你们不能对他行刑逼供。”

江海冷笑着看了梦生一眼:“你现在是我的犯人,有资格这样跟我说话吗?”

梦生急道:“你知道我的真实身份!”

江海依然道:“我当然知道你的真实身份,你以为你是警察就可以肆意妄为吗?警察犯法一样也要坐牢!”

梦生急道:“我没有犯法!”

江海道:“有没有犯法,你自己心里清楚。你做过的事情,还是老实向组织交代吧!”

江海说完,把梦生扔在那里,自己走了出去。不一会儿,梦生被戴上手铐,押上了警车。警车出了石镇,经过长长的湖堤,来到一个沙洲上。警车停了下来,梦生被押了下来。谢组长和彭亮等在那里,办完交接手续后,彭亮给梦生打开了手铐。

梦生低声问:“你怎么来了?”

彭亮道:“江海调去专案组,我是来替补他的。”

梦生愤愤道:“江海明知我是警察,为什么还给我戴手铐?”

谢组长道:“江海是按规定办事,希望你谅解他。”

梦生道:“他在审讯的时候对犯罪嫌疑人行刑逼供,难道也是按规定办事吗?”

谢组长道:“这一情况,你以后可以向上级汇报。我们今晚到这里来不是为了讨论某个人的行为,而是为了破案。我们监听到了袁木材的行踪,得到了科考船的信息。”

梦生本来心情抑郁,听到木材和科考船的消息,顿时来了精神。他跟着谢组长上了巡逻艇,彭亮把监听录音回放给他听。梦生听录音的时候,谢组长在舱里睡着了,彭亮一直在旁边陪着。

可能是在野外的原因,录音中不断发出嗞嗞声,仿佛电磁干扰的声音。里面的说话声,仿佛被拉长了,颤悠悠地时断时续。但是梦生还是能够辨出,那是木材发出的声音。梦生得知木材受了重伤,先是被科考船救了,后来又被科考船抛弃了。一个叫何兽医的人,一直在照顾木材。

梦生从夜晚听到天亮,才把录音听完。彭亮告诉梦生,他们已经去核对过,何家渡村确实有一个兽医,在4月中旬的春汛中被洪水卷走了。他们还根据何兽医提到的铜头和尚,去查了相关的历史资料,确实有一个志愿军老兵,复员以后在何家渡孝子庙出家。后来因为叛国罪被逮捕审查,在押往劳改的途中,也是被洪水卷走了。

梦生道:"木材提到那个位置,北纬29°31',东经115°01',你们搜过了没有?"

彭亮解释道:"他说的经纬度,其实包括了很大一块区域。我们同时动用卫星和水面搜索,都没有发现科考船和他们的下落。"

船舱里的谢组长并没有完全睡着,他坐起身来接话道:"我们发现几个蹊跷的问题,一是时间不对,现在已是6月中旬了,可是木材在录音中却说是6月2日。二是录音中提到的-50.2米海拔,这到底是手表出了故障,还是因为其他原因造成的数字错误?"

梦生想起了发生在自己身上的事情,他提醒道:"谢组,还记得上次我回来的时候,你说你们在湖上搜寻了我一个星期,可我的感觉却是在沙洲上只待了一个夜晚。"

梦生把那天在沙洲上发生的事情详详细细地讲述了一遍。他提到那片古船群,提到那条有救生衣的小船,提到他和木材一起喝酒。当他提到那块小铜牌的时候,谢组长和彭亮互相看了一眼。

谢组长问:"你把那个铜牌带回来了吗?"

梦生道:"带回来了。"

谢组长道:"给我看看。"

梦生道:"现在不在我身边,我拿去让人鉴定了。"

梦生话音刚落,谢组长震怒起来:“你知道不知道,你发现的任何东西都必须在第一时间交给组织。因为你的擅自行为,可能延误我们的破案时机,甚至影响整个破案步骤!”

梦生哪里知道就是因为这个铜牌,让队友和领导对他产生了怀疑。加上在狼山洲遭人袭击,以及被卷入李大山孙子谋杀案,他已受到了大家的质疑。甚至有人怀疑他有否做警察的能力。

梦生见谢组长发怒了,赶紧说:“我现在去把铜牌拿回来。”

谢组长道:“你现在哪里都不能去,乖乖地和彭亮待在一起,给我好好写思想检查!”

梦生赌气道:“我没有什么好检查的!”

谢组长火了:“你竟然说没什么好检查的!那就说说为什么被人偷袭,为什么会被卷入谋杀案!”

梦生争辩道:“他们是瞎办案,根本没有证据!”

谢组长反问:“你告诉我,什么叫证据?谋杀案发生的当晚,有目击者指证你在现场出现,这算不算证据?他们在受害人的船上提取到你的脚印,这也算瞎办案?”

梦生还想辩解,彭亮用手拉了他一下,劝道:“你就听谢组长的话,好好写你的检查吧!”

梦生满腹委屈回到舱里,一个字也写不出来。由于监听中断,巡逻艇又在湖面上移动起来。彭亮中途回舱,发现梦生趴在桌子上睡着了。彭亮想叫醒他,谢组长示意别动。谢组长拿了一条毯子,轻轻给梦生搭在身上。

彭亮泡了两碗方便面,给谢组长端了一碗:“谢组,梦生的家里发生了很多事,段天水的杀人案牵扯到他的家人还有他的女友,他心里挺难受的。”

谢组长道:“这些都不是他犯错误的理由。”

彭亮又说:“谢组不会也怀疑他吧?”

谢组长呼噜呼噜喝下去一大口汤,低沉道:“人人都有走麦城的时候,关键要看自己能不能经受住考验。”

梦生睡得很沉,傍晚的时候,他被一声鸟鸣惊醒。从舱里钻出来,他看见一只巨鸟从湖面上飞过,连忙叫道:“这是陈老大的灰斑我们跟着它走!”

驾驶员看了看谢组长,谢组长点头同意。巡逻艇跟着灰斑穿过一片芦苇丛,又穿过一片水葱,灰斑忽然不见了。

谢组长让巡逻艇靠岸,他领着梦生和彭亮下了艇。三个人分散开来,四处搜寻灰斑的踪迹。天色开始暗下来,梦生来到一片沙洲上,有一种似曾相识的感觉。他继续往前走,突然脚下一滑,双脚陷入了沙子中。

梦生意识到了什么,他不敢乱动,向空中发了一个信号。谢组长和彭亮赶了过来,他们把梦生救了上来。彭亮忽然指着前面喊:“你们看,那是什么?”

距他们不远,停泊着几条货船。梦生激动道:“那就是我发现的货船!”

三个人回到巡逻艇上,拿了工具,登上了货船。谢组长仔细查看船上的货物,他跳下底舱,提取了鸟粪样品以及船上的指纹和脚印。彭亮在驾驶舱里发现了一丝血迹。

梦生数了数船的数量,发现比上次少了两条。三个人从货船上下来,一条货船忽然摇晃了一下,接着歪倒下去,瞬间就沉没在泥沙之中。

彭亮惊惧道:“这是什么鬼地方?”

梦生想起曾偷听到袁舢板的话,猜测道:“或许这里就是鄱阳湖魔鬼三角的入口。”

彭亮道:“你为什么这么说?”

梦生道:“我在那个神秘的沙洲突然遭遇风暴。当我从风暴中出来,发现自己就在这个地方。”

彭亮疑惑道:“这可真是奇怪了!”

梦生继续道："在我们小镇，我听到很多比这还要奇怪得多的事情。当那些现象无法得到合理解释时，人们就会用水鬼来解释。这些奇怪的现象，跟百慕大三角有些相似。比如 1981 年，一艘名叫海风号的英国游船在百慕大海区突然失踪，八年之后游船奇迹出现，船上的六个人竟安然无恙。就在那一年，我们镇有一艘私营小型货船在鄱阳湖三江口附近遭遇风浪后，神秘地失踪了。船主的父母给儿子儿媳埋了衣冠冢，货主也从保险公司拿到了赔偿。两年之后，这条货船又神奇地出现在三江口。船上还装着两年前的货物，船主夫妇还穿着两年前的衣服。他们说货船刚刚穿过风浪，他们并不知道时间过去了两年。"

"我们那里的人，认为这条货船遇到了水鬼，被困在水鬼的世界两年。我更愿意用科学知识来解释这种现象。比如有学者提出湖泊结构多重论，那个学者认为在鄱阳湖的湖底下还存在一层乃至多层湖泊。在天体引力作用下，每隔一个周期，这些多重湖泊会相互贯通，从而引发地震和湖啸。此前，外国专家还曾提出过空间压缩论，他们认为只要有足够的力量，空间就可以在瞬间被压缩。比如在百慕大飞行的飞机能将三百公里的速度提高到三千二百公里，空间压缩能达到 1∶10。或许在鄱阳湖也存在一种超自然的力量，只是我们不知道这力量来自哪里。"

谢组长有些感兴趣："是哪位学者提出了湖泊结构多重论？"

梦生道："那个学者是地震研究所的专家许为华，说出来你们可能会更奇怪，他的儿子许照远博士作为水利专家就在那条失踪的科考船上。"

谢组长沉思道："这么说来，我们得拜访这位老专家了。"

梦生抢着说道："我以一个地震爱好者的身份，已经拜访过许教授一次，我可以再陪谢组长走一趟。"

谢组长狠狠盯了梦生一眼："你还有多少事瞒着我？就在巡逻艇上，把你做过的事，一件不漏统统写下来。"

谢组长回头叮嘱彭亮说："我回去向上级汇报，顺便把这些东西送回去化验。你的任务不仅是监听信息、守住那些货船，还要把梦生给我看住，无论发生了什么事，你们都要等我回来。"

第25章　金子

母亲的抛弃，闺密的游戏，戳穿她脆弱的神经。她的心中可还有真情实意？

虽然何家发生了命案，可拆迁并没有停止。叶秉坤没有心情做事，就把公司完全交给桃月打理。不知是因为怜悯叶秉坤，还是桃月的公关能力强，除了几家钉子户之外，那些拿了三万元拆迁款、签了协议的住户并没有强烈反对拆迁。

龚表匠的铺子也被拆掉了，他没有搬走，而是住在一个简易的棚子里。龚表匠舍不得让金子吃苦，提出到新街租一套楼房。没想到金子大发脾气，冲着龚表匠大喊："你不想跟我住一起，就一个人搬走！"

金子明明知道，龚表匠不是这个意思。可她心里很烦，不再像往日那样打扮自己。她甚至摘下了首饰，脱下了旗袍，蓬头垢脸，趿着一双布鞋，失魂落魄一般地在那些瓦砾中不停地走动。

龚表匠不敢劝她，他把桌椅和修表的工具搬出棚子，紧挨着没有拆完的半堵院墙，躲在废墟的阴影里修表。他时不时偷眼看看金子，满是皱纹的脸上现出怜惜之色。

棚子里响起电话声，大家仿佛没听见一样，谁都懒得去接。打电话的人很执着，电话铃一遍一遍地响。龚表匠叹一口气，慢腾腾站起身来，走进棚子里，从床头上拿起了电话。

电话里传来一个女人的声音："龚师傅，金子在吗？"

龚表匠听出是桂花，脸上有了喜色。桂花是金子的密友，金子听到她的电话心情或许会好一些。龚表匠连忙放下话筒，冲外面大声喊："金子，是桂花来的电话！"

金子听到龚表匠的喊声，并没有激动。她心不在焉地走过来，踩到一块碎砖上，身子一歪，差点摔出去。站稳之后，她恼怒地把那块碎砖踢得老远，这才撩开棚子的珠帘，低头弯腰钻进了棚子。

棚子还是翻修新房时作为过渡搭的临时建筑。为了翻修铺子，用去了金子足足攒了十几年的钱。她曾经幻想，要把铺子翻修得亮堂堂，地上铺着木板。冬天的时候，木板下面可以烧炭取暖。夏天的时候，把湖水引入木板下，屋里就像湖面上一样清凉。

金子的梦还没有做完，挖掘机哗啦一下，就把房子挖塌了。那间临时住人的棚子，却被保留了下来。高不过一米，长宽不过两米，放一张床之后，里面连挪身的地方都没有。

金子完全没有料到，不但新铺子翻修不成，连老铺子也失去了。在金子的心里，被扒掉的不是房子，而是她的一个梦。

金子把电话拿过来，轻轻地喂了一声。桂花在那边等了半天，这才听到金子的声音。桂花长长地叹了一口气，在电话里埋怨道："半天不接电话，还以为你又去会新情人了。"

金子对着电话，含糊地嗯了一声。她的目光跟随着龚表匠出了棚子，看着他蹒跚的脚步，有些佝偻的腰，心里有些发颤。她把目光跳开去，虚虚地落到棚子外的瓦砾上。一个后生低头匆匆走过，金子的心被揪了一下。她仿佛看见天水背着书包，从铺子前走过。

桂花觉察她在走神："你在听我说话吗？到底是个什么样的

男人,把你迷得这样七颠八倒!”

桂花和金子的话题,大半是关于男人和情人,还有一半是关于化妆品和服装。金子打不起精神:“现在哪有心情说这些!”

桂花压低声音,神秘地说:“我回上岗来了,晚上过来聚聚吧,有好事情等着你呢!”

金子这才回过神来:“你不怕讨债鬼哟,怎么敢又回来?”

桂花经常以介绍工作为名,把一些年轻女人带去省城。谁知她们一去再也没有复返,在桂花的教唆下,做起了皮肉生意。她们的家属不敢声张,但是只要见到桂花,就追着要人。其实他们要的不是人,而是经济赔偿。金子原以为为了躲债,桂花近期不敢回上岗村的家。

桂花道:“我有星哥护着,连水鬼都不敢收我,还怕什么讨债鬼。”

星哥是桂花的男人,大名叫李星,是个瘫痪了十多年的病人。他曾经是一个响当当的好汉,为了争夺湖面和人械斗,被打成了废人。为了给李星治病,桂花扔下儿子不管,带着丈夫四处求医。李星的病没有治好,桂花却在省城开起了旅馆。

金子很钦佩桂花对爱情的执着,有人曾说过,桂花是个骚女人,让她守一个残废,是不会长久的。桂花却用实际行动,回应了别人的预言。她不仅把日子过得有声有色,而且成了远近闻名的小富婆。李星不愿意待在省城,桂花就在上岗村买了十几亩地,盖了一栋楼房。她在楼房后面围了一个花圃,让李星在里面养花。她还请了帮佣,照顾花圃和李星的起居。

金子被桂花的情绪感染了,好奇心被勾了起来:“你说说有什么好事?”

桂花卖关子道:“来了就知道,现在保密!”

金子想起桂花的样子,不由扑哧地一笑,桂花说的好东西,无非是给她捎了化妆品,或者是给她扯了几尺时尚的布料。说来也怪，两个本来并不是很熟的女人，因为一次偶然在轮船上相遇，就变成了知己。桂花早就听说过金子的大名，金子也听说过桂花的故事。桂花邀请金子去她的旅店住宿，陪着金子去剧院看老电影、去女人街买旗袍、去滕王阁照相。两个人穿着款式相同的旗袍，在头上盘了发髻，化了淡妆，手挽着手，像三十年代上海滩的名媛，在八一桥上款款地散步。

金子小的时候，曾经跟着娘四处跑码头。娘在唱戏的空隙，时常给她描绘自己年轻时在上海走红的情景。其实娘连一个末流戏子都算不上，甚至不知道上海什么样，因为她从来没有去过上海。她向女儿描绘的是对上海纸醉金迷生活的向往。可是在金子的心里，却种下了对陌生的大都市和流离颠簸生活的亲切感。每过一些日子，金子总要把自己打扮一新，在南昌这个陌生的城市闲逛。

桂花当然不懂金子的情怀，但这并不影响她和金子的交往。两个都不随俗的女人交流的时候，免不了谈到男人。金子竟然把自己的隐私毫不隐讳地讲给桂花听。

金子把桂花当做闺中密友，桂花是个做肉体生意的女人，自然在心里留了意。金子这么一个风流的女子，被桂花当做奇货囤积在手里，一旦遇到适当的机会，就会利用金子来获得利益。

金子被桂花的话诱惑着，推着自行车就出了门。从石镇到上岗村如果搭渡船，也就半个时辰的路程。警察还在搜寻天水的下落，所有的水路被戒严了，金子只能骑车从湖堤过去。

湖堤的路面被机动车轧出很多沟壑，自行车在湖堤上一跳一跳地驶着，金子的屁股被颠得有些疼。记得刚嫁给龚表匠时，龚表匠骑着自行车带她去看渔港开港。那个时候，金子还是一个稚嫩的妮子，龚表匠却是一个生龙活虎的汉子。他们也是走着这条湖堤，金子在自行车的后座上，也是被颠得起起伏伏。

金子每次被颠起来时就会发出一声尖叫。金子的叫声是狂野的，她心里压抑了太多的寂寞，身体里有一种东西在疯长。当来到野外，看到那无边无际的湖面，还有无遮无拦的天空，她按捺不住的就想叫。自行车把她颠起来，她的叫声仿佛从胸腔里发出来，充满了热烈和疯狂。

龚表匠被金子的叫声撩拨得心急火热，看到路旁有一堆像小山似的湖草，他把金子从车上拽下来，拉进湖草垛子里，迫不及待地压在金子的身上……想起这些往事，金子的心不由得一阵发热。虽然龚表匠曾经当过她爹，但是在娘跟过的男人中，龚表匠是对她最好的一个。

金子十五岁那年冬天，曾收到娘的一封信。信里夹了一张火车票，娘说她会在那边的火车站接金子。南方的冬天是那么的寒冷，寒气变成冰，凝结在棉衣里，冻结在被窝中。

就是在这么一个寒冷的冬夜，金子怀里揣着娘寄来的火车票，准备离开龚表匠。龚表匠烧了一盆艾叶水，把金子泡在温水里。他给她沐浴，给她按摩，让她已经冰冷的心在温热的艾叶香味中慢慢化开。龚表匠用毯子把她裹上，然后轻轻地放在床上。被子和床单已经被焐得温温的，蚊帐里洒了香水。金子的情欲被龚表匠点燃了，她疯狂地钻进了龚表匠的怀里。

第二天一早，金子手里捏着那张火车票，眼睛里满是泪水。如果三年之前收到这张火车票，她会毫不犹豫地离开。当年娘把她丢给龚表匠时，她还只有七八岁。在她成长的岁月里，和娘在一起的日子占了一半，和龚表匠在一起的岁月也占了一半。如今娘的影子逐渐模糊，而龚表匠的身体却清晰可触，她觉得自己已经离不开龚表匠了。火车票在金子手心里攥着，成了一团纸糊，然后扔进了垃圾桶。

虽然金子有过几个相好，但是她把这几个相好逐个和龚表匠相比，觉得这些男人都不如龚表匠细腻、温柔。龚表匠虽然年纪大了，再也不能像过去那样带着金子钻湖草堆，或者把她从浴盆里抱到床上，可是金子对他依然有一种特别的情感。

桂花的家是一栋二层小楼，楼前楼后都有一个大院子。前面的院子光秃秃的，就像是一个停车场。后面的院子里种了一片花草。小楼的一层有吧台和沙发，楼上的房间个个都配有卫生间和电视，金子觉得桂花的家就像是一个小旅社。

金子到桂花家时，天还没有完全黑。桂花正站在院门口向外张望着。看到金子推着自行车过来，她有些惊诧道："你这么早就来了？"

金子奇怪道："早来晚来不一样吗？"

桂花连忙笑道："我听你电话里的声音，以为你正忙呢！"

金子嗔道："铺子都被拆了，有什么可忙的！"

桂花连忙道："看我这个记性，越来越差。"

金子道："你不会把我叫来又说没啥事吧？"

桂花做出神秘的样子，低声说："现在不能说，保密！"

说着，桂花亲热地抢过金子的自行车，停放在院子里。然后把她拉到屋里的沙发上，端过一碟瓜子，放在茶几上。金子伸两个指头，抓了一枚瓜子，轻轻放进嘴里，慢慢把两片壳吐到手里。

桂花看金子手里捏着那两片瓜子壳，乜了她一眼道："这里是乡下，不是省城，你把瓜子壳吐地上就行。"

金子不好意思道："跟你在一起，就觉得自己是在省城，养成习惯了。"

桂花用手轻轻地打了金子一下说："你呀，就是一个迷人的妖精。如果我是男人，就是把你吞肚子里去，还嫌不够呢！"

金子叹气道："你就爱逗我开心，我家那个死鬼，现在看我的兴趣都没有了。"

桂花把嘴巴凑近金子耳边："他不是没有兴趣，是没有那个福气。你这么贪的女人，会让你男人折寿呢！"

金子红了脸，换了话题："不跟你说疯话了，快告诉我有啥好事。"

桂花摇了摇金子的肩膀:“你答应我,在这里住一晚。”

金子有些为难:“老龚年纪大了,留他一个人住棚子里我有些不放心。”

桂花啐了她一口:“你这么一个花花女人肯陪着他到今天,算对得起他了。偶尔出来散散心,又不是让你抛开他,明天一早就回去了,有什么不放心的!”

金子装作不高兴道:“我老远跑过来,坐了半天,你不说一句正经话,肯定不会有好事,我还是回去算了,别中了你的圈套!”

桂花只好承认道:“你是我肚子里的蛔虫,什么事都瞒不过你。经文今天晚上要回家,他说要带两个朋友来,其中一个点名要见你。”

金子有些奇怪:“经文的朋友怎么会认识我?”

桂花也纳闷道:“是啊,我也奇怪呢。”

金子忽然紧张起来:“那个人是哪里的?他会不会是我娘派来的?”

桂花心里有些好笑,其实这些都是她临时编的瞎话。李经文打电话说那个黄老板有些色,让桂花找个妮子陪他。桂花立刻想到了金子,就临时把金子招来了。

桂花安慰金子:“不管是谁,见见就知道了。反正在我家里,有星哥、我和经文陪着,你有什么紧张的。”

桂花的话让金子安定了一些,住一晚就住一晚呗。其实在内心深处她盼望那个人真是娘那边的人。她已经离开娘快二十年了,她想知道娘现在哪里?她的日子过得好不好?

金子拿出手机,想给龚表匠打电话。桂花赶紧按住金子,用自家的座机,拨通了龚表匠的电话,告诉他金子在她家住一晚。放下电话,桂花笑道:“这下踏实了,咱们到餐厅看看菜准备得怎么样。”

一盘红烧甲鱼,一盘清炖鳜鱼,一盘烧湖鸭,一大碗泥鳅豆腐汤,还有几个新鲜蔬菜。

金子狐疑地看着桂花:“这么多菜,都是你烧的?”

桂花笑道:“我要是有这手艺,早在南昌开高档餐厅了。材料是我自备的,菜是家里帮佣烧的,感觉怎么样?”

金子左右看了看:“你家帮佣在哪里?有空教教我。”

桂花笑道:“她就住在本村,我让她回家了。”

金子闻到泥鳅豆腐汤的味道,忍不住有些口馋。桂花道:“早知道你喜欢吃泥鳅豆腐,我特地交代要做这道菜。”说着,她舀了一小碗泥鳅豆腐,端到金子面前,“你先尝尝。”

金子客气道:“这不好吧,还是等客人来了再吃吧。”

桂花笑道:“在我家里,你就是客人,让你吃你就吃啊!”

金子这才拿起勺子,舀起一块豆腐,仔细瞅了瞅。这豆腐是在冰箱里面冻过的,泥鳅已经煮得散了架。把豆腐放在浓汤里煮沸之后,改用小火炖一个小时,那些鱼汤全部渗入到豆腐里面,豆腐就仿佛含着鱼汤的薄皮饺子,轻轻一咬,满口都是润滑的豆腐和滑腻的鱼汤。

金子来之前化过妆,她不想把口红弄脏了。金子吃泥鳅豆腐很有技术,她用勺子舀起豆腐,让它凉了凉,然后找到豆腐表皮一个洞口,嘬起嘴唇凑过去,含着那个洞口,慢慢地吸吮着豆腐里的汤。

就在这个时候,李经文领着魏成鸣和黄子轩进来,后面还跟着汤小小。金子刚好吸了一大口汤在嘴里,看到客人进来,吐出来不是,咽下去不是,尴尬得满脸通红。

汤小小是桂花的外甥女,从省城医学院毕业后分配在镇医院妇产科工作,金子曾找她看过病。金子把那口汤咽下去,赶紧用纸巾擦擦嘴,站起来和汤小小打招呼。

桂花把李星推了出来,李经文把魏成鸣和黄子轩介绍给大家。几个人落座之后,黄子轩一双眼睛就色眯眯地盯着金子看。金子偷看了这两个人，魏成鸣穿一套宽松的黑色绸衣，举手投足，神态轩昂，像是一个上流社会的人。黄子轩身材肥胖，脖子上戴一串沉香木，像是有钱的商人。看这两个客人的样子，不像是娘那边来的人。尤其是这个黄子轩，看她的眼神有些暧昧。金子赶紧回过头来，用询问的眼神瞟了桂花一眼。

桂花说："先吃菜吧！尝尝我们的农家菜，味道怎么样？"

黄子轩尝了尝泥鳅豆腐，立刻眉飞色舞地赞道："我去过很多地方，天上飞的，地上跑的，水里游的，基本都尝过。但是这么地道的泥鳅豆腐，我还是第一次吃到。"

桂花一语双关道："这道泥鳅烧豆腐，是我专门为金子做的。你们刚才也看到了，金子不但喜欢吃豆腐，而且她嘴里含着豆腐汤的样子，让我看了也忍不住喜欢。"

魏成鸣对金子并不感兴趣，他坐了几个小时的车，看上去有些疲惫。他草草扒了两口饭，就站起身来，说："对不起，我有些累了，想先上去休息。"

李经文连忙站起来，领着魏成鸣上楼去了。魏成鸣一走，黄子轩干脆把椅子挪了挪，靠近了金子，在她耳边说："我好像在哪里见过你啊！"

桂花怕他说漏了嘴，连忙道："黄老板走南闯北，见过的人自然多了。金子是艺术人家出身，她娘是唱三弦的，当年非常走红。"

黄子轩惊叫道："你要是不提起来，我差点忘记了。当年我来石镇做生意，在老街遇见过一个唱三弦的漂亮女人。"

桂花见话题碰上了，高兴道："那就是她娘！"

黄子轩端起酒杯道："怪不得看着眼熟呢，原来是熟人的女儿。来来来，咱们碰一杯！"

金子看黄子轩说得那么真切，不由心里生起了希冀。她和黄子轩喝了一杯之后，追问黄子轩道："你真的认识我娘？"

黄子轩道："岂止是认识，我们还……"他说到一半，忽然停住了。金子从他的神态中已经猜出其中的含义。她更加相信黄子轩的话，因为她娘就是那么一个人。

金子一方面渴望听到娘的消息，另一方面又害怕听到她的消息。她想问黄子轩是否知道娘现在哪里？她过得好不好？可是当着这么多人的面，她没有勇气说出来。

金子闷头又喝了一杯酒，黄子轩给她续上。汤小小在一旁冷冷地看着，她看出桂花和黄子轩在演双簧。她是一个局外人，不想掺和进去。

桂花看火候差不多了，起身拿一把钥匙，对黄子轩说："我看你们故人相逢，有些话不好当着我们的面说，我给你们泡一壶茶，你们到房间里慢慢说。"

金子真的就跟在黄子轩后面上了楼，桂花把房门开了，对他们说："我给你们倒茶去。"说完退了出去，反手把房门关上了。

第26章　李经文

为了一个杀人犯，他半夜开车冲出。是由于友情？爱情？还是利益？

桂花刚把门关上，黄子轩猛地扑上来，抱住金子摔到床上。金子有些发蒙，脑中顿时一片空白。

金子用力把黄子轩撑开，红着脸问："你这是干什么？"

黄子轩急急道："我知道你的铺子被拆了，我有的是钱。只要你肯跟我，我就帮你盖一栋新宅子！"

金子摇摇头说："不是钱的事，我跟你没有感觉。"

黄子轩两眼盯住她，不相信道："那你为什么愿意跟我进房间？"

金子委屈道："本以为你想告诉我关于我娘的一些事情。"

黄子轩泄气地松开金子，气喘吁吁道："我跟你娘见面都是猴年马月的事了。你连嫁给后爹都不在乎，不会因为这个和我计较吧？"

金子不再说话，她拉开房门，白着脸从楼梯上下来。桂花一家三口和汤小小一起，围着桌子打麻将。汤小小瞥见金子神色不对，用胳膊轻轻碰了李经文一下。

李经文站起身来喊道:“金子姐,你怎么啦?”

金子没有理会他,继续往外面走。桂花上前拉住她说:“你看我上了麻将桌,就把泡茶的事忘了!你过来帮我摸一下牌,我这就泡茶去!”

金子忽然回过头来,质问道:“我把你当好友,你怎么能骗我?”

桂花一脸无辜道:“我怎么骗你啦?你又不是情窦初开的少女,这种事你情我愿,又没有人强迫你。”

金子气得浑身发抖:“我……我……我虽然算不得良家妇女,但是也不至于为了钱就随随便便和男人上床!”

李经文见状,赶紧息事宁人道:“金子姐,你不要生气,都是一场误会。”

金子挣脱桂花的手,走到院门推起自行车就走。她拼命地蹬着自行车,仿佛后面有狼追赶似的。天色已经暗了下来,湖堤上没有路灯,天上一颗星星也没有,月亮也没有出来。桂花在这黑漆漆的湖堤上骑着,什么也看不清楚。

风吹乱了金子的头发,她的耳边刮过来桂花抛下的话:“装什么装,快三十岁的女人了。再熬几年,你到街上拉人,看有没有男人要你!”

桂花的话像刀子一样从后面投掷过来,把金子已经受伤的心戳得七零八落。她忽然觉得好冷,全身像打摆子似的颤抖起来。怎么会有这样的朋友?她竟然一直信任这么一个女人!委屈的泪水,像雨点一样被风吹出去,噼里啪啦地把她的发梢打湿了。

金子虽然被亲生母亲抛弃了,可是龚表匠比亲生父亲还疼她。那些来修钟表的男人,也是因为自己喜欢才心甘情愿和他们私会。

金子的身边虽然不缺男人,可是从小到大却没有一个同性朋友。因此当桂花走近时,她立刻就把桂花引为知己。现在,她连这个唯一的朋友也要失去了。一种被抛弃的感觉如潮水一般把金子淹没了。想着自己孤单一人骑着自行车,在漆黑的夜晚走着,金子的眼睛被泪水模糊了。

金子的眼前一片黑暗,心里更是漆黑一片。龚表匠老了,他纵然宠她爱她,可是已经心有余而力不足。铺子没有了,她生活了将近二十年的老街没有了,她熟悉的生活没有了,她觉得自己已经没有力气走下去了。

车轮碰到一个坎上,金子的腿踩不下去。车轮左右摇晃着,她的双手握不稳扶手,车轮往旁边一歪,斜着就下了湖堤。金子感觉自己被风拖着,向湖堤下面飞去。

在翻滚的这几秒钟里,金子的意识变得十分清醒,过去的往事像闪电一样一幕一幕在眼前闪现。虽然她已经记不清娘的模样,可是她依然如此强烈地想念娘。她后悔当初不该丢了那张火车票,应该坐火车去见娘。

翻滚中,有一个东西突然把她挡住了,她感觉那是一个柔软的身体。她紧挨着那个身体,感觉到那个身体像火一样发烫。金子在地上躺了一会儿,头有些晕,四肢疼得厉害。她想等那个人扶她起来,可是那个人却是一动不动地躺着。

金子心里有些害怕,难道躺在这里的是个死人。她战战兢兢地坐起来,伸手过去一摸,手指仿佛被火烫了一下,马上缩了回来。因为她刚好摸到那人的脸上,她感觉到那人还有气息。

金子想,这人是不是喝多了,一个人走夜路,不小心摔了下来。金子的胆子稍稍大了起来,她摸了摸身上,虽然感觉腰有些疼,但是手机还在口袋里。她靠近那个人,把手机打开一照,一张熟悉的脸把她吓得差点叫出声来。躺在堤坡上的不是别人,正是出逃的段天水。

金子的胸口像敲鼓一样咚咚地跳了起来。她赶紧把手机合上,惶恐地四处看了看,周围一片黑暗。她又把手机打开,小心翼翼地照了照天水。只见天水紧闭着双眼,一条腿肿得很大,呼吸也很微弱。

金子说不出是激动还是紧张,她推了推昏迷中的天水。天水的身体很烫,他在发高烧。金子试着轻声喊他:"天水,天水,你醒醒!"可是天水一点反应都没有。

金子忘了自己的疼痛,她爬起身来,抓住裙子一角,撕了一片裙边,用手机照着,摸到湖边。她把布片打湿了,摸黑爬回天水身边,把湿布敷在天水的额头上。

金子听说天水抢了摩托车,顺着湖堤冲了出去。警察开着警车,从四面八方围追。天水无路可逃,有人看见他的摩托从湖堤上飞了起来,在警察的眼皮底下,在警察的枪声中,他从一条船飞到另一条船,然后消失在对岸的沙洲上。

金子坐在湖堤下,怀里抱着天水,不知道该如何办。这个时候,湖堤上传来摩托车的声音,她怕有人发现,赶紧将身子伏在天水的身上。摩托车的灯光扫过她的头顶,慢慢远去了。

金子这才直起身子,用力摇了摇天水:"天水,你醒醒! 天水,你醒醒!"可是无论她怎么摇,天水仍然浑然不觉。金子用手机照着天水的脸,天水的脸烧得通红通红。

金子记得很清楚,她跟着娘来到老街从段家门口经过的情景。天水坐在院门口,瞪着一双好奇的眼睛,一动不动地看着金子。金子冲他微微地一笑,天水挥舞着雪白粉嫩的小手,也冲着她欢笑。天水那童真的笑容,像一缕阳光,照进了初来乍到的金子心里。

金子的消息很灵通,她早就听到传言,天水是段家捡来的孩子,娥子才是段家的亲生骨肉。金子原以为自己孤苦可怜,知道天水的身世之后,她觉得天水比自己更可怜。她至少知道自己的娘是谁,天水连自己的亲爹娘都没有见过,甚至连自己的身世都不知道。从听到这个传言开始,金子对天水产生了深深的同情。

金子忘记了孤独,忘记了恐惧,她只有一个心思——要把天水救活。她必须趁着天黑，把天水救走。否则天一亮，警察就会发现他。金子想把天水抱起来，可是她的力量不够，试了几次都没有把天水抱起来。

金子又把天水背在身上，她挣扎着跪在地上，感觉自己像被一座山压着。金子心里暗说："天水啊天水，平时看你长得文弱，怎么背起来这么沉呢？"金子站不起来，她只好手脚并用爬行。她每爬动一步，就仿佛把自己的身体在刀片上刮过一样疼。当她爬到一半的时候，湖堤上又响起一阵摩托车的声音。

摩托车上的人似乎发现了他们，他把摩托车停住了。金子紧张得牙齿发抖，这个骑摩托车的人不会是搜寻天水的警察吧！金子趴下身子，不敢乱动。摩托车又开动了，飞一般远去了。

金子看着远去的灯光，不敢继续往上爬。如果爬到湖堤上，肯定会遇到巡逻的警察。天水身上受了伤，他必须马上接受治疗，而且必须避开警察。金子知道光靠自己不行，她得找人帮忙。金子的脑海里急速地搜寻着，想来想去，忽然想到了汤小小。

虽然桂花对别人说汤小小是她的外甥女，其实汤小小和桂花并不是亲戚。汤小小的娘常年卧病，桂花是在带李星看病的过程中，在医院里认识了汤小小的娘。汤小小考上大学后，李经文开始追求她。桂花为了撮合儿子，资助汤小小念完大学。汤小小出于对桂花的感恩心理，答应和李经文交往，却不肯和他进一步发展。

汤小小和段天水是同学，两人因为成绩突出，被同学们私下里称作"金童玉女"。不知什么原因，高考的时候，汤小小竟然发挥失常，考了一个医学院的二本。赵伯耘曾经当过汤小小和段天水的班主任，金子就是通过赵伯耘得知，汤小小是因为段天水才发挥失常。

金子凭着直觉断定汤小小还在喜欢天水。最重要的是，汤小小是医生，只有她才有能力救天水。金子横下心来，不管汤小小肯不肯救天水，也要冒这个险。

金子拨通了桂花家的电话，桂花一家已经睡下了。李经文爬起来接电话，听到金子的声音。

金子带着哭音说："我有急事找汤医生！"

李经文敲开汤小小的房门，汤小小很奇怪："我跟她不熟，她找我干什么？"

李经文把话筒递过去，汤小小喂了一声。

金子用手捂住话筒，带着哭腔道："天水快要死了，你快来救他！"

汤小小惊得呆住了，两眼发直，手里握着话筒，半天说不出话来。

李经文追问道："怎么了？"

汤小小脸色苍白，嘴唇颤抖着，惊惶地看了李经文一眼，不知道如何开口。李经文心中生疑，把话筒抢了过去："金子姐，出什么事了？"

金子知道，即使汤小小想救天水，光凭她们两个女人不行，还必须得到李经文的帮助。她狠狠心道："我这出了件人命关天的大事，只要你和汤医生肯帮我，我愿意为你做任何事情！"

李经文更加疑虑："到底是什么事？你说给我听，我才能答应你。"

金子咬牙道："段天水在我这里！"

李经文的心脏猛地一跳，他瞄了一眼汤小小，汤小小已经穿好了衣服，满眼焦急地看着他。

李经文早就听说，汤小小不肯接受他，是因为心里喜欢段天水。汤小小紧张的表情，更加证实了这一点。

李经文追问金子："你和天水在什么地方？"

金子急道："你答应不报警，我就告诉你。"

李经文生气道："你把我看成什么人了！天水好歹是小小的同学，我怎么会报警呢？你把具体位置告诉我，我和小小去接你们。”

金子道:“你知道那条从上岗村到石镇的湖堤吗?我们就在湖堤旁。”

李经文叮嘱道:“你不要再给任何人打电话,我马上赶过去。”

汤小小担心道:“你真的愿意救天水?”

李经文嘘了一声:“小声一点,不要吵醒了客人。你动作快点,幸好我昨天借了一辆破吉普,咱们开车过去。”

李经文跟着桂花开了几年旅店,最懂得揣摩别人的心事。自从接触魏成鸣和黄子轩,李经文觉得自己的机会来了。他仔细揣摸这两个人,研究他们的性情喜好。黄子轩精明狡猾,但没什么文化,而且贪财好色,比较容易应付。魏成鸣烟酒不沾,似乎不贪财也不好色,看着像个迂腐学者,其实是个城府很深的人。

那天在九鼎茶楼,李经文注意到一个现象:梦生看魏成鸣的眼神有些奇特,魏成鸣对梦生的态度也有些特别。李经文曾派人跟踪梦生,发现梦生去医院检测 DNA。虽然在他的送检报告中没有填写被检测人的姓名,李经文仍然敏感地猜出其中一个是魏成鸣。

李经文还发现,魏成鸣对石镇非常感兴趣。魏成鸣肯定有什么重大发现,不然他不会亲自开车来石镇。李经文在魏成鸣的车上发现了几张报纸。这些报纸上都有关于段天水的相关报道。在开车来的路上,魏成鸣似乎于不经意间问到段家的情况。当李经文说到段天水的养子身份时,魏成鸣脚下的油门明显松了一下。李经文一直在猜想,魏成鸣跟梦生是什么关系?魏成鸣那么关心段家,是因为段天水,还是因为段家那座老宅……

开着车,李经文的脑子里也像车轮一样快速地转动着。他在权衡是不是该冒险去救段天水。几天前他听到一个传言,叶秉坤通过黑社会私下重金悬赏段天水的人头。让他不明白的是,警察正在通缉段天水,叶秉坤用不着这么大动干戈。唯一解释的理由是,段天水知道他的什么秘密,所以他要杀人灭口。如果将段天水掌握在自己手里,岂不等于拿住了叶秉坤!此番救助了段天水,不仅可以赢得汤小小的好感,而且可以借此控制住她。如果他猜得没错,魏成鸣来石镇的目的肯定也跟段家有关。那么他救助段天水,岂不是一石三鸟?

吉普车开过了湖堤,李经文没有看到金子的身影。他把吉普车掉了一个头,沿着湖堤慢慢开了回来。他一边开一边给金子打电话:"金子姐,你在哪里?我怎么没有看见你?"

金子小心道:"你是开车来的吗?"

李经文道:"对,我开了一辆吉普车。"

金子说:"我看见你了,你把车停下,我就在湖堤下面。"

李经文拿着手电筒跳下车,汤小小跟在他后面,两个人向湖堤下照了照,果然看见有个人影。他们滑着下了湖堤,来到金子面前。

李经文拿手电筒往地上一照,只见天水紧闭双眼,脸色通红,身体肿得变了形。汤小小摸了摸他的身体,发现他烧得厉害。她又扯开天水衣服,发现他身上有好几处刀伤,腿上还中了子弹。

汤小小冷静道:"我们把他抬到车上去,他需要马上做手术!"

李经文定定地看着汤小小:"你决定要救他吗?"

汤小小明白李经文话里的含义,天水已经不是那个头顶状元光环的才子了,他现在是一个被警方通缉的杀人犯。汤小小好不容易从医学院毕业,刚刚参加工作,为了救一个杀人犯,把自己的前途搭上,值得吗?

汤小小道:"你刚才在电话里对金子姐说天水是我的同学,连你都肯出手救天水,我怎么能袖手旁观。再说我是一个医生,救人是医生的天职。"

李经文和汤小小一起把天水抬到了车上。等了半天,不见金子上来。李经文用手电筒照了照,金子坐在地上,已经虚脱得站不起来。李经文扶着她上了车,金子忽然想起什么,她对李经文说:

“我的自行车还在湖堤下。”

李经文说：“自行车明天再说。”说罢打着了火，手扶着方向盘，却不知道往哪里开。

汤小小冷静道：“开到医院去。”

李经文道：“你疯了，把他送到医院，就等于把他送给警察！”

汤小小道：“我住的后院院墙塌了一个角，咱们从后院进去，把天水藏在我宿舍里。”

李经文道：“不行，派出所就在医院对面，这样太危险了。”

汤小小道：“最危险的地方，也是最安全的地方。”

说着，汤小小忽然转过头对金子道：“金子姐，等会儿要委屈你一下。”

金子一直在听他们两个说话，赶紧说：“你要我做什么？”

汤小小道：“最近警察对医院加强监管，我必须找一个病号开药方，才能救天水。”

金子明白了汤小小的意思，她低声道：“停车！”

李经文踩下刹车，金子打开车门，把一条腿伸出去，再用力关门。只听咔的一声响，金子疼得晕了过去。这个场景让李经文的后背一阵发冷。

汤小小不敢回头，低声道：“走吧！”

第 27 章　汤小小

在他昏迷之中，她举起了寒光闪闪的手术刀。她是在救他？还是在害他？

医院的围墙外有一片农田，农田连着几口小水塘。没有建医院之前，这里是一片荒草地，水塘常年清澈见底。夏天的时候，水塘里长满了荷花和莲子。路过的人渴了，会绕到水塘边掬一捧水喝下去，顿觉清甜甘洌。

水塘周围的草丛里，长满了芦草、茅草、芒草，以及各种各样叫不出名字的野草。春天的时候，野菊花、金针花、蝴蝶兰夹杂在草丛里，引来一群一群的蝴蝶和蜜蜂。夏天的时候，拨开草丛可以采摘到野生的草莓，还有红红绿绿的珍珠果。秋风吹起来的时候，大人领着小孩子到这里放风筝，白色的芦花跟着孩子奔跑的脚步，在天空中飞舞。即使是清冷的冬天，那枯萎的草根下依然会传出虫子咕咕的叫声。

有人说这几口水塘底下通着龙脉，所以流出来的水清凉解暑。周围的野草也因为龙泉水的滋润，开出来的花鲜艳芬芳，即使是野草结出来的果也是甘甜如饴。镇上的石匠为了让过路人有个歇脚的地方，在水塘边砌了一个简易的亭子，取名叫龙泉亭。

那些年月血吸虫病猖獗，选址建医院时，有人提议就建在龙泉亭旁，理由是那里水质好，有利于病人身体康复。医院建好之后，家属在旁边开荒种地。住在后院的血吸虫病人，纷纷跑到水塘边喝水洗漱。于是有人传言，龙泉水被血吸虫污染了。

不知从什么时候开始，水塘里长满了水草，医院把这里当成了垃圾场。他们把药渣、用过的针头、带血的纱布一齐扔到这里。有人甚至在水塘里发现没有长出嘴巴的婴儿尸体。这个水塘变得越来越恐怖了，连水塘上面的农田也渐渐荒芜了。

一条长满杂草的小路，从湖堤通往那片农田。吉普车从水塘边经过，一阵恶臭直冲鼻孔。按照汤小小的指点，李经文把吉普车停在一片茅草旁。

夜已经很深了，天空黑魆魆的。汤小小跳下了车，她让金子坐在车里别动。李经文背着天水，汤小小打着手电筒，拨开了那一片像人一样高的茅草，坍塌的豁口出现在他们面前。汤小小像猫一样，熟练而又轻灵地越过豁口。她回过身来，用手电筒照着李经文的脚下。

汤小小的宿舍在后院，后院和前院隔离开来，只有一个小门相通。后院以前是传染病病房，一些血吸虫病晚期患者曾经在这里度过他们最后的岁月。血吸虫病绝迹之后，后院被医院改成职工宿舍，那些分配住在这里的职工谁也不敢住进去。他们有的在镇上买房，买不起房的就租房。

空荡荡的一个后院，只住了汤小小一个人。汤小小的宿舍靠近墙角，半人高的杂草从墙角蔓延过来，几乎挡住了宿舍的门。段天水的身体很沉，压得李经文很难迈步。他跟着汤小小进了后院，转过一个角就到了汤小小的宿舍前。汤小小把房门打开了，她没有开灯，而是用手电筒照着李经文进了屋。李经文把天水放在床上，汤小小放下蚊帐，把所有的窗帘拉严实了。两个人又出了门，按原路回到了车上。

吉普车从农田绕回湖堤,沿着湖堤从大路进了镇子,一直开到医院门口。金子的腿肿得像一个大面包,她已经不能下车了。李经文推出来一辆手推车,把金子抱到车上,然后推着金子,跟着汤小小来到了急诊室。

本来是曹院长值班,恰巧他出急诊了。汤小小叫醒了趴在桌上睡觉的护士,护士看了看金子的伤,赶紧给曹院长打电话。曹院长听说病人是汤小小送来的,让护士把电话给汤小小。

曹院长曾在汤小小就读的大学进修,两人恰好跟过同一个教授实习,因此常以汤小小的师兄自居。

曹院长对汤小小说:"我暂时离不开,既然病人是你送来的,那你就代劳辛苦一下。"

汤小小本来还担心,酝酿了一大套说辞,准备用来蒙混过关,没想到事情这么顺利。她故意推托道:"我是妇产科医生,你不怕我把病人看坏了?"

曹院长笑道:"你是我师妹,我还不了解你吗。我早调查清楚了,你在学校辅修过外科,秋教授还在我面前夸你呢!医院就我一个外科大夫,当初接收你的时候,就是看中了你辅修课的成绩。"

曹院长说得很兴奋,汤小小打断了他的话:"既然这样,那我看病人去了。"

曹院长又问:"病人伤势怎么样?严重吗?"

汤小小道:"我还没有检查,从表面上看,伤得挺厉害。"

曹院长犹豫了一下:"你先检查一下,如果情况严重,随时给我打电话。"说完把电话挂了。

护士把金子扶上床,不小心碰了金子一下,疼得她哎哟一声叫了出来。汤小小以为金子在演戏,她看了金子一眼,不由得吃了一惊。灯光下,只见金子的裙子破了几个洞,上面沾满了斑斑血迹。她的手掌、膝盖都磨破了皮,胳膊肘似乎露出了骨头。尤其是她那条腿，被车门夹得都变形了。金子咬着牙忍着，疼得她在颤抖，眼泪控制不住地流下来。

汤小小倒吸了一口凉气，心里道："早知道她身上这么多伤，我就不该让她再伤自己。"顷刻间，她对金子涌出一种说不出的感情。

汤小小给金子清理完伤口之后，故意问她："你需要输液，是住病房，还是回家去躺着？"

金子明白汤小小的意思，有气无力地说："我不喜欢病房的气味，我家那个棚子太窄了，我能到你宿舍里躺会儿吗？"

护士听了金子的话，吃惊地看了汤小小一眼，斥道："你以为汤医生的宿舍是公共旅社啊！那是她的私人空间，怎么能让病人随便住呢。"

汤小小对护士做了个无奈的动作，对金子说："我的宿舍在后院，如果你不怕鬼，也不怕血吸虫病，就去我宿舍输液，我刚好有人做伴呢！"

护士听到汤小小这么一说，退缩道："你要去汤医生宿舍，我可不去！"

汤小小道："把药品都交给我吧，我来处理好了。"

护士把一大包药交给汤小小，李经文推着金子，他们出了急诊室往后院走去。进了汤小小的宿舍，汤小小关上门，把金子安置在门边上，转身开始给天水配药。

金子环视着汤小小的宿舍，白色的墙壁，白色的窗帘，白色的床单，还有打上了医院编码的桌椅。当她看到墙上挂着一张女性人体解剖图时，不由得紧张地瞄了汤小小一眼。汤小小背对着她，撩开了床上的蚊帐。天水摊开手脚躺在床上，仿佛熟睡的样子。

汤小小从床底下拖出一个备用药箱，麻利地打开，把手术刀等器械摆开来，进行消毒处理。汤小小把李经文的手拉过来，用酒精消毒后，给他戴上手套。

李经文紧张起来,担心地问道:“你会取子弹吗?”

汤小小冷静道:“我学的是妇产科,妇产科可不是简单的接生,它是一门包括内科、外科以及儿科的综合学科。我不仅会做结扎手术,做剖腹产,还会做子宫切除。和那些手术相比,取一个子弹简直是一个小得不能再小的手术。”

汤小小嘴里虽然这么说,可是心里却很紧张。虽然她选修过外科课程,考试成绩也不错,但那只是简单的理论知识,还没有单独做过外科手术。但是她现在必须给天水做手术,因为天水的伤口已经严重感染了。如果再不把子弹取出来,不仅天水的这条腿保不住,而且还会危及生命。

汤小小把手电筒固定在一个位置上,让灯光聚焦在天水的伤口上。汤小小让李经文给她当助手。她担心天水会在手术中苏醒过来,在给他输液的消炎药里面,加了足量的麻醉剂。在一切准备妥当之后,汤小小小心翼翼地拿起了手术刀。

手术刀在灯光下寒光闪闪,汤小小把天水的腿切开了。李经文看到鲜红的血顺着刀口流了出来,他感到这刀就像切在自己腿上,连呼吸都紧迫起来。

为了转移他的注意力,汤小小低声道:“手术做完之后,你休息一会儿,天亮就开车回去。为了确保万无一失,咱们三个得编一套话。”

李经文强自镇静道:“你不用担心我,我没有问题。”

汤小小道:“每个人说好每个人的,关键是三个人的话必须衔接。如果衔接不上,就会引起外人怀疑。”

李经文的思路活跃起来,他想了想道:“这里的主角是金子姐,首先让金子姐说一遍经过,我们俩再配合,就天衣无缝了。”

金子坐在门边,听着那冰冷的刀剪声,心里紧张得厉害。这时外面好像传来沙沙的脚步声,她透过细细的门缝向院子里张望了一下。堆在院子角落里的杂物,在昏暗的灯光映衬下就像一个个怪物趴在那里。一丛一丛的杂草，影影绰绰地摇晃着。一个透明的塑料袋子被风吹了起来，仿佛是一个白色的幽灵，在杂草中间荡来荡去。

金子吓得赶紧把目光收回来，门外的声音越来越响，她感觉自己的脊背凉飕飕的。

李经文的话把金子从恐惧中解救了出来，金子道："如果有人问我，我就说上岗回来的路上从湖堤上摔下去了。我给你们打电话，你们开车把我送到医院。我这么说可以吗?"

李经文忽然道："万一有人看见我们的吉普车曾经在水塘边停过怎么办?"

汤小小道："这个地方很偏僻，一般不会有人来。万一有人看见吉普车，到时候咱们死不承认。那个人一定会认为自己眼花了，或者是见到鬼了。"

李经文还想说什么，这时汤小小已经把子弹取了出来。

汤小小说："手术后，天水必须和我同居几天。"

李经文立刻清醒过来，他无语地看了一眼天水："怎么个同居法?"

汤小小开始缝合伤口，她说："他睡在床上，我睡在地上。"

李经文心里道："天水这个样子，他们俩即使睡一张床上也不会怎么样。"可是想到汤小小要和天水同居一室，他还是有些接受不了。

汤小小剪断线头，给伤口敷上纱布，继续道："三天之内，如果他能完全退烧，就可以移动了。"

李经文又问："他什么时候会醒?"

汤小小说："等麻醉药过去，他就会醒过来。"

李经文看着全身缠满纱布的天水，一屁股瘫坐在凳子上。汤小小帮他把手套脱下来，用药棉和酒精把手术刀、手术剪等擦过之后，把沾满血的药棉和天水身上脱下来的衣服，一股脑装进一个塑料袋子里。

汤小小对李经文道："你出门的时候，记得把这个袋子拿走，到沙洲上找个偏僻的地方烧了。"

汤小小还没有说完，李经文就坐在凳子上睡着了。汤小小起身看了看输液的瓶子，拖出一张小凳子，紧挨着金子坐了下来。

金子一直默默地看着汤小小，这个看上去文弱的妮子，此刻在金子的眼里是个万能的上帝。金子怜惜道："你也休息一下吧，我会看着输液瓶。"

汤小小刚做完手术，她的大脑正处于高度兴奋状态，一点睡意都没有。

汤小小看了金子一眼，想起她怒气冲冲离开李经文家的情景，忍不住小声地问她："你是不是心里一直装着赵老师？"

金子瞥了汤小小一眼，她知道汤小小提到的赵老师就是赵伯耘。她低下头去，搓动着两只手，没有吱声。

汤小小又道："你是不是为了赵老师才这么不要命？"

金子叹气道："我跟赵伯耘之间早就没有情分了。他亏欠了段家，我上辈子亏欠了他，所以我命中注定要替他还债。"

汤小小故意说："你为了救天水弄得全身都是伤，还可能会落下疤痕呢。"

金子是个爱美胜过一切的女人，听到汤小小这么说，她竟然摇头道："落下疤痕就让它落下吧。大不了以后我不穿裙子，也不穿无袖的旗袍。"

金子的口气有些幽怨、自怜，可是汤小小听起来却有一种惊心动魄的感觉。在汤小小的印象中，金子这样的女人就像是菟丝子一样，虽然开着美丽的花朵，但是却靠寄生在男人身上活着，是男人的"吸血鬼"。这样的女人，爱美胜过一切。可是她却为了替赵伯耘赎罪连美貌也舍得放弃。

汤小小趁着说话的时间，给天水量了量体温。天水身上的热度比刚才降低了两度，汤小小终于松了一口气。

汤小小忙了一个晚上，身上的裙子不仅汗湿了，而且溅上了血迹。当着金子的面，汤小小把自己脱得光溜溜的，换上干净的裙子。

她换下裙子后，看金子身上的裙子破得不成样子，就从箱子里翻出一条裙子，对金子道："我帮你换一条裙子吧！"

金子拿眼睛瞟了瞟床上的天水，又看了看正在打呼噜的李经文，似乎有些不好意思。

汤小小笑道："他们两个现在都睡着了，什么都看不见。"

汤小小把裙子拿过来，在金子身上比画着说："你个子比我高，就怕裙子不合身。"说着不管金子是否同意，就开始帮她脱衣服。脱下衣服时，汤小小不禁对金子的身体惊叹起来。她忍不住伸手抚摸着金子的皮肤。

金子连忙用手遮挡住身体道："你弄得我痒痒。"

汤小小开玩笑道："怪不得那么多男人喜欢你，连我看了你的身体都忍不住想跟你亲热呢！"

金子红了脸："不要这样，你让我害怕。"

汤小小把裙子拿过去，帮金子穿上，哄她道："我是妇产科大夫，每天都要摸女人的身体，这都成职业习惯了。"

金子担心道："我的伤口真的会留下疤痕吗？"

汤小小认真道："那些蹭破皮的地方有可能落下疤痕。如果你不注意饮食，不按时来医院换药，还有可能感染。"

金子道："你不要吓唬我！"

汤小小叮嘱道："我不是吓唬你，你回家后要好好躺着。记住不要出汗，不要让伤口碰水。饮食上要注意清淡，不要吃辣的，菜里面不要放酱油。"

经过这一个夜晚，汤小小对金子的印象发生了骤变，在她的眼里，金子不再是一个放荡的女人，而是一个至情至性值得敬重的女人。

天开始放亮了,汤小小把蚊帐放下来遮住了天水,这才把门打开一条缝。她探头出去看了看,院子像往常一样没有人。

汤小小把李经文摇醒:“你开车把金子姐送回去吧。”

李经文和汤小小推着金子,出了医院的大门。汤小小把金子扶上车,又把先前叮嘱她的话说了一遍,直到看着吉普车从视线中消失。

汤小小回到宿舍,忽然听到有人叫她的名字,她吓了一跳,四处看了一下,发现蚊帐动了一下,这才明白是天水醒了。她赶紧把门关上,撩开了蚊帐。

汤小小关切地轻声问:“你醒啦?”

天水声音沙哑道:“我早就醒了。”

汤小小听他这么说,想起刚才自己和金子在他面前换衣服,不由得脸上发烧。天水挣扎着想坐起来。汤小小赶紧阻止住他:“你身上有多处刀伤,腿上中了两颗子弹,我已经取出来了,你不能乱动!”

汤小小因为熬夜,脸色异常苍白,眼睛里布满血丝。天水盯着汤小小,眼眶里满是泪水。此时此刻,他心里像翻滚的浪涛,涌动着千言万语,可是却一句也说不出来。他并不是感激汤小小救他,生命对于他而言,早已经抛在脑后。他之所以被感动,是因为汤小小在身边陪伴着他,关心着他。

汤小小从段天水的眼睛里看出自己的憔悴,她不知道,正是她憔悴的样子,深深地把段天水打动了。

汤小小低声道:“你饿了吧,我去食堂打点粥回来。”

汤小小出门的时候,回头看了一眼天水。虽然隔着蚊帐,汤小小依然能觉出天水的眼睛正追随着她。她心里怦然一动,有一种做梦般的感觉。上中学时的情景立刻浮现在她眼前。那个时候,她坐在教室的第一排,段天水坐在教室的最后一排。上课的时候,汤小小总是感觉背后有一双眼睛一直在盯着自己。她偷偷回过头去,发现段天水的目光从她头顶越过去,直直地看着黑板,根本就没有看她。汤小小不甘心,她一次又一次回头,却一次又一次失望。有时候在路上遇到段天水,她想和他说什么,可是他却低下头,从身边匆匆而过。那一段日子,汤小小就像腾云驾雾,成绩直线下滑……

汤小小把粥端回来,一勺一勺细心地喂给天水。天水就像婴儿一样,接受汤小小对他做的一切。为了不引起大家的怀疑,汤小小白天坚持上班,晚上给天水输液换药。到第三天的时候,天水已经完全退烧,腿也开始消肿了。李经文给汤小小来电话,他说要来医院看她。汤小小明白,李经文要把段天水转移出去,她和段天水要分离了。

汤小小按时下班回来,她帮天水擦洗完身体,给他的伤口换好药。汤小小拿出假发,还有一套宽松的裙子,那是给段天水乔装用的。最后她从口袋里掏出一瓶吗啡,这是她从药房偷开出来的。段天水的伤口并没有完全愈合,在逃跑的过程中,吗啡可以帮他止痛。

汤小小原以为只要段天水懂她的心,只要段天水能用深情的目光好好看她一眼。可是她发现自己并没有得到满足,明知留不住段天水,依然不忍他离去。

汤小小忍着泪水,把床底下的席子打开,天水忽然哎哟叫了一声。

汤小小连忙站起来问:"怎么啦?"

天水猛地伸手过来,把汤小小拉到了床上。汤小小倒在天水的怀里,顷刻间觉得地动山摇,胸中像决堤的湖水一样被冲开了口子,身体抑制不住地颤抖。

两个人就这么抱着,就像是冰天雪地里互相取暖的两个人一动不动,听着对方的心跳。纵有千言万语,此时却不知如何说起。他们什么也不说,就这么默默地拥在一起。

第28章　娥子

为了融入这个家，她拒绝唯一的爱情。真相大白之后，是选择留下？还是嫁给仇人？

老街那些铺子沿河而建，算起来有百多户人家，被拆的铺子占了六七成；剩下的三四成面对着残墙断瓦，日渐被垃圾和野草包围。客户的船只不再到这里停靠，也没有人到老街来买东西。那些手艺人坐不住了，他们只好把老人留下，年轻人搬了出去。没有老人的住户干脆空着屋子，把门锁上。

孙弹匠一家没有离开，他在铺子的原址上用塑料布搭了一个棚子。白天他照样在棚子里弹棉花，晚上睡在棚子里。蚊子成群结队涌了进来，发出嗡嗡的鸣叫。老婆罗彩云点了六盘蚊香，一双儿女被蚊香熏哭了。刚睡着了，又被蚊子咬醒。罗彩云坐起身来，烦躁地叫道："实在熬不下去了，我要离开这个鬼地方！"

孙弹匠把身子翻过去，假装睡着了。蚊子偏偏跟他过不去，从他耳边飞过去，又在他大腿上咬了几口。孙弹匠闭着眼睛，用力拍过去，满手都是血。好不容易睡着了，一阵汽车声又把他吵醒。孙弹匠把头伸出去，看见一辆大货车就停在他的棚子边上。那是叶秉坤的货车。他心里的火蹿了上来，心想：你叶秉坤不让我过日子，我就要给你捣乱！

孙弹匠溜达了过去，哪知车上卸下的是香瓜和矿泉水。桃月领着工人，提着东西，挨家挨户送。那些留守老人很感动，一直把桃月送出来。

孙弹匠知道，桃月的糖衣炮弹，又把一批老人攻下来了。

桃月看见孙弹匠，笑吟吟地和他打招呼："孙师傅，这是新上市的香瓜，你拿几个给孩子尝尝鲜。"

孙弹匠眼睛一翻，摇手道："我还没有老糊涂，几个香瓜、一箱矿泉水就能把我收买了？"

罗彩云从他后面蹿了出来，大声道："你可以不吃香瓜，可是孩子们想吃。桃月，我自己挑几个香瓜好吗？"

桃月笑得更甜："挑吧，挑吧！只要你们喜欢。"

罗彩云装了满满一兜香瓜，又提了一箱矿泉水，这才走进棚子。她回过头来对桃月说："就冲着你给我们送水的情分，我也要支持你的工作。老孙要是不肯搬走，我带着孩子回娘家住去！"

桃月劝道："你可别把孙师傅扔下，不然孙师傅该怪我挑拨你们夫妻感情了。"

以柔克刚，以情动人是桃月的强项。一箱矿泉水和几个香瓜不过几十块钱，却哄得那些老人责骂自己的儿孙："你工作那么忙，还亲自给我们送水和香瓜。我儿孙一大把，他们都忙着做生意，忙着赚钱，连家都不回。他们嘴里说舍不得拆迁，其实就是想把我们这些老骨头扔在这里不管。等他们回家来，我一定督促他们配合你的工作！"

桃月笑着宽慰老人："俗话说，老人是家里的一块宝，他们哪舍得丢下你们不管。他们肯定是想赚大钱，将来给你们盖更大的房子，让你们一起享福呢！"

桃月摆脱了那些老人，看看手表上的时间，快到中午了。回到车上,她提了一篮鸡蛋和两斤挂面,进了段家院子。

桃月忙了一个上午,弄这么大动静,其实是为来段家做铺垫。自从发生段天水杀人案之后,段家变得异常敏感。无论谁来拜访,都会被哑娘扫地出门。桃月要做出一个假象,她不是专门来段家,她只是按顺序来拜访。

桃月跨进门,看见哑娘拿着扫帚正在扫地。院子很干净,干净得有些凄凉。桃月进了厨房,厨房收拾得很整齐,整齐得没有烟火。桃月的内心有些恻隐,她想生火烧水,却找不到煤。她掀开水缸盖子,水缸也是空的。

桃月叹了口气,去车上提了一箱水,又让司机去借了两块煤。这次只是出于实惠,才给段家送鸡蛋和面条。但没有料到,这两样东西帮了自己的大忙。段箍匠在大声咳嗽,哑娘过来阻止桃月。

桃月冲哑娘比画着,大声说道:"我没有吃午饭,特意到你家里搭伙,借你的厨房用用,总是可以吧?"

桃月煮了四大碗面条,每碗面条放了两个鸡蛋。桃月端起一碗面条,坐在院子里吃起来。哑娘充满警戒的眼神,终于松弛下来。

桃月指了指另外三碗面条,对哑娘示意,让她给段箍匠和娥子送去。哑娘没有动,段箍匠却躺不住了,他起身来到院子里。

段箍匠道:"桃月,你的好意我心领了。明明白白告诉你,我是不会同意拆迁的。"

桃月放下面条,抱歉道:"说实在的,我并不想来打搅你们。看着你们的日子过得这么艰难,我心里挺难过的。"说着,她眼眶开始发红。停了一会儿,她继续说:"本来今天不该我来,是我自己多管闲事,向叶老板要求来的。何家和叶家向法院提出民事诉讼,要你们赔偿死亡赔偿金、丧葬费和医药费呢!"

段箍匠冷冷道:"他们想要多少赔偿?"

桃月吞吞吐吐:"好像几百万吧!"

段箍匠听了桃月的话,愤怒道:“才几百万吗?他们要几千万都行,但他搞错了人,来错了地方。你去告诉叶家何家,是谁杀了他们家人,让他们找谁去!”

桃月低下头道:“我也是这样说的,而且我还告诉律师,说段天水是段家的养子,段家已经宣布跟他脱离父子关系了。可是律师告诉我说,段天水已经是成年人,根据《收养法》规定,养父母与养子女的关系,视同亲生父母和子女关系。除非你能够证明,在杀人案发生之前,已同养子在法律意义上脱离父子关系了。”

段箍匠大声道:“什么叫从法律意义上脱离父子关系?”

桃月道:“可能是指解除收养手续之类。”

段箍匠冷笑起来:“我从来就没有给他办理过收养手续,更谈不上解除收养手续!”

桃月低声道:“律师让我告诉你们,如果坚持脱离父子关系,他们还准备向法院提出控告,说段家为了推脱责任,逃避赔偿,故意把亲生子说成养子。如果打输了官司,你们还要付打官司的费用。”

段箍匠被桃月的话逼得喘不出气来,脸被憋成了紫色,他用颤抖的手指着桃月:“我知道叶秉坤的意思,他就是想逼死我们三口!”

桃月说到这里,认为火候终于到了,这才开始把关键的话说了出来:“其实我有一个办法,可以不让这些事情发生。”

段箍匠问:“还有啥法子?”

桃月做出真心实意的样子:“如果但凡有别的法子我也不会把这个说出来。在这之前,何家不是向娥子提过亲吗,冤家宜解不宜结,如果你们答应何家的婚事,段何两家就是一家人了,就不存在赔偿问题了。”

段箍匠听了桃月的话,霍地一下站起身来,大声道:“想让我女儿嫁给那个恶棍,除非我死了,他想都不要想!”说着,他又剧烈地咳嗽起来。

娥子躺在厢房里，桃月和爹娘的谈话一字一句清晰地传进来，她像个木头人一样，一点反应都没有。

她的思维停留在过去，停留在爹把天水赶出家门的那天。她不相信爹说的话，她怎么可能是爹娘的亲生女儿呢？她明明听见天水对她说，不管发生了什么，谁也别想把她抢走。等天水大学毕业，天水会送她戒指，让她成为段家的儿媳妇。

从娥子记事那一天开始就被告知，她的未来就是做段家的儿媳妇。她一直朝这个方向努力，一直想得到天水的认可。天水终于承认了她，还给她买了那件黄色的连衣裙，送给她做订婚礼物。

让她做段家的儿媳妇，不是爹娘一直盼望的吗。她为了这个目标，辛苦了这么多年。为什么爹娘突然变卦，让她快要实现的目标变成泡影呢？

曾经有那么一段时间，娥子多么思念自己的亲生爹娘。她曾经在梦里，一次次梦见自己的爹娘。她梦见爹娘乘坐轮船从很远的地方来找她。他们紧紧拥抱着，诉说这些年来是多么想念她。他们把她接到一条船上，她把头枕在娘的怀里。爹在船尾划船，娘在轻轻给她唱歌。

娥子紧贴着娘温暖的身体，问爹娘为什么不要她，是因为她是水鬼投胎吗？是因为她不乖吗？娘的歌声停止了，她不肯回答。娥子努力地抬起头来，她想看看爹娘的模样。爹背对着她，她只看见了爹的背影。娘把脖子仰得高高的，她只看见娘的下巴。爹的背影好熟悉，娘的下巴也是那么亲切。娥子拼命地拽着娘，娘把头低下来，爹也转过了身子。娥子惊得叫了起来，原来她的亲爹娘就是身边的爹和娘。

娥子经常在梦中哭醒，醒过来之后，感觉自己又回到了梦中。她有些分不清楚到底哪个是梦，哪个是现实。

爹娘坐在她的床头，给她讲述事情原委。哑娘和段箍匠成亲之后，一直未有生育，因此被人称作哑嫂。有人告诉段箍匠，镇上的瞎子幽谷占卜算命比鬼还灵。那天下午，幽谷敲着竹竿，恰巧从老街经过。

水庆婶子随口喊问："幽谷，明早啥天气？"

幽谷略停了一下，左右几个指头掐了掐，随即答道："明早阴，午时有小雨，出门前记得收蒸布，卖米果随身带雨伞。"

水庆婶子大笑："你真会瞎算，我刚听了收音机，天气预报说，明天是个大晴天。"

第二天，果真是阴天，到了中午淅淅沥沥的小雨飘了下来。水庆婶子没有听幽谷的话，结果头顶着竹筐，被淋湿了衣服回来。

幽谷第二次从老街经过，水庆婶子故意给幽谷出难题："幽谷，我丢了一头猪，你帮我算算在哪个方位？"

幽谷问："你丢的是多大的猪？哪一年买的？养了多大？什么时辰丢的？"

水庆婶子本意是瞎说，没想幽谷问得这么仔细。水庆婶子忽然想到，自己在河边洗蒸布时被湖浪卷走了一只水桶。

水庆婶子随即道："我是去年三月买的，养了八个来月，前天早上我去湖边洗蒸布，回来那猪就不见了。"

幽谷听了，手指动也不动，鼻子哼了一声，冷笑一声："你丢的不是猪，而是一只没有生命的木桶。"说罢脸色沉下去，不再理会水庆婶子了。

幽谷第三次从老街经过时，段箍匠把他请进了屋。幽谷左手抓住哑嫂的手掌，右手五个指头掐了掐，嘴里喃喃念叨说："木克土，土克水，水克火，火克金，金克木。木得金敛，则木不过散；水得火伏，则火不过炎；土得木疏，则土不过湿；金得火温，则金不过收；水得土渗，则水不过润。"

段箍匠着急地追问："我们命中有子吗？"

幽谷叹息一声道："金木水火土，皆气化自然之妙用，天机不可泄露啊。”

哑嫂用手臂捅了捅段箍匠，段箍匠领会了哑嫂的意思，他急忙从厚厚的围兜里掏出一沓钱，塞到幽谷掐指的手中。幽谷左手依然捏着哑嫂的手，右手停止了掐算，他把钱在手中捏了捏，脸上露出满意的神情。

幽谷的手指偷偷在哑嫂手掌心钩了钩，钩得哑嫂的心一阵狂跳。幽谷突然松开哑嫂的手，抓起旁边的竹竿在地上乒乒乓乓点了点，掉头就往门口走。就在快要跨出门槛的一瞬间，他忽然回头说道：“哑嫂命中缺水，火与水相生相克，你们有子天水。”

段箍匠琢磨着瞎子幽谷的话：有子天水是什么意思呢？难道说他们的孩子跟天和水有关？哑嫂忽然想起什么，她用手比画着：三江口有一座河神庙，既然幽谷说我们有子天水，是不是指河神娘娘会赐给我们儿子？

段箍匠又去找幽谷算日子，幽谷手指一掐，掐到的吉日却是鬼节后的七月十六日。就在鬼节的夜晚，鄱阳湖水底掀起了湖啸，湖浪冲垮了湖堤，卷走了停泊在湖堤旁的船只。沙洲被湖水淹没了，只有河神庙孤独地伫立在水面上。老街的铺子也被鬼火点燃了，上百家铺子连片烧成了火海。鬼火烧到段家院门外，哑嫂从水缸里舀水往外一泼，那鬼火就不敢进来。

郭铁匠听说段箍匠要去河神庙，劝他说：“河神庙被水围住了，你还是等水退了再去吧。”

段箍匠坚持说：“幽谷算好了日子，这天是吉日，我们必须去。”

他们买了香火，借了一条小船，去河神庙求子。回来的时候，天已经完全黑了。小船穿过一片芦苇丛，忽然听到婴儿的哭声。段箍匠用手电筒照过去，一条大水蛇盘住一个婴儿，慢慢向他漂过来。段箍匠吓得呆住了，一动也不敢动。水蛇漂到他的身边，突然嗖的一声松开了婴儿，箭一般消失在水里。婴儿失去了依托，在水里沉了下去。哑嫂手疾眼快,伸手把婴儿抱了起来。

月光照到婴儿的脸上,婴儿的小脸饱满如月。段箍匠顿觉眼前一片豁亮,难道眼前这个婴儿就是瞎子幽谷所说的天水。两口子把婴儿抱回了家,哑嫂一夜之间变成了哑娘。

大家听说段箍匠抱了一个婴儿回家,都过来看热闹。段箍匠打定主意,不想让孩子知道自己的身世。他连夜挑着担子,带着哑娘去了外地。几年过后,段箍匠和哑娘回来了,带回了一双儿女。

郭铁匠过来探望,看到院子里追逐奔跑的两个孩子,顺口问了一句:“哪个是抱来的?”天水是个敏感的孩子,他突然停住了奔跑,静静地站在那里,竖起了耳朵等待段箍匠的回答。娥子比天水小一岁,个子已经追上了天水,却懵懂天真,根本不懂大人说什么。

段箍匠看看儿子,又看看女儿,他实在不愿意回答。可是他知道,只要回到老街就会有人问起这个话题。段箍匠的目光停留在儿子脸上,儿子的目光凝视着他。段箍匠慌乱地移开目光,违心地指了指女儿:“妮子是抱来的。”

娥子听了爹娘的故事,仿佛做了一场梦。这个梦好长好长,她在梦里生活了十九年。可为什么她没有早一点醒过来?她想起水庆婶子曾经问过的话,假如她是爹娘的亲生女儿,该怎样选择自己的未来?

那时候,娥子已经听到了自己内心的回答。她想起了梦生,想起了他赠送的蚌蝶,可这不是订婚的礼物。她还想起了他的约会,可是他却没有来,来的是贵生和那帮畜生。

娥子好恨梦生,恨他为什么失约,恨他不来相救。梦生是否知道,她一直在苦苦等待。

娥子听到了桃月的话,换上了那条黄色的连衣裙,出现在大家面前:“桃月姐,你看我像个新娘子吗?”

娥子的脸色苍白,头发散乱,眼神呆痴。她是那么瘦弱,崭新的连衣裙穿在身上,就像一块黄色的绸子裹着一根细瘦的芦苇。

娥子在桃月面前旋转着，露出诡异的笑容。

桃月被娥子的笑容吓住了，她不敢相信自己的眼睛，昔日那个柔弱、纤细、清丽的妮子，怎么变成了这个样子？

桃月上前抱住娥子，用手摸了摸她的额头："你是不是生病了？"

娥子推开桃月："我没有生病，你说这件连衣裙漂亮吗？"

桃月点头："漂亮，如果你不是这么瘦就更漂亮。"

娥子道："这是天水送给我的订婚礼物，我穿上它做新娘怎么样？"

桃月心中酸楚，娥子受了那么多折磨，加上段天水杀人这件事的刺激，换了任何一个人都会承受不住。桃月开始后悔起来，她不该来这里提何运满的婚事。

桃月哄道："娥子，现在还不到做新娘的时候，你先回屋里躺着。"

娥子变得冷静下来，她逼视着桃月："你不是来给何家做媒吗，如果我答应嫁给何家，是不是就不存在赔偿了？"

桃月心中一震，不由得退了一步，追问道："你真的愿意嫁给何家？"

娥子又是凄惨地一笑："我本来是要给段家做儿媳妇的，可我当不成段家的儿媳妇了。我如果不嫁给何家，对段家来说一点意义都没有了。"

段箍匠听了娥子的话，就像遭到雷击一样，晕眩着倒退了几步。哑娘听不见娥子说什么，看到娥子的表情和段箍匠的反应，她明白过来。哑娘冲过去抱住娥子，用力摇晃着她：娥子，娘不要你嫁给何家！娘不同意你嫁过去！

娥子挣脱了哑娘，用冰冷的声音对桃月道："你去告诉何家，明天就可以结婚。我首先声明，我只是一个人嫁过去，没有嫁妆，也没有亲人陪伴。我只有一个条件，要穿着这件连衣裙结婚。"

第29章　梦生

黑洞,通向另一个空间,向他张开了黑糊糊的口子。

谢组长从省城回来,带来了一批专家和一条名叫深海号的科考船。据专家介绍,深海号配备有水体探测、大气探测、海底探测、深海极端环境探测、遥感信息现场印证所需的多种国际先进的探测与调查设备,具备高精度长周期的动力环境、地质环境、生态环境等综合地质观测、探测以及现场取样和分析能力。深海号刚刚研制出来,这次任务是第一次探测试验。

专家们利用深海号上的设备,把那几条货船吊了起来。梦生和侦查组成员上了深海科考船,沿着那一片沼泽地进行了多方位的探测。专家们对探测到的信息,经过计算分析之后,得出一个初步结论:这片沼泽下面有一个黑洞,而且正处于活跃期。至于黑洞由什么物质组成,活动周期是多久,还需要进一步探测和分析。

谢组长把深海号和专家们送走之后,召集侦查组的成员碰头,江海也赶来开会。谢组长把情况向大家介绍之后,说出了他的想法:"专家们初步认为,沼泽底下存在一个黑洞。根据我们监听到的录音,袁木材和科考船可能就在黑洞那边。我想组建一个探险队，趁着黑洞的活跃期，穿过黑洞去寻找科考船。”

江海问道：“黑洞研究结果还没有出来，贸然进入会不会有危险？”

谢组长道：“危险和机遇总是并存的，如果错过了黑洞的活跃期，也许我们就没有机会进入，科考船也许永远回不来。”

江海问：“你准备怎么组建探险队？”

谢组长道：“这正是我请你来的目的。我目前最迫切需要的，是找一个熟悉当地环境的向导。刚才被深海号拉走的货船，虽然属于叶秉坤名下，可根据证据初步推断，却是被陈袁两家藏在这里。我想弄明白，有谁知道沼泽地的秘密？是否有人掌握了穿越黑洞的某些规律？如果把这些事情弄明白了，对于我们搜寻科考船会有很大的帮助。”

江海迅速瞟了梦生一眼，眉头紧锁道：“石镇这个地方情况非常复杂。叶秉坤和陈袁两家因为争夺码头明争暗斗。陈老大和袁舢板劫叶秉坤的船，只是他们矛盾中的冰山一角。除了叶家和陈袁两家的矛盾外，这里还纠结着宗族矛盾，黑社会事件也时常发生，比如最近发生的谋杀案和凶杀案。这两个案子还没有结案，关于宝藏的传言四起，石镇来了许多神秘的陌生人。这些看似简单没有关联的事件，背后极有可能隐藏着很深的动机。我担心这些矛盾和事件会成为影响我们完成任务的最大阻力。”

谢组长问道：“凶杀案的犯罪嫌疑人有线索吗？”

江海分析道：“犯罪嫌疑人逃跑时身上有多处刀伤，中弹后和摩托车一起掉入水中。摩托车已经打捞上来，估计人已经淹死了。他是一个书生，出于一时激愤杀人，即使没有死，暂时没有抓获，对社会也构不成太大危害。”

谢组长语重心长道：“可不能掉以轻心，人不是一成不变的，在一种环境下是一种类型的人，在另一种环境下可能会变成另外一种人。”

江海不自觉又瞥了梦生一眼,笑道:“放心吧,我已经部署好了。我正在配合叶秉坤演戏,假如犯罪嫌疑人没有死,他肯定会在现场出现。明天好戏就开锣了!”

谢组长拍了拍江海的肩膀:“我负责搜救,你负责安全,这是我俩的分工。你尽快搞清楚情况,保障我们能及时安全穿越黑洞。”

梦生听了江海的话,接触到他的目光,意识到江海所说的好戏可能跟自己有关。谢组长上岸去送江海,两个人站在一起抽烟。梦生尾随着他们,躲在一丛芦苇后,偷听他们说话。

谢组长问:“你刚才说话的样子为什么含含糊糊?是不是因为梦生在场的原因?”

“你猜我在石镇看到谁了?那个九鼎茶楼的老板魏成鸣!”

“哦,就是梦生把铜牌给他鉴定的那位收藏家。”

“让我感到奇怪的是,这个魏成鸣到石镇去的第一个地方是段家。更让我感到吃惊的是,段家的女主人哑娘经常暗中和一个中年男人见面。我派人调查哑娘的身世,意外发现她在嫁给段家之前已经有了丈夫和儿女。”

“你在担心什么?”

江海勉强地笑了笑:“明天段家女儿结婚,一个犯罪嫌疑人的姐姐,却要嫁给凶杀案的受害人何运满。”

“据说何运满强奸了这个妮子,才导致犯罪嫌疑人杀人。”

江海摇摇头:“事实上,何运满并没有参与强奸案。”

“你说的好戏指什么?”

“这场婚礼是叶秉坤一手策划的,我怀疑他这么做,是为了激犯罪嫌疑人露面。”

“段家怎么肯把女儿嫁给何家?是不是叶家逼迫段家同意?”

“我听说是段家女儿主动要求嫁过去的。”

谢组长换了话题:“如果犯罪嫌疑人真的出现,这个局面不是对你有利吗?”

江海分析道:“我怀疑这件杀人案是个案中案。叶秉坤逼犯罪嫌疑人现身有其他目的。”

“你发现了什么?”

“我在办案的过程中,发现一沓不利于叶秉坤的举报证据被胡乱堆在旧档案中,差点被扔进碎纸机里销毁。我怀疑这不是疏忽,而是有人想帮叶秉坤销毁证据。我有理由怀疑,这个凶杀案后面另有隐情。”

谢组长长吁了一口气:“怪不得你担心,这每一件都与梦生有关。”

江海道:“其他的事情我都不担心,我担心他听到婚礼的消息会受刺激。”

谢组长沉默半晌,叹了口气道:“梦生刚参加工作,还需要历练。但是我相信他一定能正确处理个人感情和责任之间的矛盾。”

梦生听到他们两人的对话,身体顿时瘫软下来。他十个手指深深地掐进泥里,趴在芦苇丛中动弹不得。

江海走了之后,谢组长没有看到梦生。彭亮到岸上找了一圈,发现梦生坐在沼泽地边上,眼睛一动不动地盯着沼泽,那目光就像是一束激光,仿佛穿透了沼泽,射进沼泽地下黑暗的深处。

彭亮把梦生叫回巡逻艇,谢组长亲手下厨,做了梦生爱吃的水煮鱼。梦生只端了一碗白米饭,闷着头低头吃饭。他三下两下把饭扒进口中,然后就进了卧舱,裹着毯子躺下了。

晚上,谢组长没有安排梦生值班,他和彭亮轮班。谢组长安排彭亮值上半夜,他回到舱里休息。他想和梦生说说话,可是梦生好像已经睡着了。谢组长躺在梦生旁边,怎么也睡不着。他侧身看着梦生,梦生的两条腿露在外面。他的腿看上去很瘦,粗大的骨节凸出来,皮肤塌陷下去,又长又黑的腿毛稀疏地挂在腿肚子上。

谢组长心里有些发酸，他爬起来站在舱外，点燃了一支香烟。他猜想梦生可能听到什么了，不然他不会这样消沉。他想责骂梦生两句，可是心里又有些不忍。谢组长就这样在舱外站了半宿，然后把彭亮换了回来。

彭亮刚进舱躺下，梦生一个鲤鱼打挺翻过来，双手捂住他的嘴，压在他的身体上。梦生说："我要回一趟家，天亮之前保证赶回来！"

彭亮挣扎了一下，把手提电脑碰翻了。

谢组长听到动静，问道："什么声音？"

梦生示意彭亮答应，把手松开了。

彭亮应道："我不小心碰翻了电脑。"说完他对梦生做了一个手势：你保证天亮之前回来，不然我死定了！

趁着夜色，梦生偷偷溜上了岸。对这一带已经很熟悉了，他没有走湖堤，而是凭着直觉朝着石镇的方向，不管水塘还是沟壑，不管湖草还是荆棘，就那么踩下去，风一样拼命往老街跑。

梦生来到了老街，来到了他熟悉的巷子里，脚步却放慢下来。他轻轻地踏着那些瓦砾，瓦砾在脚下发出叹息般的声响。段家的院门半开着，夜风吹过来，发出吱呀声。梦生在巷子里徘徊着，想象着过去的日子：他挑着水桶，跟在娥子的身后，慢慢地走动着。

娥子于朦朦胧胧之间听见了熟悉的脚步声。她只要听声音，就知道这是梦生的脚步。她预感到梦生会来，所以她让院门开着。脚步越来越近，最后停在了她的门外。娥子一动不动地躺着，她一点也不激动，没有发出声音，她怕声音会惊动了爹娘。

梦生伫立在门外，他屏住因奔跑而发出的粗重呼吸。他想大声喊娥子开门，可是嗓子像是被卡住了，一点声音也发不出。他想用力把门推开，可是双臂却抬不起来。

娥子静静地躺在那里，泪水像涌泉一样流出来。她多么想把门打开，扑进梦生的怀里，嚎啕大哭一场。她甚至盼望，梦生能把门踢开,像强盗一样把她抢走,逃到一个无人的地方。

梦生的思想在激烈地斗争着,他想告诉娥子,他不想当强盗,他想像普通人一样把娥子娶进家门,让娥子做他的妻子,他做她的保护人。两个人生儿育女,日夜厮守在一起。

虽然隔着门,娥子能听见梦生的心跳声。娥子用她的沉默,一如既往残酷地拒绝了他。娥子听到梦生走了,她把门打开了。门外是一排湿淋淋的脚印,娥子顺着脚印追出去,追到天井里。梦生站在天井边,用后背对着她。娥子忍不住向他扑去,然而却扑了一个空。娥子惊醒过来,梦生早已经走远了。

娥子抬头看了看天,天色还是蟹青色的。院门外空无一人,月光照着满地的瓦砾。曾经光滑整齐的青石板路面,被挖掘机碾压得一片狼藉。娥子的面前,满是杂乱的湿脚印。踏着这些湿淋淋的脚印,娥子回味着从前的日子,她在前面走,梦生在后面跟着。这是她最后一次和梦生一起走路,过了这个夜晚,她就不再是过去的娥子了。她知道,她再也不会回到这条巷子来了。

当娥子在小巷踯躅时,梦生并没有离去。他来到二叔的楼下,凝望着二叔黑漆漆的楼房。二叔还没有睡觉,他的房里还亮着灯。听着狼狗的吼叫,院门被打开了。二婶从里面冲出来,大声哭喊:“贵生,是你回来了吗?”

二叔追了出来,抱住了二婶:“贵生娘,外面没有人,进屋睡觉吧!”

二婶做出凝听的样子:“我听见了声音,是贵生的脚步声。贵生一定是想家了,他回来看我来了!”

二叔哭道:“如果真的是儿子回家,你这样大声哭喊会把他吓跑的!”

在梦生的心目中,二叔的身体高大粗壮。可是现在的二叔仿佛中了巫师的魔咒,在夜色下显得矮小苍老。梦生躲在墙后面,看到二叔把二婶拉进去。梦生很想追上去质问他们:“我是不是二叔的儿子？如果我是二叔的儿子，二叔为什么不像待贵生那样待我？二叔明知道我喜欢娥子，为什么还要帮着何家抢走娥子？”

天亮的时候，梦生回到了艇上。他全身都湿透了，衣服被剐破了，裤腿和脚上全是泥水。彭亮看见他这个样子，赶紧把毛巾递过去。梦生理都不理，径直爬到铺位上。

谢组长回到舱里，彭亮假装睡着了，发出很响的呼噜声。谢组长早就知道梦生出去，他担心梦生弄出事来，让彭亮在后面跟着。彭亮在梦生之前回来，过了一会儿梦生也回来了，谢组长悬着的一颗心才稍稍落定。

谢组长一夜没有合眼，他把彭亮叫了起来：“我打个盹，你做好早饭叫我们。”

彭亮把谢组长叫醒时，已经是上午十点多了。谢组长草草洗了把脸，彭亮把煮好的挂面端上来。谢组长一看，面条已经凉透了，在碗里结成了块。

谢组长用筷子在碗里挑了挑，蹙眉道：“你煮的什么面条？”

彭亮搔了搔脑袋，嘿嘿道：“这叫凉坨面，大热天吃这种面，不会出汗。”

谢组长无奈地摇摇头，几口就把面条吃了下去。梦生还没有起床，彭亮叫了他几声，他也不回答。谢组长有些生气，走进舱去。

其实梦生并没有睡着，他头疼得厉害。听到谢组长粗重的脚步声，他艰难地坐起身来。谢组长感觉不对，伸手一摸，梦生在发烧。

谢组长让梦生躺下，从药箱里拿出几片退烧药，让他服了下去。梦生昏昏沉沉躺着，不停地喊着娥子的名字。

彭亮担心道：“要不要送梦生去医院？”

谢组长摇摇头：“他这是心病！”

谢组长虽然这么说，还是让巡逻艇靠近了一个渔村。谢组长上了岸，空气里传来一股鱼腥味。村口的空地上晾晒了一大片渔网，家家户户的院子里、地上垫着塑料布，上面摊满了剖好的鱼。几个妮子坐在一棵老樟树下面织网，几条白色的渔网拉得长长的，像蛛网一样相互交错，拦住了谢组长的去路。

谢组长问："请问你们村有医务所吗？"

一个妮子乜了谢组长一眼："你问医务所干吗？"

谢组长道："当然是去看医生。"

那妮子继续织网："看你好手好脚的，没有生病啊！"

另外几个妮子哄地大笑起来："英子，你怎么知道这个人没有病？也许他的病就是冲着你来的！"

谢组长严肃道："我船上有个病人，正发高烧呢！"

英子听到这里，把手里的网针放下了。她把织好的网麻利地收了起来，提起网架就走。

旁边一个妮子对谢组长道："英子家就是开诊所的，你跟她去吧。"

谢组长道："你等等，我去把病人带来。"

梦生烧得很厉害，谢组长扶着他感觉像是扶住一块烙铁。英子家的诊所很简陋，一间二十几平方米的房间里摆了几张竹床。有个妇女坐在竹床上，怀里抱着一个生病的女孩。

那妇女看见英子，连忙道："英子，李医生正要找你扎针呢。"

英子冲着一个老人喊："爷爷，来了一个病人。"

老人戴着老花眼镜，花白的头发，看上去很和善。他对英子道："药已经配好了，我眼神不好，你来给孩子扎针。"

老人没有穿白大褂，墙上没有行医执照。谢组长有些疑惑，问老人："你就是医生？怎么连个牌照都没有？"

那个给孩子看病的妇女解释道："这是李医生家，当然没有挂牌子。李医生退休了，他医术好、心肠善，我们村有人头疼发烧，都愿意来找他。"

老人看了谢组长一眼，拿了一个体温计，递给谢组长，问道：

“怎么不舒服?”

谢组长道:“发烧。”

老人又问:“咳嗽吗?”

谢组长摇摇头说:“不咳嗽。”

英子过来取出体温计,看了看:三十九度多。

老人拿出听诊器,给梦生听了听。然后又把听诊器摘下来,递给英子道:“你来听听。”

英子戴上听诊器,细心地给梦生听了一遍。

老人在考英子:“听出什么?”

英子道:“心跳正常,心律整齐,没有杂音。双肺和气管呼吸正常,没有罗音。”

老人继续问:“该怎么给病人下药?”

英子不假思索道:“给病人吃退烧药。”

老人回过头问谢组长:“病人来之前,吃过退烧药吗?”

谢组长道:“吃过几片退烧药。”

老人翻了翻梦生的眼皮,看了看他的舌苔和咽喉,又把了把脉,语重心长地对英子道:“你就是不肯好好学,仅仅靠听诊远远不够,还要懂得望、闻、问、切四个字。病人这是由外感暑湿,内受精神刺激引起脏腑机能失调,仅仅用退烧药是没有用的。”

老人吩咐英子道:“你去把冰箱里的金银花茶拿出来,加一包鸡内金,让病人服下去。”

老人拿出一根银针,用酒精消毒之后,在梦生两腿膝关节后面,各刺了一针。

梦生服完药,半个小时之后,体温就降到了三十七度。谢组长感觉很神奇,问老人要多少钱,老人摆摆手:“没有用药,不要钱。”

两个男孩从门前经过,其中一个拿着一顶潜水帽。梦生一眼瞥见这个东西,心中突然一亮。他猛地翻身起床,冲出去拦住那个男孩:“给我看看你的潜水帽。”

不等男孩回答，梦生已经把潜水帽抓在手里。男孩有些生气，把潜水帽夺了回去："这是我放铜钩钓上来的！"

梦生追问道："你是在水里钓到这顶潜水帽的吗？你能告诉我是在哪里钓到的吗？"

男孩道："我为什么要告诉你？"说完就要跑。

英子把男孩叫住了："小黑，你告诉姐姐。"

小黑调皮道："他又不是你男朋友，你为什么帮他？"

英子变脸道："你再不说，当心姐姐给你扎针！"

小黑听到扎针，呼啦一下跑得没了影子。

英子对梦生道："你别着急，等会儿我去他家里，很快就可以问出来。"

谢组长问梦生："你为什么关心那个潜水帽？"

梦生道："我只是觉得奇怪，在我们这个地方，男孩子习惯裸潜戏水，很少会使用潜水帽。"

谢组长道："现在的人都在赶时髦，有什么大惊小怪。"

正说着，英子已经把潜水帽拿了过来，她告诉梦生说："小黑是在西大河边上钓到这顶潜水帽的。"

梦生把帽子接过来，递给谢组长说："这不是普通的潜水帽，是属于专业潜水帽。在这个地方有人使用这种专业潜水帽，你不觉得奇怪吗？"

谢组长听英子说到西大河，眼前也是一亮。他把梦生拉到一边，小声道："西大河在谢家湖的下游，你的意思，这顶潜水帽也许与谋杀案有关？"

梦生分析道："谢家湖发生谋杀案的时候，我一直守在湖边。如果有人上船，哪怕发出很小的声音我也应该听得见。我搞不明白的是，凶手是如何做到不发出一点声响。当我看到这顶潜水帽就突然明白过来，凶手是穿上专业的潜水服，从水底游到船边，直接把小孩子溺亡，所以才不会发出一点声音。如果我没有猜错的话,水里除了有潜水帽之外,应该还有其他东西。”

谢组长听完梦生的分析,觉得很有道理。他想让梦生留下来,自己和彭亮去西大河看看。梦生坚持要一起去。

英子好奇地走过去:“你们是不是想去西大河打捞什么?”

谢组长看了看英子,答道:“我们丢了一套潜水设备,正在四处寻找呢。”

英子笑道:“你们要是怕找不到地方,我让小黑领你们去。”

第30章　娥子

婚礼在医院举行，是一场博弈？抑或是一个陷阱？

按照医生的要求，何运满的婚礼要在医院举行。婚礼很简单，娥子从段家出来，在桃月的陪同下，来到医院举行婚礼。叶秉坤请了镇政府办事员，到现场为他们办理登记手续。婚礼结束后，新娘就留下来照顾病人。

陈老大的病房就在何运满的隔壁。袁舢板和飞鱼早早就来到医院，他们表面上是来探望陈老大，实际也是为了观看婚礼。袁舢板匿名举报叶秉坤之后，却不见派出所有任何举动。继而他发现那片沼泽地附近出现了一条巡逻艇，他藏匿在那里的货船突然全部消失了。

袁舢板认为这一切都与叶秉坤有关，他意识到危险临近。他也听到传闻，叶秉坤在暗中追杀段天水。袁舢板直觉这场婚礼是叶秉坤捕杀段天水的陷阱，可他却搞不明白叶秉坤为什么要这么做。袁舢板以前遇到困惑总要找陈老大商议。此时陈老大躺在病房，不能给他任何建议。他只有采取最简单的方法，跟叶秉坤反着做。

赵伯耘把儿子问问带到了派出所，举行婚礼的时候，问问要去做花童。问问穿上了小西服，打上了领带。桃月准备了花篮，赵伯耘在教问问什么时候开始撒花瓣，这时桌上的电话响了。

赵伯耘拿起电话，曹院长在电话里说："问问情况如何？"

赵伯耘看了儿子一眼："他看上去挺好。"

曹院长道："今天是问问例行体检的日子，你什么时候送他过来？"

赵伯耘哎呀叫了一声，拍了一下自己的脑门："你不说，我差点忘了！时间还早吧，等婚礼结束怎么样？"

曹院长解释道："不知道今天是什么好日子，好几个孕妇挤在一起，像商量好赶集似的，等着做剖腹手术。加上一场婚礼在医院办，我怕到时候忙不过来。"

赵伯耘道："那就明天吧！"

曹院长小心翼翼道："我听说问问要做花童，为了以防万一，我建议还是提前做个检查。我现在有空，你能送问问过来吗？"

医院就在派出所对面，赵伯耘牵着问问的手，跨过一条不是很宽的马路，就来到了曹院长的诊室。

曹院长一边给问问做检查，一边关心道："问问最近情况怎么样？"

赵伯耘说："桃月按照医生的嘱咐，给他制定了严格的作息计划，不让他跑跳。让他保持充足的睡眠，多吃蔬菜和水果。他身体抵抗力增强了很多，这一段时间，一次感冒都没有。"

曹院长笑了起来："也不要过分严格要求孩子，适当的运动还是可以的。桃月平常对孩子照顾得无微不至，现在她怎么舍得把孩子丢给你呢？"

赵伯耘苦笑道："桃月现在比我还要忙，叶家把码头和开发区的烂摊子全部丢给她，她哪里顾得上孩子！"

曹院长检查完之后，拍了拍问问的小肩膀道："不错，小胳膊有肌肉了。”说着，转过身来，对赵伯耘道，“有一件事，我不知道该不该告诉你？”

赵伯耘把问问带到诊室外，安放在候诊椅子上，叮嘱他不要乱跑，这才返回曹院长的诊室。

赵伯耘把门关上，低声道：“什么事？”

曹院长眼神躲闪地看了他一眼：“金子前些天受伤了！”

赵伯耘意外道：“她怎么受的伤？”

曹院长道：“这是人家的隐私，她没有细说。我们不是警察，不好问。”

赵伯耘又问：“她伤到哪里？伤得重不重？”

曹院长沉吟了一下：“怎么说呢，她的伤有些奇怪。”

赵伯耘关切道：“怎么奇怪法？”

曹院长意味深长道：“你们派出所有我们报送的材料，你翻翻就知道了。”

曹院长不知道医院报送的材料归专案组负责，赵伯耘不属于专案组成员，他根本接触不到。

赵伯耘从曹院长诊室出来，心里不由得纳闷起来：他和曹院长虽然很熟，但是这种熟，完全是因为给问问看病而建立起来的医患关系。换一句话说，曹院长没有必要告诉他金子受伤的事情。莫非金子受伤这件事有什么可疑之处？

赵伯耘没有看到问问，旁边有人告诉他，有个孩子往病房跑去了。赵伯耘赶紧往病房这边找，飞鱼听到赵伯耘的喊声，从病房探出身来：“赵所长，问问在我这里！”

赵伯耘来到陈老大的病房，护士正在给陈老大擦身，袁舢板给护士当帮手。问问在病床前跑来跑去，一会儿给飞鱼递毛巾，一会儿给护士拿病历。

袁舢板逗问问：“谁给你买的衣服？穿得比新郎还漂亮。”

问问道：“我将来当新郎，肯定穿得比这还漂亮！”

护士问道："你将来当新郎，谁给你当新娘子呢？"

问问指着飞鱼道："我要飞鱼姐姐给我当新娘子。"

大家互相看一眼，哈哈大笑起来。赵伯耘看问问玩得开心，就来到隔壁何运满病房。病房里拉起了彩带，黄头发和几个后生正在墙上贴喜字。何运满半躺在病床上，一副淡漠的神情，仿佛这一切与他无关。

婚礼十点开始，现在九点不到。桃月接上娥子，开车从老街到医院用不了五分钟。这时，桃月正在办公室里和叶秉坤商量婚礼的事情。赵伯耘忽然想，趁着这个空当可以去看看金子。

赵伯耘回到陈老大的病房，叮嘱了问问几句，然后就出了门。路旁有卖瓜的地摊，赵伯耘顺手挑了几个梨瓜。他正想离开，忽然闻到一股熟悉的香味。他循着香味看过去，只见离瓜摊不远，有一个小女孩正在卖栀子花。

赵伯耘想起来，金子最喜欢栀子花。她会用栀子花泡水洗澡，她的身上、发梢上总是带着一股栀子的花香。小女孩看到赵伯耘盯着栀子花看，机灵地把花篮提了过来："伯伯，您买花吗？"

赵伯耘一朵一朵挑选着栀子花，那雪白肥厚的花瓣一瓣一瓣微微张开着，躺在碧绿的叶子中间，仿佛金子的身体，蜷缩在自己怀里。赵伯耘心里扑通地跳了一下，对金子的怜爱霎时像电流一样涌了上来。他把栀子花放回了花篮，对小女孩说："这一篮子花，我都买了。"

竹棚的门虚掩着，赵伯耘轻敲了几下就把门推开了。金子躺在竹床上，背朝着外面。龚表匠拿一把扇子，正在给她扇风。

看到赵伯耘来访，龚表匠自觉起身走到外面去了。赵伯耘弯腰钻进棚子，坐在龚表匠刚才的位置上。

赵伯耘在门口时金子就闻到了栀子花的香味。听到脚步声进来，金子就知道是赵伯耘。但是她没有转过身来，对着棚壁侧卧着，委屈的泪水哗哗地流了出来。

赵伯耘看金子抽噎着,拿了一条毛巾递过去。金子把毛巾一扔,依然把脊背对着他:“你到这里来干什么?”

赵伯耘抓住金子的手,她染成水晶的长指甲全部被剪掉了,两只胳膊上布满青紫和淤痕,胳膊肘那个地方还缠着纱布。

赵伯耘道:“我看看你的伤。”

金子甩开他的手:“不用你管!”

赵伯耘激动地站了起来:“我是警察,你的事我管定了!”

金子猛地坐了起来,冷笑道:“你是警察,说得真好听!陈老大被人害成植物人,你怎么不去管?李大山的孙子死了,你抓不到凶手,只会抓虾米顶罪!现在你又说要管我,我是自己摔伤的,你要抓凶手,就把我抓走吧!”

“谁要抓你?”黄子轩撩开门帘,站在赵伯耘面前。

两个男人互相对视着,赵伯耘道:“你是谁?”

金子不想赵伯耘看她的伤,故意道:“他是我的情人!”

黄子轩听了金子的话,心花怒放,对赵伯耘道:“你听见了吧,怎么还不走?”

赵伯耘上下打量着黄子轩,心里有气不好发作。他回到派出所,桃月来了电话,半个小时后,就把新娘子送来。

叶秉坤请的乐队到了,医院里响起了奏乐声。音乐穿过院墙,传到段天水耳朵里。汤小小上班去了,房间里只剩下他一个人。汤小小刚刚掩上门,他立刻睁开眼睛,迅速地下了床。腿刚落在地上,伤口就发出撕裂一般的疼。天水扶着桌子,站在窗口望出去。汤小小瘦削的背影穿过杂草丛生的院子,从小门出去了。

天水疼得站不住,他一屁股坐了下来。想到这偷偷的一眼,算是和汤小小诀别,心里一酸,泪水顿时盈满了眼眶。自从爹对他宣布脱离父子关系,他就觉得自己一无所有了。这些天和汤小小的相处,让他对汤小小有了依恋。他多么想永远这么住下去,可是他知道,这是不可能的事情。如果他继续住下去,迟早会害了汤小小。他不想拖累汤小小,也不想跟李经文走。因为他知道,无论他走到哪里,都是暗无天日的逃亡。

天水站起来的时候,伤口又一阵疼痛。他服用了两片吗啡,戴上假发,穿上裙子。他回头看了一眼房间,把那瓶吗啡装进了口袋,然后走出了房门。

荒芜的院子,在寂静中显得无比的空旷。墙角的蒿草上依然带着细密的露珠,可是路边的杂草却早已被太阳烤得干枯。天水站在院子里,被热烘烘的空气包围着。欢快的乐曲穿过围墙送到他的耳边。他甚至听得见围墙外的汽车声,还有人们的说话声。

天水的视线被围墙挡住了,他可以精确地算出从这里到派出所的距离。一条不算宽敞的马路把医院和派出所隔开,对于天水来说却意味着生与死的界线。他不愿像野狗一样被李经文控制着,无休无止地逃亡。即使是个杀人犯,他也要堂堂正正去死。他要向汤小小证明,他是一个男子汉,他值得她救。

奏乐声传到了派出所,虾米也听到了欢快的乐曲。一个警员从拘押室的窗口给虾米扔来一包糖,虾米叫道:"这是谁家的喜糖?"

警员顺口道:"何家发的喜糖!"

"哪个何家?"

"叶秉坤的大舅子何运满!"

虾米奇怪道:"何运满不是躺在医院里吗?谁肯嫁给一个残废?"

那个警员轻蔑地看了虾米一眼:"你被关在这里,当然什么都不知道。我告诉你,就是那个段家的妮子,求着嫁给何运满!"

虾米听到这个消息,整个人都呆了。他看着手里的那包糖,不肯相信这是真的。外面传来鞭炮声,虾米把脸贴在玻璃上,看见一辆花车开进了医院。车门打开了,一个黄色的身影从车内出来。虾米看不清她的脸,但是从那个背影他已经认了出来,新娘就是娥子。

虾米心里像有一团火,熊熊地燃烧起来。他像困兽一样在屋里团团走动。他要逃出去,要阻止这场婚礼。拘押室在五楼,门上装了铁门,铁门被锁住了。他来到窗户前,窗户装了铁栅栏。虾米把玻璃窗打开,爬上了窗口。他侧着身子,试着从铁栅栏的缝隙里往外钻。

铁栅栏生了锈,虾米的脸伸过去。他的脸被夹在两块铁条之间,被挤得像一块饼。他的脸被铁锈剐破了,依然拼命往外挤。当他把脸挤出去时,脸上已经鲜血淋漓。接着他又把身体往外挤,当快挤出窗外时,他被发现了。

警员快速地把门打开,冲进了拘押室,高声喝喊:"不许动,再动就开枪了!"

虾米听不到喊声,他像一只水鸟,从高高的窗台上跳了下去。

医院的大院内临时搭了一个花棚,何运满坐在轮椅上被推了出来。娥子手里捧着花束,被桃月挽着,一步一步向何运满走去。

就在这个时候,天水从后院小门口走出来。他一眼就看到了娥子,看到了那件黄色的连衣裙。乐曲奏出郭峰的《甘心情愿》:

和你相依为命永相随,为你朝朝暮暮付一生,真真切切爱过这一回,无论走遍千山和万水,和你白头偕老永相随,为你甘心情愿付一生……

天水不由自由跟随着乐曲,慢慢向娥子走去。娥子看到了天水,那么熟悉的眼神,那么苍白的脸。桃月跟随着娥子的目光也看到了天水。赵伯耘站在桃月后面,目光从段天水身上扫了过去。桃月踢了赵伯耘一脚,赵伯耘把目光收回来,落到段天水的脸上。

就在这个时候,外面传来一声枪响。一个满脸是血的人,跌跌撞撞冲了进来。人群惊叫起来,医院里乱成了一团。赵伯耘把枪掏了出来,江海把他的手按住了。专案组成员围了上来,他们早就装扮成便衣,守在医院里。

虾米直接被抬进了抢救室，赵伯耘想起刚才那个女人，抬起头来找时，已经不见了那人的踪影。乐曲被终止了，婚礼匆匆结束了。娥子被带进了病房，从这一刻开始，她变成了何运满的妻子。

就在混乱的瞬间，天水走进了病房。叶秉坤迎着他走过来，天水看陈老大的病房开着门，闪身走了进去。飞鱼有些愕然，袁舢板警觉地看了他一眼。天水看叶秉坤走远了，对飞鱼道："对不起，我走错了！"

袁舢板从天水的语调中，听出了假声。他看见天水的裙子里露出锋利的刀刃。飞鱼也注意到，这个女人长了喉结。袁舢板认出了他是段天水，心中暗忖，看他的样子，是要去杀何运满。

袁舢板和飞鱼互相对视了一眼，飞鱼忽然喊了一声："段天水！"

天水愣了一下，袁舢板突然挥拳，向他的脑门一击。天水没有戒备，一下子被打晕了。袁舢板上前托住天水，把他放在轮椅上。飞鱼把他的假发掀开，他果然是杀人嫌疑犯段天水。

飞鱼吃惊道："袁叔叔，你为什么把他打晕？"

袁舢板低声道："他要去对面病房杀人。"

飞鱼道："如果他去杀人，肯定跑不掉。"

袁舢板道："这是叶秉坤设好的陷阱，正等着他进去呢。"

飞鱼紧张道："他是一个杀人犯，我们不能把他藏起来。再说病房这么小，无论谁进来都会发现他。"

袁舢板道："我们得马上把他偷送出去，到了一定时机再把他交给警察。"

飞鱼道："医院里到处都是警察，他们还封锁了水路，怎么把他偷运出去？"

袁舢板想了想，在飞鱼耳边悄悄地交代了几句。飞鱼听了以后，脸色霎时晴朗起来，连连点头。

夏至还未到，天气异常闷热。夏虫的叫声铺天盖地汹涌不息，预示着暴风雨将要来临。夕阳还未落下，一弯细细的弦月淡淡地镶嵌在灰色的天幕上。湖堤上传来脚步声，一盏盏马灯闪烁着，一只只手电筒晃动着，人们像赶集一样从四面八方向石镇涌来。

湖堤旁、码头边，泊满了大大小小的船只，人们不断地从船上跳下来，和湖堤上的人汇集在一起。老街的郭铁匠、龚表匠、火根师傅踩着老街的瓦砾，一路吆喝着向派出所走去。

派出所院子的铁门外早已人声鼎沸。孙弹匠和他的老婆罗彩云从下午开始就在铁门外站着。

老街的人认为，派出所没有抓到证据就把虾米关了进去，他在里面肯定是挨打了，所以才拼命跳楼。罗水庆夫妇一听到儿子跳楼了，马上赶到派出所哭闹，派出所就把他俩关了起来。

罗家虽然出了这么大的事，一时间却没有人敢为罗家直言。按照族谱追溯起来，孙弹匠的老婆罗彩云与罗水庆是本家。以辈分称呼，罗彩云该叫罗水庆叔叔。以前两家并没有当亲戚走，发生了这件事之后，老街的人就把这两家牵扯到了一起。

孙弹匠从郭铁匠的铺子经过，郭铁匠忽然放下铁锤，对徒弟耗子道："平日里有些人喜欢吹大牛，弹棉花像放花炮。真的遇到事了，那弹弓就变成哑巴，连个响屁都弹不出来了！"

耗子心领神会道："这叫做关着门放屁，只会窝里横。"

孙弹匠心烦地回到他的塑料棚，李木匠忽然来串门。

李木匠神秘地说："刚才泥鳅来我家说有人放出话来，只要有人肯去派出所为罗水庆两口子喊冤，可以按小时给报酬。领头的一个小时给五十块，随从一个小时十块钱。"

孙弹匠半信半疑道："谁会为了罗水庆出钱？我才不信这个呢！"

李木匠咂咂道："不管你信不信，难道你跟钱有仇吗？我们都收到这个信息，大家互相传开了。只不过我们和罗家不沾亲，不好出面领这个头。”

罗彩云听到有钱领，有些动心了。她对孙弹匠说道：“罗水庆好歹算我叔叔，咱们去派出所门口做做样子又不犯法。即使没有钱，也省得旁人嚼舌头。”

孙弹匠眨巴着眼睛对李木匠说：“你向我发誓，如果我领头的话，你也会跟着一起去。”

李木匠笑道：“你放心好了，只要你肯领头，我陪你一起去。”

孙弹匠没有想到，他一出门，老街的邻居们一窝蜂全跟来了。李木匠不但说话算数，而且一直和孙弹匠站在一排，他的后面站着郭铁匠师徒两个。郭铁匠师徒后面，站着龚表匠和金子，再后面有五六个罗家村的村民，大家高声嚷嚷着。之后不断涌来的人流，里三层外三层，把派出所门口的那条大马路都堵住了。

一个警员出来对大家喊话：“你们围住派出所，妨碍警务执法，是违法的行为，请大家主动散去。”

一个村民高声喊道：“罗水庆两口子犯了什么罪，你们为什么抓他们？”

那个警员道：“他们妨碍执法，我们是依法拘留！”

另一个村民质问道：“虾米被你们警察滥用私刑逼得跳了楼，你们警察的这种行为，算不算犯法？”

那个警员大声道：“这是造谣生事，再这么闹下去，将以诽谤罪拘留你们！”

一个声音尖叫道：“这个警察说我们诽谤，还要拘留我们大家呢！”

另一个声音大叫：“打死他！打死他！”话音未落，一块石头从人群中飞了过去，砸到那个警员的脑袋上。那个警员大怒，举枪朝空中鸣了一枪。

枪声没有吓退人群，反而激起了更大的愤怒。接二连三的石块像雨点一样飞了过去，那个警员的帽子被砸飞了。

混乱中有人高喊:“缴了他的枪,不能让他杀人!”人群骚动起来,有人爬上了铁门,翻了过去。

赵伯耘通过监控镜头看到外面乱成一团,他担心局面失控,赶紧领了几个警员出来,把那个受伤的警员接了进去。

赵伯耘手拿话筒高喊:“请大家安静下来,我是派出所负责人。大家有什么话,可以和我说!”

可还没等他喊完,一块石头飞过来砸到他的前额上。鲜血顺着他的脸庞流下来,旁边的警员看这个阵势,纷纷拉开了枪栓。

赵伯耘顾不得自己的额头,赶紧阻止住了警员。他的目光扫过孙弹匠,最后落在龚表匠旁边的金子身上。他动情地说道:“我曾经当过虾米的老师,在我的印象中,虾米虽然算不上是一个优秀的学生,但是他绝对是一个善良的后生。我也不相信虾米会害人,如果虾米真的没有犯法,派出所一定会还他清白!”

听了赵伯耘的话,人群变得安静下来。这时忽然有人叫道:“你这是在转移话题,即使虾米犯了罪,政府规定也不能严刑逼供!”

另一人跟着叫道:“你们逼死了虾米,做爹娘的难道不能发泄一下吗?我们要求放人!你们把罗水庆两口子放出来!”

众人的情绪被煽动起来了,他们一齐高喊:“放人!放人!马上放人!”

拥挤的人流不仅把派出所包围了,而且也把医院占领了。守在医院的两个警察见情况不妙,赶紧把警服脱了,从人群中悄悄溜走了。

袁舢板看到警察离开之后,立刻和飞鱼一起把天水扶了出来。他们趁着混乱出了医院,夹杂在人流里,消失在夜色中。

第31章 赵伯耘

七岁的儿子失踪了,是谁在暗中复仇?

当赶来增援的县刑警队到达石镇时,聚集在派出所门口的人群已经陆续散去。赵伯耘拖着疲惫的脚步,推开办公室的门,灯也懒得开,一头躺倒在沙发上。

额头一跳一跳地疼,他摸了摸伤口。他没有去医院处理,只是在上面贴了一块创可贴。手指摸上去,创可贴湿漉漉的,似乎有液体从里面渗了出来。他拉亮灯,想找镜子照一照。办公室空荡荡的,他猛地醒悟过来,惊得跳了起来——问问不见了。

赵伯耘赶紧去找儿子,他查遍了每间办公室,问过值班的人员,没有人看见问问。赵伯耘心里寻思,儿子是不是被桃月带回家了。他刚想给桃月打电话,桃月的电话先打过来了。

"这么晚了,你怎么还不把儿子送回家?"桃月抱怨道。

赵伯耘有些心慌:"儿子没有回家吗?"

"你什么意思?"桃月在电话里尖叫起来。

赵伯耘吓得把电话挂了,他想到了医院,难道问问在病房里?赵伯耘跑进住院部,推开了陈老大的病房。袁舢板送完飞鱼刚躺下不久，他被惊得坐了起来，竟然忘记了开灯，在黑暗中问道：“谁？”

赵伯耘急道：“是我！”

袁舢板听到他的声音，心里有些紧张，难道飞鱼的踪迹被他们发现了？袁舢板假装睡得迷迷糊糊：“这么晚了，有什么事？”

赵伯耘急道：“问问在你这里吗？”

袁舢板一颗心放了回去：“问问怎么会在病房里呢？”

赵伯耘又问：“飞鱼去哪里了？问问有没有跟她在一起？”

袁舢板支吾道：“我怎么知道飞鱼在哪里？可能在家里睡觉吧。”

“你们说什么呢？怎么不开灯呢？”黑暗中传来陈老大的声音。

袁舢板惊得跳了起来，啪的一声把灯拉亮：“老大，刚才是你说话吗？你真的醒了吗？”

灯光有些刺眼，陈老大闭了闭眼睛，缓缓道：“你们声音那么大，能不吵醒我吗？”

曹院长听到消息，急匆匆来到病房。他看了看心电监测仪，给陈老大做完检查，询问了当时的情况，脸上现出不可思议的表情：“真是一个奇迹！”

袁舢板大声道：“老大，你知道你睡了多久吗？”

陈老大想起了那个夜晚，想起了趸船上发生的事情，接连问道：“木材回来了吗？飞鱼还好吗？”

袁舢板听他醒来的第一句话就问到木材，不由得心中激动，不知道该如何回答。

曹院长连忙道：“你现在需要休息，有什么话明天再说。”

曹院长碰了碰赵伯耘，两个人出了病房，曹院长说：“听说你在找问问，到底是怎么回事？”

赵伯耘懊恼道：“今天发生的事情太多了，我完全把问问忘记了。等我想起来,问问就不见了。”

曹院长提醒道:“你仔细想想,问问是什么时候离开你?他平常喜欢去哪里?”

赵伯耘道:“平常都是桃月看他,这几天他跟着我,我按照桃月的叮嘱,从来不让他出办公室。今天我带他来你这里检查之后,他去过陈老大的病房。过去飞鱼曾救过问问,问问最崇拜她。我以为他跟飞鱼在一起,所以才到病房来找。”

曹院长道:“飞鱼知道问问有病,如果她把问问带走,肯定会告诉你。”

赵伯耘骑上摩托车,风驰电掣往家里赶。一辆汽车开了过来,挡住了他的去路。桃月从车上跳了下来:“你为什么关机?问问怎么了?”

赵伯耘垂下头去:“问问不见了。”

桃月听了他的回答,怔了一下:“你说什么?问问不见了?”

赵伯耘解释道:“我以为你把儿子带走了。”

桃月摇晃了一下,瞬间脸色变得刷白。但是她很快镇定下来,对赵伯耘吼道:“儿子不见了,你还站在这里干什么?快去找啊!”

桃月转身钻进了车内,油门轰鸣着离去。

赵伯耘顺着街道,漫无目的寻找儿子。他来到湖堤上,一辆接一辆的摩托车从他身边驶过。人们三五个一群,晃着雪亮的手电筒,四处照射着。

赵伯耘停住了摩托,有人把手电照到他脸上,一个声音问:“是赵所长吗?”

赵伯耘听出是大疤的声音:“是我。你们在干什么?”

大疤道:“我们在帮你找儿子!”

赵伯耘有些吃惊,他连忙问:“你们看见桃月吗?”

大疤举着手电,故意放松地说:“你不用担心桃月,她也在寻找问问。”

看着夜幕下影影绰绰的人影，还有不断晃动的灯光，赵伯耘有些不相信自己的眼睛。桃月在短短的时间内，竟然能发动这么多人找儿子，平时真是小看了她。

赵伯耘回到家中，屋里空荡荡不见人影。桃月去哪里了？她是回娘家找问问了吗？赵伯耘本想打电话问，又担心岳父岳母年纪大了，半夜三更接到电话会受到惊吓。

赵伯耘心里烦闷，从冰箱里抱出满怀的啤酒，蹾在桌子上。他用牙齿咬开一瓶酒，仰头咕噜咕噜喝下去半瓶。冰凉的啤酒像甘霖一样，清凉了他的五脏六腑。他伸了伸舌头，像狗一样喘了一口气。白色的泡沫挂在胡子上，他用手背一抹，接着把那瓶啤酒喝光了。

赵伯耘一口气喝了五瓶啤酒，不一会儿那些酒精涌了上来，他的脑袋有些发飘。倒在沙发上，他迷迷糊糊地睡着了。不知过了多久，赵伯耘被屋里的响动惊醒了。他猛地睁开眼睛，天已大亮，桃月穿了一套崭新的西装短裙，足下一双鹿皮长靴，脸上化了淡妆，提着一个时尚的皮包，看样子是要出门。

赵伯耘知道桃月为了儿子已经忙了一个晚上，他想和桃月谈谈儿子，可是看她打扮成那个样子，在酒精的作用下火气一下子就蹿上来了："现在是什么时候，你还有心情打扮？"

桃月冷冷地瞥了他一眼，回敬道："儿子又不是我弄丢的，我为什么没有心情打扮？"

赵伯耘激动道："如果你把时间花在儿子身上，不把儿子丢给我，儿子昨晚就不会丢！"

桃月看着赵伯耘醉醺醺的样子，心里十分酸涩："你摸摸良心问自己，我花在儿子身上的时间少吗？从儿子出生到现在，他每天吃什么喝什么，生病吃什么药，你都知道吗？"

这句话触动了赵伯耘，泪水哗的流了出来："我不是不想知道，可是我有工作要做。"

桃月冷笑着:"你有工作,难道我就没有工作?"

这句话激怒了赵伯耘:"你的工作怎能与我的工作相比?"

桃月继续冷笑着:"你的工作重要,难道我的工作就不重要?是我赚的钱比你少,还是我的工作让你觉得丢脸?"

赵伯耘说不过桃月,他强词夺理道:"我是男人,你是女人,男人的天职是工作,女人的天职是照顾家和孩子。男女分工就是这样,没有道理可讲。"

桃月道:"你要搞清楚,这是在家里。你现在的身份是家里的男主人,不是不讲道理的警察!"

赵伯耘开始翻旧账了:"警察怎么啦?当初不是你,我会穿这身警服吗?"

桃月也激动起来:"你不会对我说,你是为了我去和别的女人鬼混吧?"

赵伯耘指着桃月喊道:"我以前一直认为你是一个善解人意的女人。过去的事情,你为什么老是揪住不放?"

桃月的眼前浮现出金子的模样,她叫喊起来:"你说我揪住过去的事情不放,你买了一篮子栀子花去看那个女人,难道是过去的事情吗?你别以为我什么都不知道,你的心根本不在我们娘俩身上,所以才会把儿子弄丢!"

赵伯耘耐心道:"我去金子那里是因为工作。"

桃月气势汹汹道:"那你说给我听,是什么工作让你去那里?"

赵伯耘为难地说:"这涉及段天水的杀人案,我不能讲给你听。"

桃月奚落他说:"编谎话也要编圆一些。你以为我不知道,段天水的案子归专案组管。"

赵伯耘忍住心中的怒火,坦承道:"你说得没错,我虽然是个代所长,但是却被排除在专案组之外。你知道为什么吗?就因为你是叶秉坤公司的股东!"

“你的意思是因为受我牵连，才受到排挤啰？那你以后可以放心了，我决定要离开叶秉坤的公司了。”

“你是不是和叶秉坤勾结，干了什么见不得人的事，所以要急切地摆脱他？”

“我一个小小的收费员，能干什么坏事？”

赵伯耘忍住气，追问道：“当初你把两万块钱给我说是作为奖学金的，可你为什么把段天水的签字拿去做拆迁协议？”

桃月不屑地说：“这有什么不同？段家拿到了钱，段天水有了学费，这不就是他需要的吗。”

赵伯耘气得满脸通红：“你知道不知道，因为这个签字，毁掉了段天水对我的信任！”

桃月用冷酷的眼神瞅了赵伯耘一眼：“如果你真的那么在乎天水，你可以借钱给他。如果你真的那么高尚，就不会利用天水去讨好上面的那些领导！”

赵伯耘被桃月戳到了疼处，他呻吟道：“你知道不知道，这正是我最担心的地方。我担心抓住段天水把这个事情捅出来。我更担心段天水报复，把我们的儿子绑架了。”

桃月木然地坐了下来：“段天水连杀三人，手段那么残忍。如果问问真的落到他手里，那还有活路吗？难道是我们作孽太多，老天要惩罚我们？”

赵伯耘看桃月伤心欲绝的样子，安慰她说：“段天水受了那么重的伤，如果没人帮助他绝对不能活下来。或许问问并不在他手里，你不要太担心。”

桃月绝望道：“你不要宽我的心，问问肯定在他手里！”

赵伯耘思索道：“段家没有亲戚，段天水也没有朋友。他一个杀人通缉犯，谁有胆量把他藏起来呢？”

桃月想起什么：“会不会是陈老大和袁舢板？”

赵伯耘点头道：“我也怀疑袁舢板和陈老大。昨天我带儿子做例行检查,儿子曾去陈老大病房玩。我猜问问可能发现了什么,袁舢板担心他泄露出去,所以把问问绑架了。”

桃月疑惑道:“你说陈老大参与了这个事吗?”

赵伯耘的酒完全醒了,他的思路变得清晰起来:“我昨晚去医院找问问,陈老大就在那个时候醒了过来。你说有这么巧的事情吗?我怀疑陈老大早就醒了,他一直假装昏迷不醒,可能就是为了藏匿段天水。这就可以解释,段天水为什么能活下来。”

桃月惊道:“陈老大醒过来了吗?我们在婚礼上看到那个穿裙子的女人,会不会就是段天水?”

赵伯耘捶了自己一拳:“我早发现娥子神色不对,娥子早就认出他来了。我看着那个女人的脸很熟悉,可怎么就没有想到是他呢!”

桃月急道:“他会不会为了报复我们,把问问杀死?”

赵伯耘苦笑:“如果真在他手里,问问就凶多吉少。我觉得问问可能被陈老大控制了,陈老大不敢对问问怎么样。”

桃月道:“你想怎么办?”

赵伯耘道:“我们要采取主动,争取和陈老大站在同一条阵线上。”

桃月打了一个寒战,像看一个陌生人一样,看着赵伯耘:“叶秉坤是我们的媒人,而且是他走关系把你调进公安系统的,难道我们真要落井下石?”

赵伯耘残酷地说道:“要怪只能怪叶秉坤自己,谁让他惹火烧身。我们现在是泥菩萨过河,自身难保。如果不及时改变立场,也会被叶秉坤拖下水去。”

桃月担心道:“如果陈老大不肯和我们合作呢?”

赵伯耘想了想说:“我听说镇上来了一个老板想找你们合作。”

桃月瞄了赵伯耘一眼,心虚道:“你怎么知道?”

赵伯耘道："我还知道他对段宅很感兴趣，你陪着他们吃过两顿饭。"

桃月的脸有些发红："这个老板叫魏成鸣，是李经文介绍过来的，他想参与我们的开发区项目。这么大的事情，我要向叶秉坤请示，所以没有贸然答应他。"

赵伯耘阴郁地说道："你虽然没有答应他，但是你也没有拒绝他。你刚才说要离开叶秉坤的公司，是不是想把你的股份转让给他？"

桃月瞪大了惊讶的眼睛："你在监视我？"

赵伯耘道："你当年把我的金条拿走投给叶秉坤做股东，难道我不可以关心吗？"赵伯耘说到这里，语气缓和了下来，"现在我们是一条战壕里的战友，要在思想和行动上保持高度一致，如此才能战胜眼前的困境。"

桃月心里一阵凄凉，他和她之间已经不再相互信任了。他和她的关系已经没有夫妻的情分，只剩下利益的共同体。

桃月木然道："你说怎么办吧？"

赵伯耘理智地说："我已经调查过了，这个魏成鸣是个收藏家，身价可能上亿。如果你能把他争取过来，对我们非常有利。陈老大的趸船虽然投了保，但是保险公司至今还没有给他赔偿。他和袁舢板的渔业合作社存在很大的资金缺口。如果我们把叶秉坤踢开，利用魏成鸣的资金和陈老大合作，不但能化解危机，救出儿子，或许你也可以成为一个成功的企业家。"

桃月一心只想救儿子，连声催促赵伯耘："你赶快去找陈老大呀！"

赵伯耘摇摇头："不急，时机不到，我去了反而不好。"

桃月急道："什么时候才算时机到了？"

赵伯耘道："陈老大和袁舢板去年劫了叶秉坤的货船，专案组已经查到他们头上。我估计江海会去找他们，到那个时候我再出面不迟。”

桃月哭道：“我儿子在他们手里，他有心脏病，万一有个三长两短，我就活不下去了！”

赵伯耘伸出胳膊搂住桃月的肩，叹息道：“我们只能赌一把，问问如果命大，能逃过这一劫，我相信他以后一定会顺顺利利。”

桃月趴在赵伯耘胸前，抽噎道：“我该怎么办呢？”

赵伯耘抚摸着桃月的头发，叮嘱道：“你现在去找魏成鸣，想办法先把他搞定。剩下的事情就留给我来做。”

桃月哭道：“你都想好了吗？你不会又骗我吧？”

赵伯耘诚恳地说：“我以前是对不起你，但是我一直爱着你。因为我们是夫妻，是血肉相连的一家人。”

桃月道：“你保证以后不找其他女人，只对我一个人好。”

赵伯耘发誓道：“我保证！”

第32章　陈老大

昏迷中，他突然睁开了双眼。情况发生逆转，他开始了反击。

赵伯秐坐在丝瓜架下，丝瓜架搭在院墙旁，细长的丝瓜藤顺着院墙蔓延到地上。墨绿色的叶子中间，露出几朵淡黄的小花。一条一条的丝瓜，从密密的叶子中垂下来，像一个个绿色的灯笼。

这是袁舢板的院子，院子坐北朝南，面对着一望无际的湖泊。长堤像一条褐色的巨龙一样横卧在湖泊的东岸。院子的地基垒得很高，院子就像一个点将台，往外看烟波渺渺，波涛万里，一片壮阔气象。往内看良田成方，阡陌交错，溪流潺潺。

袁舢板把陈老大推了出来，陈老大坐在轮椅上，半合着眼睛。他的身体有些浮肿，头发斑白，看上去显得苍老迟缓。袁舢板把陈老大推到赵伯秐对面，隔着一张桌子，陈老大睁开了眼睛，朝赵伯秐看过来。赵伯秐和他的眼睛相接，陈老大的眼神里依然带着一股凌厉的杀气。

赵伯秐连忙站起身来："陈老大，你看上去气色不错！"

陈老大脸上没有表情，只是微微点了点头。袁大娘做了一桌子的鱼宴:清蒸鳜鱼、糖醋草鱼、鲫鱼丸子、酒糟鲤鱼、黄丫头煮雪里红、爆炒鳝鱼,还煮了一大锅银鱼蛋汤。

飞鱼把米酒端了上来,这是袁大娘自己酿的。袁舢板把酒坛揭开,空气里立刻弥漫着一股浓郁的酒香。袁舢板把大碗摆上,每个人斟上一大碗。米酒的甜香,鱼汤的鲜香,一齐扑入口鼻。赵伯耘咽了一口唾沫,有些紧张地看了陈老大一眼。他不知道袁舢板摆的是鸿门宴,还是迎宾酒。

赵伯耘是来给江海解围的。江海先是去了陈老大的家,陈老大的院子锁上了,邻居说陈老大被袁舢板接走了。江海带上专案组几个警察,开着警车去袁家村。警车到了村口,司机一脚刹车,车子停住了。司机小张是本地警察。他捂着肚子说:"我吃坏了东西,上一趟厕所!"说着丢下方向盘,溜下车去。

江海等了半天,小张还没有回来。他挥挥手道:"车子先停在这里,你们几个下来,跟我进村去。"专案组的警察,都是从县公安局下来的,不了解袁家村的情况,他们跟着江海,大摇大摆进了村。

袁家村是个小渔村,有五六百户人家,居住在鄱阳湖的一隅。他们平时日出而渔,日落而返,过着与世无争的平静日子。但是如果有人欺负袁家村人,全村的人会浩浩荡荡去帮他报仇。即使有村民犯了错,他们宁可自己内部处理,也绝不让外人插手。

当年李家村、罗家村和叶家村三个村子联合起来,想争抢袁家村的水域,却被袁家村打得落荒而逃。李家村的李星就是在那次冲突中,被袁家村的村民打成了残废。在当地陈、谢、罗、李、袁、孙、叶、许、何九大姓氏当中,袁姓排名第五,并不是因为袁家村宗族庞大,而是因为其剽悍骁勇的村风。

江海不知道袁舢板是哪一家,有几个小孩在路边踢球,一个警察上去打听,这个小孩用警惕的眼神看了警察一眼,然后转身就跑,一边跑一边喊叫:"警察进村了!"

小孩的喊声未落,村民们闻讯冲了出来。他们一个个手里拿着扁担和锄头,团团把江海一行围住了。

江海心里奇怪,刚才进村的时候,明明看不见一个人影,怎么突然之间,涌出来这么多村民?

村民们一阵一阵高喊:“不许抓人!不许抓人!”

江海向他们解释:“我们不是来抓人的!”

村民们并不相信他的话,因为在此之前,有人给他们报信说,警察要来抓袁舢板。他们知道江海是专案组的人,听说虾米就是被专案组严刑拷打,最后被逼跳楼。这些村民都参加了袁舢板的合作社,他们不管袁舢板有没有犯法,但就是不想让警察从他们村里把袁舢板抓走。

小张早就料到事情会这样,所以才把车停在村口,一个人溜到外面偷偷给赵伯耘打电话。赵伯耘早就等在那里,接到小张的电话后,不到十分钟就骑着摩托车赶了过来。

这些天,赵伯耘一直在暗中观察袁陈两家的动静。桃月和魏成鸣的进展不错,在桃月的策划下,李经文去见过袁舢板。可是陈老大借口身体没有恢复,不肯和魏成鸣进一步接触。事情僵在那里,让赵伯耘心里着急。

因为问问失踪和乡民闹事,上面认为这是黑社会事件,下了红头文件,要求江海把幕后主使查出来。为此派出所贴出通告,悬赏十万元追查线索。布告贴出去不久,一个电话接着一个电话打进来,派出所的电话变成了热线。有人说是李木匠,有人说是孙弹匠,有人说是袁舢板,还有人说是叶秉坤,甚至还有人说是那个新来的魏老板。

这些告密的电话真真假假,虚虚实实,凌乱得让接电话的警员头疼。江海认真地梳理这些信息,他隐隐有一种感觉,这些告密电话后面隐藏着某些不可告人的东西。根据排查法,叶秉坤不可能为了虾米闹事,更不可能绑架问问。魏老板是个投资商,绑架和闹事不符合他来石镇的动机。至于李木匠和孙弹匠那些人,他们即使有动机,也不可能有那么大的能量。过滤掉那些人之后,只剩下了袁舢板。在鄱阳湖这片水域,具有呼风唤雨能量的人,除了陈老大就是袁舢板。江海觉得这些信息,是有目的引向袁舢板。不管是真是假,江海干脆趁着这个机会去袁家村走一趟。

赵伯耘的到来,给江海解了围。经过交涉,村民只允许一个人进去和袁舢板单独谈话。赵伯耘不是专案组的人,但是村民们似乎更相信他。江海不想激化矛盾,只好同意赵伯耘进去。赵伯耘要的就是这个效果,他不知道袁舢板会如何对待他,但直觉告诉他,袁舢板正等着他去。

因为袁大娘和飞鱼在场,三个男人只顾喝酒,什么话也不说。袁大娘看出了什么,她对飞鱼道:“飞鱼,我看赵所长喝不惯米酒,你去买瓶好酒,我再去厨房烧个菜。”飞鱼也看出了什么,她不放心地看了爹一眼。袁大娘拉了她一下,两个人出了院子。

陈老大看她们背影不见了,开口道:“你们想抓哪一个,现在可以动手了!”

赵伯耘连喝了三碗米酒,把碗放了下来:“我这个代所长是个摆设,哪里有资格抓人。”

袁舢板道:“那你来这里,不是为了喝米酒吧?”

赵伯耘道:“我也不想绕弯子了,我是来求你们的。”

陈老大和袁舢板互相看一眼,陈老大道:“我现在是个废人,舢板老弟除了会打鱼之外好像没有其他特长。你求我们什么呢?”

赵伯耘道:“我不怕你们笑话,我求你们救救我儿子。”说到这里,他的眼眶有些发红,“医生说我儿子活不了几年,不管是一年两年,还是一个月两个月,我都希望他能好好活着。”

袁舢板听他说到儿子,不由想起自己的儿子木材,他冷笑道:“我不是医生,也不是警察,怎么帮你救儿子?我自己的儿子至今也生不见人死不见尸。我连自己的儿子都救不了,怎么能帮你救儿子?”

赵伯耘知道,袁舢板的怒气不是冲着他来,而是冲着叶秉坤,于是故意道:“木材是遭遇了天灾,我相信他会平安回来。”

陈老大接话道:“那么我的趸船事故,也是因为遭天灾吗?”

话题挑到这里已经非常敏感了,赵伯耘谨慎道:“根据初步调查,趸船事故是个意外。当然,也不能完全排除人为破坏。”

袁舢板冷冷道:“你还在为叶秉坤洗刷。你知道不知道,我们的趸船上安装有摄像头,可是却被人窃走了。”

赵伯耘推测道:“也有可能是被风浪打掉了。”

陈老大斩钉截铁说:“不,摄像头不是被风浪打掉,我手里已经掌握了证据。”

赵伯耘听到“证据”两个字,额头上冒出了冷汗。他不知道陈老大说的证据是否与自己有关。

赵伯耘强作镇静:“只要你有证据,我们就可以立案去查。不管对方是谁,我一定追查到底!”

陈老大盯着赵伯耘的眼睛:“如果对方是叶秉坤呢?”

赵伯耘咬牙道:“虽然大家都知道叶秉坤对我们夫妻有恩,就是因为这个原因,我被他捆住了手脚。自从我儿子失踪以后,我想清楚了,一定要摆脱他的控制。我让桃月退出叶秉坤的公司,现在桃月正准备把手里的股份卖给别人。如果叶秉坤犯了法,我决不包庇他。”

袁舢板是个直性子,听赵伯耘说得诚恳,把石桌一拍,大声道:“就冲你这句话,我答应帮你救儿子!”

陈老大瞪了袁舢板一眼,袁舢板知道自己说漏了嘴,他给自己倒满酒,对赵伯耘掩饰道:“我是个大老粗,不太会说话。我平生敬重两种人,一种是教书育人的老师,一种是救死扶伤的医生。我看你赵伯耘不仅当过老师,而且也是一条汉子。冲你在派出所门口挡石子,我敬你一碗酒!”

赵伯耘听出，袁舢板这番话是出自真心。他喝完酒，把碗放下，低声叹息道："问问这孩子与众不同，他知道自己得了什么病。平常他疯言疯语，经常说些没有边际的话，说什么要娶飞鱼做老婆，要跟着陈老大去湖底探险。我担心孩子会不会趁着天黑，稀里糊涂跑到袁家村来了。"

袁舢板心里动了一动，赵伯耘不但了解自己的儿子，而且也很会说话。飞鱼把天水安全送出去之后，回来告诉他，赵伯耘的儿子问问，不知何时躲在她的船上，被带出了湖。飞鱼本想把问问带回来，可是问问却威胁说，如果把他送回来，他就把天水的事说出去。

袁舢板绑架的是段天水，没想到问问自己送上门来。幸好陈老大醒了过来，不然他真不知道该怎么办。陈老大将计就计，干脆拿问问做筹码，逼赵伯耘和他们谈判。正如江海预料的那样，那些打给派出所的告密电话，都是袁舢板所授意。只是江海没有想到，陈老大想钓的鱼不是他，而是赵伯耘。

陈老大轻轻呷了一口米酒，假装不经意道："如果我是问问，我也不愿意整天吃药，被关在家里像坐牢一样。他虽然是个病人，但他不仅需要治疗，也需要阳光，需要朋友，或许更需要经受风雨。有一句古话说得好，祸兮福之所倚，福兮祸之所伏。如果问问真的是自己出走，也许对他自己或者对赵所长未尝不是一件好事呢！"

赵伯耘听了陈老大的话，不由得怔住了："陈老大似乎话里有话啊，我有些不明白，能不能敞开了说？"

陈老大道："我虽然没有接触过问问，但是听飞鱼说，问问虽然只有几岁，却是一个聪明绝顶的孩子。他对事物有着敏锐的观察力，尤其对一些事情的思考和推理，比我们大人还要略胜三分。"

赵伯耘听出了话外之音："您是指哪些方面？"

陈老大道："我记得那个夜晚，赵所长到病房里来找孩子，把我从昏迷中惊醒过来。飞鱼后来告诉我说，问问曾经央求过她，要飞鱼带他去找李大山。”

赵伯耘心里一震:“问问真的这么要求过?”

陈老大道:“具体情况我也不清楚,我建议你去见见李大山。我这里有李大山在省城的地址,或许你在他那里不仅能找到问问,而且能破获一个大案子呢!”

问问是赵伯耘的儿子,他岂能不了解自己的儿子。赵伯耘明白了陈老大的意图,他这是借问问做幌子,可他到底想达到什么目的呢? 如果没有猜错,问问可能就在他手里。为了儿子的安危,他必须听从陈老大的建议。

赵伯耘接过袁舢板递过来的地址,连夜就赶往省城。李大山的大儿子李斌在省政府参事室工作。赵伯耘找到李斌的住处时,李大山夫妇和李斌三个人都在,他们似乎正在等他。

赵伯耘直奔主题道:“有人让我来找你们!”

李大山哼哼道:“是不是有人告诉你,你儿子在我这里?”

赵伯耘道:“不管是真是假,我都要来证实一下。”

李大山道:“我给你看一样东西。”李大山刚说完,李斌就把一个 U 盘插在电视机上,画面上出现了几个模糊的人影。其中一个人穿了潜水服,手里拿着切割刀下了水。镜头忽然晃了一下,画面上出现一张清晰的脸。赵伯耘看得很清楚,这个人是贵生。

赵伯耘从画面上判断,这几个人影所在的地方就是陈老大趸船的旁边。赵伯耘明白过来,这段录像是李大山掌握的证据。

赵伯耘问道:“这是哪来的?”

李大山说:“你儿子给我的!”

赵伯耘当然不相信:“他什么时候给你的?”

李大山乜了赵伯耘一眼:“就在虾米跳楼的那天,我从派出所门口经过,碰巧遇见一个孩子递给我这个 U 盘。我后来才知道,他是你的儿子问问。”

事情哪像李大山所说,真实的情况是,这个 U 盘是一个匿名人,在赵伯耘来他们家前不久通过特快专递寄给李斌的。那天李大山在李木匠家门口,随口说他有秉坤的证据,是指贵生祸害娥子的证据。但他万万没有想到,一句随口说出的话会给孙子带来杀身之祸。

赵伯耘道:"你在镇上的时候,为啥不把这个东西拿给专案组?"

李大山道:"你们派出所的专案组,只为叶秉坤一个人服务。这就是你儿子为什么把这东西给我的原因!"

赵伯耘追问道:"我儿子在哪里?"

李大山道:"老实说,你儿子不在我这里。但是我可以确定,他在一个安全的地方。"

赵伯耘愤怒道:"他只是一个孩子,你们不能拿他做交易!"

李大山也咆哮起来:"你儿子是一个孩子,我死去的孙子难道不是一个孩子吗?"

赵伯耘道:"你这个证据,只能证明贵生参与破坏陈老大的趸船,与你孙子的死没有必然的联系。"

一直没有做声的李斌开口说话了:"有没有联系,不需要你操心。如果你想找回儿子,就必须配合我们的行动。"

赵伯耘气道:"如果我不答应呢?"

李斌道:"你一定会答应,因为我们所做的一切,不仅合理合法,而且对你有利!"

李斌虽然没有职权,可是他认识很多有职权的人。他带赵伯耘去拜见了一个领导,在这位领导的指示下,省政府又派了一个调查组下来。

在调查组到达石镇的前一晚,忽然传出叶秉坤畏罪自杀的消息。叶秉坤的公司被查封了,随着调查的深入,叶秉坤的案子牵涉面越来越广。还没等大家明白到底发生了什么事情,法院的判决书就下来了。

因为涉案的当事人叶家父子均已死亡，法院的判决是缺席审判的。在法官宣读的罪名中，叶秉坤犯有故意杀人罪、故意伤害罪、金融诈骗罪、非法集资罪、行贿罪、黑社会性质组织罪等十几项罪名。

曾经在镇上最风光的企业家叶秉坤，怎么会在一夜之间落得如此下场？人们私下议论纷纷，叶秉坤第一次犯罪时，政府为什么不抓他？为什么要等到他犯下这么多罪，一直到他自杀后，才宣判他有罪呢？有人传说，叶秉坤不是畏罪自杀，而是因为得罪了上面的人，被迫自杀。也有人传说，是桃月背叛了叶秉坤，才让叶秉坤的罪行暴露出来。更有人传说，是李大山的大儿子李斌动用职权，才将叶秉坤的罪行揭开。

叶秉坤的公司被注销了，公司的业务被一分为二。陈老大、袁舢板和桃月组成了新的公司，接管了码头的经营权。开发区的项目则由省城一家新成立的房地产公司接管，镇政府在里面也占有股份。董事长是一位省城的神秘人士，魏成鸣被委任为执行董事兼总经理。

江海的专案组被撤了回去，赵伯耘在这次破案中立了功，顺利地从副职转为正职。在两家新公司开张的联合宴请中，赵伯耘受邀出席了宴会。他看见打扮时髦的桃月戴着胸花和魏成鸣一起，跟随在县镇两级政府领导的后面，簇拥着李大山的儿子李斌和一位戴着墨镜的神秘人物出场。

赵伯耘知道，李斌不过是省政府参事室的小秘书，那位戴墨镜的神秘人物才是导演这一切的幕后推手。赵伯耘对所有这些并不关心，关心的是自己的儿子。趁着敬酒的机会，赵伯耘来到了李斌面前。

“祝贺你成功！”赵伯耘话里有话。

李斌也举杯道：“也祝贺你官升一级！”

赵伯耘道：“现在案子破了，我们一家该团圆了吧？”

李斌笑道:“赵老师刚才说的话,赵师母已经一字不差地说过一遍,你们两口子真是心有灵犀啊!”

赵伯耘抬起头来,朝桃月的方向看了一眼。恰好桃月也在朝他这边看,两个人的眼神交汇在一起。一切都和赵伯耘设想的一样,可是此时此刻,桃月的心境却是说不出的凄凉。她心里非常清楚,叶秉坤虽然做了些见不得阳光的事情,但是罪还不至死。他对桃月可谓一直关照。如果不是为了儿子,桃月决不会倒戈。宴会上的人,手端酒杯互相祝酒。可是他们的儿子,还不见踪影。

李斌起身来到陈老大身边,对陈老大说:“是时候让赵老师一家团圆了。”

按照原先的计划,在今天的宴请项目之中,有一项是为赵伯耘和桃月准备的,那就是问问的出场。袁舢板早就让飞鱼去接问问了,飞鱼已经去了半天,可到现在还没有出现。

陈老大让袁舢板联系飞鱼,过了一会儿,袁舢板脸色凝重地回到陈老大身边,附在他耳边说了几句什么,陈老大的脸色霎时变得煞白。

袁舢板说:“问问这次真的失踪了!”

第33章　问问

逃命时，他跌落水中，被一道奇异的引力吸走。

飞鱼坐在船尾，小船从一条偏僻的小溪拐出。她侧身转动后舵，船头高高翘起，像箭一样驶入西大河。雾霭像轻纱一样，在风中飘忽着，时而遮蔽着湖面，时而露出青山一角。浪花在船头飞溅起来，被晨风吹散了，像露珠一样飘洒在飞鱼的脸上。

西大河像一条蚯蚓，趴在鄱阳湖的脚底下。畔湖则像一只吃得胖胖的甲虫，停留在西大河的旁边。从西大河和畔湖中间穿过，可以看见牛头山的两只犄角。一只犄角指向八十亩山，一只犄角指向螺蛳岭。两只犄角一只又细又长，一只又粗又短，两者之间形成六十度的角，让人很容易想起钟表上的两根指针。

飞鱼的小船在涧山湾停住了，她用目光丈量了一下自己的位置。牛头山、螺蛳岭和八十亩山连成一个等边三角形，飞鱼确定自己就在三角形的中心。飞鱼把马达关了，抽出长篙，把小船撑向一条窄窄的小溪。

小溪的尽头是一片荒芜的沼泽，上面长满了野生的水葱。粗壮的水葱一簇一簇挤在一起，像芦苇一样茂盛。飞鱼看看周围无人，径直把船撑进了水葱之中。小船进去之后，水葱很快就把飞鱼淹没了。

走了约五十米的距离，前面传来滴水的声音，小船进了一个黑漆漆的山洞。山洞很狭窄，飞鱼收了长篙，蹲下身子，她的手触摸到了洞壁。洞壁上长满了青苔，摸上去滑滑的。飞鱼的手顺着洞壁探索着，抓住了一根棕绳。她把棕绳一拉，小船慢慢向深处滑去。

四周静悄悄的，除了滴水的声音，飞鱼听得见船底和水面摩擦发出的声响。过了十分钟左右，一丝风迎面吹了过来。飞鱼的眼前出现了亮光，小船出了洞口，眼前是一片原始的芦苇荡。

飞鱼拿起长篙，撑着小船往芦苇荡里驶去。这里非常寂静，似乎是一个与世隔绝的地方。一片一片的芦苇，呼啦啦集结在一起。湍急的流水，把这些茂盛的芦苇冲击成一座一座孤独的岛屿。岛屿上长满了阔叶芦苇、针叶芦苇、丝网芦苇、爬藤芦苇，数不清的芦苇品种，多得让飞鱼叫不出名字。

飞鱼顺着蜿蜒的水道在芦苇丛里穿梭，最后来到一座森林岛上。说是森林岛，其实岛上长的还是芦苇。只不过这些芦苇有的像粗壮的檀树，有的像是金黄的竹子。浅黄色的荇菜，从水边上爬上来。黄花鸢尾像飞燕一样，穿梭在竹林丛中。带有黄色花边的菖蒲，则像是一群一群的蝴蝶，在野草间起舞。成片的梭鱼草像雪花一样，在岛屿周围的水面铺了一层雪白的毯子。还有一种像茴香树的芦苇，在阳光的照射下发出紫红的颜色。

飞鱼的眼睛落在一棵树上，那里挂着一块木牌，上面刻着三个字“飞鱼岛”。飞鱼看到那三个字，不由轻轻叹了一口气。这个地方，是飞鱼和木材在几年前误打误撞发现的。进洞的棕绳，是木材为了方便进出特意安装的。木材在岛上搭建了草屋。飞鱼还带来了锅碗瓢盆，搬来了席子和铺盖。

他们还兴致勃勃地给小岛取名字。木材说，我们叫它檀树岛吧。飞鱼说，不好。木材又说，那就叫竹林岛。飞鱼道，一点创意都没有。木材只好说，那你说叫什么？飞鱼随意道，要不，干脆就叫飞鱼岛。木材答应道，行，那就叫飞鱼岛。飞鱼有些扫兴，她并不喜欢木材这个样子，什么都依着她，让她一点兴致都没有。

刚开始的时候，两个人经常来这里。木材忙着搭草屋，飞鱼看那些奇特的芦苇和花草。等到草屋搭好，一切收拾停当了，飞鱼对那些植物也看腻了。两个人没有事情做，来的次数就少了。再后来，他们几乎把这座岛忘记了。

飞鱼把段天水和问问藏在这里，只给他们留下一袋米面。在离开的这些日子里，她心里很乱。她担心问问发病，担心段天水伤口发炎，更担心段天水会伤害问问。她恨不得长出翅膀，真的变成一条飞鱼，从水里游来游去。小船靠了岸，飞鱼上了岛。她站在木牌下，看着不远处的草屋，脚步变得迟疑起来。

草棚那边，传来问问的声音："天水哥哥，你再给我讲一个故事，好不好？"

"天刚刚亮，咱们再睡一会儿。"

"不行，你不给我讲故事，我就不让你睡！"

"好吧，那我给你讲《天空之城》。"

"《天空之城》你讲过了。"

"那我给你讲《风之谷》？"

"《风之谷》也讲过了。"

"那我讲《千与千寻》？"

"《千与千寻》我听了三遍了。"

"《幽灵公主》、《红猪》、《哈尔的城堡》和《龙猫》这些你都听过，那我没有故事可讲了。"

"天水哥哥，你说希塔真的是公主吗？她的族人拉普达会不会是外星人？"

"可能是吧！"

“世界上真有龙猫吗？它会不会在飞鱼岛出现？”

“问问真聪明，我怎么没有想过这个问题。龙猫喜欢藏身在茂密的草丛里，喜欢小女孩和小男孩。飞鱼岛不仅有蓝天白云，还长满芦苇和野花。你就像故事里的小米，飞鱼就像里面的姐姐五月。只要你闭上眼睛，龙猫就像故事里一样，变成一列火车，把飞鱼姐姐给你送过来。”

“我才不像小米，小米是个女孩，我是个男子汉！”

“我有些累了，夏天的日子挺长的，咱们休息一下好吗？”

“你不给我讲故事，我睡不着。”

“唉！要不我给你讲一个才子佳人的故事吧？”

“什么叫才子佳人？”

“你不要打断我，闭上眼睛，要不然我不讲了。这个故事讲的是一个叫苏盼奴的女孩和一个穷书生赵不敏的爱情故事。那个苏盼奴长得花容月貌，不仅轻歌如莺，长袖善舞，而且琴棋书画样样精通。当时的富家子弟个个争相和她结识，真是车马盈门，络绎不绝。如果苏盼奴在我们这个时代，肯定是一个天后级的明星。可是这个苏盼奴却不像我们现在的某些女星，她无意攀附那些富二代，偏偏中意一个落魄的穷书生赵不敏。赵不敏在她的资助下考取了功名，被赐予一个司户的官职。他要走马上任，却不能迎娶苏盼奴，更不能把苏盼奴带走。因为司户这个官职只是一个掌管账簿、管理户籍、起草文书的小吏。而苏盼奴是个登记在册，为上层高官服务的名妓。赵不敏的身份，决定了他不能明媒正娶苏盼奴。他只好和苏盼奴洒泪而别，独自孤独赴任……”

飞鱼从来不看明清小说，尤其是这种老掉牙的故事，她一点也不感兴趣。但是不知怎么回事，飞鱼却被天水的讲述吸引住了。她站在草屋外面，听得入了迷，连段天水站在她面前都不知道。

飞鱼想继续听下去：“你怎么不讲了。”

天水见飞鱼偷听他讲故事，不由得脸有些发红：“故事的结局有些伤感，再说问问也听不懂，我就不讲了。”

飞鱼偷偷瞥了问问一眼，问问似乎睡着了。

飞鱼感动道：“问问这么闹腾，你一点也不烦，想不到你对孩子这么有耐心。”其实飞鱼想说的不仅仅是这些。赵伯耘夫妇假借奖学金，骗段天水在空白信笺上签字的事情，飞鱼也听说了。

段天水道：“你以为我会拿孩子报复大人吗？”

段天水的眼睛看过来，飞鱼慌张地把目光逃开。段天水的眼睛很亮，她担心他能看透她的心事。飞鱼心里有些紧张，爹让她把问问带回去，然后把段天水交给警察。

爹当时问她：“你一个人行吗，要不要帮手？”

飞鱼毫不犹豫道：“不需要！”

飞鱼很自信，以她的手段怎么会对付不了一个书生。可是不知道为什么，见到段天水之后她的心却异常慌乱。

飞鱼不好意思地低下头去，违心道：“我不是这个意思。”

飞鱼要完成爹交给她的任务，她从段天水身边走过去，想把问问叫醒。

天水伸手去拉她，飞鱼像触电一样，赶紧把手挪开了。

天水压低声音道：“问问这些天很兴奋，睡眠不是很好。我好不容易哄他睡着了，你不要把他惊醒。”

飞鱼道：“问问这些天既没有吃药，也没有打针，他爹娘一直都挂念他，担心他的心脏病发作。”

天水蹙眉道：“他不是好好的吗。”

飞鱼看了天水一眼，试探道：“如果我今天把他送回去，你会觉得意外吗？”

天水摇头道：“这是意料中的事情。”

飞鱼道：“不怕他泄露你的行踪？”

天水凄惨地笑了一下：“我的命早已不属于我自己，在这个世界上多活一天，都是上天给我额外的恩赐！”

飞鱼心怀恻隐地说道："你不要这么说，蝼蚁尚且偷生，活着比什么都好。"

天水道："你不要担心我，最需要担心的是这个孩子。你有没有想过，如果问问不肯跟你回去怎么办？"

飞鱼担忧道："是啊，我也不能逆着他的性子，强迫他跟我回去。医生说他这个病是不能发怒生气的。所以，我带了安眠药来，等会儿放在茶里，骗他喝下，再带他回去。"

天水用异样的眼神看了飞鱼一眼："他醒了之后，发现你骗他，怎么办？"

飞鱼眼角有了泪花："我也不想这样，可这也是被逼无奈。"

两个人面对面站着，似乎无话可说。飞鱼打破僵局道："咱们别站着，坐下来说话吧。这几天，你和问问两个人在岛上没有电视看，也没有地方去，是不是很闷？"

两个人在草屋外坐了下来，天水四处看了看，顺手拔了一根水草，在嘴里咬着。"其实待在这里挺好的，这是一个没有人的世界，只有水鸟和芦苇做伴。没有尘世的烦恼，倾听着大自然的声音，活得多么纯净！"

飞鱼看着天水，那低沉的声音，忧伤的眼神，让她的心怦然一动。她忍不住问道："假如不是逃犯，你愿意一辈子住在这里吗？"

段天水默然道："假如的事情很难说！"

假如段天水没有杀人，这个时候，他应该准备去上大学。假如他第一年就去上大学，他现在都快毕业了。假如他不是被段家收养，而是被爹收养，那么他的妹妹就不是娥子，而是她飞鱼。

飞鱼正胡思乱想，段天水忽然问她："你准备把我怎么办？"

飞鱼被问住了："什么怎么办？"

天水觉察出她的慌乱，不想再逼问她。他当初从汤小小的宿舍出来，看到娥子穿着他送给她的连衣裙款款走向何运满的时候，仿佛听见娥子在向他哭诉："你不是说谁也不会把我抢走吗？你不是让我等你吗？你既然杀了那么多人，为什么唯独没有把何运满杀死！"段天水脑袋里面只听见娥子的哭诉声。当时他只有一个念头，那就是冲进病房，给何运满补上一刀。

飞鱼的绑架，终止了段天水的行为。段天水知道，他犯了这么大的命案，迟早难逃一死。如果让飞鱼把他交出去，也许可以让她立一个功，这是不是比自首更有意义？

段天水笑了笑："你应该把我一起带回去，把我交给警察！"

飞鱼心里颤抖了一下，段天水什么都猜到了。她有些不知所措，后悔把段天水带到这里来。她站起身来，低低地对段天水说："你放心，我不会把你交出去！"

飞鱼说完，转身进了草屋。问问躺在毯子里，睡得很香的样子。问问看上去那么瘦小，可是他却霸道地伸开四肢，两条小胳膊和两条细腿从毯子里伸了出来。他这么一躺，把整张席子都占满了。

飞鱼看着他熟睡的样子，忽然想起那天在高压电线塔上，看见他悬挂在高空之中。当时飞鱼认为，这个孩子可能正处于昏迷状态。可是当抱住他的那一刻，却听见他均匀的呼吸声。飞鱼原以为是自己听错了，后来医生告诉她，问问当时确实是在熟睡。

这是一个多么奇怪的孩子，虽然已经七岁了，可看上去顶多不超过四岁。飞鱼想象不出，那天夜里他是如何藏进她的小船。飞鱼想起来仍在后怕，问问仿佛具有缩骨的功夫，藏身在仅能放下一只篓子的舱板下面。如果他的心脏病在那个时候发作，连一丝生还的希望都没有。

此时此刻，熟睡中的问问表情是那么的放松。因为心脏病的关系，他的脸色依然是青紫，嘴唇的颜色也是乌紫，可眉头却是舒展的，仿佛是躺在自己的家里，一点也没有出逃的惶恐和紧张。

天水不再说话，他起身去生火烧水。飞鱼不在的时候，都是问问帮着天水生火做饭。那个小精灵似的东西，动手能力比天水还强。天水虽然怨恨赵伯耘,但是对于问问这个孩子却从心眼里喜欢。

飞鱼坐在问问身边,用怜爱的眼神瞅着他。忽听天水在外面哎哟了一声,水壶摔在地下的声音。问问惊醒过来,他倏地坐起身,像只小松鼠似的敏捷地蹿了出去。只见天水跌坐在地上,额头冒着虚汗,全身颤抖着蜷缩成一团。

问问从天水口袋里摸出一个小药瓶,可是瓶子已经空了。

飞鱼跟了过来:"你手里拿的什么?"

问问眨巴着眼睛道:"前天姐姐不在的时候,哥哥也发作了一次。哥哥吃了几片药,就没有事了。"

飞鱼道:"这是什么药?"

天水猛的把小瓶子抢过来,用力往远处一扔,药瓶落在水里,被湍急的水流卷走了。由于用力过猛,天水仿佛虚脱了一般再次跌倒在地上。

飞鱼过去扶他,他一把抱住飞鱼,浑身抽搐,嘴唇哆嗦着喊道:"救我!救我!"

问问端来一杯水,递给飞鱼说:"他喝了水,就会好一些。"

飞鱼把水接过来,喂着天水喝下。过了一会儿,天水变得安静下来。他慢慢松开抱住飞鱼的手,闭上眼睛睡着了。

飞鱼感觉有些不对,她盯住问问:"你在水里放了什么?"

问问后退了一步:"你带来的安眠药。"

飞鱼这才发现,自己放在床边的小包,已经被问问翻过了。

飞鱼放下天水,站起身来:"你刚才没有睡着,一直在偷听我们说话?"

问问又退后一步道:"我不想跟你回去!"

飞鱼急道:"你听姐姐说,等你病好了,姐姐再带你来这里好不好?"

问问叫了起来:"你骗人,我不相信你!"说着转身就跑。飞鱼追了上去："问问，你不要跑，前面危险……"

飞鱼的话还没有说完，问问脚下被什么东西绊了一下，身子飞了出去。飞鱼听到一声惊叫，等她跑过去的时候，问问已经不见了踪影，地上只剩下一只凉鞋。

飞鱼大叫起来："问问，你在哪里？"

飞鱼的叫声似乎被风拉长了，在寂静的芦苇荡里回响。飞鱼的叫声嘶哑了，过了一会儿叫声变成了哭声："问问，你到底在哪里？姐姐答应你，只要你肯出来，就不送你回去……"

风把飞鱼的哭声传得很远，又把她的哭声送了回来。忽然飞鱼看见水面上冒出一串水泡。难道问问掉水里去了？飞鱼顾不得多想，她朝着水泡扎了下去。

飞鱼跟着水泡往前游，似乎看见问问的影子。飞鱼屏住呼吸，绷直了身子，箭一般向问问游过去。她靠近了问问，手已经接触到问问。这时水底下忽然颤动了一下，一股强大的吸力，把问问吸了过去。

飞鱼也被这股吸力卷了过去，但是她的身体又仿佛被什么挡住了。飞鱼眼睁睁看着问问瞬间从她面前消失了。她挪动着身体，强行挣脱了那股吸力，然后又换了一个方向，找到了一个出口钻出了水面。等她爬上岸来时，突然怔住了，发现自己所在的地方，竟然是袁叔叔曾经带她来过的沼泽地。

飞鱼顺着来的方向，再次扎入水中。那股神奇的吸力消失了，她找不到问问失踪的方位。飞鱼在水里来来回回地找寻，一直把自己弄得筋疲力尽，她才回到飞鱼岛上。

天水已经醒了过来，他的眼神有些空洞。看到飞鱼回来，他黯然道："你把问问送回去了？"

飞鱼顿时悲从中来，呜咽道："问问出事了！"

天水挣扎着坐起来："怎么回事？"

飞鱼哭道："问问根本没有睡着，他一直在偷听我们说话。你刚才发病,他把我带来的安眠药给你吃了。”

天水难受地扭了扭脖子:“怪不得我脑袋一直昏昏沉沉,原来是吃多了安眠药。”

飞鱼继续道:“他想逃开我,一直往外跑,结果跌入水里去了。我眼睁睁看着他被一股吸力卷走了。”

天水看飞鱼哭得两眼发红,轻轻地揽住她的肩,安慰道:“这不是你的错,或许这是命中注定!”

飞鱼哭得更加厉害:“我回去以后,怎么向他爹娘交代?”

天水沉默了一会儿,对飞鱼道:“我有一个办法,可以帮你解决问题。”

飞鱼抬起泪眼:“什么办法?”

天水道:“你把我带回去,就说是我杀害了问问。我身上已经背负了几条人命,再多背负一条也不嫌多!”

飞鱼断然道:“不行,一人做事一人当,问问是我弄丢的,跟你没有关系!”

天水虚弱道:“你不要误会我的意思,我并不是要替你承担责任。你刚才也看到了,我即使活在世上也是一种折磨。如果真要追究责任,刚才就是因为我发病才导致问问钻了空子。你把我带回去,其实是帮我的忙,让我得到解脱。”

飞鱼依然摇头:“我不要这么做,我绑架你出来就已经是犯错了。我不能利用完你,又把你抛出去顶罪。如果这样做的话,我会瞧不起自己。”

天水身上开始发冷,他的手摸上去冰凉,看来他又发病了。他抓住飞鱼的手,吃力道:“求求你,答应我!”说完就晕了过去。

飞鱼彷徨地站起身来。今天是新公司开张的日子,她答应过爹,一定要把问问安全送回去。可问问失踪了,爹刚刚扭转的局面会不会变得艰难起来?她又看了看晕倒在地上的天水,现在如果把他交出去,不费吹灰之力。然而即使把他交给警察,也不能把问问换回来。既然如此，干脆一切都让自己承担吧！

飞鱼从水边采来一兜慈姑，又拔了一束紫色的水柳枝。慈姑能调节人体免疫机能，水柳枝能活血止疼。飞鱼熬了一锅汤，给仍在昏迷的天水灌了下去。

飞鱼拿了一条毯子，盖在天水的身上。她默默地看了天水一眼，低声道："我虽然不会把你交出去，但是以后也不能来看你了。能不能活下去，就靠你自己了。"

飞鱼上了小船，离开了属于她的飞鱼岛。

第34章　飞鱼

沉闷的夏夜，一道闪亮的雷电，一个黑影从她眼前倏然消逝。

飞鱼回到鱼巷，天已经完全黑了。水鸟早已归巢，鱼鹰上了船舷，湖面变得安静下来。远处传来狗吠的声响，几只狗追逐着冲到湖边喝水。一大片蜻蜓像直升飞机一样，紧贴着湖面低飞着。蚊虫像风一样纠缠在她耳边，发出嗡嗡的轻叫。

飞鱼上了岸，她感觉黑暗中有一双眼睛在盯着她。飞鱼感觉脖子僵硬，汗毛像刺猬一样把衣服都顶了起来。她回过头来，湖面被夜色包围了。除了她之外，并没有第二个人。

飞鱼朝自家院子看了一眼，一团黑糊糊的东西像怪兽一样趴在院墙上，让她有一种莫名的紧张感。飞鱼瞪眼细看，那是大榕树茂密的枝叶。几只蚂蚱在草丛里跳跃，它们把飞鱼的脚背当成了猎物。脚痒得厉害，每走几步，都得跺一下脚。天空中滚过几声干雷，飞鱼抬头看了一下天，嗖嗖几步登上湖堤，穿过垂柳，站在榕树下。

推开院子的侧门，爹的屋里黑漆漆的。飞鱼长吐了一口气，轻轻把门关上。她蹑手蹑脚地站在水龙头下，把毛巾打湿了，擦了一把脸。突然一声炸响，闪电仿佛把天空劈开了。一个人影在闪电中从她眼前掠过，嗖的一声，翻过院墙跳了出去。

飞鱼愣了片刻，又一个惊雷在她头顶炸响，紧接着噼里啪啦的雨点砸下来，雨水像是决堤的湖水狂泻而下，天塌下来一般。飞鱼稍稍犹豫了一下，等她再想拔腿去追，为时已晚，那个人影早就消失了。

飞鱼猛地惊醒过来，爹一个人在屋里，身体还没有完全复原，不会发生什么事吧？想着，她猛地冲进爹的房间，啪的一声把灯拉亮，只见爹手里端着茶杯，静静地坐在轮椅上喝茶，茶杯里的水汽袅袅，爹好像一直在等着她。

飞鱼讪讪地收住脚，心虚地叫了一声："爹！"

陈老大默默地看着飞鱼，好像在责备她："心动，脚才能动。脚动，心不动，当然会比别人慢半拍！"

爹虽然不能像以前那样自由行动，但是他的思路依然敏捷。人虽然在屋里坐着，四周一片漆黑，但他却把一切都看在眼里。

飞鱼惊讶道："爹，这么晚还不睡？"

陈老大忽然大声道："外面雷电交加，请进屋来喝杯热茶！"

飞鱼不知爹和谁说话，她正奇怪，赵伯耘已经进了屋。只见他浑身上下被雨淋得湿透了，头发湿乎乎地贴在头皮上，雨水顺着眉毛往下淌。

飞鱼心里暗想，难怪总感觉黑暗中有一双盯着她的眼睛，原来是赵所长一直在尾随自己，那么刚才翻墙出去的人又是哪一个呢？

陈老大吩咐飞鱼道："你去拿条干毛巾，给赵所长擦擦水。再烧一壶开水，把我的云雾茶拿出来，我要给赵所长泡茶。"

赵伯耘抹了一把脸上的雨水，阻止道："等等，我想问飞鱼几句话。"

陈老大道："难道你怕飞鱼跑了不成？"

赵伯耘坚持道:“我冒雨来这里,不是为了喝茶,而是为了要一个答案。”

陈老大不满道:“答案已经告诉过你!”

赵伯耘用愤愤的目光瞅了陈老大一眼:“我向来敬佩陈老大是条铁铮铮的汉子,因为你为人做事向来言必行,行必果,说话算数,从不食言。可是我今天从陈老大这里没有得到我该有的承诺。”

赵伯耘原不想得罪陈老大,可此时他豁出去了。这个无所不能的陈老大曾答应他和桃月,只要他们夫妻俩站在陈老大的立场,把叶秉坤扳倒,就可以帮他们找回儿子。然而此时他却说,段天水先他们一步,把问问劫走了。

陈老大傲慢道:“这件事跟飞鱼无关,有什么话你跟我说!”

赵伯耘在极力忍受寒冷,身子在微微颤抖,连牙齿也跟着颤抖。他问:“我现在和你无话可说!”

陈老大勃然变色,从来没有人敢对他这么说话。他粗重的眉毛抖动了一下,这是发怒的前兆。赵伯耘用挑衅的目光注视着陈老大,陈老大在轮椅上扭动着,想站起来,两条腿却不听使唤。

飞鱼不满赵伯耘对爹的态度,她挡在了爹的前面:“赵所长,请你对我爹尊重点!”

陈老大呵斥飞鱼道:“飞鱼,这是大人说话,不许你插嘴!”

飞鱼倔强道:“爹,我已经十八岁了,我不是小孩子。”她转向赵伯耘,“请你不要为难我爹,所有责任都在我,跟我爹没有关系!”

赵伯耘盯住飞鱼的眼睛,追问道:“我只想知道细节,问问是怎么被段天水劫走的?”

飞鱼自责道:“责任在我,跟段天水没有关系!”

陈老大厉声喝道:“飞鱼,你在说什么?”

飞鱼哽咽道:“爹,对不起。这件事跟段天水真的没有关系。”

陈老大仰头长叹:“一个小小的段天水,为什么会把整个世界搅乱了?”

赵伯耘的眼睛变得血红:“不,我不相信你会害问问,你在包庇那个杀人犯!”他猛地抓住飞鱼的胳膊,发疯般地叫道,“你告诉我,段天水在哪里?我承认是我对不起他,一切的过错由我承担。你带我去见他,我愿意用我的生命换回我的儿子……”

飞鱼被赵伯耘摇晃着,一步步后退。看着赵伯耘那么痛苦,她的心里也非常难受。如果能交换的话,她愿意用自己把问问换回来。可是这件事确实跟段天水没有关系,她怎么能把责任推向段天水。

陈老大发话了:“欠债还钱,杀人偿命,这是自古不变的道理。飞鱼,如果你是我陈老大的女儿,就把你知道的通通说出来!”

爹从小就教育飞鱼,做人要讲义气,做事要光明磊落。虽然飞鱼对爹的义气有自己的不同看法,但是她依然从心底里依恋爹、爱护爹、敬重爹。有时候,飞鱼也会顶撞爹,但是只要爹不认同的事情,飞鱼绝对不会去做。

飞鱼被爹逼急了,脱口道:“爹,你要相信我!我没有害问问,我也不知道段天水在哪里!”

陈老大松了一大口气,对赵伯耘道:“赵所长,飞鱼是个啥品行你应该很清楚。如果她知道段天水在哪里,她会舍命把问问夺回来。”

赵伯耘默默地看了飞鱼一眼,无力地松开了手,转过身走出了屋子。外面大雨滂沱,飞鱼看着他就那么淋着雨,想拿一把伞追出去,却被陈老大喝住了。

陈老大道:“你把段天水藏在哪儿?”

飞鱼难过地叫了一声:“爹,这件事真的跟段天水没有关系。”

陈老大满脸怒气道:“你还护着他,你为什么这么执迷不悟!”

飞鱼没有做声,一双眼睛定定地看着爹。飞鱼的对抗,让陈老大无力地垂下了头。

下了整整一个星期的雨，陈老大和飞鱼没有出门。爹让飞鱼帮他做康复锻炼，这么做的目的实际是在软禁飞鱼，不让她出去与段天水接触。父女两个怄着气，谁也不再提段天水的名字。

陈老大的身体恢复很快，他开始拄着拐杖下地了。飞鱼却一点也高兴不起来，她的心里被一种惦念折磨着。她离开的时候，段天水还在昏迷，不知什么时候醒过来，他的怪病还会发作吗？

雨终于停了，陈老大去医院复查身体。给陈老大做检查的是曹院长，曹院长对陈老大说："这是我最后一次给你做检查。"

陈老大有些意外："你要调走？"

曹院长笑了笑："我要到上海去进修，以后可能就留在上海工作了。"

陈老大笑道："这是好事啊，祝贺你！"

曹院长笑道："说起来还要感谢你，因为你这个特殊病例，使得我经常与上海那边的专家接触。一来二往就和他们熟悉了，刚好那边有一个进修的名额。"

这时，娥子推着何运满也来外科病房做检查。何运满被护士推进了诊室，娥子坐在外面的长凳上。她的长发被胡乱地剪短了，一件男式的长袖衬衣像长袍一样把她瘦小的身体包住了。大热的天气，她的领口、袖口扣得严严实实的。

汤小小从走廊上经过，一眼看到娥子，看到她脸色苍白，走过来问："你是不是不舒服？"

娥子惊恐地往后缩了一下，躲开了汤小小的手。汤小小发现娥子脖颈处，有一条青紫的淤痕。汤小小有些吃惊，一把抓住娥子："你脖子怎么啦？"

娥子连忙用手遮住脖子，手腕露了出来。汤小小看到她的手腕上有几个灼伤的水泡。汤小小不由分说，抢上去撕开她的长袖。

娥子手腕手臂密密麻麻布满了水疱,有些水泡已经溃烂,有些水泡已经结痂,一看就是用烟头烫的。

汤小小大声道:“这是怎么回事,是何运满把你烫成这样吗?”

娥子怕人听见,摇着手慌乱地道:“不是他,不是他!”

汤小小激动起来:“你怎么这么傻,你怕什么呢?”

娥子往后躲闪着,突然胃里涌上一股酸水,呕吐了一口。汤小小意识到了什么,声音放缓下来:“你是不是怀孕了?”

娥子抬起迷茫的眼睛,忐忑地看了汤小小一眼。汤小小轻轻抚了抚娥子的肩,柔声道:“我是妇产科大夫,也是你弟弟段天水的同学,请你去我诊室坐坐好吗?”

听到段天水的名字,娥子眼睛里闪过一丝亮光。她定定地瞅着汤小小,汤小小也定定地看着她。然后,汤小小冲娥子微微一点头,搀扶着娥子,两人一起走了。

飞鱼看爹和曹院长聊得高兴,一个人溜了出来。恰好偷听到汤小小和娥子的对话,看到她们用眼神交流。飞鱼悄悄跟着她们,来到了妇产科。娥子离开之后,飞鱼也挂了一个号,坐到了汤小小的面前。

汤小小低着头写病历,头也不抬地问:“哪里不舒服?”

瓜子脸,淡淡的眉毛,薄薄的头发,穿一件宽大的白衣,汤小小看上去那么单薄,单薄得没有立体感。这么一个弱不禁风的妮子,为啥如此关心娥子?她说她是段天水的同学,难道她就是搭救天水的人?

汤小小没有听到回答,奇怪地抬起眼睛。坐在面前的飞鱼,正在用一种探究的眼神打量自己。

汤小小咳嗽了一声:“你看什么病?”

飞鱼道:“我想开一瓶特殊的止疼药。”

汤小小问她:“你是痛经吗?”

飞鱼摇了摇头,她把一个药瓶递了过去。汤小小接过来一看,心里强烈地收缩了一下,脸色霎时变得苍白。

这是那个被天水扔掉的药瓶,飞鱼把它捞了回来。药瓶上的标签被水浸泡得看不出字迹。飞鱼猜它是一种止疼药,她把药瓶递给汤小小是为了观察她的反应。

汤小小强作镇定:“这药品标签看不清。”

飞鱼旁敲侧击道:“如果看得清,我就不会给你看。你是医生,你一定知道里面装什么药。”

汤小小道:“你先告诉我,这药瓶是从哪弄来的?”

飞鱼试探道:“一个朋友受了外伤,靠吃这个止疼。现在药吃完了,能给我再开两瓶吗?”

听到这里,汤小小什么都明白了。她的呼吸急促起来,心提到了嗓子眼。她猜到飞鱼说的这个朋友肯定是段天水。她有无数的问题想问飞鱼,可是理智却告诉她,在这个非常时刻必须克制自己。

汤小小不露声色道:“你说这药能止疼,我就明白这是什么药了。请转告你的朋友,这种药不能多吃,吃多了会上瘾。”

飞鱼有些不明白:“什么上瘾?”

汤小小解释道:“就跟吸毒上瘾一样,发作的时候全身抽搐,口吐白沫。”

飞鱼惊得呆住了,难道段天水那个样子是毒瘾发作?

飞鱼这才明白过来,段天水为什么要把药瓶扔掉。他知道自己上瘾了,但是他不想让飞鱼知道。想着他被毒瘾折磨的样子,飞鱼的心被揪紧了。

汤小小看飞鱼惊惶的样子,心里也是咯噔了一下,她担心的事情终于发生了。

飞鱼急道:“有什么办法可以补救吗?”

汤小小安慰道:“也许你的朋友并没有上瘾,他可能是身体虚弱,如果过量服用止疼药,也会引起相似症状。即使已经上瘾,如果服用时间不长,可以用意志克服戒断。”

飞鱼从汤小小的话里听出了端倪。她怎么知道我朋友身体虚弱?她又怎么知道服用时间不长?难道这瓶药就是她给段天水的?

两个妮子互相对视着,似乎都想从对方那里探知什么秘密。飞鱼大胆道:“那我朋友该吃哪些药?”

看着飞鱼那么担心段天水,汤小小心里有些酸涩。她喝了一口水,苍白的脸恢复了一丝血色:“只要好好照顾你的朋友,多给他补充营养,增强他的身体抵抗力,相信他很快就会好起来。”

飞鱼从医院回来,心里像有一只虫子在噬咬着。总有个声音在她耳边说,你不能扔下段天水,至少要给他送一些吃的。飞鱼绞尽脑汁琢磨着,如何才能让爹同意她出湖。

袁舢板这天来串门,他和陈老大一起喝酒,陈老大问到袁大娘。袁舢板萧然道:“木材的失踪对他娘打击很大。她在外人面前表现出坚强的样子,即使在我面前也从不流露出悲伤。其实她的心里比我还要难受。”

飞鱼趁机道:“我去陪陪袁大娘。”

陈老大叹一声气,对飞鱼道:“难得大娘那么疼你,你也该陪陪大娘。”

飞鱼把船开到湖面上,仿佛飞出牢笼的小鸟,心情舒展开来。一条机帆船突突突从不远处驶过,波浪把小船摇晃起来。飞鱼喜欢这样摇晃的感觉,就如同踏浪一般,一会儿升上波峰,一会儿跌落谷底。

飞鱼把马达停了,任由小船随波逐流。七月的湖面,阳光无遮无拦地直投下来,平坦如镜的湖水又把阳光反射回去,湖面变成了一个云蒸霞蔚的蒸笼。飞鱼在蒸笼里蒸烤着,仿佛进了桑拿房,顷刻间全身上下湿漉漉的。

过去的一个星期,雨水把飞鱼的日子整得昏暗。在飞鱼的岁月里，这是第十八个梅雨季节。可是在飞鱼的感觉里，这仿佛又是第一场梅雨。夜晚她被雷声震醒了，听着那热烈奔放的风雷闪电，她的心在颤动。看着雨水像帘子一样盖下来，就好比浇在她愁肠百结的心上。

飞鱼感觉雨水把她渗透了，身体像泡桐树一样长出一片片肥硕的叶子。皮肤下似被什么东西撑了起来，胀胀的难受。骨头缝里麻酥酥的，像有蚂蚁在爬。她想掐自己，想大声喊叫，想疯狂地乱跑。

飞鱼钻进了船棚，被热气逼出来的汗水沉甸甸贴在小衫上，带着蒸出的黄梅味。飞鱼把自己脱得光溜溜的，趴在光滑的船板上。船板是用柚木做的，被她的皮肤磨蹭得犹如一面铜镜。柚木散发出来的清凉，还有那如镜的光，沁在被汗湿的皮肤上，飞鱼感觉就像睡在湖面上。

飞鱼闭着眼睛，眼前浮现出娥子的身影。她是段天水的未婚妻，段天水和她的感情是不是特别深，所以他才会为了她去杀人。还有这个汤小小，她和段天水的关系仅仅只是同学吗？段天水身上的伤肯定是她治好的，如果汤小小知道段天水被飞鱼抛弃在一个无人的小岛上，任其自生自灭，她会怎么想？飞鱼仿佛听见段天水发病时的呼喊：飞鱼，救我！

飞鱼躺不住了，身上燥热得厉害。她揭开船棚，舀了一盆水，从脖子上浇了下来。她擦干身体，把搭在棚上的短衫拿进来，穿好衣服，启动了发动机，小船快速地动了起来。

袁大娘得知飞鱼要来，早早地站在台阶上等着。船还没有靠岸，飞鱼已经跳了过去，一下扑在袁大娘怀里："大娘！"

袁大娘看见飞鱼就如同看见了儿子木材。她抚摸着飞鱼的发丝，轻轻拍了拍飞鱼的后背，柔声道："十多天不来看大娘，是不是把大娘忘了？"

飞鱼撒娇道："大娘，我这不是来了吗。"

袁大娘把飞鱼领到丝瓜藤下，切好的梨瓜、凉拌的藕片、新鲜的米粒菱角已经摆放在石桌上，旁边还放着一个玻璃鱼缸。鱼缸里有三条鱼，一条是刀鱼，一条是黑鱼，还有一条是小胖头。

飞鱼被鱼缸吸引住了，鱼缸被隔成两半，一半是黑鱼和刀鱼，另一半是小胖头。黑鱼和刀鱼是木材养的宠物，黑鱼长得又黑又大，健壮凶猛；刀鱼有着狭长扁平的身体，游速快如飞燕。小胖头是飞鱼偶然捕获的，这条鱼有着灰白的身体，胖胖的脑袋上长着一双水汪汪的眼睛。这双眼睛脉脉地看着飞鱼，仿佛诉说着什么。飞鱼的眼前，蓦然闪过段天水的影子，她不由更加惦记起他来。

飞鱼陪着袁大娘吃了晚饭，娘两个把竹床搬到院子里，躺在瓜藤下乘凉。到了后半夜，袁大娘熬不住，睡着了。飞鱼却睡不着，她悄悄下了床，拿了一个塑料袋，来到厨房里，把梨瓜莲藕茄子面条，一股脑装满了袋子，偷偷下到船上，然后把船撑了出去。

第35章 飞鱼

她的爱与付出，能否化解他内心的仇恨？

从袁家村到飞鱼岛有一条隐秘的近道，这条近道是木材疏通的。以前飞鱼走这条道时都是和木材一起，独自一人走这还是第一次。这条道隐藏在芦苇丛中，水也比较浅，里面躲藏着各种野物。飞鱼不敢开动马达，她怕惊醒了袁大娘，更怕惊动了已经休眠的水鸟。飞鱼壮着胆子，用竹篙探寻着水的深浅，无声地在芦苇丛中穿越。

月色如轻烟一样弥漫在湖面上，芦苇黑糊糊的一片一片，将倒影洒在水中，显得影影绰绰。尽管飞鱼撑篙的声音很轻，但是在寂静的芦苇丛中，小船滑过的哗哗声仍然听得很清楚。

走了一段之后，飞鱼渐渐适应了里面的光线。她看见芦苇丛中趴着一团一团的野鸭，它们将脑袋埋在翅膀下面，身子一动不动，仿佛一团一团毛茸茸的球。有一次，她不小心把竹篙点到野鸭身上，那野鸭惊跳起来，扑闪着翅膀飞到半空中，留下一窝白生生的鸭蛋。

飞鱼撑出芦苇小道时，已经是半夜时分。她将船停在涧山湾边上,用目光前后眺望了牛头山、螺蛳岭和八十亩山,又悄悄瞄了一眼掩藏在水葱中的那条小溪。飞鱼确定了自己的位置,忽然感觉后面有声音。她不敢回头,把船掉了一个头,往另外一片水域撑去。

飞鱼知道,爹不会轻易地放她出来,或许爹让她来陪袁大娘本身就是一个计谋。爹早料到她会偷跑出来,说不定此时就让袁舢板在不远处跟着她。飞鱼的猜测没有错,只不过她没有想到,尾随在身后的不仅仅有袁舢板,另外还有两个人——一个是梦生,还有一个是赵伯耘。

那天梦生在西大河潜水,看见飞鱼从一条偏僻的小溪出来。飞鱼紧张的样子引起了梦生的怀疑,他在水下偷偷跟踪飞鱼,一片水葱挡住了他的去路。当他从水中露出脑袋时,飞鱼已经失去了踪影。梦生一直守在那里,晚上的时候才见飞鱼冒了出来。

梦生尾随着飞鱼,在陈老大的院墙外发现了赵伯耘。梦生趴在屋顶上,听到了陈老大父女的对话。难道段天水是被飞鱼藏匿到一个连陈老大也不知道的地方?赵伯耘跟踪飞鱼,是为了找回儿子,还是另有企图?一连串的疑问出现在梦生的脑海里。

飞鱼把船撑到了那片沼泽地,故意回了一下头,身后没有任何动静。尽管她什么也没有发现,可为了以防万一,她仍然决定从这里进飞鱼岛。在沼泽地附近,有一个非常隐秘的通道,刚好和飞鱼岛相连。飞鱼那天搜救问问的时候,发现了水下的那个通道。

飞鱼小心地撑着小船,从一个凹陷的湖滩,紧贴着粗壮的芦苇,用竹篙探索着穿过了危险的沼泽地带。就在这个时候,飞鱼听到身后传来撞击声。她猛回头,身后竟然同时出现了两条船。后面的一条船径直向前面这条船撞了过去,前面那条船上的人被撞得跌落水中,溅起高高的水花。

飞鱼躲在一丛芦苇后面看见,后面那艘船上的人把前面落水的人救上了船。飞鱼看得很清楚,救人的是袁舢板。飞鱼的心紧张得跳了起来，身后跟了两条船她竟然一点也没有发觉。

袁舢板没有跟进来，因为他的那艘船不适宜进入沼泽地。袁舢板把另外一条船拖在自己的船后面，朝另外一个方向撑去。最后，他把那条船解开了，让那条船顺着河流漂远了。

飞鱼透过芦苇的缝隙，远远地瞅着袁舢板。只见他两手交叉搭在胸前，若有所思地看着天空，烟头的火光一亮一亮的，照着他那粗犷的脸庞，那被湖风和烈日吹晒得黝黑的皮肤，那棱角分明的下巴，还有他嘴角刀刻一样的皱纹。飞鱼顿时明白，袁叔叔就像是一个守护神，一直悄悄地守护着她。

飞鱼顾不得多想，把装食物的塑料袋封好，用一根绳子系紧了，把绳子的一头系在腰上。飞鱼从船上下了水，蹚着齐腰深的水，找到那个通道的位置。她左右看了一下，然后一个猛子扎了下去。

尽管腰上的绳子放得很长，但是飞鱼仍然觉得被牵扯得游不动。她拼命地划动双臂，用力蹬动双腿，绷直了身子，像一条蛇似的扭动着。当她从水面上露出脑袋时，累得喘不过气来。

飞鱼顾不得休息，她怕袁叔叔跟进来。如果他发现了那个袋子，顺着绳子潜过来，那么所有用心都白费了。飞鱼快速地收着绳子，终于把那袋食物拉了上来，解开袋子摸了摸，袋子竟然没有进水。

飞鱼抱着那袋食物，踉踉跄跄爬上岸来。她的双脚刚踏上泥土，身体立刻瘫软了下去。她已经用尽了力气，一时竟不能站立起来。她大口大口喘着气，紧张地注视着水面，看是否有人从水底下钻出来。

飞鱼的注意力放在水面上，却一点也没有发现，有个黑影从后面过来，一下子扑在她身上。那是一双瘦骨嶙峋的手。这双手掐住了飞鱼的脖子，飞鱼奋力挣扎着。她扬起手里的袋子，向那人头上砸去。

那人被砸晕了，从飞鱼身上倒了下去。飞鱼坐起身来，月光从芦苇缝中透过来，照到那人的身上。那人的衣服破烂不堪，长长的乱发把他的脸遮住了。飞鱼颤抖着掀开他的头发，她看到一张尖瘦而又苍白的脸。

飞鱼倒吸了一口凉气，躺在地上的人竟然是段天水。一个星期不见，天水瘦得脱了形。他就像是被魔鬼吸干了血肉的骷髅，皮包着骨头。

飞鱼把双臂伸到天水的身下，她尝试着把天水抱起来。天水虽然这么瘦弱，可是身子依然很沉。飞鱼抱不动，只好把他放下。飞鱼去棚子里烧了开水，煮了一碗米糊，一勺一勺喂给天水。

天水几天没有进食了，他紧咬着牙齿，米糊顺着他的嘴角又流了出来。飞鱼用手抚摸着天水的脸，那张曾经清秀的脸完全塌陷了下去，两个颧骨高高耸起来，显得恐怖狰狞。飞鱼的手摸到他的胸前，那里只有一排胸骨。

飞鱼哭了起来，天水变成这个样子是她害的呀！她必须把天水救活。可是怎样才能把他救活呢？飞鱼盯着天水那张毫无血色的脸，用手背擦了擦眼泪，往自己口里含了一口粥。飞鱼把嘴靠近了天水的唇，用舌头撬开了他的牙齿，强行把米糊送进了他的嘴里。

飞鱼给天水喂完米糊，又找来一张篾席。她把天水移到篾席上，然后拖进了那个简陋的棚子。飞鱼烧了一盆热水，给天水擦洗了身子，把他放在一张干净的床单上。夜风吹进了屋子，飞鱼感到一丝凉意。

飞鱼披了一条毯子，守在天水的身边。过了一会儿，天水又发病了，他不停地颤抖着，身子扭曲成一团，嘴里发出模糊的叫声。

飞鱼抓住他的手，天水的手脚冰凉。她又摸了摸他的身体，他的身体也冷得像冰一样。飞鱼想象着这些日子天水独自承受的煎熬，如果不想办法救他，或许就熬不过这个晚上。飞鱼慢慢把衣服脱了,用毯子把自己和天水包裹在了一起。

飞鱼赤裸着身体,紧紧贴在天水身上。他冰冷的皮肤,刺得飞鱼发颤。他身上的骨头,把她硌得生疼。飞鱼一只手搂着天水,一只手不停地给他摩擦取暖。飞鱼的身子颤抖着,在天水的耳边呼喊着:“天水,你不能这样死去!天水,你快醒过来!……”

飞鱼的手在天水身上摩擦得发热,她感觉到有一股生命的力量在天水身体里缓缓复苏。天水的胳膊轻轻动了一下,碰到了飞鱼柔软的胸部。飞鱼一阵战栗,感觉全身像着了火一样燃烧起来。

飞鱼闭上了眼睛,朦胧中她觉得有一双眼睛在黑暗中盯着自己的身体。飞鱼的身体越来越热,天水的手在她身上慢慢游走。天水的身下有个东西挺了起来,像一根棍子顶住了她的身体。

飞鱼不敢睁开眼睛,任由天水进入她的身体。飞鱼紧紧地抱住天水,感觉自己就像站在了趸船的顶部,有只水鸟从她头顶飞过。她抓住了那只水鸟,水鸟把她带着飞了起来。

天亮的时候,飞鱼和天水同时醒了。飞鱼看着自己赤裸的身体,害羞地想挣脱出去。天水却把她抱得更紧,把头贴在她的胸前。

“不要离开我!不要离开我!”天水喃喃地叫着。

泪水顺着飞鱼的眼角流下来,她不知道自己这么做是为了救他的命,还是因为爱上了他。天水如此做是因为感激,还是因为寂寞害怕?飞鱼脑中一片空白,就这样被段天水抱着。

飞鱼忽然说:“我见到了娥子。”

段天水仿佛被人打了一下,他的手松开了。

飞鱼继续道:“她好像怀孕了。”

段天水把脸伏在毯子上,哭泣起来。

飞鱼听到他的哭声,心里像撕裂了一样难受。她翻身抱住他,低声道:“对不起,我不该提她。”

段天水止住了哭声,他抹了一把眼泪道:“不,我想知道她的情况。”

飞鱼叹了一口气：“何运满对她不好。”

天水道：“只恨我当时没有把他杀死。”

看天水的眼里闪过一道寒光，飞鱼的心里战栗了一下：“如果娥子怀的是何运满的孩子，何运满就是孩子的爹。不管他以前对娥子做过什么，只要以后对娥子好，你就不要追究他了！”

天水委靡着说：“我现在即使想杀他，也无能为力了。”

飞鱼想让段天水高兴起来，便想到了汤小小，她问段天水：“你跟汤医生是什么关系？”

段天水神情有些异样：“汤小小怎么啦？”

飞鱼看他紧张的样子，心里有些酸楚。看来自己没有猜错，他果然和汤小小关系不一般。飞鱼爬了起来，快速地穿好衣服。

段天水见飞鱼突然神色大变，拉住飞鱼道：“你误会了，我和汤小小只是普通同学。”

飞鱼哭道：“你告诉我，是不是她救了你。那瓶止疼药，是不是她送给你的？”

段天水低下了头，没有做声。

飞鱼见他默认了，更加生气：“如果只是普通同学，她会冒着生命危险救你吗？”

段天水争辩道：“当初你救我的时候，难道我们之间有什么关系吗？”

飞鱼声明说：“那不是救你，是绑架你！”

段天水道：“绑架我的人不是你，是袁舢板！”说到这里，他忽然想起了李经文。他在心里问自己，李经文会不会和袁舢板一样，对自己也是怀有其他目的？

飞鱼见段天水又不做声，坦白道：“那天我来接问问，本来说好要把你交给警察的，可是不知道为什么，我就是做不到。我离开飞鱼岛的时候曾经对你说，我再也不会回来看你了。可是我管不住自己，还是偷偷地跑来了。我这么做，是不是自作多情？”

天水怔怔地看着飞鱼：“我有什么好，值得你为我这么做？”

飞鱼哭道：“我也不知道，我只是觉得，你不应该受苦，不应该过这样的日子！”

天水想起自己的身世，不禁悲从中来：“我是一个弃儿，我从一出生就被父母抛弃。也许我的出生是个错误，也许是我根本不应该来到这个世界上！”

飞鱼摇摇头：“也许你并不是弃儿，也许是你的父母落难了，河神娘娘怜悯你才让段家收养了你。”

段天水流着泪：“我对不起段家，对不起娥子，对不起金子姐，对不起汤小小，更对不起你！”

飞鱼哭道：“大家救你，不是要你对我们说对不起。你应该想一想，后面该怎么办？”

天水道：“我的命是你给的，你怎么说我就怎么做！”

飞鱼道：“不是我要你怎么做，而是你自己想好怎么做。”

天水仰天叫道：“我想上大学，我想娶你为妻，我想像普通人一样生儿育女，好好过日子。可是这行吗？答案只有死路一条。我并不怕死，我怕的是像一条野狗一样死在无人的野外。我即使要死，也要死得有尊严！”

飞鱼被天水打动了：“既然你这么说，我会帮助你。”

天水看她要离开的样子，留恋道：“你不能再陪我一会儿吗？”

飞鱼难过地摇摇头：“外面有人跟踪我，袁叔叔也在外面。我怕在这里待久了，他们找不到我，会带来更多的人。那样的话，你就会处于更加危险的境地。”

天水抱住飞鱼：“我不放你走！”

飞鱼心里动摇了一下，她闭上眼睛，深深地呼吸了一下：“我把手机留给你，你不要给任何人打电话，我会主动联系你。”

天水像个孩子一样乞求道：“你可以给我发短信吗？”

飞鱼心里酸软得不行，她忍住眼泪点点头。

天水把飞鱼送到水边，又问："你下次什么时候来？"

飞鱼硬着口气道："不管我什么时候来，你都要学会照顾自己。"她转过身去，不敢再看天水一眼。她怕自己动摇了，再也迈不开脚步。

飞鱼闭上了眼睛，一个猛子扎入水中。

其实飞鱼离开的时候袁大娘并没有真正睡着，她看着飞鱼远去，立刻给袁舢板打电话。袁大娘虽然是个家庭主妇，可是心里比谁都明亮。袁家和陈家相交多年，袁大娘把陈老大摸得透彻。陈老大不会无缘无故把飞鱼打发到她这里来。说是让飞鱼陪着她，莫如说是让她看住飞鱼。

袁大娘是看着飞鱼长大的，飞鱼虽然刁蛮任性，可是却有一颗水晶一般透亮的心。木材从小护着她，袁大娘也从小宠着她。袁大娘早就觉察出来飞鱼的心不在木材身上。袁大娘固然有些失落，但是她清楚地知道，缘分是没有道理可讲。她看不得飞鱼失魂落魄的样子，更加为飞鱼担心的是，近来她发现有几个幽灵似的人围着她家打转。

"飞鱼撑着船走了，是我让她走的，你不要为难她。"袁大娘柔声地对袁舢板说。

袁舢板虽然性格粗放，但是在袁大娘面前却温顺得像一只绵羊。他当然知道陈老大把飞鱼发派到自己家的目的，他不仅关心飞鱼去了哪里，而且担心飞鱼的后面会有人跟踪。袁舢板立刻吩咐渔业社的员工分几路潜伏在飞鱼必经的路上，他自己则守在沼泽地的附近。按照他的推理，飞鱼除了把人藏在这里，没有其他地方可去。

袁舢板果然发现了飞鱼，后面跟踪她的人是赵伯耘。赵伯耘在跟踪的过程中，忘记了那个成语——螳螂捕蝉，黄雀在后。袁舢板把他打发走之后，回头再来找飞鱼。让他感到奇怪的是，他只看见飞鱼的船，人却不见了踪影。

袁舢板干脆不躲了，他就守在小船旁，一直等到飞鱼从水里冒出来。

飞鱼看到袁舢板，装作吃惊的样子："袁叔叔，你啥时来的？"

袁舢板上下看了看她："你刚才去哪了？"

飞鱼装傻道："上次袁叔叔带我来这里，告诉我说这里是洄水滩的入口，所以我就来这里打探打探。"

飞鱼铁了心，不提"段天水"三个字。袁舢板问她："你不是陪着大娘吗？怎么半夜把大娘扔下了，一个人到这里打探。"

飞鱼道："我要是不打着大娘的招牌，我爹肯放我出来吗？"

袁舢板还想说什么，不过他也知道，如果飞鱼不想说，打死她也不会开口。袁舢板本想把赵伯耘跟踪的事说出来，可是又怕给飞鱼增加心理负担。他只好叹口气道："你赶紧回大娘身边去，如果有人问起你的行踪，你就说一直和大娘在一起。"

袁舢板叮嘱完飞鱼，自己撑着船去见陈老大。

"你是说飞鱼去了洄水滩入口那个地方？"

袁舢板道："我亲眼看着她进去的。"

陈老大有些不解："这怎么可能呢，那片沼泽地怎么能藏人？"

袁舢板道："赵伯耘一直尾随着飞鱼，我为了把他弄走，就把飞鱼的行踪弄丢了。"

陈老大叹气道："这个赵伯耘，认一个死理，他咬住了飞鱼不放。"

袁舢板道："他咬住飞鱼没关系，飞鱼那么机灵，十个赵伯耘也跟不住她。我担心的是段天水，迟早大家会受到他的牵连。"

陈老大懊恼道："看来我们这步棋输了，不能再冒险让飞鱼出去了。让袁大娘看住了她，哪儿也不让她去。至于段天水，我自有办法除掉他。"

第36章　梦生

水葱的特殊气味，把他引向一条暗流。跟踪她的踪迹，终于发现了一个秘密。

梦生远远地尾随着飞鱼，他发现了赵伯耘和袁舢板，赶紧把自己隐藏在黑暗中。梦生耐心地守候着，一丛枯萎的芦苇漂过来，被梦生的身体挡住了。芦苇上有一团蚂蟥，它们顺着芦苇，爬上了梦生的身体。蚂蟥在吸他的血，梦生感到又痒又疼，可是他不敢乱动。

袁舢板坐在船上抽烟，一阵风把烟雾吹过来，那浓烈的莫合烟味呛得梦生难以忍受，他努力控制着自己，终于等到飞鱼出来。

袁舢板和飞鱼说过话之后，两条船从他身边撑过。一种水葱的味道，从飞鱼那边飘过来。待两条船完全消失了，梦生才从水里纵身起来。一只蚂蟥爬到他脖子上，梦生狠狠地把蚂蟥扯下来。这条蚂蟥又粗又长，像一根长长的面筋，鲜血淋漓地在他手里伸缩着。

梦生折下一根芦苇，穿过蚂蟥的身体。他把自己身上的蚂蟥，一条一条扯下来，又一条一条穿在芦苇上。他把蚂蟥的内脏翻到外面，打着了打火机，点燃了蚂蟥的身体。蚂蟥的身体在燃烧中发出嗞嗞的响声。芦苇变成了一根长长的蜡烛，闪着一簇蓝色的火苗。

梦生用一只手举着这串蜡烛，向飞鱼现身的地方游去。这里距离沼泽地很近，梦生多次来过这里，可从来没在这里发现水葱。飞鱼的身上怎么会有水葱的味道呢？梦生想起上一次跟踪飞鱼，飞鱼曾经在一片水葱中失踪。这片沼泽底下，难道有暗流跟那片水葱相连？

梦生把蚂蟥蜡烛插在淤泥中，他默记着水葱所在的位置，朝水中扎了下去。烛光透过水面，只照着水下浅浅的一层。梦生凭着感觉往前游动，身下的水流变得湍急起来。梦生看不清水流，就顺着水流的方向游。四周一边漆黑，他仿佛进入了一个黑洞。

水流越来越急，梦生的四肢有些麻木。他控制不住自己的身体，被水流冲击得翻转了过去。一股水葱的味道，让梦生清醒过来。他放松了身体，仰躺在水面上。他发现天已经亮了起来。他侧脸看见了那片水葱，便像一条鱼似的转了一个方向，从水葱边爬上了岸。

水葱长在一片洼地里，水流从西大河溢出来，流到这片洼地里。西大河并不算是一条大河，旱季的时候，它就像是一条小水沟，断断续续地流淌着。只有到了雨季，雨水从上游冲下来，汇集在一起，才形成一条宽阔的河道。因为这条水道位于湖畔西面，因此被人称作西大河。

侦查组在小黑的指引下，在西大河的下游搜寻，几天也没有发现什么。梦生从水葱那里顺着几条小溪流，来到西大河河段中部。这片水域长满了芦苇，水下面杂有水浮莲、蓬子草、野菱角。白色的菱花，夹杂在小浮萍似的莼菜中间，像星星一样闪烁。青蛙的叫声，此起彼伏。

巡逻艇就在不远处，谢组长很快赶了过来。梦生跟踪飞鱼出去了一天一夜，谢组长看到他的时候，只见他脸色灰暗，嘴唇青紫，脖子上腿上全是蚂蟥螫咬的血迹。梦生汇报道："我发现了一条暗流，可能通往犯罪嫌疑人的藏身处。"

谢组长兴奋得击掌道："好，你赶快回去休息。我去省城请示上面，派深海号配合我们行动。我们不仅要抓住杀人嫌疑犯，而且要从暗流入手，打开一扇通往黑洞的大门。"

梦生眼睛朝周围巡视一遍，又说："这里地势低，水面阔，水流缓。上游下来的东西，有可能淤积在这里。请组长再给我一些时间，我想在这周围再搜寻一遍。"

谢组长用同情的目光，深深看了梦生一眼。他担心梦生这样下去，会毁了身体。

谢组长说："好吧！我只给你半天时间，让侦查组配合你。"

梦生换潜水服的时候，蚌蝶啪的一声落在地上。彭亮刚想捡起来，梦生一把抢了过去。梦生把蚌蝶紧紧地攥在手心，他仿佛看见娥子被人凌辱，她挣扎着，脚踝上的红线被扯断了，然后掉入了水里……

梦生想着这些，不由得心情激动。他从巡逻艇冲了出来，一头扎入了水中。

梦生扎得太深了，一条青鱼从眼前迅疾地闪过。一条金色的鳜鱼尾巴一甩，戏谑似的贴着他的头皮游过，消失在一丛虾须草中。马口鱼像影子一样，忽闪忽闪地从湖菱草中间穿梭。唇鱼骨像偷懒似的侧着身子不动，撅起嘴巴一张一合，吐出一个个小气泡。花骨鱼跳舞似的在水中摇动着蓝色的尾巴。刺鳅淘气地在湖底打着滚，把青色的湖泥翻腾起来。

梦生看到了一团东西，他不知道那是什么，或许是一团破衣服，或许是一只罐子，里面有可能挤满了泥鳅，也可能躲藏了水蛇。他想游过去看看，可腿却被什么东西缠住了。他使劲蹬了蹬腿，一条带子牵动了那团东西。白色的银鱼像一团雾似的涌了上来，接着又像松针一样散开来，在清澈如镜的水中像融化的雪花一样，转眼就消逝得无影无踪。

梦生把那个东西拉上岸，那是一副潜水镜。潜水镜被水浸泡得变了形，带子腐烂得轻轻一拽就脱落下来。接着梦生打捞出了潜水衣、潜水靴、脚蹼、呼吸器、压力表和气瓶，这些设备和配重铅块捆绑在一起，有的已经腐烂，有的已经生锈，但是上面的商标依稀可辨。

谢组长接到消息，顿觉十分振奋。他让侦查组把打捞上来的东西火速送到省城。这些潜水设备在水下面经过长时间浸泡冲刷，上面没有留下任何痕迹。他们只好从供货商入手，分头从各个环节寻找潜水设备的主人。

谢组长回到了巡逻艇，上级同意了他的计划。抓获杀人嫌疑犯的行动，将在第二天凌晨进行。深海号和增援的部队将在半夜到达。偏偏就在这个紧急关头，梦生又发起了高烧。

谢组长心急如焚，他再一次把梦生送到李家村。英子给梦生量过体温，惊慌失措地叫了起来："四十二度！爷爷，他烧到四十二度了！"

李医生还在睡午觉，英子冲进屋里连推带搡地把爷爷叫起来。李医生用手揉了揉眼睛道："病人发烧，你急什么？"

英子带着哭腔道："是他发高烧了！"

李医生道："他是谁呀？你那么紧张。"

英子不理爷爷，给他套上拖鞋，就把他拉了出来。李医生刚坐下来，英子急急把听诊器拿来挂到爷爷的脖子上。不等爷爷吩咐，她从冰箱里拿出冰袋敷在梦生的额头上，把银针消过毒后放到爷爷的手边，然后又拿出一包鸡内金，端出金银花茶，快速地给梦生服下。

李医生像上次一样，给梦生扎了两针。半个小时之后，英子再给梦生量体温，体温表上还是四十二度。

谢组长急道："为什么没有退烧呢？"

英子也急道："爷爷，要不要给他放血退烧？"

李医生摆摆手道："他自己不想退烧，即使把血放光了，也退不了烧。"

谢组长道："这么说，难道他自己想发烧？"

李医生问道："你和病人是什么关系？"

谢组长道："我是他师傅。"

李医生若有所思道："你既然是他师傅，应该了解一些病人的情况。他最近是不是受了什么刺激？"

谢组长听李医生这么问，不由长叹一声："怎么说呢，一言难尽！"

英子把爷爷拉到一边，对他央求着什么。李医生开始不肯答应，后来终于拗不过英子。他让谢组长把梦生扶到里面，然后把谢组长和英子赶了出来，关上了门。

英子守在门口，焦急地走来走去。半个小时之后，门开了。李医生喘着气，跌坐在椅子上，满头的汗水。梦生平卧在床上，安静地睡着了。

英子赶紧给爷爷擦汗："爷爷，您是不是累了？"

李医生摇摇手，喘着气说："让我坐会儿！"

英子从里面出来，谢组长低声问她："你让爷爷对他做了什么？"

英子心虚道："我让爷爷给他发功催眠，这种治疗方法不用吃药打针，见效比较快。只是发功会耗费很大体力，爷爷年纪大了，估计得十天半个月才能恢复过来。"

谢组长道："谢谢你啊！"

英子道："你们是做什么的？是专业打捞队吗？"

谢组长有些奇怪："你为什么说我们是打捞队的？"

英子道："上次你们说丢了一套潜水设备，我猜想你们是专业打捞队。”

谢组长想起什么，顺口问道：“你们村里的后生有没有人会水下作业？比如水底切割焊接。”

英子想了想，摇摇头说：“你是不是需要帮手？我们村很多人都会潜水，你说的水底切割，我不知道有没有人做过。小黑的舅舅在水族馆做潜水员，可是他现在广州。”

谢组长眼前一亮：“你能把他的联系方法给我吗？”

英子道：“我得去问小黑。”

谢组长道：“我有急事向他请教，求你现在就去问好吗？”

英子果真去问了，很快把一张纸条拿给谢组长。谢组长找了个借口，到村外给侦查组打电话。侦查组立刻请广州公安协助，不久，广州公安把信息反馈回来了。经过调查核实，在谢家湖发生谋杀案的那一天，小黑的舅舅在水族馆值班，所以很快就排除了他作案的可能性。不过，小黑的舅舅提供了一个重要线索，他们村有个叫水生的后生曾经跟他在水族馆实习过。

傍晚的时候，谢组长回到诊所，梦生还在熟睡。英子把饭菜端了出来，高兴地对谢组长说：“你徒弟退烧了，你们一起吃过饭再走吧！”

谢组长叫醒了梦生，英子把爷爷扶了出来。英子烧了苦瓜鸡蛋、西芹百合、红烧豆腐和蒜泥空心菜，还煮了一锅西洋参雪耳鸡肉汤。

李医生看着这四菜一汤，抱怨英子道：“你今天烧的菜，全是给病人吃的。我这么辛苦看病，怎么就没有给爷爷烧一个好吃的菜？”

英子撒娇道：“爷爷，医书上说，西洋参雪耳鸡肉汤营养丰富，容易吸收，对老年人身体最好，您今天辛苦了，多喝一碗！”

李医生不领情道：“这道汤滋阴降火，安神固原，不仅适合我这个老年人吃，恐怕更适合在座的某个病人吃吧。”

英子的脸腾地变得通红，迅速地瞟了梦生一眼，佯装生气道：“爷爷再胡乱说话，我以后不跟您学医了。”

李医生呵呵笑道：“瞧我这个师傅，还得求着人给我当徒弟。好，我不说了。”

谢组长笑道：“我这个徒弟刚参加工作，有些腼腆害羞。他虽然嘴上不说什么，其实心里很感激李医生和英子。”

此时的梦生低着头，假装没有听懂。

谢组长用胳膊杵了梦生一下，梦生只好说：“谢谢爷爷和英子。”

李医生看了梦生一眼道：“听口音你是本地人？”

梦生道：“我是石镇人，刚从部队复员回来。”

李医生道：“我看你有些眼熟，说说你是谁家的后生？”

梦生道：“我家在镇上开粥铺，我爹是叶秉德。”

英子惊叫道：“你真是那个特种兵梦生？”

梦生道：“是我！”

英子忽地站了起来，脸涨红得像染上了颜色。她想说什么，李医生做了一个手势，让她坐了下来。

李医生慢条斯理对梦生道：“我们这里有人认出了你，说你是杀害李大山孙子的凶手，还说英子包庇坏人，英子跟他们吵了一架，没想到你真是叶家后生。你能跟爷爷说说，你到李家村来做什么吗？”

谢组长怕梦生说漏了嘴，连忙解释：“既然李医生问到这里，我们就只好跟您直说了。警方已经破了案，杀害李大山孙子的凶手是梦生的二叔，不是梦生。”

李医生摇摇头道：“梦生的二叔叶秉坤虽然做人有些油滑，他好歹和李大山拜过把子，怎么会对孩子狠下杀手？”

谢组长道：“梦生因为这个蒙冤入狱，前些天还不明不白遭人暗算，差点把命送了。”

英子用关切的目光看着梦生:“怪不得你身上有那么多瘀伤,是什么人暗算你?”

梦生没有做声。谢组长随口问道:“那些暗算他的人,估计也被梦生打伤了。不知那些人,有没有来看李医生?”

李医生想起什么:“月初的时候,有一个后生到我这里看腰,说是不小心摔伤了。我看不像是摔伤,而是被什么东西砸伤。”

梦生追问道:“您能记起确切的日期吗?”

李医生道:“我给他开过药,查查收费日期,就知道是哪一天。”

英子把记账簿拿过来翻了翻,递给了梦生,梦生一看,果然和他在船厂遭受袭击是同一天。

梦生又问:“您还记得是哪个后生吗?”

李医生道:“他叫长腿,是我们村的后生。”

梦生道:“我想见见长腿,您能带我们去吗?”

英子道:“他不住村里,到省城打工去了。”

梦生焦急道:“你有他的联系方法吗?”

英子道:“他有一个呼机,但是他的呼机很少回复,连他爹娘都联系不到他。不过我听说,只要到桂花旅店就可以找到他。”

梦生听英子提到桂花旅店,不由想到了李经文。难道那伙袭击他的人跟李经文有关系?可李经文为什么要袭击他呢?难道仅仅是因为他撞了李经文的货,李经文要教训他一番?

谢组长又问道:“听说你们村有个叫水生的,跟小黑的舅舅学过潜水。他是不是回来了?”

英子道:“水生回来有些日子了,不过他经常神出鬼没的,不知道在做什么。”

谢组长道:“你如果看到他,就给我打电话。”谢组长说着,给英子写了一个电话号码。

谢组长和梦生从诊所出来,英子一直把他们送到村口。谢组长和梦生走得很远了,英子仍然站在那里。

谢组长对英子做了一个打电话的动作,又用手指了指梦生。英子害羞地用手蒙住脸,转身跑了回去。

谢组长看着英子的身影,忍不住问梦生:“你觉得英子怎么样?”

梦生说:“很好啊。”

谢组长说:“怎么个好法?”

梦生闷声道:“没想过。”

谢组长道:“你难道没看出来英子对你有意思。”

梦生低下头来:“我怎么不觉得。”

谢组长骂道:“看来你是发高烧把脑子烧糊涂了。她为了你不惜和村里人吵架。你发高烧,她紧张得快哭了,还逼着自己的爷爷给你发功催眠退烧。她对你这么好,你竟然一点感觉不出来?”

梦生只好说:“我承认她对我好,那是因为我是她的病人。”

谢组长道:“我怎么没看见她对别的病人也这么好。”

梦生转移话题道:“谢组,您刚才为什么问水生这个人?”

谢组长解释道:“李医生开了这个诊所,接触的人比较广,信息自然灵通。我趁着你睡觉的时候了解到一个重要情况。如果我猜得不错,这个水生有可能和你打捞出来的潜水设备有关系。”

梦生道:“如果水生真的跟谋杀案有关,那就为我二叔洗刷了一个罪名。”

谢组长道:“我知道你不服法院对你二叔的判决,我也承认法院对你二叔的判决是有些证据不足。我已经让彭亮拿着打捞出来的设备,对李斌提供的录像进行比对。如果这二者的潜水工具一致,就可以证明法院的判决没有错。”

梦生分析道:“我刚才听你们说水生和长腿都是李家村人,长腿住在桂花旅店。桂花的丈夫李星,也是李家村人。被害人是李大山的孙子,李大山也是李家村人。我有一种直觉,李大山孙子的死和李家村有密切关系。”

谢组长告诫梦生道:“咱们先不要讨论这个案子,你也把这个案子暂时放一放。明天就要开始抓捕行动了,你是这次行动的关键人物,所以今晚必须好好休息。等到把段天水抓获,我们再回头追查这个案子。我向你保证,一定要把你二叔的案子查个水落石出,让你心服口服。”

梦生有些感动:“我保证完成任务!”

两个人回到巡逻艇,谢组长叮嘱梦生:“你先去休息,我去看看情况。”

梦生道:“我不困,让我跟您一起去。”

谢组长命令道:“你现在的任务就是休息。”

梦生忽然想问,这些天有没有收到木材信息。他还想告诉谢组长,陈老大说过要除掉段天水的话。可是他还没有开口,谢组长就阻止了他:“什么都不要说,你现在的任务是睡觉!”

梦生确实有些累了,他担心自己睡过了头,连衣服也不敢脱就那么躺在铺上,还未等梳理一下思路,困意袭了上来,他睡着了。

第 37 章　木材

一条巨蟒，把他缠绕。他像蛇一样蜕皮，难道他变异成了蛇人？

芦苇岛爆炸之后，水面渐渐归复平静。何兽医载着木材还有那些宝物，在布满陷阱的枯藤中小心地寻找出路。猫头鹰看上去有些消沉，它蜷缩在木材脚边眯着眼睛打盹。

小船慢慢离开了箭苇丛，来到一片开阔的水面。何兽医正在犹豫该往哪个方向划，船边忽然发出一声水响，猫头鹰被惊醒了，倏然睁大了眼睛。它仿佛发现了什么，突然向水面掠过去，转眼嘴里叼出一条水蛇。

猫头鹰炫耀一般叼着水蛇回到了船上。这是一条小花蛇，小花蛇在猫头鹰嘴里扭动着想要挣脱它的嘴巴。猫头鹰任由小花蛇挣扎，等它耗尽力气再慢慢享用。

就在这个时候，水面上出现了一片彩虹。彩虹向小船靠近，慢慢把小船围住了。何兽医觉得船桨变得沉重起来，好像被什么缠住了。他用力把船桨提起来，船桨那一头竟然缠着一大团蛇。

何兽医惊得把船桨丢下，再看四周的彩虹竟然是一片蛇群。

这些花蛇相互缠绕,簇拥在小船周围。有的蛇把头昂起来,吐出长长的信子,发出咝咝的响声。

何兽医连忙把木箱打开,摸出一包雄黄粉,撒在小船的周围。蛇群闻到雄黄的气味,没有继续往船上爬。它们潜入水中,聚集在船底下。小船被水蛇拱了起来,差点翻转过去。何兽医把雄黄粉撒到水里,水蛇四散逃开了。可是过了一会儿,水蛇又聚集到船底下。

何兽医的雄黄粉撒完了,他有些无计可施。木材看着猫头鹰嘴里仍然衔着那条小蛇,便说:"让猫头鹰放了小蛇,这些蛇就不会跟着我们。"

何兽医这才明白过来,他对猫头鹰喝道:"快松开嘴,把小蛇还给它们!"

猫头鹰闭着眼睛,似乎没有听见何兽医的话。何兽医有些发急,他举起船桨,恐吓猫头鹰:"你不要装睡,快把小蛇放下!"

猫头鹰没等船桨落下来,忽然飞了起来,转眼消失得没有踪影。蛇群看见猫头鹰叼着那条小蛇飞走了,一部分跟了过去,还有一部分仍然不肯离去。它们不再攻击小船,只是盘桓在小船周围。

何兽医试着划动双桨,小船虽然移动了,可是却被水蛇控制了方向。这时从不远处传来一阵哨音,水蛇听到那尖锐的哨音仿佛收到什么信号,顷刻间便消失得无影无踪。

何兽医有些惊奇,他顺着哨音看过去,前面出现了一条划子。一个披着蓑衣的老人,手撑长篙站在划子上。

何兽医连忙划动双桨,向老人靠过去。老人皮肤黧黑,满面皱纹,看上去似乎很苍老。可是他的动作矫健,眼睛炯炯有神,似乎又很年轻。

何兽医连声道:"刚才是您吹哨子,帮我赶走了蛇群吗?"

老人上下打量着何兽医:"你们从哪里来?为什么蛇群会攻击你们?"

何兽医道:“我是一个落难人,被水流冲到这里。我收养了一只猫头鹰,猫头鹰饿了,叼了一条小水蛇,结果引来了蛇群攻击。”

老人瞥了一眼木材:“你的同伴被蛇咬伤了吗?”

何兽医摇摇头:“他也是一个落难人,不知道被什么腻虫咬伤了,全身浮肿腐烂。我也是半途上遇到他,看他还有一口气,所以想带他回去看能不能治好。”

老人用一种命令的口吻对何兽医道:“你把船上的雄黄清除掉,跟着我走!”

何兽医跟着老人穿过一片芦苇,面前出现了一座小岛。小船靠了岸,何兽医发现后面跟了一群蛇。何兽医惊恐道:“那些蛇跟过来了!”

老人镇定自若道:“它们是回家来了。”

何兽医惊道:“你是说我们到了蛇窝?”

老人看了何兽医一眼,没有说话,径自上了岸。何兽医想把船撑走,可是又不知道去哪里。既然好不容易遇上人,不该就这么离开。他至少应该上岸喝杯热茶,吃一顿热饭。

何兽医把船拴好,对一直昏昏沉沉的木材道:“你先在这里躺着,我上去看看有没有医生。”

何兽医离开不久,船上来了两个人。木材睁开眼睛,一个白大褂站在面前。那人的脸部被口罩遮住了,只露出两只眼睛。白大褂用戴手套的手在木材身上轻轻按了按,接着拿出注射器扎进他的皮肤。白大褂把整个针头都扎了进去,木材感觉微微的刺痛,然后把针拔了出来,似乎抽出了什么东西。一阵响动之后,木材听到那个老人的声音:“小桑,你看这个人到底中了什么毒?”

白大褂发出了女人的声音:“他中了蝎蚁的毒。”

老人惊惶道:“我也被蝎蚁咬过,怎么没变成这样?”

小桑道:“您被蛇咬过,体内有抗体,可以百毒不侵。根据书上记载,中了蝎蚁的毒之后,初期是肿胀,中期是开裂,晚期就化成水。蝎蚁和毒蛇是天敌,那水储存起来,是治疗蛇伤的特效药!”

木材听小桑这么说,不由得毛骨悚然。那白色的腻虫有那么毒吗？小桑是想帮他疗伤,还是要把他炼成治蛇毒的药水呢？

老人惊讶道:“蝎蚁有那么可怕吗？”

小桑道:“其实可怕的不止这些,此人被人注射过抗生素。我猜想抗生素和蝎蚁的毒发生了化学反应,产生出另外一种不明毒素。”

老人慢吞吞道:“你有什么办法吗？”

小桑道:“我想把他送进实验室,借你的红裙公主用用。”

老人小声嘀咕了什么,小桑拿出一块黑布,把木材的眼睛蒙住了。木材感觉自己被移动着来到一个凉幽幽的地方。木材被什么绑住,他被吊了起来。木材有些恐惧地叫道:“你们想干什么？”

老人道:“如果你想活命就不要做声!”

木材被放入一个盆中,盆中热气腾腾。

老人问:“水温够不够？”

小桑回答:“下面烧着火,应该保持有一百度。”

木材惊骇起来,难道他们要把自己放进锅中进行蒸煮吗？木材想挣扎,可被绑住了手脚。他想叫喊,一个东西塞进了他的嘴里,发不出任何声音。木材心想:“看来这个小桑,是想把自己练成蛇药了。”

木材的皮肤在沸腾的开水中被煮得发出咕嘟咕嘟的声响,他觉得全身痛痒难忍,仿佛有千万把刀在身上乱戳。木材在水中翻滚着,一股浓烈的狼牙苔的味道,夹着水蒸气顺着鼻孔和喉咙往里钻。狼牙苔是一种寄生在鱼鳞上的青苔,传说是蛇最喜欢的食物。

水温慢慢冷却下去,木材听到小桑的声音:“红裙公主,快进去,这里有一个病人,他身上有你喜欢的东西。”

小桑的脚步声远了,房门被关上了。一条柔软的手臂伸了过来,轻轻搭在木材的胸口,然后轻柔地在他身体上抚摸起来。这只手是如此的丰满圆润,手指仿佛是温柔的舌头,在轻轻地舔抚他的伤口。

红裙公主——听着像是女人的名字,她在他身上抚摸着。木材心想,她是一个医生吗?这是在给自己查看伤情吗?木材有些害羞,可自己是个病人,病人在医生面前有什么害羞的呢。木材这么一想,渐渐放松下来。

红裙公主的手臂修长而柔软,用力缠住了他,几乎把木材勒得窒息。红裙公主的手滑过木材的脚趾,缠住了他的小腿,然后慢慢靠近了他的大腿。木材的眼睛被蒙住了,他什么也看不见,可是他的血液却沸腾起来。

木材感觉不对,想起小桑的话:他身上有你喜欢的东西。他愤怒起来,这个红裙公主原来是个荡妇,在玩弄他。木材大口地喘着气,颤抖着身子。这个时候,他的眼前突然出现了幻觉,他感觉抱住他的是飞鱼,他想叫飞鱼的名字,可是飞鱼用舌头堵住了他的嘴。

蒙住木材的布条松开了,木材猛地睁开眼睛,看到一条红色巨蟒正把鲜红的信子从他嘴里抽了出来。木材狂叫一声,把脑袋猛地扭向一边,可是蛇的身子已将他缠绕得结结实实。

木材拼命地挣扎起来,可是他越挣扎,巨蟒缠绕得越紧。巨蟒扬起高高的脑袋,一边在木材上方来回摇晃,一边向他吐出长长的信子。木材无法躲闪,眼睁睁看着巨蟒的信子落在自己胸前。木材绝望地闭上了眼睛,心里变得无限悲凉。原来那个红裙公主竟然是一条红色巨蟒,怪不得小桑叫它红裙公主。小桑把一条巨蟒放进来,这是在拿自己做实验品。看看是巨蟒咬死他,还是他体内的毒毒死巨蟒。

木材在心里诅咒小桑,然而过了半晌,巨蟒的信子从木材的鼻子上舔过之后,木材全身的骨骼松弛了,皮肤有一种清凉的感觉。巨蟒的信子从他的鼻子,再到他的眼睛,最后到他的耳朵,一寸一寸地舔过去。

尽管感觉巨蟒并没有噬咬自己，可是木材仍然非常紧张，他屏住呼吸忍耐着巨蟒在他的身上游动。过了好一会儿，巨蟒对他的身体似乎有些厌倦，身子直立起来，似乎在嗅着什么，扁扁的脑袋沿着水盆边沿舔过去。木材微微睁开眼睛，看到水盆边上粘有碎碎的粉末似的东西，巨蟒仿佛对这个东西感兴趣，迅捷地伸出了长长的信子，眨眼的工夫就把那些碎末卷入了口中。

木材看到巨蟒回过头来，惊吓中又赶紧闭上眼睛。巨蟒的脑袋悬挂在他眼前，凝视着他，足足有几分钟之久。木材听到水盆里的水响了一下，他感觉巨蟒离开了水盆。

巨蟒离开许久之后，木材才惊魂未定地睁开眼睛。他试着坐起身子，发现捆绑他的绳子也松开了。木材的手摸到了那块绑住眼睛的布条，他把布条拿起来一看，布条上的结没有松开。他把布条撑开了套在头上，这个套子大得可以套住一个灯笼。木材寻思着，刚才的脑袋，难道有灯笼那么大吗？

木材又从水盆中捞起捆绑自己的绳子，绳子还是捆绑他的形状。木材摸了摸自己的手腕，手腕上的皮肤皱了起来。他又摸了摸自己的脸，脸上也是皱巴巴的。他看不到自己的脸，但是他被自己的手臂吓了一跳。只见自己的两条手臂仿佛蜕皮的蛇，一层一层裂开来。他再看看自己的身体，皮肤像被火烧过一样，一块白一块红。木材的心一阵收缩。这时忽然有脚步声过来，他赶紧躺回水盆，闭上了眼睛。

脚步声显得慌乱，木材从呼吸声听出，来的是两个男人。

一个男人似乎在忍受着极度的疼痛，发出粗重的喘息声。另一个男人搀扶着他一边往屋里挪动，一边压低声音说：“钱老，您坚持一下。我去看看屋里有没有蛇药。”

钱老低声呻吟着，用一种颤抖而又嘶哑的声音说：“许工，你不要走远了，不要抛下我一个人。”

许工说："你不要乱动，就在这里等我，不然我回来找不到你。"许工的声音里也透露出十分的恐惧。

木材听到"许工"两个字，心突地跳了起来。他记得在科考船上，听见过许工的声音。难道这个许工就是科考船上的许工吗？

木材微微睁开眼睛，看到一个矮胖的男人在一个戴眼镜的男子搀扶下，倚靠在墙壁旁。矮胖男人看上去五十多岁的样子，戴眼镜的男子大概三十多岁。此人也许就是许工，因为他称矮胖男人为钱老。

许工放下钱老，慌慌张张地四处寻找什么。木材从他们的神情判断出，他们也是刚从什么地方逃出来。这里是小桑的地方，钱老和许工那么小心，估计是怕被小桑发现。想到这里，木材翻身从水盆中坐起身来。

钱老听见响声，看见一个满身蛇皮的人忽然从水盆中坐起来，吓得惊叫起来。木材怕他惊动外面的人，一个箭步跃过去，用手捂住了他的嘴巴，低声道："别叫！"

钱老看见木材浑身裂开的皮肤，还有身上那红一道白一道的斑纹，以为木材是变了种的蛇人。他吓得两眼翻白，咕咚一声就晕了过去。

屋里水汽蒙蒙，许工的眼镜上面起了一层水雾。他刚把眼镜摘下来擦一擦，就听到背后有响声。等到他戴上眼镜转过身时，木材已经用胳膊勒住他的脖子。

木材低声对他说："你不要害怕，我不是坏人。只要你不发出声音，我就放开你。"

许工看不见木材的模样，生怕木材不肯放他，使劲地点点头。木材放开许工，许工虽然看不清楚木材，但是他的模样仍然让许工震惊。

木材从许工脸上的表情感到自己的模样肯定非常恐怖。他顾不得许多，对许工说："你是科考船上的许工吗？"

许工惊慌道:"你怎么认识我?又怎么知道科考船?"

木材道:"我是被你们救上船,又被你们抛下船的那个人!"

许工更加惊慌:"你没有死吗?怎么变成这个样子?"

木材道:"你不要害怕,我知道你也是迫不得已,才把我扔下船。我想知道你的船在哪里,我们想搭你的船。"

许工听了木材的话,稍稍镇定下来:"钱老被蛇咬伤了,你这里有没有蛇药?"

木材问:"他怎么被蛇咬了?伤在哪里?"

许工道:"伤在手指头上!"

木材走过去,把钱老的手抬起来一看,一股腥臭扑面而来。钱老的一只手掌,肿得像一把蒲扇那么大,里面已经腐烂,白色的脓血顺着指尖淌下来,发出难闻的气味。

木材看到他这个样子,不由蹙起眉头问:"他是被什么蛇咬伤?"

许工不愿回想发生过的一幕,他嗫嚅道:"我没有看清楚,只看见一道金光一闪,钱老就被咬了。"

木材脱口而出:"难道是小金龙!"

许工不解地问:"小金龙是什么东西?"

木材摇摇头说:"小金龙是传说中看管蛇岛宝藏的一种蛇。传说谁要是被小金龙咬伤,必须用刀立刻把咬伤部位截断,否则蛇毒攻心,伤者会疯癫而死。"

许工喃喃道:"难道这里就是传说中的蛇岛?"

木材说:"不管哪里,都要先止住钱老手上的毒,不能让蛇毒往上走。"

木材想起水盆里捆绑自己的布条和绳子,他赶忙过去把布条和绳子捞起来,用绳子把钱老的手臂扎住,又用那块布条把他的手掌缠绕了起来。

钱老哎哟一声,醒了过来。他看到木材抓住自己,吓得一把抱住许工叫道："许工救命！"

许工安慰道："别叫，别叫，他在给你包扎伤口。"

木材给钱老包扎之后，问许工："你上岛的时候，有没有看见一个叫何兽医的老人？"

许工摇头："我们谁都没有看见。"

木材又问："你们怎么上来的？"

许工偷偷看了钱老一眼，欲言又止。钱老镇定下来，他用审视的目光盯着木材："你是从哪里来的？"

木材想起自己这几天的遭遇，竟不知从何说起。他沉默半晌，叹道："我是参加龙舟赛，被风暴卷到这里的。"然后把自己这几天的经历，详详细细地说了一遍。

许工听了以后，对木材的话半信半疑："你是几号参加比赛的？"

木材道："5 月 31 日。"

许工惊讶道："你是不是记错了？你说的是去年的时间吧？"

木材说："不对，是今年的 5 月 31 日。"

许工道："你肯定记错了。"

木材急道："我怎么会记错呢？记得很清楚，今年是闰五月。5 月 29 日这天，刚好是端午节。我们只有在端午节第二天才会搞龙舟比赛。"

许工听到这里，呆了半晌，有些说不出话来："我们出来考察的日期是 12 月 22 日，按照你说的节气刚好是冬至。我们在湖上顶多待了不到一个星期，我手表上的日历显示今天是 12 月 28 日。我答应过儿子，要带他去香港过元旦。"

木材虽然身体中了毒，但神智却是异常清醒。听了许工的话，他想起了何兽医说过的，心里道：事情变得越来越离奇了，何兽医把一个月当成两天，这个许工干脆把半年当成了一个星期，事实再一次证明，这些人和自己一样都已经变成了水鬼。大家都不想死，所以何兽医不肯承认。许工他们是搞科学的,他们更不会相信有鬼的世界。

木材想到这里,心里反而平静了许多。他看了看自己的身体,一片片鱼鳞似的皮屑从身上掉下来。木材试着用手撕掉那些鱼鳞,皮肤连同那些皮屑一起被完整地捋了下来。木材仿佛蜕皮的蛇,全身变得像水晶一样透明,身体内的器官和血管清晰可见。

钱老看着这一幕,不由惊恐地叫道:"蛇人,他是蛇人!"

许工看着木材把蜕下的皮拧成一条绳子缠绕在腰间,不由得倒抽了一口凉气。他呆呆地看着木材,说不出是恐惧还是同情。木材那颗红色的心脏隔着一层透明的皮肤,仿佛要跳出来似的。

许工看不下去,赶紧把自己的外衣脱下来,扔给木材说:"你披上件衣服吧!"

钱老忽然把自己的手举起来道:"许工,你看我的手,好像变小了!"

许工扶了扶眼镜,凑过去仔细看了看:"真是变小了,伤口还痛不痛?"

钱老用另一只手摸了摸受伤的手说:"现在不怎么痛了,只是这只手没感觉了。"

许工狐疑道:"莫非是这绳子和布带把毒气止住了?"

木材站得远远的说道:"那布带和绳子是我用过的,估计沾了水盆里面的毒液,起到以毒攻毒的效果了。"

许工惊喜道:"按照你的说法,这水盆里的毒液可以治疗钱老的蛇伤?"

木材摸了摸自己的皮肤:"那毒液可以解毒,但也可能把人变成蛇,我就是在水盆里泡成这样的。"

钱老听罢连忙道:"我不要碰那毒液,我不要变成蛇人!"

木材道:"既然我们来到了蛇岛,干脆就出去走走吧!"

许工连忙摆手道:"不行不行,门口全都是蛇,我们就是被蛇逼进来的!”

钱老听到“蛇”这个字,浑身颤抖着说道:“外面的岩石上、树上、地上、石缝里全都是密密麻麻的蛇,我们无路可走。”

木材听他们不断说到蛇,那条在水盆里缠绕自己的红裙公主犹在眼前,他忽然想起蛇岛藏宝的传说,不由叹道:“难道蛇岛是个鬼岛,只有死了的人才可以来到这里吗?既然自己是个水鬼,还怕什么蛇呢!”

第38章　桑雨

记忆中，她是个悲剧。眼前的她，却颜若桃花。

木材要出去寻找何兽医，却见小桑迎面进来。小桑穿着一件白大褂，赤着一双脚。木材从来没见过这么漂亮的脚，粉红的脚跟无声地落在地面上，脚背微微弓起，五个脚指头像樱桃一样，饱满而又细嫩。

小桑看见木材站在她面前，诧异道："你怎么起来了？你看你手背上的这层膜快要破裂了。"

木材把手举起来一看，手背上的一块皮肤果然像是裂开了。木材不理会自己的手，坦然道："反正已经是水鬼，裂开了还是水鬼！"

小桑有些不明白："什么水鬼？"

木材道："难道你不敢承认，我们都不是人了吗？"

小桑着急道："我不管你是人还是鬼，现在必须躺回缸里面去。你身上只有一层薄薄的黏膜，如果现在出去被风吹或者被太阳晒，身上的黏膜就会干枯、灼伤，内脏就会漏出来……"

木材依然不在乎道："顶多变成脱皮鬼，还能怎么样？"

许工看到小桑，突然叫了一声："你是桑雨桑阿姨吗？"

小桑转过头去，看见了许工和钱老："你们是谁？怎么进来的？"

许工把眼镜摘下来，擦了擦又戴上，盯着小桑，在仔细地辨认。他摇了摇头，自言自语说："不对，你不是桑阿姨。桑阿姨如果活到现在至少四十多岁了。"

小桑听了许工的话，有一种异样的眼神在她眼里一闪。她责备道："这是我的实验室，是不允许外人进来的，请你们出去好吗？"

木材道："外面都是毒蛇，他们是被蛇逼进来的。"

桑雨恍然大悟道："我说实验室外面怎么有那么多蛇，原来是你们引来的。你们是不是拿了不属于自己的东西？"

许工摇头说："我上岛之后，什么东西都没有碰。"

小桑瞥了钱老一眼，话里有话："你没有拿，不等于另外的人没有拿。拿了也没有关系，只要把东西送回去，蛇就不会纠缠你们了。"

许工转身问钱老："钱老，你不是说看到什么宝贝了吗，你是不是拿了那个宝贝？"

钱老恐惧道："我只是摸了一下那个东西，就被蛇咬伤了，我并没有拿走它！"

小桑环顾了一下实验室叹气道："拿还是没有拿，你们自己心里清楚。我这个实验室只能抵挡蛇群一阵子。等到浴缸里的药性挥发完了，蛇就会爬进来。"

小桑说完，从口袋里拿出一个温度计似的东西，放在浴缸里测了测，对木材道："即使你是水鬼，是不是也要做个完整的鬼？如果你不想变成脱皮鬼，趁着这草药的药性还没有散去赶快躺进来吧！"

木材想了想，觉得小桑说得对。如果变成脱皮鬼，岂不是很难看。反正何兽医也是鬼，自己迟早会找到他。

小桑走了出去，木材重新回水缸里躺下，静静地闭上了眼睛。

许工盯着小桑的背影，一直到她完全消失，才怅然若失道："看她的背影，听她的声音，和桑阿姨一模一样。难道她和桑阿姨有什么关系吗？"

钱老推了推许工问："你说的桑阿姨是谁？"

许工道："她是和我住一个院子的邻居。"

钱老说："你刚才叫桑阿姨时，我注意到她看你的眼神有些特别。也许你说得没错，她是你桑阿姨的女儿。"

许工摇头："不可能，桑阿姨早在我读小学时就跳湖自杀了。"

钱老坚持道："难道她自杀之前没有生孩子吗？"

许工若有所思："生了一个孩子，她是抱着孩子自杀的。"

木材听到这里，心里道："这个小桑可能真是许工的桑阿姨，死了的人就不会变老。许工可能不知道自己已经死了。只不过他死得比较晚，桑阿姨认不出他来。"

木材插话道："她的名字叫小桑，也许这个小桑跟你的桑阿姨是同一个人。"

许工断然道："不会是她，她们虽然都姓桑，两个人的声音和背影很像，但是长相却截然不同，桑阿姨没有小桑漂亮，桑阿姨岂止是不漂亮，她的长相可以说是有些恐怖。"

钱老感兴趣道："你快说说，为何恐怖？"

许工长叹了一口气开始讲述起来："桑阿姨和小桑一样，高高的个子，白白的皮肤，长长的头发垂下来，从侧面看上去，就像是一个仙女。可是她脸上有一块胎记，那胎记长得实在恐怖，上面布满了扭曲的血管，血管上面长满了黑毛，把她的半张脸覆盖住了。

"桑阿姨毕业的专业是医学，不知道为什么，却被分配到我爸爸所在的地震研究所工作。桑阿姨虽然很年轻，单位却给她评了副研究员的职称，分了一套八十多平方米的房子，她和我家住同一个院子。因为她用长发把半边脸遮住了，没有人发现她的那块胎记。她刚分配到单位那阵子，追求她的人，把研究所的门都推坏了。每当有人向她求爱或者约会，她就会撩开长发，把那个胎记给人家看，结果无一例外把人都吓跑了。

“后来桑阿姨突然和一个叫小魏的男人结婚，据说小魏曾经是她的老师。那段时间，桑阿姨看起来很开心。她甚至把头发扎起来，把胎记完全露在外面，对别人异样的目光也不大在意。因为住同一个院子，我对她脸上的胎记也看习惯了。我数学成绩好，正在上奥数特长班，遇到解不开的难题时，就向桑阿姨请教。

“桑阿姨和小魏登记结婚后，桑阿姨忙着帮小魏调动工作。我记得当时爸爸对妈妈说，小魏这个男人不可靠。

“桑阿姨怀孕了，小魏的工作调令也下来了。外面传言他在大学时就有了女朋友，毕业不久就和女朋友结婚了。他是离婚之后，再去追求桑阿姨。有人说他是利用桑阿姨的身份实现调进省城的梦想。

“桑阿姨的脸色越来越不好，有一次她喝醉了酒，被我爸爸送了回来。我半夜起来上厕所，好几次听到她在屋里哭泣。第二天，我们一家去八一公园划船，遇见小魏和另一个女人也在划船。我爸爸让他去看看桑阿姨，谁知那男人却说他已经和桑阿姨离婚了。

“我爸爸很气愤，当时就骂他：你当初追求小桑就是为了利用她吗？

“小魏竟然厚颜无耻道：我和桑雨之间有约定，你这个外人不要多管闲事！”

听到这里，木材禁不住追问道：“后来呢？”

许工道：“那一年夏天桑阿姨到乡下去生孩子，偏偏这个时候，小魏也带着他的前妻回乡下。据说有人看见桑阿姨冲进小魏家里，把他痛骂一顿，然后就抱着孩子跳进了鄱阳湖。”

钱老继续追问：“她的尸体打捞上来了吗？”

许工摇了摇头：“她跳湖的那天，鄱阳湖刚好发生了一次地震，地震引发了一场湖啸。不要说打捞不到她的尸体，就连那些失踪的船只也无影无踪。”

钱老想了想，推测道：“你的桑阿姨已经死了，但是那个孩子也许被人救了起来，这个孩子或许就是刚才的那个小桑。”

许工怀疑道：“有这个可能吗？”

钱老兴奋道：“完全有这个可能，只要确定她是你桑阿姨的女儿，我们就可以得救了。”

许工问：“如何得救？”

钱老说：“你难道没有看见，刚才小桑赤着脚进来又赤着脚出去，那些蛇却不咬她。只要她肯帮忙我们就可以逃出去。”

木材在水盆里躺着，听到许工讲述桑阿姨的故事，不觉对她生出同情。那么一个有才华的妮子上天为什么对她那么不公，要在她脸上留下一个丑陋的胎记呢？世界上有那么多好男人，为什么偏偏让她遇上一个负心汉？

许工和钱老焦急地等小桑回来，一个白天过去了，却不见她的身影。夜幕降临，钱老手上的伤口突然奇痒起来。他忍不住用另一只手去抓，谁知越抓越痒。伤口被抓破了，他的另一只手也痒起来。

钱老感觉有无数蚂蚁顺着他的双臂往身体里面爬，他变得疯狂起来，嚎叫着，猛地把脑袋向墙上撞去。

许工阻拦不住，眼看钱老撞得满头是血。木材躺不住了，他从水盆里跳起来，抱住了钱老。钱老接触到木材的身体，一股冰凉的感觉让他有说不出的妥帖舒服。钱老忽然变得安静下来，任凭木材把他抱入水盆中。

许工道：“你和钱老素昧平生，为什么要救他？”

木材道：“我不能眼睁睁看着钱老撞死。”

许工叹息道：“你就不担心自己的皮肤受损吗？”

木材心道：“许工和钱老迟早会明白，他们都已经死了。我把他抱进药缸让他做鬼也舒服一些。”

许工探身看了钱老一眼，钱老安静地闭着眼睛，似乎睡着了。许工从口袋拿出一样东西，悄悄递给木材，轻声说：“这是钱老刚才撞墙时从身上掉下来的东西。”

木材拿起一看，这是一块玉石。木材看着那块玉石，不由发出惊讶的叫声。只见这块玉石上雕刻着一个容貌绝代的女子。女子头戴凤冠，凤冠左边雕有一只凤凰，右边盘着一条黄龙。凤凰的嘴中衔着一颗珍珠，黄龙的嘴张开着，里面似乎少了一样东西。女子端坐在龙椅上，两手自然放在膝头，眼睛直视前方，一幅仪态端庄的样子。

木材把玉石翻过去，只见玉石的背面，雕有“水国军师”四个字。看到这四个字，木材的脑中轰地一响。这不是普通的玉石，是传说中的玉玺珍宝。他曾经听陈老大说过，陈氏家族一直流传着一个秘密，这个秘密就和这块传说中的玉玺有关。传说中的水国军师玉玺，不仅可以避雷遁水，而且可以透视万物，预测未来。如果将其佩戴于身，不仅可以养颜益寿，还可以驱魔除邪。

玉石在木材的紧握下渐渐变得晶莹通透。木材静静地吸了一口气，感觉有一股温暖的气息从手掌心传导出来，温暖的气息顺着手臂，慢慢向全身扩展。木材感觉全身的毛孔都暖融融的，浑身上下有说不出的舒畅，整个身体变得轻飘飘的。

木材开始出汗，汗水像决堤的湖水一样顺着他的皮肤泉水一样往外冒。木材感觉越来越热，有一团水蒸气将他裹住了。木材不能呼吸，挣扎着站起身来。他口渴得厉害，嗓子里在冒烟。

许工看不见木材，一团水雾把他和木材分隔开来。只见那团水雾散发出一阵阵热浪。许工无比惊骇，不知道发生了什么事情。眼看木材裹着白雾，像一阵风似的向屋外刮去。

天亮的时候，小桑终于出现了。她走到石屋的门口，发现周围的蛇全都散去了。水盆里睡着钱老，许工趴在水盆旁打盹，而木材却不见踪影。

小桑把许工叫醒了:“水盆里的人呢?”

许工睁开眼睛,看到站在面前的小桑,似乎看到救星一样,慌不迭地叫道:“桑阿姨!”

小桑脸一红,反感道:“谁是你阿姨?”

许工慌道:“对不起,我叫错了。您实在长得太像我的桑阿姨!”

小桑冷冷地瞅着许工,问道:“你叫什么?你的桑阿姨在哪里?”

许工讷讷道:“我叫许照远,小时候,桑阿姨叫我小远子。我的桑阿姨可能已经不在人世了。”

小桑听到“小远子”三个字,似乎有些不相信。她盯着许工看了半天,追问道:“你说你是小远子,那你爹是谁?他的名字叫什么?”

许工道:“我爹叫许为华,他是地震研究所的副所长。”

没想到小桑竟然变了脸色,骂道:“什么副所长,都是沽名钓誉之徒!”

许工涨红了脸:“你为什么骂我爹?”

小桑冷笑:“你很崇拜你爹是不是?你以为你爹是副所长,就很了不起吗?”

许工争辩道:“我爹不仅是副所长,还有博士后头衔。他在国际学术期刊上发表了许多有分量的论文,他的研究成果得到国内外学术界认可!”

小桑忽然仰头哈哈大笑起来:“你爹发表的学术论文是不是叫做《湖泊结构多重论》?”

许工惊讶道:“你怎么知道?”

小桑鼻子里哼了一声:“我不仅知道他论文的题目,还知道他写完《湖泊结构多重论初探》之后,接着会写多重论之二、多重论之三。”

许工惊讶道：“难道你真是桑阿姨的女儿？”

小桑纠正他道：“我不是你桑阿姨的女儿，我就是桑雨！”

许工更加惊讶，连声说道：“你真是桑阿姨吗？原来你一直活着呢。你一直生活在这个岛上吗？你怎么知道我爹的论文，你是不是通过网络知道的？”

桑雨问道：“你说什么网络？”

许工道：“互联网呀。现在通过互联网，什么论文都可以搜到。”

桑雨不屑道：“我不知道你说的什么网络，再说你爹发表的那些狗屁论文，还有他所谓的学术研究成果根本不值得我去了解。”

许工激动道：“你不是做地震学术研究的，你根本不懂我爹在这方面做出的贡献！”

桑雨道：“你说我不是做地震研究的，这点或许说对了。可惜你爹堂堂一个地震专家，他的博士论文，还有他的学术研究成果，都是剽窃的。”

许工叫道：“不许你诬蔑我爹！”

桑雨道：“你回去以后可以去问你爹，看我有没有诬蔑他！”

许工气道：“好男不与女斗，我懒得理你！”

桑雨继续道：“你不是不愿理我，而是不敢理我。因为你心里清楚，你和你爹一样都是欺世盗名的伪君子！”

许工被桑雨骂得莫名其妙：“我爹没有惹你，我也没有惹你，你为什么这么说我们？”

桑雨道：“你没有惹我？那你告诉我，你们到岛上来做什么？”

许工道：“我们是来做水文科考的，科考船与陆地失去了联系。我们碰巧看到一个岛屿，就上来了。”

桑雨讥笑道：“是碰巧还是故意，你们自己心里清楚！”

许工急道：“我可以对老天发誓，我们真的是碰巧来的！”

钱老在水缸里坐起身,接口道:“是啊,早知道岛上有这么多毒蛇,就是请我们也不会上来。”

桑雨眯着眼睛看了钱老一眼:“是吗?如果我没有认错的话,眼前这位先生似乎姓钱,跟许工的父亲许为华应该是大学同学吧?”

钱老躲开桑雨的眼睛,心虚道:“我做水文研究几十年了,经常要跟地震研究所交流。你既然是桑雨,当然会认识我。”

桑雨道:“我不想和你们打哑谜了,因为情况紧急,我实话跟你们说吧。在你们上岛之前,这座小岛一直平稳地运行着,可是就在昨天,岛上的能源石被盗了。”

许工惊道:“你说什么能源石?小岛平稳运行是什么意思?”

桑雨道:“意思很简单,蛇岛是一座人工岛,靠能源石提供能量才不沉没。我猜想这位钱学者,早就知道能源石的存在吧。”

许工惊得说不出话来,他看了一眼钱老,钱老下意识摸了摸腰间,忽然变得大惊失色:“我身上的东西是不是被你拿走了?”

许工激动道:“你说的东西是什么?”

钱老支吾道:“就是一块石头。”

许工质问道:“是一块石头,还是一块能源石?是不是因为拿了那块能源石你才被蛇咬伤?”

钱老大声道:“你怎么敢这么跟我说话!我是你的导师,没有我领着,你怎么有资格进入科考队!”

他们正说着,地面突然震动了一下。桑雨道:“岛上储存的能源已经用完了,如果不把能源石放回原位,这座小岛就会沉没!”

许工意识到了什么,他对桑雨喊道:“你说的能源石是不是一块玉石?”

桑雨道:“就是一块玉石!”

许工道:“玉石被蛇人拿走了,我们去找他。”

桑雨和许工冲了出去,只见满地的水蛇,在不安地爬行。路边有一座草亭,亭子的八个角上挂满了花蛇。随着地面震动,那些蛇也在颤动。

钱老跟在许工后面喊:"许工,不要丢下我!"

这时,有一位老人领着何兽医迎面走来,老人目光锐利地看了钱老一眼,立刻把他认了出来:"小钱,果真是你吗?"

钱老慌得跪倒在老人面前:"聂教授,我是小钱。"

许工听到"聂教授"三个字,震惊得说不出话来。聂教授是许为华的大学老师,在六十年代被打成反动学术权威,被人绑在一块石头上活活沉入鄱阳湖。

聂教授指着钱老吼道:"你到这里来,就是为了盗取能源石吗?"

钱老哆嗦起来:"能源石不在我这里。"

聂教授从一个黑袋子里取出一颗宝珠。霎时间,聂教授被一簇奇异的光芒笼罩住了。聂教授把宝珠放回袋子,对钱老道:"你知道什么叫能源石吗?只有当那块玉石同时镶上宝珠和珍珠这块玉石才能收集日月能量,转化为启动蛇岛的动力。你拿到的玉石,因为缺少一颗宝珠不能算是真正的能源石。现在何兽医把宝珠送回来了,你应该把那块玉石拿出来,让宝珠与玉石合璧。"

许工急道:"玉石不在钱老身上,被蛇人拿走了!"

聂教授狐疑地看了桑雨一眼,桑雨分析道:"病人身体没有完全康复,他肯定走不出蛇岛,我们四处找找。"

他们正说着,那只猫头鹰从天空俯冲下来,对着何兽医大声鸣叫。何兽医感觉猫头鹰发现了什么,他招呼大家跟着猫头鹰跑去。大家来到水边,只见一片红云,托住一大一小两个人向这边浮过来。

大家把这两个人捞上岸。袁木材醒了过来,他一手握着那块玉石,一手紧紧搂住一个孩子。

何兽医问他:"这个小孩是怎么回事?"

袁木材吐出一大口水,缓缓说道:"他是问问。"

第 39 章　段天水

他潜入到深水之中，听到从另一个空间传来的声音。

从太阳升起到太阳落下，他一直那么静静地躺着。身旁空着一个位置，被单上残留着飞鱼留下的体香。慵懒，满足，晕眩，幸福，酸疼，各种说不出的味道，冲击得他无法平静。

一缕残阳落到枕边，他猛地爬了起来。由于动作太快，血液没有供应上来，脑袋一阵晕眩，眼前一片花白。他闭着眼睛略微停了一下，眼前闪过飞鱼的面颊，一双忽闪忽闪调皮的眼睛在面前晃动。

他站在飞鱼入水的地方，呆呆地看着被他和飞鱼压倒的湖草。仿佛飞鱼刚刚离去，湖草上还可以触摸到她的身体。

天水不知道这里是什么地方，抚摸着木牌上三个字，他心里猜想，这是谁刻上去的呢？在独处的日子，他曾摸索过出路，这座孤岛除了芦苇还是芦苇，剩下的就是湍急的流水。

这是一个世外桃源，是属于飞鱼的岛。天水绕着岛屿漫步，岛屿被阔叶芦苇、针叶芦苇、丝网芦苇、爬藤芦苇，各种各样的芦苇包围了。水边上，黄色的菖蒲，白色的梭鱼草，金色的荇菜，紫色的柳枝密密麻麻地挤在一起。

斜阳渐渐退去，夜色慢慢降临。天水没有睡意，他靠着那棵挂有牌子的芦苇，两手盘住膝盖，默默地坐了下来。起风了，夜风像一只拨动琴弦的手。湖草在合唱，苇叶在伴奏，一会儿加入了悠扬的笛声，一会儿似乎是急促的鼓点，小提琴声如泣如诉，哀怨缠绵，大提琴浑厚粗犷，低沉起伏。

此时，天水似乎坐在音乐厅里，眼前出现了一支乐队。他听见班得瑞的风的呼吸，还有大地的旋律。他感觉到有一股清泉从他心头流过，仿佛有一个梦一样的仙境出现在他面前。他又感觉自己被雾气笼罩，露珠清凉地滴落在脸上，可是心里却是那么温暖。

这么些天来，每天发作的毒瘾像魔鬼一样纠缠着他。贵生、何老根、何运来围在他的旁边狰狞地冷笑着，看着他发狂。他们似乎控制着他的毒瘾，想折磨他的时候，就出现在他面前，看着他尝尽人间痛苦。

飞鱼就像是一个没有翅膀的天使，她不仅帮他赶走了恶魔，而且给他注入了全新的生命力量。即使一个人坐在黑夜里，他也没有感觉恐惧。大自然的音乐在慢慢抚平他心头的创伤。他从来没有感觉如此的安详，和自然界如此地融为一体。

他想到了，飞鱼这次从飞鱼岛回去肯定会让她爹生气。陈老大会收了她的船，对她下禁令，不让她一个人出湖。因此，在短时间内，她不可能来。

一个人待着，没有书本，没有音乐，生活在一个孤独的环境里，对天水来说，其实不算是一件痛苦的事情。躺在被单里，什么也不做，搂着臆想中的飞鱼，和她说着无边无际的话。

飞鱼喜欢听他讲故事。他把自己看过的明清小说，经过改编以后讲给飞鱼听。他故事里面的苏盼奴没有死，他不能让那么美丽善良的女子就那么死去。他既然是故事的主人，就有权利决定苏盼奴的命运。他让苏盼奴女扮男装，逃出了供人娱乐的妓院，和她的如意郎君赵不敏一起隐居在一个山清水秀的地方,过着神仙眷侣的生活。飞鱼肯定喜欢这样的结局。

他跟飞鱼谈他读过的书,给飞鱼一首一首背诵《诗经》。他没有背“关关雎鸠,在河之洲”,也没有背“采采卷耳,不盈顷筐”,更没有背那首“蒹葭苍苍,白露为霜”。他认为这几首诗虽然很美,但是关关雎鸠中的情调有些轻薄,采采卷耳则过于哀伤,蒹葭苍苍则流露出残酷之情。他更喜欢那些不为人熟悉的诗句如“扬之水,不流束薪”,如“凯风自南,吹彼棘心”,还有“山有扶苏,隰有荷华”。

在天水的理解中,束薪是生长在湖边的湖草,是诗中主人公思念的妻子和爱人。天水在背诵《诗经》的时候,眼前就浮现出哑娘、娥子、汤小小和飞鱼的脸,他把对她们的情感全部融入了进去。鄱阳湖的女人,就像是湖边的湖草,纤弱善良,勤劳勇敢。

他虽然不是段家的亲生子,可是性格却和段箍匠很相似。段箍匠性格孤僻,不喜与人交往,但是对木头却有着天生的激情。一截被随意丢在路边的容杉,他捡回家锯成几个小段,转眼雕刻出两只笔筒,一个观音挂件。几块油松、泡桐、槐木的边角料,到了他手里组合成一条精致的小船。小船有底板、舱板、桅杆,结构和功能和真船一模一样。如果客人拿来加工的木材是珍贵的檀木、黄花梨或者金丝楠,他会高兴得睡不着觉,久久地用手在木材上摩挲,不忍下手。

天水小的时候,也迷恋木头的味道。他不用眼睛看,只要用鼻子就可以分辨出槐木的沉香,樟木的熏香,杉木的清香,柏木的苦香,紫檀的幽香。他在上学之前经常跟在段箍匠旁边,学着用小刀削木头。这个时候,爹常常从他手里粗暴地抢过小刀,严厉地瞪着他道:“不许你碰这些木头!”

爹收工睡觉了,他就偷偷溜下床,从爹的工具箱里,摸出一块木头,躲在被子里偷偷地雕刻。爹发现之后,用绳子把他捆在椅子上。段箍匠从书店里买来一本《弟子规》,给他摊开在桌子上,对他说:“你不要学爹,一辈子做手艺。爹要你好好读书,将来做个有出息的人!”

其实很早以前,他和娥子在院子里追逐玩耍。郭铁匠进来串门,顺口向爹问道,哪个孩子是捡来的?天水突然打了一个激灵,他敏锐地感觉到,爹的目光仓皇地落在他的脸上,手却指向了娥子。爹那种惶惑的眼神,即使现在想起来他都会心跳。

初三中考的那年,天水去爹娘的房间找户口簿,却翻出了一张出生证明。出生证明上的名字是娥子,可是出生年月日却是他的。天水的眼前又浮现出爹的眼神,他不敢声张,更不敢去找爹娘询问,慌张地把出生证明放回了原处。他很早就意识到自己的养子身份,却一直在装糊涂,不敢去面对现实。

或许是从那一刻开始,天水变得沉默起来。爹本来就不太爱说话,娘只会用一双雪亮的眼睛和他交流。娥子也曾是一个无忧无虑、活泼好动的妮子。突然降临的养女身份,让她从很小的年龄开始就有了寄人篱下的感觉。

娥子很少说话,但她是个很好的听众。一间厢房,被分隔成两间。天水这边读书,娥子在那边听着。天水轻轻咳嗽一声,娥子就把水给他端进来。天水写字的时候,铅笔芯折断了,娥子也听得见。她会削好一支铅笔,一声不响地递到他面前。

天水把自己关在厢房里,并不完全是在温习功课。他耳朵里有时插着耳机,听班得瑞的音乐,手里捧着一本西湖浪子的《三刻拍案惊奇》。天水看完随手丢在桌子上,从学校回来的时候,发现它被包上了书皮,封皮上写着高中文言文阅读资料几个字。

天水一看字体和笔迹就知道是娥子写的。娥子虽然只上过几年小学,但是她还不至于分不清小说和复习资料。她这么做的目的,是为了帮助天水蒙骗爹娘。因为爹不允许天水读闲书。娥子还把她织网的钱偷偷塞进他的书包,让他去音像厅看宫崎骏的动画片。

上学，放学，偷看禁书，偷听音乐，偷看动画片。在他需要的时候，娥子总是恰好出现。在他不需要的时候，她会无声无息地消失。他很少和娥子交谈，他害怕看她的眼睛。那一双水灵灵的眼睛，会把他心里的秘密照出来。想起她忧伤而又期盼的眼神，还有她瘦小的身影，天水的心里就像被一片潮水淹没，感到无比的自责和内疚。

以前，他习惯独来独往。现在，他依然是孑然一身。可是在这个岛上，他不需要关着门，像小偷一样做他喜欢做的事情。相对于老街的环境，他在这里更自由，更放松。他想睡多久，就睡多久。他可以不洗脸，蓬乱着头发，不用担心街坊向他投来侦探一般的眼睛。

幸福总是来得太快，停留的时间又太短。他有很多话，还没有来得及和飞鱼说，飞鱼就匆匆离开了。他是如此的思念她，他拿出飞鱼给他的手机。因为担心耗电，他一直把手机关着。他打开手机电源，希望可以收到飞鱼的短信。

就在这个时候，身边传来一种奇怪的声音。天水以为是手机响，他伸手把手机抓起来。手机没有短信，可是响声还在继续。他警觉地站了起来，感觉碗盆在颤动，草屋在颤抖。他用手机照了照，猛然间看见草屋外的芦苇在狂乱地摇摆。天水的脑海中，蓦然出现“湖啸”两个字。

一道闪电划过天空，伴随着一声震天的惊雷，狂风夹着冰雹从天而降。像鸡蛋那么大的冰雹，噼里啪啦砸到草屋顶上，发出飒飒的声响。芦苇在风中拼命地摇晃，湖浪呼啸着涌上岛来。草棚哗啦一声倒塌了，天水抱住一根木梁，被浪头卷入了大水中。

这个时候，从远处传来了马达声。马达的声音越来越响，那种沉闷的嗡嗡声，夹杂在暴风雨中像是恐龙发出的呜咽。天水来不及思考，就被浪头打入到一个洞口。他的双手在洞壁上摩挲着，抓住了一根棕绳。天水拽住棕绳,刚想歇一口气,忽然看见一艘庞大的舰艇出现在他面前。

天水神经质地颤抖了一下,他发现了几艘冲锋舟从舰艇上放了下来。手拿武器的警察,乘坐着一艘艘冲锋舟向他包围了过来。危险正在向他逼近,天水感觉有一根绳索从遥远的地方抛过来,把他的脖子套住了。他大吸了一口气,向水底下钻了进去。

他感觉有一股力量,从水底下发出来,似乎在阻止他往下潜。他知道自己不能露出水面,不能被警察抓住。天水迎着这股冲力,在水底下挣扎着。就在这个时候,他的眼前闪过一道白光。他被一股力量击中了,他的身子朝着水底下飞去。

他感觉耳膜上仿佛有千万根针在扎,胸口被什么压住了,他吐不出来。他感觉有一股液体从体内被挤了出来,脑袋嗡嗡作响,四肢失去了感觉。他仿佛变成了一块木头,任由水流把他带走。

昏昏沉沉之间,天水的脑袋露出了水面。他张大了嘴巴,大口大口地喘着气。他的腿有了知觉,双脚好像落到了石头上。他试着动了动手,一只手还紧握着手机,另一只手摸到了一块岩石上。

天水把手机甩了甩水,手机竟然还有亮光。四周一片黑暗,他用手机照了照,发现自己被冲进了一个岩洞。天水听到了水声,大水从洞口涌进来,岩洞的水面在慢慢升高。天水踏着湿滑的青苔,向上面攀登。如果他找不到出路,就会被淹死在洞里。

水流越来越急,岩洞里的水已经涨到天水的肩膀上。一条白色的小鱼,忽然从他面前游过。天水心中一亮,这不是呼吸鱼吗?呼吸鱼是一种脆弱的鱼,如果水里缺少氧气,它马上就会死亡。因为生命的脆弱,呼吸鱼能敏锐找到氧气充沛的水域。天水的面前,出现了一群呼吸鱼。天水马上跟了上去,呼吸鱼在他前面游动着。领头的那条呼吸鱼忽然甩动尾巴,灵活地往下游去。

天水抓了几条呼吸鱼,停了下来。他把裤子脱下来,两只裤脚打上结,把呼吸鱼装在里面,裤头扎在腰上。水已经升到天水的下巴，天水在岩壁抽了三根空心芦苇。他把这三根芦苇头尾插在一起，做成一条空心管子。他嘴里衔着芦苇，冲刚才呼吸鱼消失的地方扎了下去。

他入水的速度很快，他必须快速地下潜。当他到达第三根芦苇的深度时，就感觉胸口发胀，那种针扎的感觉，让他说不出的难受。他知道这是速度太快，导致水压加大的缘故。他以前游泳的时候，曾经一个猛子扎到水底，至少有十几米深。是不是身体受了伤，不能像过去那样控制呼吸？段天水放慢了速度，慢慢从芦苇中吸气，调整呼吸。

段天水继续往下潜，这个时候，芦苇发出微微颤抖，一种尖锐的哨音，隐隐顺着水波传过来。芦苇进水了，段天水吐出了芦苇。他迅速从腰间掏出一条呼吸鱼，甩了出去。那条呼吸鱼脱手之后，甩了一下尾巴，轻松地朝着一个地方游去。段天水跟了一段路，那条呼吸鱼失去了踪影。他又掏出一条鱼，这条呼吸鱼从他手上脱离之后，径直朝着第一条鱼的方向而去。

前面的呼吸鱼游得太快了，天水跟着这几条鱼，快速地游动着。芦苇不见踪影了，他的双臂开始无力。有那么一瞬间，段天水的身体和灵魂脱开了：灵魂在水中漂浮，身体却控制不住往下坠落。段天水有些绝望，看来他要葬身在这个岩洞里。

段天水的身体被水的压力紧紧地挤在岩壁上。岩壁上栖息着密密的鱼蚌，那些鱼蚌正在吸吮岩壁的氧气。天水学着那些鱼蚌，把嘴贴在岩壁上，吮吸着岩缝里的空气。

一声枪响，把天水从昏沉中惊醒。天水睁开眼睛，感觉有一束光线，模模糊糊射过来。那声枪响，就是从那个方向传进来。天水趴在岩壁上，一动也不能动。水底下隐隐传来声音，似乎有人发出惊叫。起初天水还以为那是幻听，可那声音变得更加清晰。那是问问的声音，他似乎在和人说话。

“桑阿姨，为什么只有我和木材哥哥回去？许叔叔、钱爷爷为什么不回去?”

“许叔叔、钱爷爷是科学家,他们愿意留下来和阿姨一起工作。”

“我也想留下来,我也要当科学家。”

“你还小,等你长大了,学了知识,才可以当科学家。”

“我什么时候可以再见到阿姨?”

“等你学了本领,阿姨去接你。”

“我可以给您打电话吗?”

“当然可以! 只是岛上没有电话,阿姨接听不到。”

“桑阿姨,等我长大以后,我来岛上帮阿姨装电话,这样我们就可以天天通话了!”

“问问,你回家以后能不能答应阿姨一件事?”

“什么事?”

“如果有人问你这些天去了哪里,你就说哪里都没有去。千万不要告诉别人你来过蛇岛!”

“为什么呀?”

“因为聂爷爷、何爷爷年纪大了,不喜欢有人来打扰。桑阿姨和许叔叔、钱爷爷要在岛上做科学研究。如果有人上来,就会影响我们的工作。这是一个属于我们之间的秘密,好不好?”

“桑阿姨放心,如果有人问我,我就说什么都不知道。”

“问问真聪明。木材,黑洞的活跃期快要结束了,你带着问问赶快离开! 如果有缘的话,二十年后我们也许会再见面!”

“桑阿姨放心,我回去后一定会帮您寻找儿子。如果他还活着,下次见面的时候,我会让他站在您面前。”

天水在昏迷之中,感觉岩壁震动了一下。随着一声巨大的震响,岩壁突然裂开了。一道水柱从岩体内喷射出来,天水仿佛是一枚炮弹,被这道水柱射向高空,然后又跌落下来。他失去了知觉,被洪流席卷着,向三江口冲去。

第40章　魏成鸣

一个晚上，有三拨人找他，传达的是同一个内容。他们是敌是友？

在睡梦中，梦生被一种声音惊醒了。借着幽幽的壁灯，他看见一只茶杯微微颤动着，像幽灵一样向他移动过来。挂在头顶的衣架，仿佛被风吹动了，左右摇晃着，轻轻叩击着艇壁。

梦生钻出舱，谢组长和其他的组员守在舱外，早就整装待发。夜色很沉，很难辨出哪里是湖，哪里是岸。只听见夜风吹过来，带着浓重的湿气。湖水汹涌起伏，发出凄厉的涛声。

梦生感觉又回到了那个比赛的夜晚，他闻到了一种熟悉而又神秘的气息。这种气息让他想起了那个诡异的沙洲，让他想起了那场强烈的暴风雨，想起了失踪的木材。他赶紧穿好装备，来到谢组长身边。

谢组长低头看了看表："你醒得很及时，刚想去叫你呢。"

梦生担心道："我觉得巡逻艇在震动，湖底下似乎有什么在活动。"

谢组长沉静道："你是不是太紧张了？我刚才接到通知，特警队和深海号正在向我们靠近,可能是深海号的引擎引起的震动。”

震动越来越强烈,巡逻艇在湖浪中摇晃。彭亮过来报告,特警队和深海号到达了。就在这个时候,头顶突然电闪雷鸣,天空仿佛被撕开一道口子,倾盆大雨狂泻而下。狂风掀起巨浪,湖面暴涨起来,很快把那块沼泽地淹没了。

深海号启动了探测器,一种强烈的信号传了上来。行动被迫提前,梦生带领特警队冲在最前面。特警队兵分三路,根据梦生画出的线路包围了飞鱼岛。飞鱼岛已经被水淹没,倒塌的草屋散开来,漂浮在水面上。一根木梁上,挂着一块毯子。水面上漂浮着一把木勺、几只罐子,还有一只男拖鞋。所有痕迹显示,这里曾住过人。

梦生拨开草屋,看见一块刻有“飞鱼岛”的木牌,他捞了起来。梦生感觉段天水就在附近,他让深海号把探照灯聚过来,在人工搜寻湖面的同时,让深海号用探测器扫描水下。

谢组长下了命令,即使段天水被淹死了,也要把他的尸体找到。深海号发出了警报声,水下发现不明物体。梦生和几个潜水员下了水,可是还没等他们接近那个物体,从水底下突然喷出几道水柱。水柱产生的冲力,把附近的冲锋舟和巡逻艇都掀翻了。

等到水面平静下来,天已经大亮。在深海号的附近,突然冒出一条划子。谁都没看见这条划子是从哪里来的。划子上有两个人,一个后生和一个小孩。特警的冲锋舟迅速把他们包围了,十几个黑洞洞的枪口对准了他们:“举起手来!不准动!”

梦生盯着那个后生,疑惑地叫了一声:“木材!”

木材也喊了一声:“梦生!”

这次行动没有抓获段天水,却意外找回了木材和问问。梦生的真实身份公开了,他没有把木材和问问送回家,而是按照上级的指示,以检查身体为名把他们请到了省城的军区医院。

经过各种检查,木材和问问的身体一切正常。让医生们迷惑不解的是，问问缺损的心脏竟奇迹般修复了。当被问到这些日子里，他们去了哪里，又是怎么相遇这些问题时，他们都是一脸的茫然，说着同样的话："不知道！"

根据深海号提供的探测报告，黑洞的信号已经消失，这意味着黑洞进入休眠状态。追查科考船的任务告一个段落，侦查组被解散了。上级根据梦生的要求，把他安排回了石镇。谢组长和江海重新搭档，他们接受了新的任务。

木材和问问的回家，在石镇引起了轰动。看热闹的人纷沓而来，人们发现木材变化很大。他原先是一个黧黑壮实的船匠，回来后变得像一个清瘦白净的书生。虽然他还是像过去那样说话做事，可是人们都觉得，在他举手投足之间，透出一股儒雅之气。

问问回家后，经过桃月的精心调养，几个月的时间，个子迅速蹿高了。他的皮肤不再青紫，嘴唇变得红润起来。赵伯耘私下多次盘问儿子，在他失踪的日子里究竟发生了什么？问问每次都以"不知道"回答。最后一次问问烦了，他大声喊："你要是再追问这个问题，我就去跳湖自杀！"

尽管木材和问问都说记不清失踪的日子。可是人们依然互相传说，木材和问问去了水鬼的世界。因为袁家父子护鸟有功，河神娘娘把他送了回来。河神娘娘把问问召去，是为了帮他治好心脏病。河神娘娘在送他们回来之前，给他们吃了忘魂丹，所以他们不记得发生过的事情。

只有梦生明白，木材在隐瞒某些事情。梦生没有去逼问木材，只在暗中悄悄观察他。木材回来不久去了一趟何家渡。他不仅去看望了何兽医的家人，而且给他们送去了一本医书和一盒银针。木材从何家渡回来又单独拜见了魏成鸣。

梦生为了弄清楚真相，他以小铜牌为借口再次约见魏成鸣。魏成鸣的项目在石镇，梦生是当地的警察，魏成鸣当然不敢怠慢他。本来两个人都在石镇，可是梦生偏偏要求在省城见面。

魏成鸣把梦生请到他的茶楼,让服务员下了班。他把大门关了,亲自给梦生泡茶。魏成鸣曾把梦生当做一个落魄的后生,一个失意的复员军人。他万万没有想到,他这双品鉴宝物的慧眼,竟然把梦生看走了眼。梦生为什么要来省城拜访他?难道仅仅是为了那个小铜牌?魏成鸣觉得事情没有那么简单。

梦生喝了几杯茶之后,不等魏成鸣询问,就开门见山道:“魏教授可能感到奇怪,我为什么约你在省城见面?在我告诉你真相之前,希望我们能做个公平交易。我真诚回答你一个问题,你也真诚回答我一个问题。”

魏成鸣道:“只要不是违法的事情,我愿意。”

梦生笑道:“你一定想问我,我第一次为什么去拜访你?”

魏成鸣点点头:“那个时候,我还没有去石镇做项目。你为什么要见我?难道真是为了那枚小铜牌?”

梦生直言道:“我到你那里的目的,是为了接近你。我趁你不注意,剪了你一缕头发。”

魏成鸣有些吃惊:“你剪我头发做什么?”

梦生不好意思地笑笑:“我有个朋友,自小与父母失散。我怀疑你是她的父亲,所以拿这头发去做检测。结果显示,你不是她的父亲。”

魏成鸣听了梦生的话,心里一震。听到结果后,松了一口气:“你朋友是谁?你为什么认为我是他父亲呢?”

梦生道:“已经证实你们没有关系,你就不必知道此人是谁了。下面轮到你回答我的问题,我想知道,袁木材来找你做什么?”

魏成鸣勉强地笑了笑:“你也许不相信,袁木材来找我,他说的是和你同样的话题。”

梦生奇怪地哦了一声:“他说了什么?”

魏成鸣摇了摇头:“他问我知道不知道,我有一个儿子?”

梦生更加吃惊:“他怎么突然跟你说这些?”

魏成鸣也有些迷茫:“我觉得他有些奇怪,发生在过去的事情,他怎么知道得那么详细?”

梦生追问道:“他有没有说怎么知道的?”

“他说是听别人提起。”魏成鸣摇摇头,沉浸在回忆中。

“魏老师,我可以帮你实现梦想。”桑雨在他耳边悄悄说。

“你有什么路子?”

“我自己就是路子。”

魏成鸣和桑雨坐在酒吧里,忽明忽暗的灯光照到桑雨的脸上。葡萄酒在桑雨的体内发酵,血液在血管里奔涌。魏成鸣从她的头发末梢闻到了葡萄酒的气味。他看着眼波流转的桑雨,明白了桑雨的意思。按照当时的政策,具有副高职称的人可以解决配偶在省城落户问题。桑雨想和他结婚,这样他就可以调进省城,去他梦寐以求的文物研究所工作。

魏成鸣连连摇头,他有一个从大学时期就同居的女友。女友为他做过几次人工流产,至今还一直在等着他结婚。女友就在省城工作,这也是他想调进省城的原因之一。

桑雨笑道:“你放心,我们只是做个交易。”

魏成鸣心存疑虑:“交易?”

桑雨叹气道:“我现在最想做的事情,就是给我未来的孩子找个父亲。”

魏成鸣有些吃惊:“你怀孕了?”

桑雨摇了摇头:“要做我孩子的父亲,至少具备几个条件。一是身材高大,外貌俊朗;二要身体健康,家族无遗传疾病;三要智商高,受过高等教育;四要事业心强,具有坚韧不拔的意志。”

魏成鸣笑道:“你哪里是挑选对象,这是在做配种。你的条件这么高,怪不得找不到结婚的对象。”

桑雨把头发撩起来,露出她那像爬满花蛇的半张脸道:“我哪里敢找结婚对象,我只要把这半张脸露出来,就把人吓跑了。”

魏成鸣不敢看下去,赶紧垂下眼睛道:“我不明白你的意思。”

桑雨把头发放了下来,严肃道:“因为不是选结婚对象,而是选孩子的父亲,所以条件才必须定高一些。”

桑雨的样子,并不像是开玩笑,更不像喝高了。她这是早就打定主意,把目标锁在魏成鸣身上。

魏成鸣小心斟酌道:“即使有符合这些条件的人,愿意和你生孩子,可是你有没有想过,孩子生下来怎么办?”

桑雨眼睛盯着窗外,对面的一座高楼上霓虹灯闪闪烁烁。她梦魇似的喃喃说道:“孩子生下来以后,跟他父亲一点关系也没有。”

魏成鸣道:“对孩子来说,那是不公平的!”

桑雨耸了耸肩:“我们在这里不讨论公平,这个不在交易的范围内。你身上有我需要的东西,而我能帮你解决难题。如果你肯接受这个交易,我们明天就去登记结婚,然后我去帮你办理调动手续。手续办完之后,我们立刻离婚。”

他终于答应了桑雨,桑雨信守她的诺言。不仅为他办理了调动手续,而且独自生下了一个孩子。如果不是袁木材告诉他,他至今还不知道,孩子是个男孩。那些只有他和桑雨知道的隐私,袁木材是从哪里得知?难道桑雨没有死?可是袁木材为什么又说,让魏成鸣去寻找自己的儿子?

魏成鸣不知道,梦生是何时离开的。他独自一人下了楼,徘徊在南昌最繁华的中山路上。他走进了一家名叫夜来香的发廊,一样忽明忽暗的灯光,一样轻柔缥缈的音乐。不同的是,这里以前挂着“香水酒吧”的牌子。二十年前,他就是在这里和桑雨见面。

一个按摩女过来,身体紧贴着他。那种强烈的香水味,把魏成鸣熏得头疼。他一把推开按摩女,抽出一张钞票给她,踉跄着逃了出来。当他喝得醉醺醺回到茶楼，李经文已经等在那里。李经文是他的助理，他现在不想和李经文谈工作。李经文说不是来谈工作，是告诉他帮他找到了儿子。魏成鸣的儿子不是别人，就是在逃杀人犯段天水。

魏成鸣的酒意一下子惊醒了。李经文没有告诉魏成鸣，他是怎么得知魏成鸣有一个儿子。他只是说，自从段箍匠对外宣布，段天水是段家的养子，李经文就开始猜测，段天水和魏成鸣存在父子关系。他交给魏成鸣一缕头发，让魏成鸣去做 DNA 检测。

一天之内，有三个人来告诉他，他有个儿子。而且这个儿子就是那个杀人犯。

魏成鸣拿到检测结果后，很快回到了石镇。他再一次来到段家，走进段天水那半间厢房。段天水的照片依然挂在墙上。魏成鸣不得不承认，段天水无论是外形，还是气质，确确实实像他的儿子。从遗传学的角度上讲，桑雨选择魏成鸣选对了。天水长了和桑雨一样清秀的脸，挺直的鼻子，尖细的下巴。他综合了桑雨和魏成鸣两个人的智商，不仅数理化学得好，而且在文学地理历史方面，照样成绩优秀。他甚至还继承了桑雨的胎记，只不过他的胎记没有生在脸上，而是生在后背。

魏成鸣和桑雨之间的交易，就像是埋在魏成鸣内心的一颗炸弹，让他不得安宁。他本以为桑雨的死，会把这颗炸弹变成烟云。随着段天水的出现，魏成鸣感觉这颗炸弹又悬挂在他面前，随时都有可能爆炸。

具有这么优秀基因的天水，在改革开放的年代成长，他的前途应该是光明一片。可是命运似乎在捉弄他，把他推向了一个看不见底的深渊。桑雨千算万算，她怎么也算不出，这么优秀的遗传基因的结晶，竟然会沦为杀人犯！

外面传来挖掘机的轰鸣声，魏成鸣感觉挖掘机那锋利的挖手就像挖到了他的脑袋里，他感到脑袋里一抽一抽地疼。他两手按住太阳穴使劲地揉了揉。透过厢房的窗户，可以看见挖掘机的手臂高高地举向天空，然后在院墙外落了下去，地面随即发出一声震颤。挖掘机并没有往宅子里挖，而是沿着段宅的围墙，挖开一条一米多宽的壕沟。

不管段箍匠同意还是不同意拆迁，这条壕沟都必须得挖，而且还必须在壕沟外面砌一道高高的屏障，完全把外面的视线隔离开来。段箍匠不承认天水是他的儿子，等于不承认天水签的那份协议。段箍匠不同意拆迁，正好给魏成鸣挖壕沟找了一个借口。段箍匠只拥有宅子的一半产权，另一半产权已经被开发公司买下。

魏成鸣在桃月的陪同下第一次来段宅考察时，证实水缸下面那块石头是一块烧制于古代的墓砖。墓砖是用观音土烧制的，观音土采自十年以上的熟田，牛践马踏反复耕耘，然后取土制坯，风干烧制而成。这种墓砖烧制成型后，比钢铁还要坚硬。按照当时的制度，只有王公贵族才有资格和实力用观音土烧制墓砖。

魏成鸣在生满青苔的院子里又发现了几块墓砖，他用步子量了量，看了看这几块墓砖的位置，不由心中起了疑。这几块墓砖看似不经意分布，实则组成一个八卦图形。如果魏成鸣的判断没有错，这个八卦图形则意味着下面有一座神秘的古墓。是什么身份的人用这么牢固的墓砖砌坟墓？又是什么人刻意在古墓上建一座宅子？难道这座宅子下面真的埋藏有什么宝物？

挖掘已经进入尾声，请来的挖掘技术工人已相继走了。留下的最后十厘米，要等魏成鸣亲自动手。就在这个时候，段天水冒了出来。两件事情同时摆在他面前，一个是去见他的儿子，一个是挖掘地底下的宝物。魏成鸣不知道，他该先做哪一件？

魏成鸣从保险柜里取出十万元现金，这是他白天从银行取出来存放在保险柜里的。他把这十万元钱，装进一个黑色垃圾袋里。对于一个逃犯来说，十万块钱并不多，可是如果太多了又不方便携带。他按照李经文提供的地址，去见他从未谋面的儿子。

魏成鸣提着垃圾袋，再一次来到了段宅。没有灯光，没有人声，更没有犬吠。昔日繁华而幽静的老街，仿佛被一只巨手抹去了，只剩下一片瓦砾，搭建在废墟上的棚子也人去棚空。它们就像一只只怪兽，潜伏在黑暗中，随时准备跳跃起来，攻击从这里经过的路人。

在这群怪兽中间，耸立着两座孤独的城堡。段家的城堡黑漆漆的，隐隐可以听见段箍匠咳嗽的声音。仿佛段家城堡是一座监狱，段箍匠是自愿囚禁的犯人。这是他囚禁自己的最后一晚，因为他和魏成鸣达成了妥协。

魏成鸣从段宅出来，站在一米多宽的壕沟边上，有一种站在悬崖边上的感觉。他回头望了一眼段宅，听着段箍匠那嘶哑的咳嗽，他感觉全身一紧，仿佛被一道无形的魔咒捆住了，说不出的难受。

魏成鸣的手指触摸着围墙，围墙砌得很粗糙。粗粝的泥石，带着夜里才有的凉气，硌着他手上的神经。这双手是如此灵敏，即使在深不见底的洞穴里，不用眼睛看，他用手指去触摸，就可以分辨出那些古物的质地和年代。

就在这块土地下面，隔着十厘米的泥土，他的这双手，触摸到了一种东西。那是一种寒彻入骨的东西，是另一个世界的信息通过他的手指传来，让他血液奔涌。他压抑着自己的情绪，不让任何消息泄露出去。可是他仍然感觉黑暗处，藏有一双眼睛在偷窥。

此时此刻，魏成鸣看着这条满目疮痍的老街，心里一片恍惚，仿佛身上压着什么东西，说不出的沉重。谁也不知道，这个夜晚，他和段箍匠说了什么，以致段箍匠能放弃他的固执，和他达成和解的协议。

郭铁匠的城堡里，传出叮叮当当的打铁声。魏成鸣看着那一闪一闪的炉火，从不远处那道围墙里透出来。他敏捷地跨过壕沟，想顺路过去看看。可是他刚跨出去半步，又迟疑了一下。他忽然改变了主意，向对面罗家年糕铺子走去。

罗水庆开了门,看到魏成鸣站在门口,有些吃惊。

魏成鸣略带歉意道:“吵醒你们了吗?”

罗水庆连忙把魏成鸣屋往里让,低声道:“魏老板是来谈拆迁吗?您不用担心,我们已经签了拆迁协议。”

魏成鸣摆了摆手:“我到你这里来,是想求你们办一件事。”

罗水庆有些发愣:“魏老板说什么呢?什么求不求的?”

魏成鸣笑了笑,拿出一个信封递给罗水庆说:“如果我发生什么意外,请你把这个交给梦生。”

罗水庆不明白:“发生什么意外?”

魏成鸣笑道:“我是说假设,也许什么事情都不会发生。”他按了按罗水庆的手,让罗水庆感觉到他的信任。然后他走了出去,从此再也没有回来。

孙弹匠夸张道：不是虾米相亲，也没有人过生日。我叔家受了大家的恩，要蒸一千斤河米，做一千种花样的米果，答谢四乡八邻。

第41章　李星

心里有一片沙漠，在这片沙漠里他种下了仇恨的种子。

魏成鸣的尸体，是一个路过的菜农发现的。他倒卧在沙坑里，里面凝结了一层赭色的血块。他的上半身露在坑外，下半身浸泡在血块中。让人联想他被宰杀时曾经的挣扎，把平整的一块沙地刨出这么大一个沙坑。

空气里弥漫着血腥，周围拉起了警戒线。梦生站在警戒线旁，脸色苍白，不时弯身干呕。他是接到报警电话后第一个赶到现场的警察，他从来没有看过如此血腥的场面。不仅是他，赵伯耘赶来现场后，也不寒而栗。

法医终于来了。尽管梦生早有预感，魏成鸣会有麻烦上身，但当他亲眼目睹死者时，仍然不相信这个事实。命案的发生地在镇西头的沙洲上，距离陈老大的院子不过几百米远。

首先发现死者的那个菜农被带到了派出所，他吓得嘴唇发青，颤抖着说不出话来。梦生给他倒了一杯水，菜农接过水杯，手哆嗦得端不住杯子。

梦生说："你把发现死者的过程，详细地再说一遍。"

菜农激动道:“你们来一个人问我一遍,换一个人又问我一遍,来来回回问,得有几十遍了,你们干吗这样问我?人又不是我杀的!你们是不是想把我问糊涂了,万一哪一次说错了,让你们抓住把柄,你们破不了案子,就把我当杀人犯吧?”

梦生有些着恼:“你这是什么态度,配合警察破案是每个公民的义务。”

菜农急道:“我已经尽义务了,现在我不想再说了。今天咋这么倒霉,让我碰上这种事。反正我没有杀人,我看到他时人就死了。你们不要再问我,我要去卖菜!”

梦生道:“难道一条人命不如一担菜重要吗?”

赵伯耘挥挥手道:“让他去卖菜吧,再问也问不出什么来。”

梦生再一次来到现场,尸体已经被运走了,沙地上画出了死者位置。距离现场不远,有一把沾满鲜血的尖刀。旁边的沙地上留下一行大大的字:我拿走了本属于我自己的东西!在沙地周围,有几行杂乱的脚印。

根据现场初步分析,法医认为:死者就是被那把尖刀杀死,凶手在死者身上捅了三刀。凶手只有一个人,死者和凶手互相认识。他们之间没有发生争斗,凶手趁死者不备,突然挥刀捅进死者胸口。死者受伤倒地之后并没有立即死去,而是在沙地上爬行挣扎了一段路,最后因失血过多而死亡。

警察在死者身边找到一个沾满血迹的手机,手机信号良好,电池充足。根据推测,死者挣扎的时候完全可以报警,至少他可以打120,让急救车来救他。但他既没有拨打120,也没有报警。手机上显示,他生前拨打的最后一个电话是李经文的号码。

经过检测比对,尖刀上的血迹和魏成鸣的血迹一致,上面的指纹和段天水相吻合。警察在魏成鸣的办公室里,发现了一份DNA报告。令人震惊的是,这份检测报告证实,魏成鸣和段天水是父子关系。警察在走访和调查中还发现,魏成鸣出事的当天,从银行提取了十万元现金。如今这十万元现金,也不翼而飞了。

在案情分析会上,赵伯耘推断道:“如果魏成鸣是段天水的亲生父亲,那么所有的事情都有了合理的解释。魏成鸣以前并不知道段天水是他的儿子,当得知真相后,为了弥补自己的过错,才来到石镇搞投资。他的真实目的是为了营救段天水,但是他并不了解段天水。段天水在这个过程中,可能向魏成鸣提出过分要求,魏成鸣也许满足不了他。两个人发生了争执,段天水就用乱刀把他捅死了。这也可以解释,为什么魏成鸣被刀捅伤后不肯报警,也不给120打电话。他宁可自己流血死亡,也要包庇和保护段天水。同时也可以解释,段天水为什么在沙地上留下那么一句话。”

赵伯耘分析得有理有据,所有的现场证据,足以证明段天水就是凶手。然而梦生的脑海中却有很多疑问。根据那份DNA检测报告的时间,可以推论出魏成鸣是在被杀前一天才确认他和段天水的父子关系。在此之前,他即使怀疑段天水是他的儿子,也不可能接触到段天水。那么到底是谁窝藏了段天水?又是谁把魏成鸣和段天水联系在了一起?

梦生想到了一个人,这个人就是李经文。但是李经文有不在场的证据,魏成鸣被杀的那个晚上,李经文和汤小小在一起。至于魏成鸣在死之前为什么给李经文打电话,李经文的回答是,他当时关机了,所以没有接到任何电话。

梦生没有把他的疑问说出来,怀疑毕竟是怀疑,在没有确凿证据之前,他不想暴露自己的想法。既然大家一致认为凶手就是段天水,那么下面的任务就是积极配合赵伯耘缉拿凶手。只要把段天水抓住了,就可以解开所有疑问。

梦生来到袁家村,他表面上是来看木材,其实是冲着飞鱼而来。飞鱼生病了,陈老大没有让她去看医生,而是把她送到了袁大娘身边。梦生和木材见了面,两个人单独躲在屋里,谈了一个多小时。木材不让梦生见飞鱼,飞鱼却主动来见梦生。

木材着急道："你身体有病，你爹叮嘱不让见人！"

飞鱼淡淡道："梦生不是外人。"

魏成鸣被杀的消息早就传进了飞鱼的耳中。而且大家都在传说，段天水杀死的是他的亲生父亲。飞鱼不相信这个传言，可是外面的风言风语又扰乱了她的心。既然梦生来访，飞鱼想弄个明白。

飞鱼把梦生领到院子里，他们坐在丝瓜藤下。丝瓜藤上的叶子已经凋落得所剩无几。架子上只剩下干枯的藤蔓，还有一只留种的丝瓜孤零零挂在架子上。

梦生看着瘦弱的飞鱼说："你知道我来找你的意思吗？"

飞鱼点点头："我知道。"

梦生微微沉吟了一下："今天的谈话，是属于我们两个人的秘密。无论你我说过什么，都不会对你有任何影响。"

飞鱼的眼睛坦荡地看着梦生："即使对我有影响，也没有关系。我做过的事情，我自己会承担后果。"

梦生直视着飞鱼，大胆道："如果我没有猜错，你怀孕了。"

飞鱼虽然早有准备，但仍然像遭受突然袭击般颤抖了一下。她强迫自己镇定下来，艰难道："你想确认什么？"

梦生道："我今天来，是想给你看一样东西。"说着，他从公文包里掏出一张纸递给飞鱼道，"这是一张 DNA 检测报告，是在魏成鸣的茶楼办公室里发现的。被检测人一个是魏成鸣，另外一个虽然没有名字，但是警方已经确认，他就是在逃的杀人犯段天水！"

飞鱼把报告接过来，脸色顿时变得煞白。

梦生又把随身带来的手提包打开，拿出一块木牌，放在飞鱼的面前。

飞鱼把木牌接过来，摩挲着"飞鱼岛"三个字，眼泪落了下来，她明白了梦生的意思。飞鱼抬起苍白的脸，低声道："你是来抓我的吗？"

梦生摇了摇头:“我就是想知道,你是怎么治好他的伤,后来又怎么把他转移出去的?”

飞鱼摇了摇头,声音变得喑涩:“我并没有给他治伤,他是在娥子结婚那天突然闯进我爹的病房。我们为了对付你二叔,所以把他绑架到了飞鱼岛。他应该留在那座岛上,他怎么会再去杀人呢?”

梦生道:“你怎么和他联系?”

飞鱼摇摇头:“我把手机给了他,可是这些天手机一直打不通。”

梦生追问:“他跟你说过什么吗?”

飞鱼满含泪水道:“他说他不想逃亡,他那次露面本来是去自首,可恰恰就在那个时候,他撞上了娥子的婚礼。如果他真要杀人,那一次他冲进我爹病房完全可以杀我和爹,然后再去杀何运满。我不相信天水会再次杀人,他和魏成鸣无冤无仇,即使魏成鸣不是他父亲,他也不会去杀他!”

梦生又问:“段天水有没有跟你提到过李经文?”

飞鱼摇了摇头,可是她的眼前却浮现出汤小小的样子。梦生为什么提到李经文?李经文是汤小小的男朋友,难道天水又回到了汤小小那里?

梦生站起身道:“我今天来袁家村,只见过木材,没有见过你,更没有和你说过话。”他把那块牌子留给了飞鱼,转身出了院子。

飞鱼忽然叫住了他,迟疑道:“也许,你应该去见见汤小小。”

梦生到医院找汤小小,医院里的人说汤小小已经离开了医院,去上海进修去了。梦生赶紧来到电信局,追查飞鱼手机通讯记录。一个陌生的号码,进入了梦生的眼睛。就在魏成鸣被杀的前几天,这个号码被拨过几次。梦生追查这个号码,机主的名字叫李水生。梦生想起曾在李家村听过这个名字。

梦生买了两瓶酒,提了一箱牛奶,再次来到李家村。让他意想不到的是，李医生的诊所让人砸了。梦生进门的时候，英子正低着头，打扫地上的玻璃。李医生看到梦生，叹了一口气道："你走吧，不要再来李家村了！"

梦生看着被劈断的桌椅，激动道："怎么回事？谁给你们捣乱？"

李医生道："没有谁捣乱，是我生气，自己把诊所砸了！"

梦生夺过英子的扫把，大声道："是谁惹爷爷生气了？"

英子用幽怨的眼神看了梦生一眼，带着哭腔道："是我把爷爷惹生气了！"

梦生觉得不对，他不再追问，而是帮着英子把诊所清扫干净。梦生把垃圾端出去时，小黑悄悄对他说："村里人说你是骗子，你把英子姐骗了是不是？"

梦生把他拉到一边，问道："你知道是谁砸了诊所吗？"

小黑表现出恐惧的样子："不能说，我要是说了，他们会砸我家。"

梦生拉住小黑问："他们是谁？"

小黑挣脱梦生的手，大声道："你别问我，我不知道！"

梦生回到屋里，英子低着头说："你要是没有事，早点回去吧。"

梦生道："诊所被砸了，是不是和我有关？"

英子低声道："跟你没有关系。"

梦生诈道："我刚才出去，碰见小黑了，他把一切都告诉我了。"

英子急了："小黑和你说什么了？要是让水生他们知道了准得去砸小黑家，你这不是害他吗？"

梦生道："小黑什么都没说，是我自己猜到的。你不用担心，我以后就住这里，看水生敢不敢再来捣乱！"

英子道："你住一天两天可以，你总不能一辈子住在这里不走啊。”

梦生不敢接话，李医生道：“既然梦生愿意住下来，你就不要轰他走。等会儿真把人赶走了，你又该后悔。”

英子跺脚道：“爷爷，我才不会那样！”

爷爷道：“你去烧两个菜，梦生提了酒来，我们爷孙两个今天喝一杯。”

梦生见锅碗盆碟都被砸了，他到村里的小卖部买了全套的厨具回来。进门的时候，他听见屋里有个声音道：“你让他去买东西，不怕又被砸呀？”

英子回答道：“不要以为我怕谁！下次要是有人敢再来砸，不要用袜子包着头，不要偷偷摸摸，最好光明正大地来！”

梦生咳嗽了一声，一个打扮妖冶的女人出来。她用异样的眼神看了梦生一眼，与梦生擦肩而过。

梦生问英子：“刚才那个女人是谁？”

英子鄙夷道：“跟水生一伙的，不是什么好货色！”

梦生道：“我看着她有些眼熟，似乎在哪里见过。”

英子道：“怎么可能呢？她一直在省城鬼混，住在桂花旅社里。”

梦生哦了一声：“怪不得，我在桂花旅社住过一晚，可能遇见过她。她怎么不在省城待着，跑回来了呢？”

英子道：“据说省城扫黄，把桂花旅社扫了，她就被扫回来了呗！”

梦生道：“这么说，她是过来给水生做眼线，摸你的底来了？”

英子不屑道：“我又不是吓大的，我才不怕他呢！”

梦生帮英子烧火，英子很快炒了一盘豆角，炸了一盘寸头鱼，蒸了一盆芋头，煮了一碗苦菜汤。李医生拿出三个杯子，给梦生、英子和自己各斟了小半杯。李医生端起酒杯，抿了一小口道：“我戒了二十多年的酒，今天开戒了。”

梦生仰头把杯子里的酒倒入喉咙，对李医生道："这杯酒，算是罚我自己。我以前是个卧底警察，不便公开身份。我连累你们了，对不起！"

李医生叹气道："我早就怀疑你的身份，如果不是为了英子，我也不会给自己惹麻烦。"

梦生奇怪道："俗话说，兔子不吃窝边草。你们和水生同族同村，而且爷爷又是医生，他怎么敢欺上门来？"

李医生摇了摇头："李家村人虽然都姓李，在外姓人看来姓李的都是一家人。事实上，在李家村里面又分正宗李姓、洛阳李姓和赐姓李姓。洛阳李姓和赐姓李姓当中，又分汉族李和少数民族李。因此在李家村，也存在以多欺寡，恃强凌弱。李姓这个村子，内部并不团结。"

梦生随口问道："以前我一直纳闷，桂花的丈夫李星也是李家村人，可为什么舍弃李家村的宅基地，跑到上岗村去盖楼。是不是因为李星不属于正宗李姓，所以被排斥出去了？"

李医生摇摇头："恰恰相反，李星属于中原李姓最正宗的那一脉。但是在李村当中，像李星这样正宗的李姓人家只有三户。多数李姓都属于洛阳李姓和赐姓李姓。李星年轻的时候，以正宗李姓自居，血气方刚，为人仗义，颇受人尊重。"

梦生追问："那他们家为什么迁出去？"

李医生点头道："这得从二十年前说起，那一年鄱阳湖发生干旱，水面萎缩，田地开裂，很多村子的河塘都变成了草场，只有袁家村管辖的那片水域不但水量充沛，而且鱼虾丰美。不知是谁提议，要去抢占袁家村的水域。这个提议，得到几个村子的附和。牵头的有叶家村和李家村，李家村领头的是李星，你二叔叶秉坤和李星拜了把子，算是李星的小弟，他也跟在李星屁股后面起哄。可是到了真打起来时，大多数人都缩在后面，你二叔干脆没有露面。李星在那场争斗中，被袁家村人打成了残废。"

梦生道："李星这不是自找的吗？"

李医生叹气道："话也不能这么说，李星去抢占人家水域，当然是不对。你不知道当时的情况，田地干涸成那样，每个人心里都慌慌的。李星是为了李家村才去和人争斗，而且他的行动曾得到村委会的默许。要不然这么大的事，李星一个人也忽悠不起来。"

梦生道："后来发生了什么事？"

李医生接着说："当年李星和你二叔、大疤以及李大山四个人曾结拜兄弟。大疤是老大，李星是老二，李大山是老三，你二叔排老四。李大山的父亲是李家村的村长。当时大家都认为，村里会给李星出医药费。谁知道李星被抬回村后，上面追究责任的时候，李村长不但没有护着李星，反而把责任推给了他。李星被判入狱三年，因为身体原因监外执行。那个时候，李星和桂花结婚两年不到，孩子刚刚出世。桂花背着儿子，拖着李星，四处求医。我当时在县中医院工作，桂花曾经来找过我。我给李星检查之后，给桂花写了一封介绍信，让她去省骨科医院找一个我的熟人。后来我听说，桂花为了筹钱，耽误了最佳治疗时机，从此李星变成了残废。"

李医生说到这里，眼眶有些湿润："桂花这个女人，虽然大家对她非议很多，但是我仍然要说，她是我见过的最坚强的女人。"

梦生听完李医生的讲述，心里豁然开朗起来。看来二十年前的那次争斗事件，不但让这四个结拜兄弟心生芥蒂，而且也在李星夫妇和李大山的父亲之间结下很深的积怨。

梦生在心里暗暗推理起来：李星夫妇为了报复李大山，利用二叔和陈老大的矛盾，故意制造谋杀案，然后嫁祸于二叔。他用这种方法不仅报复了李大山，同时也打击了二叔。现在李大山的孙子死了，二叔也破产自杀了，可真正得利的不是李星，而是陈老大。陈老大和袁舢板是一伙的，袁舢板是袁家村的领头人。李星是被袁家村打残的，袁家村才是他真正的仇人。如果他那么殚精竭虑计划复仇，他绝不会放过袁家村，至少不会让袁舢板得利。

这晚在诊所里，梦生翻来覆去睡不着，忽然想起谢组长曾说过，让彭亮比对潜水衣和录像的事情。李家村一夜无事，他决定去一趟省城，第二天一大早，梦生交代英子说："我已经给派出所打过电话，他们知道诊所被砸的事情。我不在的时候，如果有什么风吹草动，你马上给我打电话。"

梦生来找谢组长，谢组长很高兴，他把江海和彭亮叫到了一起，四个人在食堂里吃饭。谢组长道："虽然你以前经常来，但是却没有在食堂吃过饭。现在你身份公开了，算是正式回娘家了。我是娘家的家长，今天算我请客！"

江海笑道："你就请我们吃食堂，太抠门了！"

谢组长严肃道："我猜梦生这次并不是来看我们，他是遇到难题了。食堂比外面说话方便，对不对？"

梦生感激地看了谢组长一眼："还是谢组长了解我！"

梦生把魏成鸣的案子，以及自己的疑虑和推测，统统说了一遍。谢组长听完梦生的叙述，和江海、彭亮互相看了一眼，这才对梦生道："你来得很及时，本来我们还打算去找你。"原来，谢组长他们已经接手这个案子。谢组长把他们了解到的情况，也给梦生做了介绍。

那件潜水衣的调查已经取得了突破。通过录像中的图形数据和打捞上来的潜水衣进行比对，可以肯定这是同一件。有两个供货商承认，那套潜水装备中有他们的配件。根据供货商提供的地址和联系人，他们查到了桂花旅社。为了追查录像的来源，谢组长去拜访了李斌，李斌的态度不是很配合。在谢组长的耐心说服下，他只回忆起一个特快专递公司的名字。侦查组找到这个特快专递公司，公司登记上没有查到这笔业务。

谢组长按照李斌的叙述，用电脑合成了那个专递员相片。经过李斌的确认之后，他们把照片放到户籍网络上比对，锁定了一个叫长腿的嫌疑人。

谢组长道:“所有的疑点都集中到了李家村,看来我们可以把陈老大趸船事故、李大山孙子的死,以及魏成鸣的谋杀案合并在一起。现在的关键是在不放松追捕段天水的同时,抓捕长腿和水生。”

第42章　飞鱼

用自己和腹中的胎儿，赌他对她的爱。是赢？还是输？

天水醒过来时，躺在一条船上。舱外传来鸬鹚的叫声，天水钻出舱来，一只鸬鹚惊得飞了起来，落到船棚上面。并列站在两旁的鸬鹚，也跟着惊叫起来，还不断地拍打着翅膀。一个胖胖的渔妇蹲在船头做饭，她回头看了天水一眼："你醒了？"

天水四处看了看，问道："我怎么在这里？"

胖渔妇笑道："你落水了，算你命大，被我们的铜钩挂上了。幸好只是剐破了点皮，没有伤到里面去，我让大耳朵给你买紫药水去了。"

天水这才知道，他被渔妇救了。他警觉地问道："大耳朵是谁？他去哪里买紫药水？"

胖渔妇咯咯笑道："大耳朵是我男人，我们放鸬鹚，放到哪里，就停在哪里。这里我们也不熟悉，他可能去找药店了。"

天水道："谢谢大嫂，我要走了。"

胖渔妇道："我已经煮好鱼汤，喝了再走吧。"

天水道："不用了！"

胖渔妇忽然想起了什么:“你等等,你的手机还在我这里。”说着爬进舱里,把手机拿出来,递给天水道:“手机进了水,我给你擦干了,不知还能不能用?”

天水被感动了,眼眶有些发红,他弯腰鞠了一躬:“谢谢大嫂!”

胖渔妇道:“你叫我胖嫂就行,出门在外的,谁能不碰到难事!我们在湖面放鸬鹚,也遇到过风浪,翻过船。这两天我们不挪地方,你要是回不了家,可以来找我们。”

天水告别胖嫂,不知道该往哪里去。幸好附近没有行人,只有几条渔船。天水躲到一个僻静处,试着按了按手机开关。出乎他的意料,手机显示有信号。天水犹豫了一下,要不要给飞鱼发一个短信。可是飞鱼把手机给了他,他不知道飞鱼的新号码。这个时候,手机忽然发出声响,上面显示有短信。天水连忙打开来一看,短信有好几条。他心中一阵狂喜,一条一条查看起来:

> 飞鱼,我是小小的男朋友李经文,你和小小见面的事,小小已经告诉我了。我知道你朋友得了癌症,他逃离家人,过着与世隔绝的生活。我给你发短信,是想告诉你,无论发生什么事情,我和小小都支持你。

天水看完第一条短信,明白李经文这是发给飞鱼的短信。可李经文为什么要给飞鱼发短信,他到底想干什么呢?天水赶紧看下面的短信:

> 飞鱼,虽然没有收到你的回信,但是我理解你此刻的心情。请你转告你的朋友,不要放弃希望。因为除了你之外,还有我们大家都会想办法帮助他。现在科技这么发达,人的身体就像一台机器,每个零件都可以换,除了关键部位之外,甚至整部机器都可以换。人的姓名和相关信息,就像是机器的商标,把注册号改掉都有可能。请相信我,有好消息我会告诉

你。收到短信，尽快给我回复。

天水看到这里，血液呼啦一下涌上头来。他立刻明白过来，李经文在用暗语发短信。飞鱼的朋友，就是指他段天水。所谓的癌症，过着与世隔绝的生活，就是指他杀人逃亡的生活。只有李经文才有这样的心机。李经文在通过短信暗示，可以借助整容技术给段天水改头换面。

李经文的信息像暴风雨一样，在天水心里掀起了惊涛骇浪。自从逃亡以来，他感觉自己被压在无边的黑暗中。李经文的短信，仿佛在这黑暗之中给他点亮了一盏灯，让他看到了一点希望。

此时此刻，天水就像是抓住了一根救命稻草，他回复了李经文的短信。两个人见面了，李经文给天水刮了胡子，戴了假发和美瞳隐形眼镜，粘上长长的假睫毛，穿上长腿袜和高跟鞋。如果李经文事先不知道，段天水站在他面前，他也认不出来。李经文堂而皇之，把天水带回了石镇。

李经文有一个隐秘的计划，这个计划是他爹李星发起的。正如梦生推测的那样，李星自从坐在轮椅上就开始酝酿他的复仇计划。他自己不能复仇，就把仇恨的种子植入了儿子心中。他就像在自家后花园种花，慢慢等着儿子长大。只不过他没有想到，长大后的李经文把爹的复仇计划修改了。李经文不仅要复仇，而且要出人头地。

李星坐在轮椅上，看到儿子把陈老大、袁舢板、叶秉坤、赵伯耘、李大山、段天水和飞鱼一一列入他的计划。

李星警告儿子："经文，你的胃口不要太大了！"

李经文回答他说："记得小时候，老爹经常跟我说的一句话，男子汉大丈夫，要么什么都不做，要做就要做大事！"

李星道："老爹怕你消化不了。"

李经文冷笑："老爹还说过这样一句话，这个世道，饿死胆小的，撑死胆大的。我宁可被撑死，也不想被饿死！"

所有的一切，都按照李经文设计的轨道进行。剩下最后一个步骤就是除掉魏成鸣，夺取他公司实际控制权，得到段家老宅下的宝物。这个环节，他需要段天水帮助完成。

李经文把段天水带进一家洗浴中心，开了一间包房。两个人商量好之后，李经文就离开了。天黑以后，天水换了一套黑衣也出来了。洗浴中心开在新街的拐角，属于比较偏僻的地段。天水像一个幽灵，从拐角的地方闪过，进了一条窄窄的胡同。

天水进去的地方其实算不上一条胡同，这个地方原来比较荒凉，除了一所小学之外，周围都是荒地。后来小学的后面建了一条新街，建筑物便如雨后春笋般把这块荒地占领了。一排店铺紧贴着小学的后墙建了起来，店铺的屋檐遮盖在学校的屋檐之上，两面墙之间，剩下一条长长的仅容一人通过的通道。

天水对这里非常熟悉，即使闭上眼睛也能从这里穿出去。那时候，他读书的天才还未被人发现，他还迷恋爹工具箱里的木头，经常躲在这个地方给同学削木头手枪。每当段箍匠惩罚他的时候，他缩着瘦小的身体，来到这个无人的通道，在两面墙中间寻求庇护。

想起少年的往事，天水心里不由伤感。这两面墙，似乎像他的亲人一样，庇护了他的少年。如今，他又穿行在两面墙之间。

段天水出来的时间比李经文安排的略早，他想办一件私事，便悄悄来到了老街。郭铁匠的铺子里还亮着灯，炉火罩着郭铁匠粗犷黝黑的脸，他狠狠地拉着风箱，似乎在和炉火较劲。他用钳子把炉火上的东西夹了出来，抡起小锤敲打着，发出单调而又愤懑的叮当声。他停止了敲打，把打好的零件扔进水盆。水盆中嗤的一声响，冒出一片雾一样的水汽。郭铁匠扔下锤子，蹲了下去，把手伸进盆中，捞出枪管和扳机。他从旁边的袋子里拿出一个弹簧，麻利地组装起来，顷刻手上就有了一把手枪。

手枪没有经过打磨，看上去显得非常粗糙。子弹也是自制的，一次只能装一发子弹。用这把手枪去打猎，只要把枪口朝着猎物的方向，不需要瞄准，只需扣动扳机。子弹射出去之后，呈发散状态爆炸开来。猎物轻则被子弹穿过，重则被打得浑身窟窿。

郭家会制造枪弹早已不是什么秘密。可是从来没有人见过郭家制造的枪弹是什么样子。甚至有人认为，这只是一个传说。事实上，郭家的祖上曾是火器营的师傅，专门为军队制造枪支弹药，传到郭铁匠的手上，他把祖上的技艺加以改进，把长枪改成短枪，把霰弹改成集束弹，不仅携带轻便，而且杀伤力极强。

郭铁匠制造枪支，并没有什么动机，完全是出于个人兴趣以及对祖先手艺的继承。他把造好的枪用油纸包好，放入一口缸中，埋入地窖里。他从不把自己的作品示人，包括他的老婆和儿子，都没有见过他造的枪。

郭铁匠不肯拆迁是因为在这个铺子下面不知道埋了多少枪，一旦离开这个铺子，就意味着他再也不能像过去那样，可以自由自在地制造他喜欢的枪支。拆迁公司像对待段家一样，把郭家铺子围了起来。这高高的围墙，帮郭铁匠创造了销毁枪支的便利。

郭铁匠把这些枪支，一把一把扔进了火炉，只单独留下了一把手枪。段天水犯案那天，曾到他铺子里买刀。郭铁匠曾亲口承诺，送他一把枪。郭铁匠有一种直觉，段天水迟早会来取抢。

其实段天水早已经来了，他像个游魂似的在黑夜的废墟中来来回回游逛了很多次。他听见了段箍匠的咳嗽声，也看见了郭铁匠铺子里溅出来的火光。他翻过铁匠铺子外的围墙，悄悄地落在角落里，看着郭铁匠把玩手上那把枪。

郭铁匠熟练地把子弹装了进去，他忽然掉转身子，把枪口对准了段天水。

“你来这里干什么？”

“来拿你答应给我的东西。”

“从来没有人敢偷看我做枪，你不怕我杀了你？”

"我已经是个死人,你顶多再杀死我一次!"

郭铁匠把子弹卸了下来,把枪管和弹簧拆了,分别用布条缠上,装在一个塑料袋子里,一如过去埋入地窖的样子。

郭铁匠把塑料袋递给了天水:"你要它做什么?"

天水笑了笑:"不得已的时候拿出来壮壮胆。"

郭铁匠问他:"你会打枪吗?"

天水把塑料袋子打开,按照郭铁匠刚才拆枪的顺序,重新把枪组装上了。他的动作虽然有些慢,但是只看了一次,竟然就无师自通了。

郭铁匠叹息一声:"我以前看错你了。"

天水沉默半晌,忽然道:"你没有看错我。"

郭铁匠又掏出五颗子弹,递给天水道:"这枪只用来保命,不能用来杀人!"

天水冷冷道:"你当初给我的承诺是不带条件的。"

郭铁匠把子弹拍到天水手心,狠狠地说:"我郭铁匠说话算话,你段天水如果有种,可以把我说的话当成耳旁风!"

天水拿着塑料袋子,迅速地消失在黑暗之中。

段天水按照李经文的安排,来到了沙洲上。李经文让他抢钱杀人,尖刀也是李经文准备好的。然而段天水赶到沙洲时,魏成鸣已经倒在血泊中。地上有一个黑色塑料袋,他提起来一看,里面果真是一沓沓的钱。

魏成鸣的身体动了一下,他还没有咽气。他向段天水伸出一只手,仿佛向他呼喊什么。段天水没有听清楚,吓得扔下刀,提起塑料袋就跑。段天水跑了一段路,手机响了。他定下神来一看,发现跑错了方向。

段天水折了回去,水生在那里等他。段天水脱下黑衣,又换上女装,跟着水生去了李家村。梦生的出现,让水生嗅到了某些气味。当警察包围李家村时,水生和段天水已经离开了。

当梦生撤回派出所时,从三江口附近的岔湖边,又发生了一起血案。一条渔船遭到歹徒持枪抢劫,一对年轻夫妇被打死了,他们五岁的儿子侥幸逃脱生还。警察把一大摞照片摆在桌上,让孩子辨认。孩子很快挑出了三张照片,这三个人正是段天水、长腿和水生。

梦生挥起拳头,狠狠地锤击桌面。桌面的玻璃碎了,上面流下殷红的血迹。他愤怒,自责:"我为什么不提前抓住水生!"

谢组长默默拍了拍他的肩膀:"不要吓着孩子。"

由于这伙歹徒穷凶极恶,加上他们手上有枪,当地居民陷入恐慌之中。大批的警察部队被调了过来,他们开始对湖面进行大范围清剿。在渔民的协助下,警察发现了他们的踪迹。在追捕过程中,长腿被击毙了。水生在重重包围中,也开枪自杀了。警察没有发现段天水,他像空气一样从人间蒸发了。

持续了一个多月的搜捕,仍然没有任何踪迹。警察监视了李家村、上岗村,以及相关嫌疑人李星夫妇和李经文。因为没有证据,还不能逮捕李经文。就在梦生焦头烂额之际,飞鱼给梦生打电话说,她有办法找到段天水。

梦生匆匆赶到袁家村,飞鱼见到梦生,开口就说:"你用手铐把我拷上,把我抓进派出所吧!"

梦生吃惊道:"你这是干什么?"

飞鱼咬住嘴唇道:"你把我关起来之后,写一张通告贴在外面。把我的罪名和怀孕的消息一起写在通告里。在通告里说,如果段天水不自首,就让我坐一辈子牢。"

梦生急道:"万一段天水看不到通告呢?即使他看到通告,也当做没有看到呢?以后你怎么办?难道真的去坐牢?"

飞鱼道:"我有一种直觉,他一定看得到通告。至于他是否露面,我只能用我和孩子的命去赌!"

梦生道:"我不能这么做!"

飞鱼道："如果你不按我说的做，我就自己去县公安自首。如果县公安不理，我就去省公安。而且我还要告发你一直在包庇我。"

梦生想让袁大娘劝劝飞鱼，可是袁大娘只是躲在一边流泪。袁舢板和木材不做声，只是一杯接一杯喝酒。梦生用眼睛去看陈老大，陈老大脸色铁青，两眼看着天空，良久叹息一声，最后决然对梦生道："你就依了她吧！"

梦生按照飞鱼的要求，给她戴上手铐，从警车上下来，步行穿过新街，仿佛示众一般，把飞鱼关进了派出所。通告也贴了出去，四乡八邻的人，像赶集一样蜂拥而至，就是为了看那个通告。梦生守在派出所里，两眼死死地盯着时钟。时间过得很漫长，好不容易一天过去了，派出所没有动静。两天、三天过去了，仍没有段天水的任何消息。

第四天，飞鱼开始了绝食。无论梦生如何劝她，她都像个木头人一样，不吃任何东西，也不肯说一句话。梦生去找陈老大，陈老大早就躲出去了。梦生又去找袁舢板一家，这一家人也不知去向。梦生这才明白，他们早就料到飞鱼会走这一步。

第六天，汤小小从上海赶了回来。汤小小回来的目的就是来看飞鱼。飞鱼绝食三天了，她的身体非常虚弱。汤小小换了一身白大褂，戴着大口罩，背着药箱进了关押室。

飞鱼躺在床上，眼睛呆呆地看着屋顶，任凭汤小小抓住她的手腕，给她把脉检查。忽然，她听到一声幽幽的叹息。飞鱼觉得这叹息声是那么熟悉，她把目光转过来，汤小小把口罩摘了下来。

"汤医生！"飞鱼吃惊地叫了一声，想挣扎着坐起来。

汤小小强作笑容，用手把飞鱼按住了。汤小小脸色比飞鱼的还要苍白，她眼中噙着泪花，不停地摇着头："你这是何苦呢？"

飞鱼有气无力道："如果别人不理解我，可以说得过去。你应该比任何人都理解我啊！"

汤小小低声道:"你是你,孩子是孩子。如果孩子受到了伤害,你自己和杀人犯又有何区别?"

飞鱼听到这里,心里强烈地震动了一下。

汤小小又道:"你可以绝食,也可以拒绝医生的治疗。我现在的身份是孩子的医生,你不能剥夺孩子看病的权利。"

汤小小从药箱里拿出配好的营养液,又拿出棉签和酒精,抓住飞鱼的手臂道:"我借你的手用一用,如果你不做声,我就当做你默许了。"汤小小说完,给飞鱼的手臂消毒之后,扎上了针。

第七天,一个用丝巾包住头脸的女人出现在梦生的面前。即使她把整张脸都包住了,梦生仍然能认出她来,只看见她瘦弱的身体支撑着微微凸起的肚子。梦生目不转睛地看着她,叫了一声:"娥子!"

娥子双眼平静地看着梦生:"我想去看看飞鱼。"

娥子并不知道,飞鱼是自愿被抓进派出所的。她和外面的很多人一样,只知道飞鱼是因为段天水被抓。

娥子见到飞鱼,默默地看着她。她拉起飞鱼的手,把它放到自己腹部,让飞鱼感受她腹部的胎动。胎儿在飞鱼的抚摸下,果然动了一下。飞鱼被这胎动惊醒了,她看到了娥子那双会说话的眼睛。

娥子又拉着飞鱼的手,放到飞鱼的肚子上。娥子说:"为了孩子,你应该把天水藏身的地方说出来。"

当所有的人将要失去耐心时,段天水突然在石镇现身了。他把墙上的布告撕了下来,一手抓着布告,一手插在口袋里,一步一步向派出所走去。围观的人,像潮水一样涌来,他们不敢靠近天水,只远远尾随在他身后。

段天水来到派出所,赵伯耘和警察们早等在门口,他们用枪对准了他。段天水站住了,和警察对峙着。他另外一只手仍然插在裤兜里。梦生担心他裤兜里的那只手抓着一把枪。

赵伯耘高声喝道:"段天水,如果你是来自首的,就把枪交出来！”

段天水用阴郁的眼神看了赵伯耘一眼，嘲笑道：“赵老师，我曾经那么崇拜过你，想不到你竟然会使出下三烂的手法，拿一个妮子做靶子！”

围观的人发出一声哄笑，一个警察叫道：“段天水，你废话少说，赶快缴枪就擒吧！”

段天水轻蔑地扫了那个警察一眼，傲然道：“这里轮不到你说话。”说着举起手里那个布告，转过身向围观的人大声道，“我今天到这里来，首先给这个通告纠正几个错误。问问是我绑架的，魏成鸣也是我杀死的，这一切跟飞鱼没有关系。”

人群变得骚动起来，有人喊道：“问问是个孩子，而且他还有病，你为什么要绑架他？”

段天水激动起来：“我为什么绑架问问，你们可以问我敬爱的赵老师，他是如何官商勾结……”

段天水的话还没有说完，一声枪响。段天水胸口中了枪，他口袋里的手动了动。赵伯耘又连开几枪，段天水愤怒地盯着他，终于倒了下去。

尾　声

他守护着她。另一个她，也在守护着她。

罗家年糕店院子里架起了两口大锅，用砖块临时搭起的炉灶火焰烧得很旺。大锅上叠放了一摞蒸笼，沸腾的水咕嘟咕嘟响着。水蒸气一团一团冒出来，空气里飘荡着糯米的浓香，夹杂着鲜甜的菱角米味道，还有肉的香味、萝卜丝的鲜辣、湖草的清香。

按照镇上的传统，凡是办大喜事的人家才会在家门口添锅架灶。虾米从新塘砖瓦厂挑来两担带着炉温的红砖，水庆婶子从郭铁匠的铺子里借来两口大铁锅。罗水庆挖了一桶新鲜的红泥，拌上斩碎了的稻草，蹲在门口，摆开了砌灶的架势。

龚表匠征得金子的同意，在新街买了一间铺子。昨晚和卖主签合同，金子又开始犹豫动摇。龚表匠陪在一旁，喝了好几壶姜云雾。睡到半夜，茶水在肚子里闹腾。龚表匠一次一次爬下床，到棚子外小解。对面传来砖瓦声，还有泥刀的搅拌声。龚表匠以为罗家在拆迁，他睁开睡得蒙眬的眼睛，才发现罗水庆在院子里起灶。

罗家过几天也要拆了，拆迁不是一件值得庆贺的事，罗水庆用不着为这事起灶。罗水庆家没有老人可以办八十大寿，虾米也没有找对象更谈不上要完婚。

龚表匠不喜欢打搅干活的人,就像他修表的时候不允许别人打搅一样。更何况罗水庆是个闷葫芦,他不想说的事,你就是撬他的嘴他也不会说出来。龚表匠左右张望,一眼瞅见孙弹匠站在一堆石头上,眼睛也骨碌碌盯着罗水庆。

龚表匠故意大嗓门问他:“你叔家弄这么大动静,是虾米相亲,还是谁过生日?”

自从派出所那件事之后,孙弹匠虽然没有领到钱,可是在老街人的眼里他就变成了罗水庆的侄女婿。孙弹匠虽然有些不情愿,可是谁让他老婆罗彩云辈分比罗水庆低呢。既然和罗家扯上了亲戚,孙弹匠对罗家的事也开始上心。

孙弹匠夸张道:“不是虾米相亲,也没有人过生日。我叔家受了大家的恩,要蒸一千斤河米,做一千种花样的米果,答谢四乡八邻。”

孙弹匠这些天发现,罗家年糕店门口,频繁有人来送河米、菱角、蔬菜和水果等材料。他也知道,罗家和其他住户一样已经和拆迁公司签了协议。拆迁就是这两天的事情,罗家大量采购做米果的材料,还在门口起灶,这里头肯定有名堂。孙弹匠是张大嘴,心里还没有想明白,张开嘴就说出来了。

金子坐在棚子口,一手拿着镜子,一手在化妆。听了孙弹匠的话,她侧身探出描了一半的脸,惊讶道:“一千种花样的米果,都有哪些花样呀?”

孙弹匠被金子的脸吓了一跳,金子的脸打了粉底,上了腮红,画了眉毛。一只眼睛画了眼线,上了眼影,涂了睫毛膏,另一只还没有来得及画。唇线还没有勾勒,唇膏也没有上。猛那么看上去,那两只眼睛反差极大,仿佛是两个人的眼睛,长在一张脸上。

金子看到孙弹匠的表情,连忙把头缩回了棚子。孙弹匠愣了片刻,这才缓过神来,继续吹牛:“我叔家买了足够的河米、糯米、菱角米、薏仁米、珍珠米、葛仙米，还采购了胡萝卜、白萝卜、西葫芦、茄子、冬瓜、南瓜，甜味的可以做成豆沙馅、莲蓉馅、冰糖木耳馅、白糖莲藕馅，咸味的可以做成猪肉馅、羊肉馅、牛肉馅、兔肉馅、鸭肉馅，还有掺入清明草、藜蒿、松菜、野草莓。我叔说他要竭尽全力，把罗家祖传手艺全部发挥出来。”

泥鳅娘戴了头巾，拿了垫肩，正准备出门扛竹子。听孙弹匠这么一说，转身回屋扔下垫肩，摘下头巾，换了一件干净的白短衫出来，径直走到罗水庆面前。

“我已经洗过手了，我来帮你捏米果。”泥鳅娘说。

孙弹匠把弹弓挂回墙上，拍干净了身上的花絮，踢踢踏踏来到罗家。地上的大木盆里，一大团刚出锅的米粉，冒着热腾腾的水汽。他张牙舞爪地把袖子一捋，大声对罗水庆说：“我这双弹棉花的手，要在米粉上面发功。你们信不信，我揉过的米粉，蒸出来的米果，会有摇滚音乐的味道。”

李木匠不擅长下厨房，他急匆匆跑到陈老大的渔场，叫他老婆：“左邻右舍都去罗家帮忙，你也去搭把手！”

金子悄悄把妆洗了，换了一身衣服，清清爽爽地来到水庆婶子家，和泥鳅娘站在了一起。

邻居们的到来，让水庆婶子本就热腾的心更加漾动。她从来没有想到过，四乡八邻会为她一家鸣冤。这种乡邻的恩情就像一场突发的洪水，铺天盖地而来，把她对过去岁月婚姻的不满、邻里间的摩擦、儿子的不懂事等诸多烦恼统统席卷而去。

水庆婶子曾听老人说，人这一辈子就是吃喝拉撒过日子。夫妻之间、父母与子女之间、兄弟姐妹之间、邻里乡亲之间、同事之间、朋友之间都在为蝇头小利，寻求自身的生存法则。普普通通、平平淡淡、庸庸碌碌，很少发生惊心动魄的大事。如果真有大事发生，可以算是人生的一种机遇，就会改变人的生存观念。

水庆婶子经历了这件事之后，对老人说的那番话立刻醒悟了。

她决定做些什么，还没等说出口，罗水庆就明白了她的意图。虾米从派出所出来之后，也像脱胎换骨似的变了一个人。一家三口甚至不用商量，就分工明确地动了手。他们并没有对任何人吐露想法，可是孙弹匠那么一通说词，竟然把他们一家的意图真实完美地表达了出来。

虾米以每天百元的价钱包下一辆摩的，他把蒸好的米果用木桶装好了，一桶一桶送往陈家塘村、西元河村、管砾溪村、刘家村、叶家村、上岗村、李家村、袁家村、榨下水村、仓前河村、新塘村、谢家湖村、白鸦山村，把五乡六十八村都送到了。

送到第七天，罗家已经蒸了九百多斤米。虾米从白鸦山下来的路上遇到了汤小小。虾米踩下刹车，摩的停在汤小小的身边。

虾米和汤小小打招呼："汤医生，你回医院吗？"

汤小小点点头，虾米把座位上东西挪了挪，给她让出位置。汤小小攀住车门，虾米伸手把她拉了上来。

汤小小走路走得满脸潮红，她掏出纸巾，擦擦脸上的汗水，由衷地说："我刚在家里尝了你送的素馅米果。你是知道我娘吃素，所以专门给我家送素馅的米果吗？"

虾米不好意思了："素馅的米果本来有几十种，我只给你家送了五种口味的，不知道合不合你娘的口味。"

汤小小感动道："我听说你家每天免费给各村送米果，这样本来就很辛苦。你们还要考虑各家的口味，真的不容易啊！"

虾米诚恳地说："和大家为我家所做的事情相比，这算得了什么呢。"

汤小小想告诉虾米，那天大家去派出所闹事并不是去为他打抱不平，而是各自抱有各自的目的。汤小小不想说得那么直白，如果说得太透了就会伤虾米的心。汤小小是个医生，她懂得精神因素对人体健康的作用。虾米相信大家为了他才去派出所闹事，所以心里所受的创伤很快得到愈合。

汤小小劝道:“其实你家不必这么做,大家也没有要求你们回报。”

虾米固执道:“大家是大家的心意,我们这么做是我们的心意。真要说到回报,大家的恩情我是无论如何回报不尽的。”

汤小小心里感动,她默默地看着虾米。到了医院门口,虾米把车停住了。汤小小下了车,忽然抬头对虾米说:“我明天去上海,以后不回来了。”

虾米眼睛看着她,等待她的下文。汤小小终于说道:“我知道你爱着娥子,娥子挺着大肚子,又要照顾病人,挺难的。你有空去看看她。”

虾米送完米果回来,把一只只空桶卸下来。屋外的蒸笼还在冒热气,金子、泥鳅娘、李木匠老婆站成一排,在案板旁捏米果。罗水庆光着膀子,挥动一把大铲子,大汗淋漓地站在锅台旁炒米粉。

孙弹匠弓着腰,把一团米粉揉成一个大球。他看上去不是在揉米粉,而是在做推球运动。看见虾米进来,他停止了推球的动作,把脸上的汗珠子在肩膀上揩了一下,招呼道:“虾米,过来替我一下,我腰有些不得劲了。”

虾米应了一声,洗了手,从孙弹匠手里接过米粉,接着做推球运动。

“水庆婶子,我闻到香味了,外面的米果是不是熟了?”金子停住手,鼻翼动了动,似乎吸进去满腹的香气。

泥鳅娘用肥厚的肩膀顶了金子一下:“你是不是嘴巴馋了?米果放进去,还不到五分钟呢!”

李木匠老婆打趣道:“我看金子不是嘴巴馋了,而是心里馋了!”

金子也笑:“你只说我心里馋,难道你心里不会馋?”金子说这话时,眼睛无意乜了虾米一眼。

虾米的眼睛恰好转到金子身上,他一下子就捕捉到金子眼神里的某种东西,心里不由得突地跳了一下。进门的时候,他就发现金子的打扮与往日很不相同。金子卸了妆,洗了脸,宽松的白T恤,白色七分真丝裤,系一条宝蓝绣花围裙。一块宝蓝的丝帕,把褐色的长发扎到脑后,清爽得像个未出嫁的妮子。

虾米的心被撩拨了起来,明知故问道:"心里馋是什么意思?"

孙弹匠捶了捶腰,接话道:"你长这么大,还不知心里馋是啥滋味啊? 趁着你爹娘都在,赶紧问问他们啊!"

虾米抬起头来,看见大家眉来眼去,憋着笑的样子,醒悟了过来。自己这点小花招,早被大家识破了,脸不由得腾地红了。

李木匠老婆指着虾米笑道:"看,这小子脸红了,是不是心里往歪里想了?"

虾米否认道:"谁往歪里想了?"

泥鳅娘笑得身上的肉颤动起来:"你还说没往歪处想,你的脸越来越红了!"

虾米被大家笑得浑身起毛,眼睛又瞄了金子一眼。金子却垂下眉眼,似乎在躲着他。虾米心里跳得更厉害,丢下盆里的米粉,起身噔噔噔上了楼。

大家哄堂大笑起来,李木匠老婆笑得站不住,两手支住案板:"虾米的面皮真是薄,哪像是跟叶秉坤跑江湖的人,开两句玩笑就跑了。"

一句话让活跃热闹的气氛立刻变冷了。说起来,叶秉坤也算是这条老街的邻居,只是后来发迹了,搬离了老街。叶秉坤死了,他的公司关门了,然而新的公司又开张了。

拆迁非但没有停止,强度比过去还要大。新公司承诺等拆迁完成之后,将另外建一条商业街。被拆迁的老街住户可以选择拆迁补偿费,也可以选择入住新商业街。经过叶秉坤公司那一番折腾,老街的住户大多采取了妥协的态度。因为他们明白,胳膊终究拗不过大腿。那些不肯妥协的住户,被施工队用挖壕沟的方式,一家一家隔离开来。这种隔离的方法，让人感觉比强拆还要寒心。

孙弹匠打破了沉闷的氛围，问水庆婶子："秉坤没了，虾米以后还去开快艇吗？"

水庆婶子道："桃月让虾米回去继续开那艘快艇，可是虾米说啥也不肯去了。"

孙弹匠道："虾米以后打算做什么？"

水庆婶子道："他还能做什么，跟着水庆做米果呗！"

孙弹匠若有所思道："虾米这小子，跳来跳去瞎折腾了一圈，最后还是要回到家里来。其实这样也挺好，罗家年糕店，好歹也算一块招牌，只要虾米肯出力，虽然发不了财，一家子混个日子还是绰绰有余。"

金子捏完最后一只米果，拍了拍手道："外面蒸笼的米果，现在应该熟透了，我去看看。"

虾米从白鸦山回来，意味着送米果的工作已近尾声，剩下的一百多斤加工好的米粉全部留给老街的邻居。罗水庆为了满足街坊的口味，在配料上下足了功夫。金子爱吃水果馅，罗水庆准备了苹果、香蕉、草莓、龙眼、菠萝等十几种果肉。泥鳅娘爱吃蚌肉馅，罗水庆买好了蚌肉、鳜鱼片、虾肉、蟹肉、鱼子等。李木匠的老婆喜欢吃竹笋菌类，罗水庆用柴鸡煨熟了香菇、草菇、木耳、银耳、猴头、竹荪和松口蘑。

水庆婶子给老街划片，开始给大家分工。李木匠老婆选了杂货店那片，她说："给这些邻居送米果，就当是跟大家告个别，以后各奔东西了！"泥鳅娘当然选了竹器片，金子和虾米选了菜市场片区。

泥鳅娘说："你们都挪到新街去，还有可能碰面。我家火根做篾匠，离不开水，我们还要找有水的地方盖房子。"

剩下五金木器那片最远，罗水庆两口子要自己去。他和水庆婶子拉了一辆大板车，把装米果的篮子摞在车上。送完最后一家，还剩下一篮子米果。水庆婶子疑惑道:“怎么多出一篮子,是不是落了哪一家?”

罗水庆闷声道:“没有落,我多放了一篮子。”

水庆婶子问:“你准备给谁送去?”

罗水庆道:“这个别管,你先回家吧!”

罗水庆提着米果,进了派出所。警员们有些惭愧,赵伯耘躲在办公室不出来。梦生把米果接过来,大声招呼道:“既然水庆叔送来了,大家就吃吧!”

罗水庆把梦生拽到一边,从口袋里拿出一个信封说:“这是魏老板死前让我转交给你的。”

梦生疑惑地把信封拆开,里面是一封遗嘱。遗嘱上说,要把他在公司的股份都赠送给娥子。

梦生的眼睛湿润了,魏成鸣这么做,是为了报答段家对他儿子的养育之恩。可是魏成鸣万万没有料到,他的公司早已经被李经文折腾空了。如果把这个遗嘱公开并让它生效,反而让娥子背负上沉重的债务。

梦生决定把信收起来,等到适当的时机再把它拿出来。他把罗水庆送出来,叮嘱罗水庆道:“这个事情,你现在对谁也别说!”

梦生看罗水庆走远了,他朝另一个方向走去。不知不觉来到了湖边,看着一条卧在水中的长凳,他不由痴痴地发呆。他听到了水桶和扁担的声音,只见娥子挑着两只空桶过来。她的眼睛里布满了迷离,脸上带着诡异的微笑,仿佛沉浸在某种声音里,就那么一直向他走来。

娥子目不斜视,从他身边走过。她踏上了水凳,舀了满满两桶水。梦生想冲过去,把扁担从她肩上抢过来。就在这个时候,虾米出现了。娥子不肯把扁担给虾米,虾米把水桶抢了过去,用两只手提着两桶水往岸上走。

虾米憋着一股狠劲,咣当一声,撞开了何运满家的大门。大白天的,何家拉着窗帘,屋里光线很暗。何运满坐在黑暗的角落,看见虾米带着午后的热气,闯进了他的家中。

何运满喝道:"你来干什么?"

虾米闷声道:"我来送水!"

何运满不屑道:"我不要你的施舍,把你的水拿走!"

虾米蛮横地把水桶蹾在地上,强硬道:"我这是帮娥子!"

何运满嘿嘿地冷笑起来:"当初是我设计让你去打李大山的,你后来去蹲派出所也是我告的密。知道那些警察为啥折腾你吗?是因为我给他们递了红包。你从派出所的楼上跳下来,怎么没有摔死呢!"

虾米气得浑身颤抖:"你为什么这么做?"

何运满道:"因为我不喜欢你,因为我看你不顺眼。"

虾米红着眼睛,盯住他问:"你看我不顺眼,就设计害我,可你为什么对娥子也这么残忍?"

何运满哈哈大笑起来:"我这人有个毛病,对不喜欢的人就想方设法除掉他。娥子是我喜欢的女人,我怎么舍得虐待她呢。"

虾米气道:"她的头发是谁剪掉的?她手臂上水泡又是谁烫的?"

何运满眯缝着眼睛,朝虾米上下打量了一遍:"娥子把她的手臂给你看了?她告诉你,是我用烟头烫她吗?"

虾米道:"难不成是她自己烫自己吗?"

何运满道:"你心疼了是不是?你知道我为啥用烟头烫她吗?都是因为你们。你,泥鳅,梦生,还有我死去的外甥贵生,你们不是都惦记她吗,我要让你们看她受折磨,我就是要让你们难受!"

何运满一边说,一边徐徐地吐出一个又一个的烟圈。这些烟圈在何运满脸上散开来,使得那张脸像魔鬼一样狰狞。

虾米盯着何运满手指头上的那支烟,那支烟在烟灰缸上弹了弹,烟灰掉到了里面。烟灰缸里堆满了烟头,虾米想象着这些带着火光的烟头，被按在娥子的皮肤上。

“不行，我必须阻止他继续作恶，我不能让他再虐待娥子。”虾米只觉得一股热血冲上脑门，他抓住烟灰缸，向何运满的脑袋砸了下去。

虾米举起烟灰缸的一刹那，他看见何运满的眼睛里带着一种嘲弄的笑意。他似乎在故意激怒虾米，他甚至在盼着虾米砸下来。

这时，一只手从旁边伸过来，推开了虾米的手。烟灰缸掉到地上，碎成了几片。

梦生骂道：“你怎么这么傻呢，他这么一个烂透了的废人，值得你把自己的命搭上吗？”

虾米狠狠地瞪了梦生一眼，转头冲了出去。

娥子默默地看了一眼梦生：“你也走吧！”

“有人在家吗？”随着声音，英子从外面进来了。

梦生有些吃惊：“英子，你怎么来了？”

英子白了他一眼：“就许你来，难道我不能来吗？”

李医生跟着从后面进来，他对梦生道：“我尊重英子的选择，把诊所搬到镇上来了。当然，帮助娥子也是英子的用意之一。”

梦生用坚定的语气回道：“对，让我们一起帮助娥子早日逃出魔窟吧。”

出事不久，陈老大退出了陈袁合作社，把他的鱼塘转让给了袁舢板，他决定带着飞鱼回新安江的老家生活。梦生听到消息，赶来看望陈老大。袁舢板一家人正在帮陈老大收拾行李。

梦生问木材：“你舍得让飞鱼走？”

木材平静道：“我决定跟她一起走！”

梦生顺着木材的目光，向飞鱼看过去。飞鱼从派出所出来之后身体一直没有恢复，此时她坐在一把藤椅上，脸色阴沉，十分憔悴。

梦生问木材:“飞鱼肯接受你吗?”

木材回道:“她不肯接受我,难道还不肯接受段天水吗?”

梦生惊道:“你什么意思?”

木材反问道:“你难道没发现,我现在变得有些像段天水吗?”

梦生听木材这么一说,神思竟然有些恍惚。眼前的木材,白皙的皮肤,俊秀的脸庞,显得那么儒雅,真有几分像成熟了的段天水。

木材看梦生有些发呆,他捶了梦生一拳:“听说英子追你追到镇上来了,这样的好妮子,你可不能错过!”